诗学教育丛书

童蒙诗学教育

潘务正◎丛书主编　鲁华锋◎本册主编

安徽师范大学出版社
ANHUI NORMAL UNIVERSITY PRESS

·芜湖·

图书在版编目（CIP）数据

童蒙诗学教育 / 鲁华锋主编 . — 芜湖：安徽师范大学出版社，2023.6
（诗学教育丛书 / 潘务正主编）
ISBN 978-7-5676-5998-8

Ⅰ.①童… Ⅱ.①鲁… Ⅲ.①诗学—儿童教育—教育研究—中国 Ⅳ.①I207.22

中国国家版本馆CIP数据核字（2023）第049799号

童蒙诗学教育

鲁华锋◎主编

TONGMENG SHIXUE JIAOYU

责任编辑：李克非　　　　　　　责任校对：胡志恒
装帧设计：王晴晴　张德宝　　　责任印制：桑国磊
出版发行：安徽师范大学出版社
　　　　　芜湖市北京东路1号安徽师范大学赭山校区　　邮政编码：241000
网　　址：http://www.ahnupress.com/
发 行 部：0553-3883578　　　5910327　　　5910310（传真）
印　　刷：江苏凤凰数码印务有限公司
版　　次：2023年6月第1版
印　　次：2023年6月第1次印刷
规　　格：700 mm×1000 mm　　1/16
印　　张：18.5
字　　数：327千字
书　　号：ISBN 978-7-5676-5998-8
定　　价：58.00元

安徽师范大学中国诗学研究中心资助项目

安徽省高校优秀科研创新团队"诗学教育"研究团队成果

（2022AH010014）

总　序

潘务正

　　中国是诗的国度。诗在古代社会的功能极为强大，《诗大序》说诗可以"正得失，动天地，感鬼神"，在政教体系中发挥重要的作用。正因如此，古代贵族自孩提时代就开始接受诗歌教育。

　　宋代叶适在《黄文叔诗说序》中说："自文字以来，诗最先立教。"先秦两汉时期，诗学教育主要围绕《诗经》展开，尽管周代的太学中春秋教以《礼》《乐》，冬夏教以《诗》《书》，不过只有"诗教"最为通行。"诗教"一词最早见于《礼记·经解》："孔子曰：入其国，其教可知也。其为人也温柔敦厚，《诗》教也。"此语是否为孔子所说虽然存疑，但孔子重视以《诗经》为中心的教育却是不争的事实。孔子的"诗教"观主要集中在三个方面：一是性情教育，所谓"《诗》可以兴，可以观，可以群，可以怨"是也；二是伦理教育，所谓"迩之事父，远之事君"是也；三是知识教育，所谓"多识于鸟兽草木之名"是也。（《论语·阳货》）孔子以《诗》为教材对当时的贵族子弟进行全面的教育，并扩大到平民阶层，以便为他们将来的进一步发展打下良好的基础。

　　孔子说《诗经》的主旨"一言以蔽之，曰思无邪"（《论语·为政》），汉儒从政教层面加以阐发，诗教重在培养"温柔敦厚"的性情，有此性情，方能"主文而谲谏，言之者无罪，闻之者足以戒"，不仅能够保全自身，还能有效地实现讽谏的意图。以"温柔敦厚"的诗作教化人，培养读诗者"温柔敦厚"的性情，如此，诗歌就能实现"经夫妇，成孝敬，厚人伦，美教化，移风俗"（《毛诗序》）的功用，社会经由文治走向太平。

　　后世诗歌创作逐渐兴盛，面对种种感荡心灵的自然风景和社会事件，

"非陈诗何以展其义，非长歌何以骋其情"（钟嵘《诗品序》），作诗成为士人风雅的标志；唐宋科举考试诗赋，诗歌是入仕的敲门砖。在这种情况下，诗学教育愈发变得必要，内容已不局限于《诗经》，举凡前人的经典诗作，都被纳入学习的范围。为在科考中获隽，诗学教育从性情教育扩展到艺术教育、审美教育等方面。

"诗言志""诗缘情"，言志抒情是中国诗歌的传统，古人衡量一首诗成就的高低，最终落在诗人胸襟的大小，清代诗论家沈德潜在《说诗晬语》中说："有第一等襟抱，第一等学识，斯有第一等真诗。"宋代以后，杜甫被推至"千古诗人之宗"的地位，正在于其"一饭不忘君"的品格，尽管他身处艰难困苦之中，过着朝不保夕的日子，却时刻关心国家安危，挂念百姓疾苦。屈原、陶渊明、李白、苏轼、陆游等一流的诗人，虽艺术造诣有异，但高尚的情怀、爱国的情感与杜甫并无二致，这也是他们被后世推崇的重要原因。以这类诗歌作为教育的载体，无疑会提升受教育者的道德情操、精神境界。

古代开展诗学教育的场合众多，诸如家族、书院、诗社等，都有诗学教育的活动。清代自乾隆二十二年之后恢复乡会试考试帖诗的制度，诗学教育更为普及，家塾中有童蒙诗学教育，学政亦对一省士子负有诗学教育之责，士人相聚谈诗是生活的常态。除了男性，闺阁中女子也受到熏陶，著名的女诗人虽只有李清照、朱淑真等不多的几位，但实际上明清两代女诗人极多。历代的诗格、诗话以及诗学选本等记录了诗学教育的情景和内容，这类文献或分析诗歌的艺术技巧，或谈论创作的本事，终极目标还是追求对诗和诗人的理解，以便更好地读诗和作诗。在多重诗学教育之下，受教者诗歌创作、艺术鉴赏能力不断提高，并经此完善人格，陶冶情操。

诗学教育在当下仍有其必要性。目前，立德树人是我国教育的根本任务，是深入贯彻落实党的教育方针、教育规划纲要的必然要求。经典诗作以其感人的力量、美妙的意境、高超的技巧和精当的用语，入人最深。众多学者认识到诗歌是中华民族原创性智慧的结晶，诗学教育是一项弘扬与培育民族精神的战略措施。当代中小学、大学课堂均注重诗歌教学，培养学生诗词的审美感受能力和艺术鉴赏能力，并力求在耳濡目染中实现理想情操的升华。

为适应当今社会发展的需要，安徽师范大学中国诗学研究中心策划编纂了这套诗学教育丛书。本丛书按专题编选，包括《〈诗经〉与诗学教育》《女性诗学教育》《桐城诗学教育》《理学诗学教育》《童蒙诗学教育》《中学诗学教育》《大学诗学教育》及《现当代诗学教育》等八种。丛书每册设有前言、选文两个部分。前言由各册的主编撰写，概括介绍本专题的研究状况；选文为有代表性的论文或专著中的章节。为了保持丛书大致协调，每册所选篇幅控制在30万字左右。

相对于诗学教育丰富的文献资料和丰硕的研究成果，本丛书所选文章只是冰山一角，然由此亦可以见微知著。我们希望这套丛书的出版，能够进一步推动中国诗学教育的研究，为弘扬优秀传统文化贡献绵薄之力。

因各种原因，截至发稿时我们未能与本套丛书的全部著作权人取得联系。敬请作品的著作权人或著作权有关的权利人与出版社联系，以便奉上稿酬和样书。

前　言

鲁华峰　黄永晨

一

我国诗学教育的传统源远流长，至少在西周时期，《诗》教就与《礼》教、《乐》教、《书》教共同成为官学教育的基本内容。春秋时期，孔子鉴于当时《诗》教的衰败不振，对《诗》进行了全面的整理，"古者《诗》三千余篇，及至孔子，去其重，取可施于礼义，上采契、后稷，中述殷、周之盛，至幽、厉之缺，始于衽席，故曰'《关雎》之乱以为《风》始，《鹿鸣》为《小雅》始，《文王》为《大雅》始，《清庙》为《颂》始'。三百五篇孔子皆弦歌之，以求合《韶》《武》《雅》《颂》之音。礼乐自此可得而述，以备王道，成六艺。"（《史记·孔子世家》）不仅如此，他还"以《诗》《书》《礼》《乐》教弟子，盖三千焉，身通六艺者七十有二人。"（《史记·孔子世家》）使得《诗》教下及平民，开创了《诗》教的新局面。

先秦时期的教育虽然是培养大人君子的贵族之学，却是从童蒙就开始的。《礼记·学记》曰："古之教者，家有塾，党有庠，术有序，国有学。比年入学，中年考校。一年视离经辨志；三年视敬业乐群；五年视博习亲师；七年视论学取友，谓之小成。九年知类通达，强立而不反，谓之大成。夫然后足以化民易俗，近者说服而远者怀之，此大学之道也。"而《诗》学教育作为君子之学必不可少的重要内容，当然也是如此。孔子在跟弟子们强调学《诗》的重要性时，第一句话就是"小子何莫学夫《诗》？"（见《论语·阳货》），这里的"小子"当指年龄较为幼小的弟子。《论语》中还记载了孔子的儿子孔鲤跟孔门弟子陈亢谈及父亲对他的教导：

陈亢问于伯鱼曰："子亦有异闻乎？"对曰："未也。尝独立，鲤趋而过庭，曰：'学《诗》乎？'对曰：'未也。''不学《诗》，无以言。'鲤退而学《诗》。他日，又独立，鲤趋而过庭，曰：'学《礼》乎？'对曰：'未也。''不学《礼》，无以立。'鲤退而学《礼》。闻斯二者。"陈亢退而喜曰："问一得三，闻《诗》，闻《礼》，又闻君子之远其子也。"（《论语·季氏》）

孔子跟儿子谈学《诗》和学《礼》问题，应该是在孔鲤年少的时候。从后世的儒家教育来看，《诗》教和《礼》教一直都是童蒙教育的核心内容，而这一教育理念至少在孔子时代就已经确立了。

先秦和汉代的诗学教育主要是《诗经》的教育，目的是培养符合儒家道德伦理要求的知识分子。东汉以后，随着文人诗的日益普及流行，诗歌的创作能力逐渐成为士人文化身份的重要体现，诗学教育的重点也随之转移到文人诗的创作上。魏晋南北朝时期，由于文人诗的创作主体是门阀世族以及小部分寒族出身的文人，诗歌创作在全社会的普及面并不广，因而这个时期童蒙诗歌教育的重点并不在培养诗歌创作能力，而依旧是《诗经》之教，属于经学教育的范畴。

唐代诗歌的高度普及与空前繁荣，极大地促进了以诗歌创作为主要内容的童蒙诗学教育的发展，当时已出现不同类型的童蒙诗歌教材，用于指导童蒙学习诗歌创作，从中可见唐代童蒙诗学教育发展的盛况。比如，初盛唐时期出现了不少专门针对童蒙和初学者的官修类书，以便于他们快速积累文学创作所需的语言文化知识。闻一多先生对初盛唐时期编修这种类书的盛况做过如下描述：

当时的著述物中，还有一个可以称为第三种性质的东西，那便是类书，它既不全是文学，又不全是学术，而是介乎二者之间的一种东西，或是说兼有二者的混合体。……所以我们若要明白唐初五十年的文学，最好的方法也是拿文学和类书排在一起打量。

现存的类书，如《北堂书钞》和《艺文类聚》，在当时所制造的这类出品中，只占极小部分。此外，太宗时编的，还有一千卷的《文思博要》。后来从龙朔到开元，中间又有官修的《累璧》六百三十卷、《瑶山玉彩》五百卷、《三教珠英》一千三百卷（《增广皇览》及《文思博要》）、《芳树要览》三百卷、《事类》一百三十卷、《初学记》三十卷、《文府》二十卷，私撰的《碧玉芳林》四百五十卷、《玉藻琼林》一百卷、《笔海》十卷。这里除《初学记》之外，如今都不存在。内中是否有分类的总集，像《文馆词林》似的，我们不知道。但是《文馆词林》的性质，离《北堂书钞》虽较远，离《艺文类聚》却接近些了。欧阳询在《艺文类聚·序》里说是嫌"《流别》《文选》，专取其文，《皇览》《遍略》，直书其事"旳办法不妥，他们（《艺文类聚》的编者不止他一人）才采取了"事居其前，文列于后"的体例。这可见《艺文类聚》是兼有总集（《流别》《文选》）与类书（《皇览》《遍略》）的性质，也可见他们看待总集与看待类书的态度差不多。《文馆词林》是和《流别》《文选》一类的书，在他们眼里，当然也和《皇览》《遍略》差不多了。再退一步讲，《文馆词林》的性质与《艺文类聚》一半相同，后者既是类书，前者起码也有一半类书的资格。（《类书与诗》）

闻一多先生对初唐时期这种依靠文学性类书来创作诗歌的作法提出了严厉的批评：

　　我们便看出一首初唐诗在构成程式中的几个阶段。劈头是"书簏"，收尾是一首唐初五十年间的诗，中间是从较散漫、较零星的"事"，逐渐地整齐化与分化。五种书同是"事"（文家称为词藻）的征集与排比，同是一种机械的工作，其间只有工作精粗的程度差别，没有性质的悬殊。这里《初学记》虽是开元间的产物，但实足以代表较早的一个时期的态度。在我们讨论的范围内，这部书的体裁，看来最有趣。每一项题目下，最初是"叙事"，其次"事对"，最后便是成篇的诗赋或文。其实这三项中减去"事对"，就等于《艺文类聚》，再减去诗赋文便等于《北堂书钞》。所以我们由《书钞》看到《初学记》，便看出了一部类书的进化史，而在这类书的进化中，一首初唐诗的构成程序也就完全暴露出来了。你想，一首诗做到有了"事对"的程度，岂不是已经成功了一半吗？余剩的工作，无非是将"事对"装潢成五个字一幅的更完整的对联，拼上韵脚，再安上一头一尾罢了。（五言律是当时最风行的体裁，但这里，我没有把词平仄算进去，因为当时的诗，平仄多半是不调的）这样看来，若说唐初五十年间的类书是较粗糙的诗，他们的诗是较精密的类书，许不算强词夺理吧？（《类书与诗》）

闻先生的批评着眼于类书对初唐诗歌创作的负面影响，但如果站在诗歌教育的角度来看，正是由于这种文学性类书的大量出现，为当时的童蒙和初学者提供了极大的方便，才使得他们可以较为轻松地迈过诗歌创作的门槛，奠定他们一生创作的基础，其功甚巨。

不仅有类书，唐代又出现了大量的诗格类著作，如上官仪的《笔札华梁》、旧题王昌龄的《诗格》、元兢的《诗髓脑》、皎然的《诗式》等，详细讨论诗的法度、规则，如诗的体式、对仗的各种要求以及作诗时应避免的声病等问题，帮助童蒙和初学者掌握诗歌的格式要求、格律声韵等。南京大学张伯伟先生编纂的《全唐五代诗格汇考》，共收录现存唐代诗格著作二十九种，从中可窥唐代童蒙诗学教育勃兴的盛况。

除此之外，唐代还出现了不少为初学者提供范例的诗歌作品。唐代虽然还未采用后代如《唐诗三百首》一类的童蒙诗歌选集，但也已经有了诵习的范本。《旧唐书·杨绾传》载："（杨绾）幼能就学，皆诵当代之诗；长而博文，不越诸家之集。"初唐时期"文章四友"之一的宫廷诗人李峤写有《杂咏》一百二十首，其吟咏对象从日、月、星、风到珠、玉、金、银，包罗甚广，实质上是利用类书体制写作的大型组诗，是当时普及五律的基础教材。作为咏物组诗，中唐王建《宫词》一百首、晚唐胡曾的《咏史诗》一百五十首，可以说是兼具习诗与历史教育功能的童蒙诗学教材，而韦庄的《秦妇吟》则是五代时期敦煌学郎学习诗歌的典范。此外，唐代还出现了以诗歌为形式的训诫类作品，如一卷本的《王梵志诗》共收录92首五言绝句，内容以孝、悌、敬、慎等儒家教育要求与生活礼仪、处世格言为主，属格言诗式的童蒙读物。可以说，后世的各类童蒙诗歌教材，唐代基本上都出现了。从这些教材中，不仅可以看出唐代童蒙诗歌教育的繁荣，亦可窥见唐人教授童蒙诗歌方法之先进。

宋元明清时期，社会已从魏晋南北朝隋唐时期的门第社会转变为平民社会，与此同时，科举考试已成为平民阶层跃升到士大夫阶层的主要途径，而平民要参加科举，就需要接受良好的教育，这使得宋代以后教育的普及程度大大提高。虽然诗歌作为科举考试的内容时兴时废，但这丝毫没有影响它在文人士大夫阶层精神文化生活中的崇高地位。对宋代以后的文人来说，作诗只有水平高低之分，而不存在会不会的问题，如果一个文人连诗都不会作，那他是没资格当文人的。因此，宋元明清时期的童蒙诗歌教育较之唐代更为普及和发达，体现在童蒙诗学教材上，主要呈现出三个方面的显著特征：

首先，以诗歌韵语形式编纂的蒙学教材数量大增。从编纂目的来说，这些教材并不是专门指向学诗的，如宋人编纂的《三字经》《百家姓》《千家诗》等侧重识字教育；宋人方逢辰编的《名物蒙求》、清人徐继高编的《算学歌略》等侧重各科常识教育；宋人朱熹编的《小学》、宋人程端蒙和程若庸编的《性理字训》、明代吕得胜和吕坤编的《小儿语》、清人李毓秀编的《弟子规》等侧重道德伦理教育；宋人黄继善编的《史学提要》、明人赵南星编的《史韵》、清人许遁翁编的《韵史》等侧重历史知识教育；宋人王令编的《十七史蒙求》、明人程登吉编的《幼学琼林》、明人萧良友编的《龙文鞭影》等侧重于轶闻掌故教育。不管出于哪种编纂目的，这些教材都是以韵语的形式写成，这种形式不仅适合儿童吟咏记诵，而且也传达出浓郁的诗歌功用意识。教材编撰者通过诗性语言来描述故事、事件、人物，表现由事物、故事所引发的情感和教化内容，使童蒙不仅可以通过"诗"来学习具体知识，还可以通过"诗"来观察自然和社会生活、引发联想、切磋交流、表达观点和情感，从而为今后的诗歌创作奠定基础。

其次，唐代启蒙教育中，虽然有韵对的形式，但声律对偶本身似乎并未成为启蒙教育的内容，而自北宋以来，诗赋声律属对已经成为启蒙教育的重要内容，出现了大量的此类教材。宋代训练属对的读本有真德秀的《对偶启蒙》、曾子戟的《曾神童对属》《群书类句》等，而元代祝明的《声律发蒙》更为著名，其韵目直接取自《平水韵》，其平声30韵，排列上平声、下平声各十五韵，上平包括一东、二冬、三江、四支、五微、六鱼、七虞、八齐、九佳、十灰、十一真、十二文、十三元、十四寒、十五删；下平包括一先、二萧、三肴、四豪、五歌、六麻、七阳、八庚、九青、十蒸、十一尤、十二侵、十三覃、十四盐、十五咸。此后出现的历代声律启蒙读本，如明人司守谦的《训蒙骈句》、兰茂的《声律发蒙》、清代车万育的《声律启蒙》、李渔的《笠翁对韵》等都是沿袭祝氏的作法，按平水韵中上平、下平三十韵顺序编排、归纳对语。车万育的《声律启蒙》和李渔的《笠翁对韵》后出转精，至今流传不衰，影响深远。声律对属类启蒙教材的大量出现，为童蒙学习诗歌提供了更为便捷的入门方式。

此外，唐代尚无专门用于童蒙诗歌教育的诗歌选本，而宋代以后这类选本就越来越多了。宋人的此类选本以刘克庄的《分门纂类唐宋时贤千家诗选》最为有名，该书22卷，分为时令、节候、气候、昼夜、百花、竹木、天文、地理、宫室、器用、音乐、禽兽、昆虫、人品，共14类，共收录作者368人，录唐宋诗人诗作共1281首，都是律诗和绝句。明代人在此书的基础上重加选录编订，成为风行全国的蒙学诗歌读本《千家诗》。此书分上下两集，上集收七言绝句约85首，下集收七言律诗约38首，大都浅显易懂，颇合儿童讽咏学习。在《千家诗》的影响下，清人王相编选了《五言千家诗》，乾隆年间还出现了一种专收清人作品的《国朝千家诗》。不过，由于《千家诗》只选律诗和绝句，选录的作品也不完全按照艺术标准，故而其主要作用还是在儿童识字、积累知识、增广见闻、培养语感、学习韵律等方面，真正用于指导儿童诗歌创作的则是各种专门的唐诗选本，仅现存于世的南宋时期的唐诗选本就有《唐诗绝句》《众妙集》《二妙集》《唐诗三体家法》《唐僧弘秀集》等，元代以后就更多了，不胜枚举，今人孙琴安编有《唐诗选本六百种提要》，可资参考。这些选本一般按照诗歌的体裁来分类编排，便于学习者掌握不同诗歌的体裁特征、风格特点和创作手法。不过这些选本的读者面比较广，并非专门针对儿童。真正面向儿童的最著名的诗歌选本是我们熟知的《唐诗三百首》，其次是清人王尧衢的《古唐诗合解》等，它们在选目、编排、评点等方面都能针对儿童学诗的特点和要求而用心用力，这说明童蒙诗学教育到清代已经相当成熟和专业了。

二

先秦时期，孔门诗教奠定了后世诗学教育的目标和方向。在孔门教学中，《诗》是不可或缺的内容。孔子说："兴于诗，立于礼，成于乐。"（《论语·泰伯》）又说："小子何莫学夫诗？诗，可以兴，可以观，可以群，可以怨；迩之事父，远之事君；多识于鸟兽虫鱼之名。"（《论语·阳货》）在孔子看来，诗教的功能极为广大，但最重要的则是比兴。"比"就是比喻，"兴"就是兴起的意思，人在外在环境或事物的触动下，引起了内心情感的起伏波动，然后用比喻的方式委婉曲折地表达出来。由于《诗》是以比兴的方式表达情感，所以学《诗》之人说话就不会直来直往，而是委婉曲折，这就是孔子说的"不学《诗》，无以言"（《论语·阳货》）。不仅如此，在《诗》的长期熏陶下，人的性情就会变得温柔敦厚，正如《礼记·经解》所云："其为人也温柔敦厚，《诗》教也。"清人焦循曰："夫《诗》，温柔敦厚者也，不质直言之，而比兴言之。不言理，而言情。不务胜人，而务感人。"（《毛诗补疏序》）这是对《诗》教比兴功能的精辟概括。在此基础上，汉儒将《诗》教的功能进一步扩大到经邦治国的层面，《毛诗序》曰："情发于声，声成文谓之音。治世之音安以乐，其政和；乱世之音怨以怒，其政乖；亡国之音哀以思，其民困。故正得失，动天地，感鬼神，莫近于诗。先王以是经夫妇，成孝敬，厚人伦，美教化，移风俗。"《诗经》的教育功能之广大由此可见一斑。汉代以后，《诗经》常被置于"五经"之首，正是因为其教化功能之强大。《诗经》之后的历代文人诗均秉承《诗经》开创的文化传统，以"诗言志"为根本追求，其教育功能同样十分强大。对中国古代的童蒙教育来说，诗学教育不可或缺，它是对儿童进行审美教育、情感教育和心灵教育最重要的形式。

诗歌在中国文化体系中具有宗教般的神圣地位，正如林语堂所云："吾觉得中国的诗在中国代替了宗教的任务，盖宗教的意义为人类性灵的发抒，为宇宙的微妙与美的感觉，为对于人类与生物的仁爱与怜悯。"（林语堂著《吾国吾民》第七章《文学生活》）西方人常常把人生的终极看作是神圣的、超越的、救赎的，而中国人却常常把人生的最高境界看作是诗意的、审美的、艺术的，二者之间有根本的不同。在中国人的人生构想中，诗意的人生是对庸俗的、充满功利色彩的人生的超越，而诗歌就是中国人诗意、审美、艺术的人生最重要的载体。所以，诗歌在多数中国人的心目中具有宗教般的力量，可以抚慰人心、安妥灵魂。因此，提倡"诗教"，其实就是提倡一种美育。蔡元培先生主张打通科学和人文的界限，主张美育和智育并重的，他认为："常常看见专治科学，不兼涉美术的人难免有萧索无聊的状态"（蔡元培著《美学讲稿》），他想召唤的也是那颗审美之心。正因为如此，当代著名作家、学者谢有顺指出："诗歌教育是一种审美教育。诗的感性，容易被人领悟；诗的优美，容易激发人的想象；诗歌中那种结晶的语言，深藏着许多精致的心灵。以诗教之，对于孩子们，甚至对于普遍的国民，都能起到润泽人心的作用，这是毫无疑问的。"（谢有顺著《"诗教"的当下意义》）

诗歌抒发的是诗人自己的情怀、胸襟和旨趣。通过诗歌教育，我们可以理解诗人，探究他的情感空间和内心世界，实现心灵与心灵的交流，人生与人生的叠加。诗不能让我们活得更好，但可以让我们活得更多，也就是说，诗可以使我们的人生充满可能性。因为和诗里的人生有了共鸣、回应，我们自己原有的人生就延长了，扩大了。诗人的遭遇我们或许没有，但他那种心情我体会了，诗人笑，我跟他一起笑，诗人哭，我也一同哭。就此而言，诗歌教育乃是真实的情感教育。诗歌饱含诗人的情感，尤其是那些有感而发的诗歌，以情动人，也以诗人的广阔、旷达、高远，令人沉醉。因此，以诗歌作为情感教育的素材，就能使一个人变得情感丰富、心灵敏感，同时，也能意识到情感的抒发如何才能显得优雅、节制，更富美感。

中国古典诗歌言近旨远，意蕴无穷。领悟作品背后所隐含的人情和人心，实现诗人的人生心得和人生旨趣，达到物与人的合一，才堪称是读诗的高境界。比如王维的《鸟鸣涧》，表面上没有直接写人，但背后是有人的。"人闲桂花落，夜静春山空。月出惊山鸟，时鸣春涧中。"突出的是人的闲和空，因为闲，桂花落下来的细小声音，都能清晰地听见，因为心里空，才觉得"山空"。如此的静和空，以至月亮出来，这种视觉上的场景变化，竟然也能把鸟惊起，而整个山涧，只有这几只鸟的声音，以有声写无声，以视觉的静写听觉的静，显露的其实是一种内心的静。柳宗元的《江雪》："千山鸟飞绝，万径人踪灭。孤舟蓑笠翁，独钓寒江雪。"一个没有鸟，没有人烟的地方，举目皆白，如此广袤的空无世界，却有一个孤独的钓翁，一动不动地在那里，他是在钓鱼吗？不，他是在钓雪。钓雪是没有目标的，这说明他其实是在凝视自己的内心。广袤的天，和钓翁那渺小的存在，构成了鲜明的对比，这幅画面，同样写的是一种内心的宁静。有人把钓翁解读为孤独的、寒冷的，虽然诗中确实有"孤"和"独"的字眼，但细读之后你会发现，钓翁其实一点都不孤独、寒冷，因为他不动，他静得只是在凝视内心，观照自我。他是在与自己的内心为友，与孤独为友，他在无垠的白和空无之中，体会到的或许是自我的真实存在。进入到中国古代诗歌的世界，我们会遇到许多这样细腻、高远的心灵，这些为语言所雕刻出来的精致心灵，一旦被孩子们所理解和欣赏，其意义是深远的，因为一种心灵教育的完成，必然要以心灵为摹本，也要以心灵与心灵的呼应为路径，从而达到对人的内心世界的塑造。

诗学教育是一种独特而又高效的语文教学手段。从六朝开始，诗歌创作日益注重辞藻典故和声律属对，童蒙学习作诗，往往由此入手。对作诗来说，辞藻典故就如同做饭的原材料。词藻就是事物的不同名称以及描写刻画事物的各种词汇，典故就是历史掌故。自魏晋起，历代由文人学者编纂的不同形式的类书层出不穷。类书辑录各种书中的材料，按门类、字韵等编排以备查检，为童蒙初学者快速查询和积累词藻典故提供极大的方便，是一种极高效的语文知识教材。但是，要做出声律和谐、对仗工稳的诗句，光靠词藻典故还不行，还需要掌握声韵、词性、语法等方面的语文知识，比如，从声韵来说，上下句平仄要相对，同一句间的平仄要相间；从词性来说，出句与对句中上下相对的词语的词性（词类）必须相同；从句法来说，出句和对句的句型、句法结构必须一致。因此，古代的童蒙诗学教育乃是对汉语语文知识的综合教学，而将这么丰富复杂的语文知识的教学融在声律属对这一种形式中进行训练，绝对是高效率的语文教学手段，比我们今天的语文教学手段要先进得多。唐代以后，诗学教育又从声律属对发展到格法（诗歌的组织结构）的训练，进而上升到作品风格、气韵的练习，这就是更高层次的语文教学了。这样高效率的语文教学形式和方法很值得今天的语文教育工作者很好地继承和发扬。

诗学教育是开发儿童智力、培养其丰富的想象力、感受力不可或缺的手段。我国古代文化昌明，英才辈出，许多儿童天资聪颖、智力超群，为后人津津乐道。然而，古代并没有现代意义上的教育理念和手段，为何能够培养如此杰出优秀的人才呢？从这些天才人物早慧的表现来看，他们几乎都是小小年纪就能吟诗作对、出口成章的神童。比如，王勃六岁就能作文，骆宾王七岁就写出了脍炙人口的《咏鹅》诗，杜甫"七龄思即壮，开口咏凤凰"，白居易十六岁写出了名作《赋得古原草送别》，宋人汪洙九岁就能赋诗，其童蒙时期的诗作传诵至今，被命名为《汪神童诗》，并成为后世的训蒙教材。这说明，古代儿童的智力发展跟诗学教育有着密不可分的关系，也就是说，中国古代的童蒙诗学教育对儿童的智力开发发挥了极为重要的作用。

现代教育学认为，儿童的观察、想象、感受、记忆等能力是其智力水平和发展潜力最重要的指征，儿童教育最重要的任务就是探索最适合儿童的教育方法，培养他们丰富的想象力和敏锐的感受力。而诗歌的想象是间接的、不确定的、不受时空限制的。我们今天已经进入视觉传媒的时代，对于成长期的孩子来说，电影、电视、图画虽然也有激发他们想象力的作用，但这种想象是直接的、确定的和图像化的，不能替代诗歌的想象。诗与视觉艺术有一种本质上的对抗性，它可以激活孩子自身潜在的本原的精神自由与想象力，这不仅有利于孩子个体生命的发展，而且对整个民族的精神发展也是至关重要的。因此，要挽救今天儿童想象力的缺失，就应该恢复诗学教育的传统。

诗歌是一种心灵与情感的艺术。儿童通过诗歌，容易形成自己的心灵感知方式，容易保留童年时的梦想。儿童在诗歌的世界里，不仅如鱼得水，而且在身心上获得极大的自由，能够体验世界的美和人生的美，从而使自己不失美好的心灵状态。除此以外，诗人在诗歌中表达的美好情感，可以陶冶儿童的情操，培育儿童的人文素养，保持纯洁、真诚、旺盛的生命力。通过诗学教育，可以让儿童保持对生命意义的探寻，对真、善、美的向往与追求，保持不断提升和净化自我心灵的态势。

三

在中国古代，童蒙诗学教育受到士大夫阶层的普遍轻视，留下的相关文献相对较少，加上它属于文学和教育的交叉领域，无论是文学研究还是教育学研究领域的学者都鲜少涉足。而且学术界还有一个显著倾向，即对很多诗学文献的童蒙诗学教育属性故意视而不见，如古代大量的诗歌选本和诗格诗式诗法著作，原本是古代童蒙诗学教育的教材，但绝大多数从事诗学研究的学者们却只是把它们当成古代诗学理论研究的文献来对待，这明显是避重就轻。追根溯源，还是因为在学者们骨子里没有摆脱对童蒙诗学教育的轻视态度。正因为如此，童蒙诗学教育的研究成果一直比较少，且较为零散。

本书共收录 16 篇论文，大体涵盖了中国古代童蒙诗学教育研究领域已经取得的主要成果，我们根据论文的内容，将其分为五个部分：

第一部分是关于童蒙诗歌教育的综合研究。这部分所选三篇文章从不同角度对唐、元、明、清代童蒙诗歌教育的情况进行了探析，其中郑阿财文根据敦煌吐鲁番文献中所保存的当时学郎所抄诗作、诗格等文献，呈现了唐代敦煌地区童蒙诗学教育的方式和特点；武君文以元代后期科举考试为出发点，探讨了科举考试对诗学启蒙读物和童蒙诗学教育所产生的重要影响；常志浩文是一篇书评，介绍了台湾学者连文萍的专著《诗学正蒙——明代诗歌启蒙教习研究》，指出连著从"教习"和"教材"两个层面揭示了明代诗歌启蒙教育的特征和意义。

第二部分是关于童蒙学诗基础教材的研究。古代的蒙学教育和广泛流传的启蒙教材，从目的上说，大多数并不是专门指向学诗。但是就教育内容而言，在中国古代童蒙教育中，无论是识字教育、常识教育，还是道德教育、礼仪教育，所采用的语言大都是便于记诵的韵语方式。客观来说，儿童初期的识字教育、知识教育与思想教育为初步诗歌写作起到了奠基的作用。因此，这些蒙学教材可以算是广义的童蒙诗学教材。而古代的蒙学韵对类读本，如元人祝明的《声律发蒙》、清人车万育的《声律启蒙》、李渔的《笠翁对韵》等则是标准的诗歌启蒙教材。这部分所收三篇论文是对两种类型的童蒙诗学基础教材的功能、价值、形成过程等所做的探讨。

第三部分是关于童蒙学诗格法训练的研究。诗格、诗法著作为童蒙学诗的辅助教材，古人以之为"俗书""陋书"，尤其是清人，往往目之为"三家村"式俗陋之言而弃之不顾。由于诗格、诗法著作的内容多为指陈作诗的格、法，不免琐屑呆板，再加上此类书的真伪、时代、书名、人名等方面存在着种种疑问，所以向来问津者较寡。这部分所收三篇论文都是有关诗格诗法研究的成果，其中张伯伟先生的《全唐五代诗格汇考》和张健先生的《元代诗法校考》分别对唐、元两代的诗格、诗法著作进行了系统的辑录与校证，并从文学史和文学批评史的角度论述了其学术价值，成为古代诗格研究的扛鼎之作，此处选取了二书的前言，以飨读者。青年学者武君从诗歌教习的视角来看待元代诗法著作，将其还原为童蒙学诗的入门读物，从而将童蒙诗学教育的研究推向了具体深入的境地，是该领域具有开拓意义的研究成果。

第四部分是关于童蒙学诗选本的研究。唐人李峤《杂咏诗》为各咏物类训蒙诗的典范，开启了程式化诗歌创作的新阶段，已经具备诗歌选本的性质。宋以后，《千家诗》《神童诗》广泛流传于童蒙教材市场。儿童在初步诗歌阅读创作训练时，借助此类选本，可进一步夯实其诗学基础。明代以前的诗歌选本多为有选无评的体式，此类选本并不适于儿童学习吟咏。明清时期，大量附带注解的选本问世，其中还有专为童蒙学诗而编的教材，其中《唐诗三百首》和《古唐诗合解》因针对童蒙和初学者学诗的特点和要求，选目精当，编排合理、评注详明，为当时流传最广的两部童蒙学诗选本。这部分所收的四篇论文均是对这些著名选本的专论，有些是出自名家之手，很值得仔细研读。

第五部分是关于诗型童蒙教育的研究。因诗歌有易于讽咏记诵的特征，所以古人常把实用层面的思想和知识（如伦理、劝学、家训、经史等）以诗歌的形式教授给儿童，形成了独具汉民族文化特色的诗型童蒙教材。这部分所收的三篇论文都是从微观视角切入，考察不同类型的诗型童蒙教材的思想教育价值，可帮助我们更深刻地领会古人的教育思想和教育智慧。

由于本书编选的时间较为仓促，编选者搜集的相关论文数量还不够多，也不够全面，加上篇幅所限，未必能充分反映中国古代童蒙诗学教育领域已有的研究成果，但对一般读者来说，一编在手，一则可以略窥古代童蒙诗学教育研究之概貌，二则可省却翻检之劳，不为无益！

目 录

◇ 诗型童蒙教育研究

童蒙诗学教育

童蒙诗歌教育综论

敦煌吐鲁番文献呈现的唐代学童诗学教育

郑阿财

一、前　言

　　一时代有一时代的代表文学。中国文学史上说到一时代的代表文学时，总是说："汉赋、唐诗、宋词、元曲、明清小说。"唐代文学以诗歌最为殊胜，故一般艳称唐代为中国诗歌的王国。唐代诗歌各体皆备，流派纵横。九百卷的《全唐诗》载有作家二千二百余家，诗四万八千九百多首。[①]后代多有辑补，最新的《全唐诗补编》增补了敦煌写本等佚诗，[②]使唐诗作品存世者多达五万五千七百三十首，涉及唐代的诗人有三千七八百位。明代胡应麟《诗薮外编》曾从诗歌的体式、风格与作者普遍等方面来论述唐诗兴盛的情形，说："甚矣！诗之盛于唐也……其人则帝王将相、朝士布衣、童子妇人、缁衣羽客，靡弗预矣。"[③]可见唐诗人才之盛，作品之多，流行之普及，确实令人叹为观止。

　　唐代诗风之所以如此兴盛，固然是诗歌本身发展的文学规律使然，而科举考试以诗赋取士，也是促进唐诗发达普及的另一主要因素。我们在赞叹大唐诗歌辉煌的同时，也不禁思索着当时学童的诗歌创作是如何培训的？科举考试下的学子们又是如何透过规范的学习以合乎考试之要求？这些习诗过程与相关材料，传世载籍几乎都未见载录与流传，因此，尽管大唐诗风灿烂蓬勃辉煌，然后世对唐代学童习诗的实况却不甚明了。

──────────

　　① 清彭定求等奉敕编校《全唐诗》，共计900卷，目录12卷。"得诗四万八千九百余首，凡二千二百余人。"

　　② 陈尚君《全唐诗补编》，中华书局1992年版。

　　③（明）胡应麟《诗薮外编》卷3《唐上》，（台北）正生书局1973年版，第157页。

以下试就已公布的敦煌吐鲁番文献，筛检出有关学郎所抄的诗作、诗格、日常习诗与作为习字的诗歌模板等文献，分别从诵习范本、抄写诗篇、研习格律以及习作呈现等几方面论述唐代学童诗学教育的步骤方法及其具体实况。

二、唐五代儿童诗歌诵习的范本

古人读书，诵读最为基本，透过眼到、口到、耳到而最终收到心到的学习效果。诗歌为美文，音韵铿锵，节奏有致，极易朗朗上口，所以自来诗歌学习，尤重诵读。清代以来，儿童读诗多诵读《唐诗三百首》，俗谚说："熟读唐诗三百首，不会作诗也会吟。"可以说明儿童学习诗歌的初步及诵读的效用。唐代儿童学习诗歌抄写讽诵，虽然不见有如后代采用清乾隆时孙洙选编的《唐诗三百首》一类的诗歌选集，但按理应有其诵习的范本。如《旧唐书·杨绾传》便有云："幼能就学，皆诵当代之诗；长而博文，不越诸家之集。"①我们从敦煌文献中有关学郎抄写读诵的诗歌模板进行梳理，也可略窥一二。以下略举几种，以见其一斑。

（一）李峤《杂咏》为儿童学习咏物诗的范本

《李峤杂咏注》是今存唯一的唐人注本诗集。李峤（644—713）《杂咏》全编一百二十首，又称《百咏》，或名《百二十咏》。是采用类书体制写作的五律咏物组诗。吟咏的题材，分别从日、月、星、风到珠、玉、金、银，种类繁多。每题一诗，计一百二十题，分属：乾象、坤仪、芳草、嘉树、灵禽、祥兽、居处、服玩、文物、武器、音乐、玉帛十二类，每类十首。唐初近体诗创作趋于繁荣，其表现逐渐形成固定程序，特别是咏物诗，已形成一套固定的描写程序。李峤《杂咏》的性质颇似类书，主要侧重于歌咏描写各种日常物品的形态与特点，几乎涵盖所有自然事物及人文器具，是唐初以来探究对偶、声律之风的产物，其目的盖为唐人诗歌学习写作而编写。

李峤与王勃、杨炯相接，又和杜审言、崔融、苏味道并称"文章四友"。他们的诗歌创作在内容上与以前的宫廷诗人作品无太大差别，但在诗

---

① （后晋）刘昫等撰《旧唐书》卷119《杨绾传》，中华书局1975年版，第3430页。

律和诗艺技巧方面确有很大进展，为唐代近体诗的定型作出了贡献。李峤的诗歌创作重技巧，乏情思。他的一百二十首咏物诗，多为奉命或应制之作，鲜有可观，但这些诗都是合律，且十分讲究修辞技巧，在当时五言律诗的发展过程中，是具有推动功效的。

李峤《杂咏》东传日本，至为流行，是日本学习汉诗的入门读本，传本、注本不绝。日本著名汉文学史研究者川口久雄将李峤《百咏》与白居易诗、李翰《蒙求》称为日本平安时代知识阶级三大幼学启蒙书。[①]葛晓音以为："（李峤《百咏》）既然传到日本，在唐代也必定流传甚广。而且在天宝六年又有张庭芳为之作注……欲启诸童稚焉。显然，张庭芳是把这组诗视为一种创作范式来作注，兼给童稚启蒙的。可见《百咏》在盛唐仍有促进诗歌普及的作用。"[②]

李峤《杂咏》讲究声律、对偶、用典等诗歌创作的基本要求，总结了在他之前声律、对偶发展的成果。一百二十首篇篇主题不同，章法各异，采用具体诗作来作为诗歌写作的示范，匠心独具，允为实用之诗歌写作方法大全，其于初学者尤具效用。因此，不仅盛行于大唐，同时有无注本及注本的流传，平安时期注本更东传日本，成为日人学习汉诗的表记，深受搢绅之士所喜好。其在西陲的敦煌地区，也同样普遍流传，成为举子、学郎学习诗歌规抚之典范。今敦煌文献存有李峤《杂咏》张庭芳注本残卷，计有：

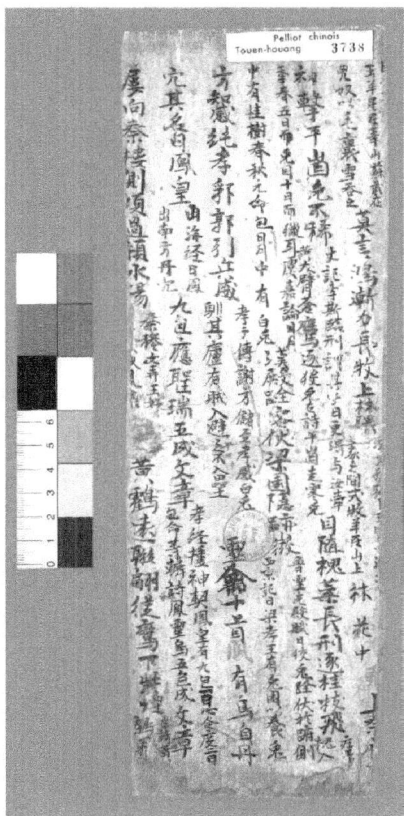

---

① [日]川口久雄《平安朝日本漢文學史》第 24 章第 6 节"源光行の蒙求·百咏·乐府和歌"。（（东京）明治书院 1961 年版，第 985—994 页）

② 葛晓音《创作范式的提倡和初盛唐诗的普及——从〈李峤百咏〉谈起》，《文学遗产》1995 年第 6 期，后收入《诗国高潮与盛唐文化》，北京大学出版社 1998 年版，第 235—251 页。

P.3738；S.555；Дх10298；Дх2999+Дх3058（缀合卷）；Дх05898残片、Дх1121残片等七号六件。

敦煌本李峤《杂咏》自公布以来，即深受学界关注。神田喜一郎、王重民、黄永武、王三庆、徐俊等均有整理研究，或考论其文献，或评析其诗学价值，更有全面校理注疏的呈现。①1995年，葛晓音《创作范示的提倡和初盛唐诗的普及——从〈李峤百咏〉谈起》一文，从诗学的角度论证《杂咏》采用五律分类咏物组诗的形式，是受"初唐以来专讲对偶声律的著作常用的示范方式的影响"，为"唐初以来的作文入门类著作的惯例"，也与"唐初以来诗歌创作、类书编排以及指导对偶书特别重视咏物有关。"②笔者由于从事敦煌诗歌与敦煌蒙书研究的关系，对于以诗歌作为蒙书及蒙书采用诗歌体式，乃至二者之间的相互交涉尤为关注。窃自以为：李峤《杂咏》是唐人普及五言律诗的启蒙教材，我国史志虽有著录，然中土失传已久。张庭芳《李峤杂咏注》是天宝六年（747）张庭芳为了有助于童稚的诗歌学习，特针对当时流行的诗歌创作范式《李峤杂咏》"研章摘句，辄因注述"，以期"庶有补于琢磨，俾无至于疑滞"。③敦煌本的流传说明了《李峤杂咏》在唐代西北边陲的敦煌地区仍旧是诗学教育的流行教材，其在大唐盛世广为流行，盛况不难想见。唐代日本遣唐使、留学生曾据以为学习汉诗的典范，并携返日本，成为平安时期日人学习汉诗的热门诗集。④更有大量无注本及注本的

① [日]神田喜一郎《敦煌本〈李峤百咏〉》，《东方学会创立十五周年纪念东方学论集》，（东京）东方学会1962年版，第63—70页；王重民：《李峤杂咏注》，《敦煌古籍叙录》，（上海）商务印书馆1958年版，第289—290页；黄永武：《敦煌本李峤诗研究》，《中华文化复兴月刊》21：8，1988年8月，第8—15页；[日]枥尾武：《大英图书馆搜集555敦煌本〈李峤杂咏注〉残卷一考察》，《成城文艺》157号，1997年、第1—32页；胡志昂：《李峤杂咏注考——敦煌本残简为中心に，印本宋代诗文研究会《橄榄》杂志，第2期；徐俊：《敦煌写本〈李峤杂咏注〉校疏》，《敦煌吐鲁番研究》第3卷，北京大学出版社1998年版，第63—86页；段莉萍：《从敦煌残本考〈李峤杂咏诗〉的版本源流》，《敦煌研究》2004年第5期，第74—78页。

② 葛晓音《创作范示的提倡和初盛唐诗的普及——从〈李峤百咏〉谈起》，《文学遗产》1995年第6期，第30—41页。

③ （唐）李峤《杂咏诗》12卷，《新唐书》卷60《艺文志四》著录在《丁部集录·别集类》。张庭芳《李峤杂咏诗注》新旧唐书未见著录。宋晁公武《郡斋读书志》载"李峤集本六十卷，未见。仅所录一百二十咏而已，或题曰单题诗，有张方注。"按："张方"盖"张庭芳"之误。

④ [日]藤原佐世《日本国见在书目录·别集家》著录："李峤百廿咏一"。

流传与刊刻。①镰仓（1192—1333）初期学者源光行曾据李峤《杂咏》翻作《百咏和歌》，其序云："张庭芳追述数千言之注，以备于后鉴。"敦煌本与日本藏本的保存，印证了李峤《杂咏》（《百二十咏》）在当时确实有用来作为学郎、举子诗歌习作养成的基础教材。

（二）咏史诗写本的讽诵兼具习诗与历史教育的功能

由于唐人有重经验，讲历史，崇古人，喜漫游，感时事的风尚，尤好借古人之酒杯浇我心中之块垒；因此，咏史诗在唐代蓬勃发展。初盛中晚各期均不乏名家，随着社会变迁，由浅而深，由歌颂到披露，由规讽到评骘，各有其特色。与咏物诗一样，咏史诗也常被用来作为童蒙教育的教材，咏物诗的讽诵，重在学习格律与对仗等诗法，兼及增长见识；咏史诗则重在传授历史知识，兼具品人论事，充实诗歌写作的素材。

1994年张晨《传统诗本的文化透析——〈咏史〉组诗与类书编纂及蒙学的关系》关注到咏史组诗与童蒙教育的关系，②并且留意到咏史组诗与类书、童蒙之间的关系，虽也注意到敦煌写本赵嘏《读史编年诗》，③但所论述的赵嘏、胡曾、周昙，这些作者多是中晚唐的诗人，身份、地位、学养均属中上层文士。回顾咏史诗的发展，东汉以来咏史诗的传统，多为诗家个人对历史人事的咏叹与感怀，更多是借古人之酒浇我心中之块垒，呈现的是个人的历史情感与艺术表现；中晚唐如赵嘏、胡曾、汪遵、周昙……咏史诗的涌现，他们所作的咏史诗，呈现的意涵与东汉以来咏史诗的传统，及唐代六小李杜等名家咏史诗抒发个人情怀之作格调迥异；也与民间纯粹为学童而编写诗歌体式的历史类蒙书不同，然而他们的文学性仍然高出咏史类童蒙教

① 参[日]福田俊昭《李峤と杂咏诗の研究》，（东京）汲古书院2012年版。

② 《上海社会科学院学术季刊》1994年第4期，第98—105页。

③ 《读史编年诗》为赵嘏之作，与胡曾《咏史诗》、周昙《咏史诗》等时代、阶层、性质相近，同属中晚唐文人大型咏史组诗。敦煌写本有S.619一件，王重民先生早年曾抄归，生前不及披露，后由夫人刘修业女士整理撰成《敦煌本〈读史编年诗〉与明代小类书〈大千生鉴〉》发表于《敦煌语言文学研究》，北京大学出版1988年版，第222—239页。之后，乃有人探究，如谢巍：《敦煌本〈读史编年诗〉作者佚名考及其他》，《江海学刊》1989年第6期，第169—190页；陶敏：《敦煌写本〈读史编年诗〉的内容与作者》，《咸宁师专学报》1996年第2期，第50—51页；徐俊：《敦煌诗集残卷辑考》，中华书局2000年版；赵望秦：《赵嘏〈读史编年诗〉论》，《陕西师范大学学报（哲学社会科学版）》2004年第4期，第67—70页。

材，不能代表下层民众的文化意识，反映童蒙教育的实况。①

敦煌写本中咏史诗类的童蒙读本，当以《古贤集》最为代表。存有九件，分别收藏在英国、法国及俄国。编号是：P.2748、P.3113、P.3174、P.3929、P.3960、P.4972、S.2049、S.6208、Дх.2776。《古贤集》盖为中晚唐时民间教育者所撰作，其目的是作为童蒙学习诗歌时的讽诵之用，兼具历史教材。全篇体制以"君不见"三字作为起句的冒头语，之后则是以七言40韵，80句，560字，集合古代诸圣贤事迹，撰成长篇歌诗。就诗歌文学的立场来看，《古贤集》与《读史编年诗》当可归入咏史诗。所以项楚《敦煌诗歌导论》与徐俊《敦煌诗集残卷辑考》在校录与讨论《古贤集》时，均将其视为咏史诗。②

按：《古贤集》的内容表现，正如最后两句所说："集合古贤作聚韵，故令千代使人知。"其主要述孝友、勤学、文章、仕宦、诚信、忠贞等事迹，是以人物为主，配合其事迹，灌输历史故事，借以从中吸取经验与教训。就功能而论，盖以精简通俗的诗句，概括历史人物的经历，便于学童朗诵，快速地掌握历史故事，既可敦品励学，又可丰富相关历史知识及咏史诗歌写作之材料；同时还能在诗歌韵味的浸淫中，培养作诗的基础。

P.3174《古贤集》写本

---

① 参朱凤玉《敦煌文学研究、教学与唐代文化之互证——以〈古贤集〉与民间历史教育关系为例》，《唐代学术研讨会论文集》，(台北)里仁书局2008年版，第91—115页。后收录于《敦煌俗文学与俗文化研究》，上海古籍出版社2011年版，第152—173页。

② 项楚《敦煌诗歌导论》第三章《民间诗歌》"咏史事"一节讨论《古贤集》，(台北)新文丰出版公司1993年版，第191—194页；徐俊：《敦煌诗集残卷辑考》，中华书局2000年版，第147—153页，则有校录。

因系为童蒙教育而编的教材，所以内容较为集中在歌咏古人奋发勤学的事迹：

> 君不见：
>
> 秦皇无道枉诛人，选士投坑总被坋；范睢折肋人疑死，谁言重得相于秦。
>
> 相如盗入胡安学，好读经书人不闻；孔丘虽然有圣德，终归不免厄于陈。
>
> 匡衡凿壁偷光学，专锥刺股有苏秦；孙敬悬头犹恐睡，姜肱玩业不忧贫。
>
> （中略）
>
> 曾参至孝存终始，一日三省普天知。王寄三牲犹不孝，慈母怀酬镇抱饥。
>
> 孟宗冬笋供不阙，郭巨夫妻生葬儿。董永卖身葬父母，感得天女助机丝。
>
> 高柴泣血伤髀骨，蔡顺哀号火散离。思之可念复思之，孝顺无过尹伯奇。
>
> 文王得胜忘朋友，放火烧山觅子推。子夏贤良能易色，颜渊孔子是明师。

全篇以唐代流行七言古风的诗歌形式，将历史掌故及人物事迹加以编纂，让儿童诵读、记忆，以便灌输历史知识，并透过历史人物的行为典范，教导孩童忠孝仁义等品德。相较于讲理说教的蒙书，当更能吸引孩童，同时也能丰富学童的写作题材与表达的内容，这无疑是《古贤集》这类咏史诗歌写本的另一功能。P.3929 前抄《敦煌廿咏》，后接抄《古贤集》一为赞颂古代历史人物，一为歌咏敦煌当地风物，共同发挥地理与历史之教育功能。P.3870《敦煌廿咏》卷末抄有《题隐士咏》（为同一人所抄），后有题记："咸通十二年十一月廿日学生刘文端写记读书索文□"知此皆为学生诵读的诗抄。

（三）一卷本《王梵志诗》作为童蒙习诗兼训诫讽诵的读本

以通俗浅近见称的王梵志诗，是近代海内外敦煌诗歌研究最热门的课题，其浅俗的诗歌特色与辛辣的诗歌内容，更为学界所瞩目。所谓"王梵志诗"，实际上是一个庞杂的集合体。今存三十多件敦煌写本，除十几件没有诗题卷次外，其余均标有诗题卷次，各卷呈现的标题卷次，经过研究分析，大致可归纳为：一、卷上并序；二、卷中；三、法忍抄本；四、卷第三；五、零卷；六、一卷本；七、辑佚，共七系。

其中辑佚主要来自历代诗话、笔记；多为零篇散句，最为杂乱。敦煌写本各系的抄本，彼此不相杂厕，呈现出"各本王梵志诗不是同一人创作"的现象；也就是说存在着各自不同系统"梵志体诗"集合的可能。根据各卷的内容分析，大致可分为三个主要系统，即：社会诗：三卷本；宗教诗：法忍抄本、卷第三、零卷；教诲诗：一卷本。①

一卷本《王梵志诗》的"教诲诗"，计有 S.2710、S.3393、S.4669、S.5794、P.2607、P.2718、P.2842、P.2914、P.3266、P.3558、P.3656、P.3716、P.4094、宁乐本及Дх0890+Дх0891 等16件写本，全卷有诗92首，均采五言四句的整齐形式，内容偏重在生活仪节、处世格言、俗谚等方面，形式、内容旨趣都与其他卷次的《王梵志诗》不一样，内容性质与敦煌蒙书《太公家教》相似，且二者常合抄流传，同为晚唐五代敦煌地区民间广泛流行的童蒙读物。内容以孝、悌、敬、慎等儒家教育要求与生活礼仪、处世格言为主，属于格言诗的童蒙读物。②

---

① 参陈庆浩、朱凤玉《王梵志诗之整理与研究》，《新世纪敦煌学论集》，巴蜀书社2003年版，第156—167页。

② 参郑阿财《敦煌蒙书析论》，《第二届敦煌学国际研讨会论文集》，1991年，第211—234页。

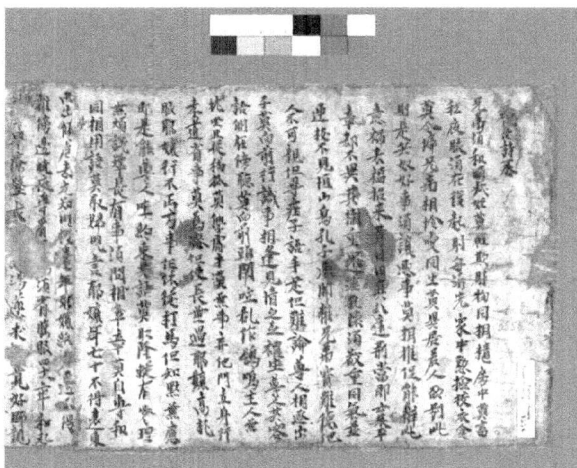

　　92 首诗都是五言绝句，每首仅二十字，因小见大，以少总多，在短章中包含着丰富的内容。诗中具体提出兄弟相处之道，并举出古代兄弟友爱的典范故事，恳切地告诫世人兄弟当同生，切莫产生异居之心。在修身孝顺、兄弟和睦外，还教示做人处世、立身行事要敬要忍，与人相交，必得恩来义往，受恩慎勿忘，施恩则慎勿念等待人接物之理。如：

　　　　兄弟须和顺，叔伯莫轻欺。财物同箱柜，房中莫畜私。
　　　　夜眠须在后，起则每须先。家中勤检校，衣食莫令偏。
　　　　兄弟相怜爱，同生莫异居。若人欲得别，此则是兵奴。
　　　　好事须相让，恶事莫相推。但能辨此意，祸去福招来。
　　　　昔日田真分，庭荆当即衰。平章却不异，其树复还滋。
　　　　孔怀须敬重，同气并连枝。不见恒山鸟，孔子恶闻离。
　　　　兄弟宝难得，他人不可亲。但寻庄子语，手足断难论。

　　从所知见一卷本抄写的情形，我们可明确看出这是具有童蒙教育功能的诗歌教材。例如：P.4094 一卷本《王梵志诗》与《夫子劝世词》合抄，日本宁乐美术馆藏一卷本《王梵志诗》写卷则与《太公家教》合抄。这些现象说明了他们的性质相同，均属于童蒙的读物。

　　另外，有些一卷本《王梵志诗》抄本还保存有学郎抄写的题记，足以说明确实是敦煌地区用来作为学童教育的教材。如：

S.2710号卷子，正面题记有："清泰四年丁酉岁十二月舍书吴儒贤从头自续泛富川。"背面题记有："氾富川王梵志诗一卷。"

P.2718号卷子，分作二部，皆系一人所抄。题记有："开宝三年壬申岁正月十四日知术院弟子阎海真自手书记。"

P.2842号Bis，题记有："己酉年二月十三日学仕郎。"

P.3558号卷子，有题记："辛亥三年正月十七日三界寺。"

这些一卷本《王梵志诗》写本抄手的身分有"舍书"（S.2710）、"学仕郎"（P.2842）、"知术院弟子"（P.2718）等。"舍书"二字为何意，不能确知，然"吴儒贤"一名又见于P.3691号卷子《新集吉凶书仪》卷末题记："天福五年庚子岁二月十六日学士郎吴儒贤诗记写耳读诵。"天福五年（940）为学士郎，则清泰四年（按：清泰仅二年，清泰四年是天福二年937）当亦是学士郎无疑。"学郎""学仕""学士"均为"学仕郎""学士郎"之省称，即"学童""学生"。由此可确知一卷本王梵志诗在敦煌地区普遍用来作为一般学童教育的教材，同时也是五言绝句的诗歌教材。

（四）韦庄《秦妇吟》为五代时期敦煌学郎学习诗歌的典范

除了咏物性质的李峤《杂咏》作为童稚学习诗歌的教材外，当时用来作为学习诗歌的热门读物还有后世失传的韦庄《秦妇吟》。敦煌写本《秦妇吟》今存有14个编号11件写本，足见其在当时的盛行。学界在讨论唐代庶民教育时对于《秦妇吟》具有童蒙教育的用途已有所留意。我与内人朱凤玉在研究敦煌蒙书时也注意到学郎抄写《秦妇吟》的各种情况，当时基于对蒙书的界定，采取较严谨的定义，而未加以进一步讨论。之后柴剑虹、伊藤美重子均根据抄者多数为学士郎，而以为当是学校使用的教材。[1]近年田卫卫《〈秦妇吟〉之敦煌传播新探——学仕郎、学校与诗学教育》更全面分析十一件《秦妇吟》写本，[2]从半数以上留有学士郎书写题记的写本，探究其在敦煌寺学、私学不同教育背景下所体现的教材性质。

---

① 柴剑虹《〈秦妇吟〉敦煌写卷的新发现》，《光明日报》1983年6月7日；[日]伊藤美重子《敦煌文书にみる学校教育》，（东京）汲古书院2008年版，均根据抄者为学士郎。

② 田卫卫《〈秦妇吟〉之敦煌传播新探——学仕郎、学校与诗学教育》，《文献》2015年5期，第90—100页。

有关韦庄《秦妇吟》的记载最早见于五代孙光宪的《北梦琐言》载："蜀相韦庄应举时，遇黄寇犯阙，著《秦妇吟》一篇，内一联云：'内库烧为锦绣灰，天街踏尽公卿骨。'尔后公卿亦多垂讶，庄乃讳之。时人号'《秦妇吟》秀才'。他日撰家戒，内不许垂《秦妇吟》障子，以此止谤，亦无及也。"①《秦妇吟》写于韦庄应举时，唐代行卷、温卷之风盛行，韦庄很有可能把《秦妇吟》作为"行卷"呈献给当时权贵以求汲引。

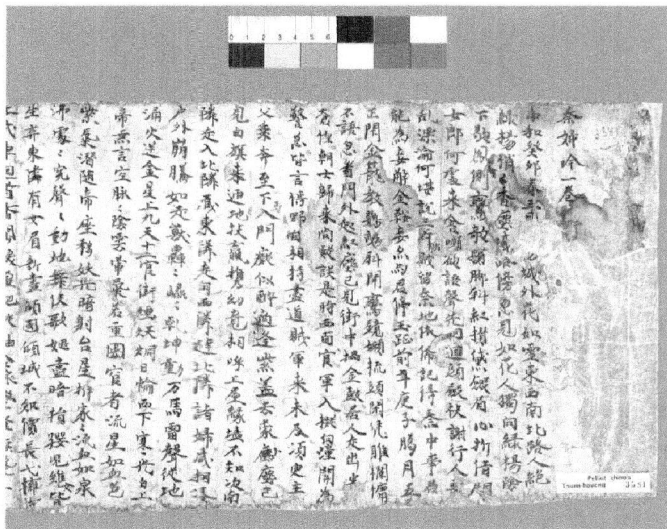

---

① 孙光宪《北梦琐言》卷6，中华书局2002年版，第134页。

今存写本有题记年代最早为 P.3381 "天复五年乙丑岁十二月十五日敦煌郡金光明寺学仕张龟天",原题 "秦妇吟" 下署 "右补阙韦庄撰"。"天复" 为唐昭宗年号,只有三年,"天复五年乙丑岁" 当是唐哀帝天祐二年,公元 905 年。距《秦妇吟》创作时间仅二十二年即盛传于西北边陲的敦煌。也可能是受到黄巢之乱影响,被迫迁移到河西地区的移民带来了《秦妇吟》写本。不过,韦庄此一名篇,乃唐末五代长篇叙事诗的佳作,其思想内容与艺术特色均极具水平,可与杜甫史诗《三吏》《三别》,白居易的叙事诗《琵琶行》相媲美。全篇情节曲折丰富,结构严密,语言精工,时人称赏,因此韦庄才有 "秦妇吟秀才" 的雅称,如此佳构自然是当时诗歌学习的重要对象。从敦煌写本《秦妇吟》的传抄者多为敦煌寺学的学郎,可推知这些写本主要用来作为学郎学习诗歌创作的典范。《秦妇吟》的传抄在敦煌地区盛行,除了历史地理因素外,作为诗学教育教材范本恐怕是主要的原因。

三、抄写诗歌名篇以熟悉诗歌体式与风格

古人读书首重手到,启蒙初阶,必先识字、习字,既已识字、习字,接着读书、习诗文,读书必先抄书,据抄本以诵读。学习诗歌也需抄诗,既可习字,记诵诗句,又能熟悉句式与诗歌风格。2008 年,荣新江等主编《新获吐鲁番出土文献》公布有 2006 年征集的吐鲁番出土文献 "唐写《古诗习字残片》(岑德润五言诗等)",①编号 2006TZJI:074 背与 +2006TZJI:007 背两残片缀合组成的一件文书。此件正面系西州官文书《唐西州典某牒为吕仙怀勾征案》,背面则是学生的习字,属高昌国或唐西州时期,应该是唐代初期抄写的。

习字残片前五行的内容应是一首五言古诗:"珠帘钩未落,斜栋桂犹开。何必高楼上,清景夜徘徊。" 朱玉麒根据其咏物诗的风格特征,特别是声律上的平仄情况,判断它是一首南朝或隋代的佚诗而拟题为 "南朝或隋·佚名《咏月》诗"。在这首五言诗后,紧接着抄写有 "岑德润" 三字,在

---

① 见荣新江等主编《新获吐鲁番出土文献》,中华书局 2008 年版,第 356 页。相关研究参见李肖、朱玉麒《新出吐鲁番文献中的古诗习字残片》,《文物》2007 年第 2 期;修订本见荣新江等主编《新获吐鲁番出土文献研究论集》,中国人民大学出版社 2010 年版,第 521—529 页。

"岑德润"三字后面的残片上，残存有"波""带水""东自""用上"等不相衔接的文字，经朱玉麒查对后，确定是隋·岑德润的《咏鱼》诗，内容即："剑影侵波合，珠光带水新。莲东自可戏，安用上龙津。"①

从这件吐鲁番出土"古诗习字"残片，每首诗每字抄写三次，我们可以得知初唐时期抄写诗歌已是当时儿童学习诗歌的基本方法，而对于这件以诗歌作为习字模板的文书，朱玉麒曾撰文论述其在文学史的意义说："用古诗作为习字用帖反复临写，充分表明了一个时代新的风尚，那就是对诗歌的爱好，成为童蒙学习的日常形态。"②这件吐鲁番文书虽为残片，然却有助于我们了解唐代学童日常学习诗歌写作的具体实况。而与吐鲁番地区地缘相邻，时代相续的敦煌文献，也保存有较多的相关材料。

我们结合前述《李峤杂咏》的流传来考察，发现《李峤杂咏》既是儿童学习诗歌的范本，又是童蒙教育的理想教材；与此"唐写《古诗习字残片》（岑德润五言诗等）"会观，一在吐鲁番、一在敦煌，甚或日本，前后可相互印证，也说明了咏物诗在隋唐的地位，与唐代诗歌的发展进程。

---

① (隋)岑德润的《咏鱼》诗，"剑影侵波合，珠光带水新。莲东自可戏，安用上龙津。"（见逯钦立辑校《先秦汉魏晋南北朝诗·隋诗》卷5，中华书局1983年版，第2693—2694页）

② 李肖、朱玉麒《新出吐鲁番文献中的古诗习字残片》，《文物》2007年第2期，第62—65页，修订本见荣新江等主编《新获吐鲁番出土文献研究论集》，中国人民大学出版社2010年版，第521—529页。

四、《诗格》作为唐五代学童学习诗歌对仗的理论教材

除了从诗歌模板习得作诗使用的格律与诗歌风格外，另外必备的诗学常识便是熟记诗歌对偶的名目与例句。因此，敦煌写本中的《诗格》，便是当时学童进一步学习诗歌的诗学技巧理论读物。唐代律诗讲究对仗，对偶名目当是学童必须熟悉记诵的诗学内容。敦煌本S.3011《诗格》残卷的存在，从侧面透露出对偶论在唐代敦煌地区学童学习诗歌创作时实践之一斑。

唐代诗学论著初期使用的"格"，意思大都指法式、标准、规格，内容主要在讨论诗歌的体制、格式等方面的问题。具体地说，就是指声律、属对、句式等创作的规范。这些都是诗歌的形式要素，也是促进唐代近体诗成熟的重要力量。而以"诗格"作为诗学论著的命名，盖期以作为诗歌写作规范自许。此类著作之编写动机，大抵在供初学入门之用；或为应举诗歌考试之便。因此，对偶论自然是此类论著的重要内容之一。

敦煌本S.3011《诗格》残卷，内容确为唐人《诗格》无疑，虽仅残存几行，内容相当有限，且都见于传世文献中；虽对唐人诗学理论的研究无甚帮助，然其抄写情况，却可印证对偶理论在唐人诗歌习作中的实践历程。

英藏S.3011卷子本，中间断裂，散佚一段，今存头尾两段，分作A、B二件。S.3011A高28厘米，长150厘米，依内容为前段；S.3011B高28厘米，长300厘米，依内容属后段。

S.3011A正背书。正面：《论语集解》卷六，首尾俱缺，存84行。

背面：有"短短短""伯盈""索员住"等杂写。后接抄《诗格一部》片段，四行，谨依行款移录如下：

> 1. 诗格一部
> 2. 弟一的名对。弟二隔句对。弟三双拟对。弟四联
> 3. 绵对。弟五互成对。弟六异类对。弟七赋体对。
> 4. 弟一的名对。上句

接着有：倒书一行："北方大圣大王卜手口口"，之后"诗格一部"二

行习书，全文如下：

　　1.诗格一部、弟一的名对。
　　2.诗一格部天青弓云外、山俊（峻）紫微中。鸟飞谁（随）影去，花洛（落）逐遥（摇）风。

之后有倒书杂写："南无东方之之之……""大大以青阳告社之之之""全不来问愿成伏伏伏……""伏以今月判支都头曹住信"等，其中夹杂有"弟一的名对，弟二联绵对""千字文救员外""得人一牛还人一马"等。

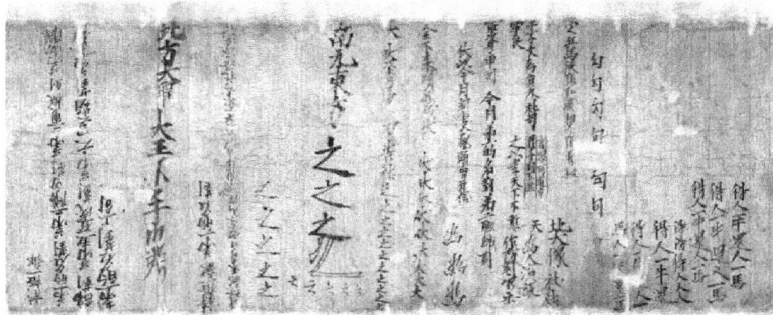

徐俊《敦煌诗集残卷辑考》曾校录S.3011《诗格》残卷中"天青白云外，山峻紫微中。鸟飞随影去，花落逐摇风。"的诗句，并在校记中提及：

　　原钞《论语集解》卷六、七背，倒书四段："诗格一部：弟一的名对，弟二隔句对，弟三双拟对，弟四联绵对，弟五互成对，弟六异类对，弟七赋体对。"……按此处所存"七对"名目，与《文镜秘府论》东卷《二十九种对》约前七对完全一致……《文镜秘府论》东卷《二十九种对》第六异类对云："异类对者，上句安天，下句安山……"诗曰："天青白云外，山峻紫微中。鸟飞随影去，花落逐摇风。"①

徐氏虽以辑录敦煌诗集残卷为主，然对S.3011A有关《诗格》残卷"七对名目"也明白地指出其与《文镜秘府论》之对应关系；之后，张伯伟《全唐五代诗格汇考》"《诗格》佚名撰"条下，对S.3011A《诗格》残卷全文进

---

① 徐俊《敦煌诗集残卷辑考》，中华书局2000年版，第874页。

行校录，解题中更明确地对此残卷内容、名目、次第、诗句，详为比对。并指出 S.3011A《诗格》残卷值得注意的两点，即：可证"对偶说"为时人之通说，可为空海"古人同出斯对"之语作一旁证；又残卷字迹，幼稚拙劣，当为学郎所书，据此可见唐《诗格》之作在民间颇流行之一斑。

敦煌本 S.3011A《诗格》残卷，同卷后有倒书"千字文敕员外""得人一牛，还人一马"，笔迹为同一人。其中"得人一牛，还人一马"盖出《太公家教》。[①]《千字文》《太公家教》是唐代盛行的蒙书，更是敦煌普遍流行的诗学教材。[②]从这些杂写合抄的情况可知写卷的性质是学郎之习书。《诗格》既流传于敦煌地区，可想见是学郎习诗的基础，内容讲究对偶，并标举对偶名目，是唐五代敦煌地区学童学习诗歌写作的重要内容。此写卷正可反映出唐五代敦煌地区学子通过《诗格》进行诗歌习作的实况。[③]

五、学郎诗呈现唐五代学童诗歌习作的具体作品

唐代诗歌发达，加以诗赋取士，所以学童在接受启蒙教育时，便展开近体诗歌的写作训练。不论咏物、叙事、写景、述志，均依序咏诵、习作。不过，学童少年之作，大都不存，也罕有刻意加以流传。一般结集诗作时，少年时期青涩之作，大多不存，以致传世的儿童诗作相当有限。《全唐诗》中也保存有一些儿童写的咏物诗，如骆宾王七岁时写的《咏鹅》就是其中最著名的作品之一："鹅，鹅，鹅，曲项向天歌。白毛浮绿水，红掌拨清波。"苏颋七岁时写的《咏兔》："兔子死兰弹，持来挂竹竿。试将明镜照，何异月中看。"郑愔八岁时写的《咏黄莺儿》："欲啭声犹涩，将飞羽未调。高风不借便，何处得迁乔！"等，这些诗篇大都是中国历史上所谓神童诗，但留下的数量毕竟太少。

敦煌藏经洞发现的大批唐五代诗歌写本，让我们感受到雕版印刷普及前的抄本时代，敦煌地区诗歌流传的实况。随着敦煌资料的公布，我们也在许多学郎抄写文献之后发现了零星篇章的学郎诗抄，既丰富了唐五代学童的

---

① 周凤五《敦煌写本太公家教研究》，(台北)明文书局1986年版，第11页。
② 郑阿财、朱凤玉《敦煌蒙书研究》，甘肃教育出版社2002年版，第446—448页。
③ 郑阿财《从敦煌本〈诗格〉残卷论唐代诗学对偶理论的实践》，《文学新钥》第17期，2013年，第55—84页。

诗歌作品，更印证了胡应麟"童子妇人""靡弗预矣"的说法。其中有年龄稍大，心智成熟，颇具文墨与学养的学郎诗抄，这些作品与一般唐代文士的作品性质相同，内容大都是个人心志理想与情感的抒写，应属作家个人的意念。今所得见主要有翟奉达、薛彦俊、李幸思等。其诗如下：

北新836《毛诗诂训传卷十六·大雅·文王之什》背面《逆刺占》一卷卷末。有天复二年（902）翟奉达述志诗三首：

三端俱全大丈夫，六艺堂堂世上无。男儿不学读诗赋，恰似肥菜根尽枯。

又续前七言

躯体堂堂六尺余，走笔横波纸上飞。执笔题篇须意用，后任将身选文知。

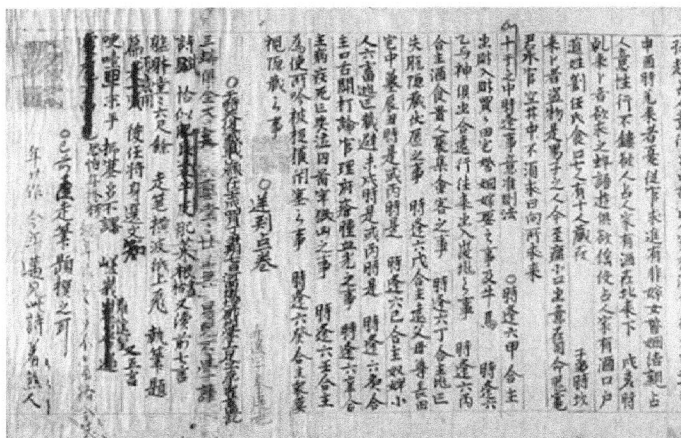

又五言

哽咽卑末手，抑塞多不谬。嵯峨难遥望，恐怕年终朽。

此三首诗前有题记："于时天复二载岁在壬戌四月丁丑朔七日，河西敦煌郡州学上足子弟翟再温记。温字奉达也。"前二首为七言绝句，后一首为五言绝句，均为翟奉达二十岁时为沙州州学生时之作。诗后有："幼年作之，多不当路，今笑今笑。已前达走笔题撰之耳，年廿作。今年迈见此诗，羞煞人，羞煞人。"当是他晚年看到年轻时抄卷，有感而发，再增写的题记。

翟奉达（883—？）晚唐五代沙州人。归义军时期的历法家。本名再温，字奉达，以字行。天复二年（902）为州学上足弟子，之后为伎术院礼生，后唐同光三年（925）为归义军节度使押衙行军参谋、银青光禄大夫、国子祭酒兼御史中丞、上柱国，后周显德三年（956）为登仕郎守州学博士。显德六年为朝议郎、检校尚书工部员外郎、行沙州经学博士兼殿中侍御史赐绯鱼袋。北宋建隆三年（962）尚在世，时年七十九岁。敦煌文献保存有他撰著的历日及诗文。

又S.6204有《同光贰载汝南薛彦俊七言诗一首》，首题："同光贰载姑洗之月（三月），莫生壹拾贰（十二日）叶迷愚小子汝南薛彦俊残水之鱼，不得精妙之词略咏七言"旁有"凡人"二字，当是诗题。其诗云：

> 童儿学业切殷勤，累习诚望德（得）人钦。
> 但似如今常寻诵，意智逸出盈金银。
> 不乐利闰（润）愿成道，君子烦道不忧贫。
> 数季（年）读诵何得晚，孝养师父求立身。

此诗为薛彦俊写于后唐同光二年（924），诗虽不合平仄格律，然内容道出了勤苦学习，期盼能出人头地，立身扬名。同时诗中也流露出学童从师多年，不胜烦苦的心声与怨言。其中"烦道"疑当作"忧道"，盖此句用《论语·卫灵公》"君子忧道不忧贫"成语。

又如P.2498《李陵苏武往还书》卷末抄有天成三年（928）李幸思诗云：

> 幸思比是老生儿，投师习业弃无知。
> 父母偏怜昔（惜）爱子，日讽万幸（行）不滞迟。

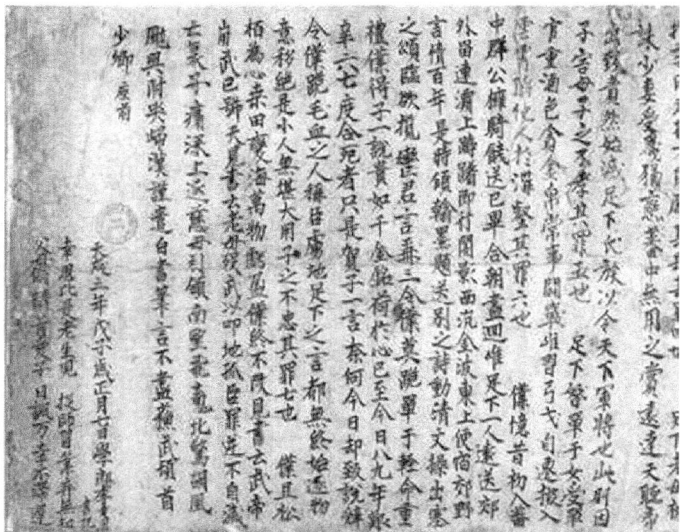

此诗有题记："天成三年（928）戊子岁正月七日学郎李幸思书记。"这首诗是学郎李幸思自白心迹的诗作。他说自己是父母的"老生儿"，为了报答年迈父母的养育之恩，怜惜之情，投师习业，发愤刻苦力学，显现出相当老成懂事的心态。

又P.2746《孝经》卷末有学郎"翟飒飒诗"云：

> 读诵须勤苦，成就如似虎。不词（辞）杖捶体，愿赐荣躯路。

此诗前有题记："翟飒飒诗卷""岁至庚辰月造秋季日逮第三写诗竟记，后有余纸则造五言拙诗一首"。诗中诉说着学郎勤苦读书追求成就，为此还不免身受体罚。

又如P.3305《论语集解》卷第五卷背杂写中有诗云：

> 男儿屈滞不须论，今岁蹉跎虚度春。□□强健不学问，满行竹色陷没身。□□自身□教勤，一朝得疾留后人。

虽字句残缺，但诗的大意仍然可见。虽无题记可知其时代与作者，但从抄写情况可推知应是当时学郎的习作。诗的内容道出学郎自我勉励：今年已蹉跎虚度青春，但愿能趁着强健时努力学问，颇有逝者已矣，来者可追的心境。

从上举诸例，不难发觉，这些诗歌习作，呈现有青少年学生的述志抒怀，如翟奉达、薛彦俊、李幸思等，这些作品，无论格律用韵等诗歌形式，或内容意涵均与唐代一般文士之作无甚差别。在敦煌写卷中遗留下来不少唐五代学郎读诵、抄习诗歌的材料，朱凤玉《敦煌学郎诗抄析论》曾从28件敦煌写卷中辑得54首（含残句），[①]除上举学郎习作外，还有年龄较小的学童所抄写的学郎诗抄，他们有的是刚启蒙的学童，尚不具备创作诗歌的能力，借抄袭现成既有的诗歌以抒怀；有的是略通文墨，诗歌写作能力尚为粗浅的青少年，仅能以浅白的口语写作近似打油诗的诗篇，或据现成诗篇加以改造，这些都是唐五代学童诗歌习作的具体而宝贵的实况呈现。

六、结　语

敦煌文献在千年前偶然地封闭，又在百年前偶然地发现。其中秘藏大量唐五代时期敦煌地区实际使用流传的各类文献，给后人提供了解敦煌地区民间社会生活的实物资料，同时也可据以印证唐五代社会生活与文化。所谓"以敦证唐，以唐考敦"，既揭示了敦煌学研究的要诀，也说明了敦煌文献的价值。

敦煌文献数量大，又多元，既复杂，又零碎，其价值除了文物、文字之外，更在文献。文献内容本身的正面价值外，有的还可从其保存情况考察其侧面的文化价值。尤其敦煌吐鲁番文献相较于传世典籍与文献，更凸显了这些文献不为流传而流传，真实地反映了实际生活的面貌，俨然成为唐五代社会生活文化的活化石。

诗赋取士是唐代科举文化重要而鲜明的特征。自来童蒙教育以识字教育为主，进而渐次扩及知识的传播与道德伦常训诫。唐代童蒙教育受到科举考试以诗赋取士的影响，学诗习文也成为童蒙教育的内容之一。其在诗歌发展的影响上既体现了唐代诗学的主流体制与主题，也建构了唐代诗歌的理论

---

① 朱凤玉《敦煌学郎诗抄析论》，《东海大学文学院学报》第48期，2007年，第111—138页；收入朱凤玉《敦煌俗文学与俗文化研究》，上海古籍出版社2011年版，第1—30页。

与写作技巧。唐代作为中国诗歌王国，除了诗体发展的自然趋势、帝王的提倡等诸多原因外，童蒙教育中对当代诗歌的诵读、抄写及各种诗歌教学的基本要求，诗歌创作技巧的讲究，也是唐诗兴盛与普及的另一重要因素。敦煌吐鲁番文献中有关唐代学童诗学教育相关材料的遗存，是当时学童诗歌教育真实又珍贵的原始材料。上文所举，看似不起眼的童蒙读物写本卷末、行间及背后，所呈现当时学郎留下的诗抄、习作，还有抄写者诵读的唐人诗篇，乃至学习诗歌格律对仗的教材《诗格》，虽非高文典册，然从侧面综合观察，却可印证唐代学童习诗之步骤与进程，反映唐五代诗歌教学的实况及其成效。

[原载《童蒙文化研究》（第三卷）人民文学出版社 2018 年版]

科举与元代后期诗学启蒙读物的兴盛

武　君

　　毋庸置疑，科举考试内容往往直接反映在应试教育内容上，在科举考诗赋的时代，蒙学教育中多注重诗歌训练，培养初学者的基本诗学素养。而兴起于宋元之际的诗学启蒙读物，如《韵府群玉》《学吟珍珠囊》《诗苑丛珠》等，以其"分门类聚，纂言纪事"的特点往往作为学校诗课教育的辅助读本，其作用是方便初学者学诗时查阅声韵、对偶、诗料等事，以备场屋课试之用，所谓"父师所以教之者，不过对偶声律之习，所以期之者不过科举利达之事"①。然而至元仁宗皇庆二年（1313）十月，科举明令废止诗赋，以经义取士，科举考试内容与诗歌训练的直接关联性减弱。但此类书籍在皇庆以后，尤其至元代后期却出现刊刻的高潮，"新编""增广"层出不穷，坊间几乎家家必售。究其原因，便是元代后期科举对社会学诗风气引导方式的转变，初学者不需经历严格的作诗训练，转而青睐于诗歌创作的速成之法。以往由科举考诗赋直接引导的诗歌训练变为通过古赋、经义间接作用于诗歌写作的学习。而此类诗学启蒙读物的兴盛，客观上促进了诗的普及及元代蒙求诗学的繁荣，具有重要的诗学价值与意义。据笔者调查，此类诗学启蒙读物的研究，现今学界只见张健先生有一些详细讨论，在笔者写作过程中又见到张健先生《从〈学吟珍珠囊〉到〈诗学大成〉〈圆机活法〉》一文。②但从元代科举角度讨论此类书籍兴盛原因及内容特色等问题，至今尚未见到。

---

　　① 吴邌斋《纯正蒙求序》，《纯正蒙求》卷首，《文渊阁四库全书》第952册，上海古籍出版社1985年版，第3页。
　　② 张健《从〈学吟珍珠囊〉到〈诗学大成〉〈圆机活法〉》，《文学遗产》2016年第3期。此外，张健另有《中国古代的声律启蒙读物〈声律发蒙〉及其他》一文，《岭南学报》复刊号（第一、二辑合刊）2015年第1期。

一、捃扯应举，仓卒之用：元后期诗学启蒙读物兴盛的原因

元后期诗学启蒙读物的兴盛与科举对社会学诗风气引导方式的转变密切相关。戴表元尝记元初闽中文士张君信的学诗经历："当是时，张君信闽士中尤精词赋之一人也……君信虽精词赋，遇大进取辄不利，然亦数数为诗。尝以贽见其乡先生陈忄善学士，陈学士戏曰：'子欲持是上春官乎？'君信惭之，弃其诗，复专攻词赋。"①显然，戴表元所谓与作诗对立的"科举"，很大程度上指向了"词赋"一科。从诗学角度来看，戴表元所言专精词赋而不能致力于诗，其实是对科举考词赋所带来的弊端进行深刻反思，科举所试之诗须拈题限韵、属对工稳、隶事精巧，在格律、声韵、形式等方面有严格的限制，士人顾忌于此，必然会影响其诗歌的实际创作水平。但科举考试是否立词赋，对士人诗歌训练的引导方式有明显区别。事实上，在元初的社会文化环境中，科举虽未行，但科举试诗的影响尚在，科举作为无形的指挥棒仍直接作用于学诗者基本诗学素养的培养。

元初对于科举存废的讨论集中于是否保留词赋科，而这一问题一直悬而未决。世祖至元八年（1271），尚书省议科举事宜，拟罢黜词赋而止用经义明经等科。至元十二年（1275）杨恭懿奏论："三代以德行六艺，宾兴贤能，汉举孝廉，兼策经术，魏晋尚文辞而经术，犹未之遗。隋炀始专赋诗，唐因之，使自投牒，贡举之法遂息。虽有明经，止于记诵。宋仁宗始试经义，亦令典矣。哲宗复赋诗，辽金循习，将救斯弊，惟如明诏。"②认为词赋虚诞，应从事实学，以救其弊。然而在元初，反对取消词赋的声音亦未曾消失，针对至元八年尚书省议废黜词赋，王恽《论明经保举等科目状》予以极力反驳："省拟将词赋罢黜，止用经义明经等科。其举子须品官保举之人，然后许试。夫如是，恐事出非常，中外失望。切惟科举之法，上自隋唐，迄于宋金，数百年之间，千万人之众，讲究亦云详矣。""且品流之人，若果实人材，虽出一切科目，不害为通敏特达之士，何独词赋无益于学者治道

① 戴表元《张君信诗序》，《剡源集》卷八，《文渊阁四库全书》第1194册，上海古籍出版社1985年版，第111—112页。

② 姚燧《领太史院事杨公神道碑》，《牧庵集》卷一八，《文渊阁四库全书》第1201册，上海古籍出版社1985年版 第589页。

哉！"①直到至元二十一年（1284），丞相火鲁火孙与留梦炎请行科举之议得到世祖认可，继而许衡提出"罢诗赋，重经学"②之新制，成为元代科举程式的雏形。但科举之事在此间犹未及行，取消诗赋一科的决策仍被搁置。科举停滞，是否取消词赋科的疑云始终未能消散，元初文人依然在宋、金科举的阴影之中未曾走出，欧阳玄说："宋讫，科举废，士多学诗，而前五十年所传士大夫诗，多未脱时文故习。"③宋代以经义、诗赋取士，进士科分试诗、赋、论、策等。金代承宋制，又专设词赋进士，"凡词赋进士，试赋、诗、策论各一道"④。而元代前期"戊戌选试"实际也是承袭了宋金旧制，《元史·科举志》载"戊戌选试"之程式云："以论及经义、词赋分为三科，作三日程，专治一科，能兼者听，但以不失文义为中选。"⑤如此，将词赋作为一科，势必影响士人日常学诗习得，张健先生说："唐时启蒙教育中，虽然有韵对的形式，但声律对偶本身似乎并未成为启蒙教育的内容。但自北宋以来，诗赋声律对属已经成为启蒙教育的重要内容。""至南宋，对属声律启蒙教育已经普遍化。"⑥而在没有明确废黜词赋之时，元代的学校教育仍将诗课作为重要内容，大德元年（1297）《行省坐下监察御史申明学校规式》载当时生员的课业：

> 三十岁以下者，各各坐斋读书，延请讲书训诲，每日每习。课业：一、六，本经经义，破题承冒，赋破一韵；二、七，本经经义，小经义，赋省题诗；三、八，经、赋同律诗一首；四、九，经、赋同古诗一首；五、十，经、赋同《语》《孟》义。
>
> ……
>
> 小学生员课试，每日背诵隔日书，授本日书，出本日课题，律诗、省诗对句，登堂听讲，食后习功课，七言律、五言律、绝句、省诗隔

---

① 王恽《乌台笔补》，《秋涧集》卷八六，《文渊阁四库全书》第1201册，上海古籍出版社1985年版，第238—239页。

② 宋濂《元史》卷八一，中华书局1976年版，第2017—2018页。

③ 欧阳玄《李宏谟诗序》，《圭斋文集》卷八，《文渊阁四库全书》第1210册，上海古籍出版社1985年版，第62页。

④ 脱脱《金史》卷五一，中华书局1975年版，第1134页。

⑤ 宋濂《元史》卷八一，中华书局1976年版，第2017页。

⑥ 张健《中国古代的声律启蒙读物〈声律发蒙〉及其他》，《岭南学报》复刊号（第一、二辑合刊）2015第1期。

对、七字对、五字对，习字，读本日书，午食后习功课，说书：《大学》《中庸》《论语》、小学之书、《通鉴》。出晚对，供晚对。①

由此可见，科举制度衣旧直接影响着当时士人学子的学诗风气，而这些基本的作诗训练也在一定程度上促进了当时的诗歌发展。而到延祐开科，情况发生了根本性转变，《通制条格》载皇庆二年（1313）中书省丞奏开科举陈疏云："学秀才的经学、词赋是两等，经学的是说修身齐家治国平天下的勾当，词赋的是吟诗课赋作文字的勾当……俺知今将赋，省题诗、小义等都不用，只存留诏诰、章表，专立德行明经科。"②奏疏明确指出，科举废除词赋，原因是辞赋是吟诗课赋之事，摘章绘句之学，容易导致士风浮华。紧接着第二年，朝廷议决恢复科举，并举行了首科乡试，律赋、省题诗等永久地被弃之于元代科举之外。科举程式中废黜词赋一科对学校教育有重要影响，这种变化很快反映在教育内容中，《元史·选举志》载仁宗延祐二年（1315）秋八月，更定国子学贡试之法后国子学的教学内容："一曰升斋等第。六斋东西相向，下两斋左曰'游艺'，右曰'依仁'，凡诵书讲说、小学属对者隶焉。中两斋左曰'据德'，右曰'志道'，讲说《四书》、课肄诗律者隶焉。上两斋左曰'时习'，右曰'日新'，讲说《易》《书》《诗》《春秋》科，习明经义等程文者隶焉。"③显而易见，学校教育已将作诗、作对置于次要位置。而程端礼《程氏家塾读书分年日程》所载当时小学生员的学习内容则更加强调对以往日常课程中注重作诗、作对习气的纠正：

> 小学不得令日日作诗作对，虚费日力。今世俗之教，十五岁前不能读记九经正文，皆是比弊……更令记《对类》单字，使知虚、实、死、活字；更记类首"长天""永日"字，但临放学时，面属一对便行，使略知对偶、轻重、虚实足矣。④

可见，元代科举的实施实则造成其对社会学诗风气直接导向作用的减

① 王颋点校《庙学典礼》卷五，浙江古籍出版社1992年版，第110页。
② 黄时鉴点校《通制条格》卷五，浙江古籍出版社1986年版，第69页。
③《元史》卷八一，第2030页。
④ 程端礼《程氏家塾读书分年日程》卷一，《丛书集成初编本》，中华书局1985年版，第4—5页。

弱，初学者不需要经过严格的诗歌训练而掌握作诗偶对的基本技巧，转而更为重视诗歌创作的速成之法。如同当今时代"大数据""电子检索"的兴起取代了以往耗时费力的寻章摘句，极大地提高了研究者的工作效率，带有工具书性质的诗学启蒙读物也以其实用便检的性质满足了举子"挦扯应举，仓卒之用"的需求。据张健先生的研究，程氏所提《对类》，为至正后期刊刻的《诗词赋通用对类赛大成》中增补所依的旧编《诗对大成》。①而此类书籍在元仁宗皇庆以后迅速抢占了图书出版市场。

科举作为风向标，在皇庆二年（1313）朝廷奏议恢复科举之时，最先感应到的便是图书出版行业，诗学启蒙读物的编撰、刊行一时兴起。现存《新编增广事联诗学大成》三十卷即成书于皇庆元年（1312），卷首有建安毛直方序，未署编撰者名氏。毛直方，生卒年未详。蒋易《皇元风雅》录其诗并附揭希韦所撰《墓志》，可知其大致活动于元初。顾嗣立《元诗选三集》录其《聊复轩斐集》，另有《诗宗群玉府》三十卷。是著分天、地、人、物四部，各部之下依次分类，共包括天文、时令、岁时、节序、山川、地理等45类。类目之下又分叙事、故事、大意、起、联、结六部分。张健先生通过对勘此书与《诗苑丛珠》，认为此本是在《诗苑丛珠》的基础上增删而成，而《诗苑丛珠》又是在《学吟珍珠囊》基础上编成，因此《诗学大成》极有可能是增删二书而成。②由此可见当时社会对此类书籍的需求。此外，现存于首都图书馆的元刊本《声律发蒙》卷首有王伟写于皇庆二年（1313）的序文，可知此类声律启蒙读本亦是应恢复科举而编撰。相关文献、版本问题，张健先生已有详论，兹不赘述。

顺帝初年，此类书籍依然不断刊刻，《新编增广事联诗学大成》现存有至顺三年（1332）广勤书堂本；阴时夫辑、阴中夫注《韵府群玉》二十卷又于元统二年（1334）梅溪书院重刻。但是到了顺帝后至元元年（1335），举办了七场的科举考试再次停罢，此后五年间此类书籍便销声匿迹，从现存版本及书目著录中完全找不到刊刻于此间的本子。

后至元六年（1340）科举制度再次恢复，诗学启蒙读物的刊刻也随之再次兴起，并达到高峰。现存《增修诗学集成押韵渊海》二十卷即是此年刻

---

① 张健《中国古代的声律启蒙读物〈声律发蒙〉及其他》，《岭南学报》复刊号（第一、二辑合刊）2015第1期，第183—184页。

② 张健《从〈学吟珍珠囊〉到〈诗学大成〉〈圆机活法〉》，《文学遗产》2016第3期。

本，卷首抄配“至元庚辰四月望日前进士张复序”，署“建安后学严毅子仁编辑”，卷末有书牌“至元庚辰菊节梅轩蔡氏新刊”。是集内容细密，容量颇大，按韵部分类，以单字为目，每字下分有事类、诗料两部分，事类明反切、辨训诂，诗料分五言、七言，又有活套、体字两门。卷前有《凡例》交代编撰缘由及体例：

> 书肆旧刊庐陵胡氏、建安丁氏所编《诗学活套押韵大成》，详略不同，醇疵相半，大抵以押韵诗句多者居前，诗句少者居后，韵母混淆，训诂阙略，识者病之。今是编，韵铨《礼部》，句选明贤，每韵之下，事联、偶对、诗料群分。非惟资初学之用，而诗人骚客亦得以触而长，引而伸，不无小补。比视旧刊霄壤悬隔，故名之曰《诗学集成押韵渊海》，盖所以别其异同也。①

可见此集是在旧刊《诗学活套押韵大成》基础上增补而成的。高儒《百川书志》卷十一著录庐陵胡继宗《诗韵大成》二卷，或即此处所谓《诗学活套押韵大成》，而卷数扩至二十卷，见其增补之巨。是集被收入《晁氏宝文堂书目》《四库全书总目提要》《善本书室藏书记》《中国古籍善本书目》《藏园群书经眼录》等书目著作。现存有国家图书馆藏本，《续修四库全书》子部类书类影印此本；南京图书馆藏本（有丁丙跋）；北京大学图书馆藏本。而在至正元年（1341），专门的考试用书也应时而出，刘贞、刘霁等人编辑的《新刊类编三场文选》专辑场屋所考诗、赋、论、表章等文体范文，由建安余氏勤德堂刊刻，见于《北京图书馆古籍善本书目》。至正二年（1342），杨维桢《新刊丽则遗音古赋程式》四卷刊行，这是对科举恢复以后，古赋由选作题目变成必做题目的直接回应，此集由杨维桢门人陈存礼编集，请黄清老作评语，现存于国家图书馆（有黄丕烈校跋）。此外《新编增广事联诗学大成》也在至正二年（1342）于日新堂重新刊刻，是集著录在傅增湘《藏园群书经眼录》，录有牌记曰：“至正壬午仲春日新书院重刊”，此本亦存国家图书馆。至正九年（1349），作为诗学启蒙读物的另外一个重要

① 严毅辑《诗学集成押韵渊海》，《续修四库全书》第1222册，上海古籍出版社2002版，第165页。

版本，《联新事备诗学大成》三十卷刊行。①此本为建宁路书市刘衡甫刻本，作者署"后学三山林桢编集"。林桢生卒事迹不详。卷首有"至正己丑首夏，奉训大夫建宁路瓯宁县尹劝农事朱文霆叙"。朱文霆（1295—1363），字原道，莆田人，元统元年进士，《元诗选癸集》辛集录其诗一首。全书按类分三十门，每门之下有事类、散对两类，散对以起、联、结别录五、七言诗句等内容。张健先生认为："林桢本是在《诗苑丛珠》与毛直方《诗学大成》基础上加以增删而成。"②因此，此书是《诗学大成》体系中又一次重新编撰修订之本。是书见于《文渊阁书目》《晁氏宝文堂书目》《天禄琳琅书目》《善本书室藏书记》《中国古籍善本书目》等书目。现存有南京图书馆藏本（有丁丙跋），《续修四库全书》据此影印；华东师范大学图书馆藏本，收入《中华再造善本》。

至正十一年（1351），江浙行省以"鉴湖风月"为题，在乡试之后又举办了一次考试，有百余人参加考试，分水人方子京以一首七言律诗"擢居前列，除嘉兴路教授"③。本次乡试用诗，在有元一代是绝无仅有的一次。虽然在元代科举史上这次"以诗考选"并没有产生多少影响，然而却极有可能为书市商家提供了一份有价值的商业信息，正因如此，在至正中后期，诗学启蒙读物又迎来新一轮刊刻热潮。至正十四年（1354），《新编增广事联诗学大成》于鄞江书院再次刊刻，现存此本有"至正甲午中秋，鄞江书院重刊"书牌，卷首有毛直方引。至正十五年（1355），《联新事备诗学大成》再次刊刻于翠岩精舍，目录后有木记，简述其增广事宜。在此后一年翠岩精舍又刊印了《重修玉篇》三十卷、《广韵》五卷，同时刘氏日新堂也重新刊刻了《新增说文韵府群玉》二十卷。至正二十年（1360），《诗词赋通用对类赛大成》二十卷于陈氏秀岩书堂刊行，此书于至正二十六年（1366）又有增补刻本。是著未署编撰者名氏，序文亦不存。按照类别分天文、地理、节令、花木、鸟兽等二十门，又连绵、叠韵并附各门之末，各门之下，分列一字、二字、三字、四字四类，每字之下，又分平、仄、实字、虚字，于此之下，又细分借对、上平对、上仄对、并实对、上虚下实对、上实下虚对等，巨细无

---

① 此本卷二标题为《联新事备诗苑英成》，卷七、卷八为《联新事备诗苑英华》，此外均题为《联新事备诗学大成》。

② 张健《从〈学吟珍珠囊〉到〈诗学大成〉〈圆机活法〉》，《文学遗产》2016第3期。

③ 陈衍《元诗纪事》卷一九，上海古籍出版社1987年版，第457页。

遗。卷一第二行"天文门"下刻有"陈氏秀岩书堂重刊",卷末有"岁次丙午菊节秀岩书堂新刊"牌记。目录后有木记云:"旧编《诗对大成》盛行久矣。今再将《赋对珍珠囊》择其切要可通用者,逐类增入,骈俪□料,实为详备。卷末《巧对》一集,仍复增益新奇,以充阅玩。视他略本,大有迳庭。至正庚子菖节,陈氏秀岩书堂梓行,幸鉴。"[1]可知此书是合《诗对大成》《赋对珍珠囊》而成,第二十卷为《重新增广古今巧对全集》,按照一字至十三字分类,之下又分以天文、地理等类目,卷末附《新增长联隔句类》。此书现藏于美国哈佛大学哈佛燕京图书馆,商务印书馆、广西师范大学出版社于 2003 年据此影印出版。

此外,另有两种未详具体刊刻时间的元刻本诗学启蒙读物:《新编类增吟料诗学集成》三十卷、《重刊增广门类换易新联诗学拦江网》七集七十卷。据第二批《国家珍贵古籍名录》,《新编类增吟料诗学集成》现藏于湖南图书馆,存五卷(一至三、十四至十五)。按傅增湘《藏园群书经眼录》著录元刊本《新编增广事联诗苑丛珠》,载其目录标题为《类增吟料诗苑丛珠》,《新编类增吟料诗学集成》即或为《类增吟料诗苑丛珠》的新刊本,可见与《诗学大成》有一定渊源关系。《重刊增广门类换易新联诗学拦江网》现藏于北京大学图书馆,收入《中华再造善本》。是集未署编者名氏,题名总目又作《增类换联诗学拦江网》。全书分七集,每集十卷,分天文、节候、城市、百草等 47 门,门下又分组目,清人彭元瑞《天禄琳琅书目后编》卷十一著录此书曰:"每目首列句之可命题者曰'集题',次双字相偶者曰'属对',次双字可破题者曰'体字',次五言、七言起、对、结句摘联,率以初学寻扯应举,仓卒之用,门目繁杂,次序乖互,乃坊刻兔园册之陋者,麻沙袖珍本极工,细铃印二不可辨。"[2]阐明其应对科举而刊刻的性质。

二、通古善辞,惟式是拟:启蒙诗学读物的诗学价值与意义

从上文所述诗学启蒙读物的刊刻情况可以看到这样的规律:延祐开科

① 佚名《诗词赋通用对类赛大成》,《美国哈佛大学哈佛燕京图书馆藏中文善本汇刊》(第 30 册),商务印书馆,广西师范大学出版社 2003 年版,第 32 页。
② 彭元瑞《天禄琳琅书目后编》卷一一,上海古籍出版社 2007 年版,第 643 页。

之际，此类书籍刊刻兴起，而到至正初期再次恢复科举，这类读本的刊行达到高潮并延行至元末。以此不仅可断定这类读物确实是应科举而刊行，也可以看出其与科举所考内容——古赋与经义有密切关系。延祐开科，考试内容专主经义，取消律赋与省题诗，保留古赋一道，但此时古赋是作为选作题目。而到后至元六年科举再次恢复，考试程式稍有变化："减蒙古、色目人明经二条，增本经义；易汉、南人第一场《四书》疑一道为本经疑，增第二场古赋外，于诏诰、章表内又科一道。"①经义、古赋从此均变为必作之题。那么，古赋、经义的考试内容为何促成诗学启蒙读物刊刻的兴盛？依笔者看，诗学启蒙读物将事类、诗料、对仗、用韵结合在一起的特征正好符合科场所考古赋对"通古而善辞"的要求，而经义章法程式化带来的"惟式是拟"的学术环境也促成了社会对作诗速成之法的重视。

其实，在元人看来，强调古赋，虽是对前代科举考律赋所产生的弊端的纠正，然而变律赋为古赋更为深层的原因则是要强调古赋与古诗的同源性，以此高举复古大旗，回归到《三百篇》等儒家经义的范畴。祝尧在《古赋辨体》中说："昔人以风、雅、颂为三经，以赋、比、兴为三纬；经，其诗之正乎！纬，其诗之葩乎！经之以正，纬之以葩，诗之全体始见，而吟咏情性之作，有非复叙事、明理、赞德之文矣！诗之所以异于文者以此。赋之源出于诗，则为赋者固当以诗为体，而不当以文为体。"②祝尧认为，赋本出于诗，写赋亦当以诗为体，"以诗为体"须以"风、雅、颂"为正，以"赋、比、兴"为葩，即强调格调、精神与体式、辞采相结合。而律赋、省题诗则失去"经之以正"的内涵，专以辞藻、技巧、诗法等为能事，反而更接近"以文为体"。《古赋辨体》本就是应科举而出，因此祝尧的观点在当时应该具有一定的普遍性。但"以诗为体"的古赋毕竟也需要从基本的声韵、对偶、诗料等内容的学习入手，只不过此前由科举考诗赋直接引导的诗歌训练变为通过古赋间接作用于诗歌写作的学习。适用于诗、词、赋的"通用手册"因此成为初学者首选的参考书籍，如《诗词赋通用对类赛大成》。而这类书籍也往往有目的地将其编撰缘由提升至古诗性情之正与平和从容的范围，现存后至元六年蔡氏梅轩本《诗学集成押韵渊海》张复序云：

---

① 《元史》卷八一，第 2026 页。

② 祝尧《古赋辨体》卷九，《文渊阁四库全书》第 1366 册，上海古籍出版社 1985 年版，第 836 页。

诗以性情为体，言为用，韵乃言之音节也。夫自《三百篇》以降，古诗犹叶韵，后世分四声为韵书。盖唐而诗之程度拘矣，流而为宋之省题六韵，其弊之极者欤！逮我圣朝，文教休明，遏流起靡，四方作者迭兴，各出机杼，亦已盛矣。一日见梅轩蔡氏待学《押韵渊海》及□溪子仁严君所编，各韵撷群书，而备韵料于前，选诸集而类韵移于后，其收也富，其择也精，诗家韵书是为详备。然尝观历代名家，其善押韵者或稳而雅如大厦栋楹，万力莫摇，或险而奇如仙山悬石，千古不坠，初无蹈袭陈语，而亦未尝必其有来处，斯岂其于检阅而成章也哉。盖士必学诗学期望于是，而不能骤至于是，故为之鉴编以备其熟此而有得焉耳。况乎《赓歌》用韵，举世所尚法之，一唱百和，而较以应之敏钝，押之工拙，读不万卷焉得万不求。盖于是书也，虽然道不古矣，古之诗情性覆而为辞，今之诗辞每制于韵，既欲稳而雅，险而奇，又欲得其性情之正亦难矣哉。能于《三百篇》求其平易以思古之道焉，是何望于为诗者。[1]

张复首先将批评的矛头指向唐宋以来科举程式对诗韵的限制，他认为历代善押韵者本是出于自己的博学功夫，所押之韵未必都有来处，也不依赖于翻检韵书，但是这种功夫不是初学者能够迅速获得的，因此详备的韵书，其价值依然值得肯定，只不过这种韵书的形式及士子学诗的途径需要从古诗发覆情性出发，进而为辞、制韵，达到所押之韵既稳而雅，既险而奇，又得乎性情之正。于是在他看来，诸如《诗学集成押韵渊海》这类书籍虽然道不古，但其最终是从古诗之义而来又返归至古诗之义。而这种形式正是元代科举所考古赋的要求。吴澄《跋吴君正程文后》云："往年予考乡试程文，备见群士之作。初场在通经而明理，次场在通古而善辞，末场在通今而知务，长于此或短于彼，得其一或失其二，其间兼全而俱优者不多见也。"[2]吴澄所谓"次场"，即古赋一场，所要求的标准为"通古而善辞"。"通古"指通识古事，符合所谓"多识鸟兽草木之名"的目的。至正元年江浙行省乡试古赋一题以"罗刹江"命题，而"锁院三千人，不知罗刹江为曲江也"，只有钱惟

---

① 陈衍《元诗纪事》卷一九，上海古籍出版社1987年版，第161—164页。

② 吴澄《吴文正集》卷六三，《文渊阁四库全书》第1197册，上海古籍出版社1985年版，第616页。

善据引枚乘《七发》为主司赏识。①由此可见，积累足够的"诗料""赋料""事类"在科举考试中的重要性。"善辞"指掌握技巧，善于运用声律、对偶等基本的诗歌写作方法。然而对于初学者来说，"善辞"不易，"通古"更难，那么如何来学习，便需要找到一种有效实用的办法。应此需求，诸如《诗学大成》《押韵渊海》等诗学启蒙读物便受到初学者青睐。因为此类读物将事类、诗料、对仗、用韵结合在一起，按照类别排列，既方便检索，又"一次性"地满足了"通古"与"善辞"两种需求。至正九年（1349）书市刘衡甫刊本《联新事备诗学大成》朱文霆序云："诗家者流，自《三百篇》始。其间风、赋、雅、颂之体具备，而又多识鸟兽草木之名，则诗之事料不可以不悉，而其体制不可以不知也尚矣。"②因此此类书籍的编刊目的即在于择取古今名公佳句，于"事类"和"诗料"去其繁滥而取其精切，去其未善而增入其善；于"体制"则取其最适合初学者掌握作诗技巧的编排方法。那么，这种事料与体制如何相合？

《联新事备诗学大成》是以事类为主，韵对贯穿其中，如"花木门"之"花"类，"事类"中有"芳菲"，引韩愈诗"百般红紫斗芳菲"；"妖艳"，引方干诗"可怜妖艳正当时"；"蔼蔼"，引杜诗"蔼蔼花蕊乱"；"夭夭"，引《诗经》"桃之夭夭"；"则天宣诏"，引《卓异记》："天授二年腊月则天宣诏曰：'明朝游上苑，火急报春知。花须连夜发，莫待晓风吹'"。如此之类，首先不仅提供有关"花"的各类词语、典故，并且通过具体例句，让初学者掌握诗料的运用方法。然后"大意"中又列"烂漫""倚云""云霞""蜂穿""蝶恋"等相关词语，后以"起""联""结"分列诗句，如何用词、偶对、押韵，如何联句成诗在此均给出了具体的范式。

《诗学集成押韵渊海》则先以韵排列，以下再安排诗料，《凡例》云："是编每韵之下，首明反切，继辨训诂，先活套，次体字，事联有二字、三字以至四字，皆取其的确，按据对偶亲切者用之，其不偶者，则圈以别之，诗料自五言以至七言，皆取其下字用工切于题目者用之。"又"书以押韵云者，盖取其压倒之义，下字贵工夫，造句贵来历"③。如"东"韵内"同"字，"活套"有异同、和同、混同、度量同、气味同等12个；"事类"有会

---

① 瞿佑《归田诗话卷下》，《历代诗话续编》，中华书局1983版，第1274页。

② 林桢《联新事备诗学大成》，《续修四库全书》第1221册，上海古籍出版社2002年版，第305—306页。

③ 陈衍《元诗纪事》卷一九，上海古籍出版社1987年版，第165—166页。

同、参同、雷同、多同、仅同等18种，并注出处，所谓"工夫"之在。"诗料"分五、七言，又在具体例句下以带圈字注明类属，如"君：皇恩一视同；文轨万方同"。"儒：衣冠与世同；臭味与君同"，诗句多有出处，如"衣冠与世同"句出自杜诗。

《诗词赋通用对类赛大成》又以事类为纲，对偶为主，诗料充之。如"花木门""一字类"列桃李、禾稼、香馥登高7种；"二字类"列梅花柳叶、松高竹密、桃霞柳雪、梅兄竹友等87种；"三字类"有腊前梅秋后菊、翠钿荷红锦叶、雪中梅霜外竹等23种；"四字类"有李白桃红橙黄橘绿、不蔓不枝方苞方体等10种。而于对偶中又分以平仄、虚实，如"天文门""乾坤日月第五"类中，平对有乾坤、阴阳、云霄等；仄对有日月、雪月、雨露等；上平对有天日、星月、风月等；上仄对有斗牛、日星、雪霜等；而在各类之前标明实字、虚字、半实、并实、半虚、上虚下实、死、活等不同对仗方式。

由此可见，以上三种启蒙读物虽有不同的编排规则，但均将声韵、对仗、事类、诗料等内容全部统合在一起，这种实用便检的工具书可以让初学者快速有效地达到"通古善辞"的要求，只要有大致的诗题，便可以通过不同的检索方式找到想要的辞藻，掌握偶对、押韵的技巧，而且所押之韵均有出处，奇险之韵亦不再是难题。

这类启蒙读物的另外一个显著的特征便是划分出诗歌结构，按照结构排列相应诗句。如《联新事备诗学大成》于每一门"大意"下排列"起""联""结"。这种划分结构、排列诗句的形式或与古人集句诗的练习有一定关联，据郎瑛《七修类稿·诗文·集句》，"集句起于宋荆公、曼卿，可谓绝唱。予幼时尝见襄府纪善长乐戴天锡维寿所著《群珠摘粹》，板镂浙藩，皆集唐、宋、元人之诗为律，对偶亲切，浑然天成，亦可影响王、石。今板毁矣，不知海内尚存否。又吾杭沈履德行，有《集古宫词》《梅花》等诗，今行于世，似不及于戴，然读之亦有宛然天成、全无斧凿痕者。后闻沈有《集古稿式》，分门摘句，先已排定起、联、结句，但临时咏何事，即攒成之耳"[1]。按郎瑛的记载，先排定起、联、结诗句，作诗时按照结构临时攒成是集句诗的一种重要作法。如《诗学大成》这类诗学启蒙读物的结构划分无疑是受到兴盛于宋元时期集句诗创作方法的影响，而这种类似于"集句"的

---

① 郎瑛《七修类稿》卷三二，上海书店出版社2001年版，第344页。

启蒙诗学教育对律诗结构论的形成也有重要意义。元代诗法著作中的对于律诗"起承转合"之理论总结与诗学启蒙读物的"起、联、结"结构排列高度一致，且举"天文门""天"类中几例与旧题杨载《诗法家数》中《律诗要法》①合看，参见下表：

表1　《联新事备诗学大成》与《律诗要法》有关律诗结构论述对照表

《联新事备诗学大成》	《律诗要法》
起 凿破谁知混沌初，红云闾阖帝深居。 一片苍苍空复空，望来还与覆盆同。 断鳌立极莫三才，成象惟天不可阶。 盘古生来气始分，苍苍正色渺无垠。	破题 　或对景兴起，或比起，或引事起，或就题起。要突兀高远，如狂风卷浪，势欲滔天。
联 不论动植飞潜物，咸属包含遍覆功。 积气何劳娲氏补，垂形虚动杞人忧。 尧仁广运应同天，文德惟新与并存。 气转一元常不息，立周万物本无私。	颔联、颈联 　或写意，或写景，或书事，用事引征。颔联要接破题，要如骊龙之珠，抱而不脱。颈联与前联之意相应向避，要变化，如疾雷破山，观者惊愕。
结 九间想与人间别，安得仙梯看帝宫。 机缄自有无穷意，小智何劳寸管窥。 欲知造化功无尽，鱼跃鸢飞适性真。 好是明月云敛处，湛然开作一池青。	结句 　或就题结，或推开一步，或缴前联之意，或用事。必放一句作三场，如剡溪之棹，自去自回，言有尽而意无穷。

由此表可知，"起"即对应诗歌首联；"联"对应颔联、颈联；"结"对应尾联。比较二者，其实《联新事备诗学大成》中所置诗句是完全符合理论要求的。此外旧题傅与砺述范德机意《诗法正论》载："作诗成法，有起、承、转、合四字。以绝句言之，第一句是起，第二句是承，第三句是转，第四句是合。律诗，第一联是起，第二联是承，第三联是转，第四联是合。或一题而作两诗，则两诗通为起、承、转、合……若作三首以上，及作古诗、长律，亦以此法求之。"进而范德机对起承转合的研究又返归至对以《诗经》为代表的儒家经义的解析，"《三百篇》，如《周南·关雎》，则以第一章为起、承，第二章为转，第三章为合。《葛覃》则以第一章为起，第二章为承，第三章为转、合。《卷耳》则以第一章为起，第二章、第三章为承，第四章

　　① 张健《元代诗法校考》，北京大学出版社2001年版，第17—18页。

为转、合……其他诗，或长短不齐者，亦以此法求之。古之作者，其用意固未必尽尔，然文者，理势之自然，正不能不尔也。但后世风俗浇薄，情性乖戾，故心声之发，自不能与古人合尔"①。此外，元代诗法著作《诗教指南集》亦有"起联结练句三法"，起句练法有：两平对偶、提纲挈纲领、上句生下；联句练法有：豪迈洒落、错综问答、下句承上；结句练法有：一事结、二事结、三事结。于各法后又标示"比""赋"等"诗之六义"。②前文已述，据张健先生研究，《新编增广事联诗苑丛珠》《联新事备诗学大成》是从《学吟珍珠囊》而来，而《学吟珍珠囊》大致成于宋金之际。由此我们或许可以初步判断，诸如《诗法家数》《诗教指南集》《诗法正论》等关于诗歌结构论成熟的理论总结可能是在这类启蒙工具书流传运用的过程之中，又迎合了元代科举经义章法所形成的学术环境。蒋寅先生认为，诗歌承启转合的结构与元代科举经义的固定章法在很大程度上有一定渊源关系，"起承转合之说，即使不是从经义作法中直接移植过来，也是在其理论框架中产生的"③。所言确是。经义作为元代科举考试的重要内容，本是出于对科举程式化的拨乱反正，然而一种文体一旦作为考试文体，在具体的考试过程中又不可避免地落入固定的程式当中。许有壬《林春野文集序》云："昔之人有式不拟，直以所学充之，后之人无学可充，而惟式是拟也。"④以经义来看，元代经义写作章法对宋代以来繁复的"十段文"进行改良，保留了冒题、原题、讲题、结题四个部分，然而这种经义章法随着科举考试的具体实施变为"惟式是拟"的程式之法。许有壬虽对"无学可充，惟式是拟"的学术风气给予批判，然而对于入门者来说，本身尚未有充实之学，所以"惟式是拟"便不失为一种快速入门的途径。但就诗学启蒙而言，无论是杨载的理论解释，抑或《诗教指南集》中的具体方法，其实对于初学者来说并不具有很强的实用性和可操作性。而如《联新事备诗学大成》这类启蒙工具书则不同，初学者只要在"起""联""结"中找到符合声韵规则的诗句，就可以马上按照所排定的结构组合成一首类似于集句诗的完整诗歌。这种练习如同书法描红，假以时日，初学之人也就可以入门而掌握诗歌写作的技巧，因而在元代

---

① 《元代诗法校考》，第242页。

② 《元代诗法校考》，第432—435页。

③ 蒋寅《起承转合——诗学中机械结构论的消长》，《古典诗学的现代阐释》，中华书局2003年版，第107页。

④ 李修生主编《全元文》第38册，凤凰出版社2004年版，第110页。

开科以后，人们的关注点迅速转移至此类书籍。

综上所述，诗学启蒙读物的刊刻正迎合了元代科举考试的实际情况，多为"挦扯应举"的筌蹄、捷径。伴随科举废兴，此类书籍的刊刻也随之消长。此类书籍不仅以其实用价值促进了诗歌及诗学在元代的普及，也以其重要的诗学意义盛行于后代，如《联新事备诗学大成》在明代不断有重刊本、覆刻本。同时也促成了明清时期体例更为严整的同类著作的形成，如《圆机活法》《诗林正宗》《五车韵瑞》《钦定佩文韵府》等。

[原载《内蒙古大学学报》（哲学社会科学版）2017年第2期]

《诗学正蒙——明代诗歌启蒙教习研究》评介

常志浩

连文萍教授的《诗学正蒙——明代诗歌启蒙教习研究》是一部以明代诗歌启蒙教习为主题的专题性著作①。该书共分为绪论、上编、下编、结论四个部分。

第一部分绪论共分为三章，在第一章《古典诗学的探究与省思》中作者认为，明代的诗歌传承相较于以往有其独特性，其一在于明代结束了异族的统治，在复兴传统文化的过程中，诗歌是必不可少的环节，这既须继承诗歌文化的传统，也必须赋予诗学新时代的内涵。其二在于明代八股取士不同于唐宋时期诗赋在仕进道路上拥有举足轻重的地位，诗歌不再成为士人干禄之阶，因而就个人而言，明代士人学习诗歌的热情大为降低，这都为明代诗歌传承提出了新问题。作者还通过王世贞年十五学诗及梁桥撰写《冰川诗式》擘画基础诗学的训练二个事例，提出本书研究的几个重点问题，即明代举业对儿童习诗的影响，明人擘画的习诗进程，以及举业科名所带来的诗学效益。最后通过对比明人学诗与今人学诗的方式，来探讨古典诗学在当今社会的发展以及永久传承的问题，这也是本书研究的主要目的。第二章作者通过学术史梳理，认为有别于前人的研究，本书由诗学的角度出发，侧重于考察科举对诗歌启蒙教习的影响，是该书的一大特点。第三章作者主要介绍了本书书名的含义以及本书的研究方法与章节安排。

本书的第二部分，上编教习论述，即着眼于教习的角度探讨明代从儿童到成年士人，从庶民到贵族之间诗歌传承的多元面向。在第一章《最初的诗句——明代儿童的诗歌教习》中，作者认为在明代大多数中上阶层家庭的儿童都能得到属对、作诗等形式的诗歌启蒙教习，但由于受到明代八股取士政策的影响，大多数家长及教师只是把作诗当作"小技"并不加以重视，因

---

① 连文萍《诗学正蒙——明代诗歌启蒙教习研究》，里仁书局2015年版。

此多数明代士人在童年时代不仅无所师承，欠缺诗歌读写的精细训练，也缺乏对诗歌的深入理解，这也是明代诗歌繁盛远不及唐宋的原因之一。但明代儿童诗歌的教习对于明代诗学的发展也并不是全然没有帮助，因为诗歌始终是明人的重要书写方式，以诗言志仍是明代士人的传统，也有一些士人仍将诗学视为家学文种，意欲代代相传，更有像王世贞这样想要开宗立派，勇攀诗学另一高峰的人物。可见，诗歌启蒙教习虽然仅是童年经历，但仍可能在许多明代人心中留下深刻记忆，并足以影响日后的人生，在明代诗学的进程中，留下他们的印记。第二章为《合浦还珠——明代士人的诗歌教习》，作者在这一章中指出，明代士人学诗受到多方面因素的影响，其一便是受到家学渊源与师友的影响，如果某人的家庭素有创作诗歌的家学传统，其学诗的行为，甚至于放弃举业专心学诗都有可能获得家庭的支持。也有一些士人虽没有家学渊源的影响，但在日后因为师友的提携引领同样走上了探求诗道的道路。第二种情况便是受到地方环境的影响，如某地诗风盛行，当地子弟就可能受到影响而攻习诗歌。最后一种情况是举业的影响，由于举业的掣肘，在未登科名之前，大多数人对诗歌知识浅尝辄止，缺少对诗歌的深入理解与创作能力，因而诗作整体质量不高，甚至有剽窃及庸俗化的现象。然而在某些情况下，科举也会促使明人学诗。一种情况是有些士人是在登第之后受官场文化的影响转而学习诗歌，另一种情况是某些士人在科场无望之后放弃举业而专心学诗，其目的在于希望能够以诗扬名，以诗传世。但诗歌毕竟易学难工，是否能有所成就也是未定之天。在明代，也不乏以诗学为志的人物，全身心地投入诗学中去。他们学诗正是回归了传统士大夫的读写传统，全心全意地创作，将诗歌作为一生的追索，而且由于成年学诗者有远高于儿童的见识阅历、思辨能力，因而会对诗学的发展做出更大贡献。第三章《玉堂的诗课——明代翰林院庶吉士的诗歌教习》中写道，相对于明代庶众视诗歌为小技，明代的翰林院却十分重视诗歌，进士们想要更进一步成为庶吉士就必须以诗应试，而且翰林院还有诗歌教习，要进行训练与考试。不只如此，翰林院还会组织多种多样的诗学活动。因此诗歌对于明代的进士们而言，既是官方任务、人际往来之所需，也是个人言志抒情的一种方式。这既代表了朝廷对诗歌文化传统的认同与肯定，也对明代士人因专务举业而不知诗的弊病有所矫正。但翰林院的诗歌教习仍有很大的弊端，其教学内容狭隘平庸，风格趋同。这也为明代诗学的发展带来了负面的影响。第四章以《宫廷藩国的初学者——明代皇族的诗歌教习》为题，主要讨论了明代皇族诗歌教习的情况和文艺生活的概貌，以及诗歌教习在明代皇帝及其宗族的教育中的地位，以及这一群体的诗学活动所产生的政治与文学意义。明代始终有"帝王之学不在诗"的观点，因而诗歌教习虽作为帝王教育中的一环，却只被视为会事，而不被重视。但不同于皇帝，对于宗藩来讲，诗歌教习的地位则更加重要，因为诗歌不仅是一种向皇帝委婉讽谏具有"官方"性质的文书，也是宗藩借以娱情，进行日常人际交往的方式，更是为摆脱朝廷猜忌，远嫌避祸的绝佳手段。

书中的第三部分下编为教材论述，即从明代的诗歌教材入手探讨明代诗学发展的新特点。第一章《基础与进阶——明代民间习用的诗歌启蒙读物》主要讨论了明代民间的诗歌启蒙读物，儿童首先要学习《对类》《声律发蒙》《诗学大成》等基础教材，作为基本的读写训练，在此阶段打下一定基础之后，便开始做进一步的诗歌阅读创作训练，其一为基础诗选，诸如《千家诗》《古文真宝》《神童诗》《咏史诗》之类，这些在明代都是广泛刊传的"市本"。其二为进阶诗选，诸如《昭明文选》"唐诗选集"之类，其中《昭明文选》作为古体诗的范本为明代士人所推崇，而学习近体诗则奉唐诗为圭臬，编辑了各种唐诗选集。进阶诗选不仅被明代士人当做启蒙阶段阅读创作的教材，甚至被认为是可以终身涵泳领会的范本。以上可看作明代士人学诗的三个阶段，但就这三点而言，《对类》等基础教材由于明代市场需求高，出现了许多粗制滥造、杂凑失误的作品，对明代诗学的奠基产生了不好的影响。像《千家诗》等基础启蒙诗选也并未触及诗歌深层的美学思辨。如《昭明文选》等进阶诗选主要流行于中上层士人阶层，对诗歌的启蒙教习具有积极的意义，而且不论是原有还是新编的诗选，不论读者还是编者，都各自展现了美学品位与诗学理想。第二章《阅读与习仿——明代宫廷藩国的诗歌启蒙读物》中认为，明代皇帝由于各自喜好及作诗水平不同，所阅读、习仿的诗选也各不相同。如明太祖喜好李白诗，明仁宗更喜爱古体诗，因而看重《昭明文选》，而明神宗作诗水平不高，就更偏爱较为基础的《古文真宝》。明代宗藩对于诗集的选择大体与皇帝相似，皇帝鼓励宗藩从事文学创作，因而会大量赏赐内廷经厂的刊本。明代宦官也需在内书堂接受教育，但对他们的要求也仅是熟悉经史及本朝典制，并不要求他们能够吟诗作对，所以宦官所用教材为司礼监所刻的《千家诗》《神童诗》之类，大体与民间类似。由此可见，明代宫廷对于启蒙诗歌教材的选择基本遵循传统，远宗汉唐，这种复古风尚基本与民间无异。而且明代宫廷对于诗歌的品位也各有不同，文艺创作也少，且未在民间流传，因而明代宫廷对诗学的提倡、诗风的形成也没有什么实际影响。明代宗藩虽有世代业诗，以诗传家的现象，但其习诗多为远嫌避祸，因而在诗学传承上显得保守、也未能展开诗歌美学的新探索，更难以开创诗歌文化的新局面。第三章《诗法汇编与诗学导师——梁桥〈冰川诗式〉的编纂与诗学擘画》主要探讨了明代诗法汇编的编纂与刊刻的特点，并选取梁桥的《冰川诗式》作为代表进行详细讨论。明代的"诗法"是晚唐以来诗法、诗格、诗式等不同名目的诗学论著的总称。就阅读收藏而言，诗法、诗格、诗式等篇幅短小，容易散佚，从宋代就开始以"丛书"的方式刊刻，到了明代为了便于阅读收藏及创作习仿之用，便出现了"诗法汇编"这一形式。书中也会汇集前贤的诗观与诗论，而编者也会以"诗法导师"自任，梁桥便是其中之代表。梁桥素以博学能诗著称，但科场不顺，屡举不第，后虽选贡入仕，但仍为时人所轻，后告官归隐，发奋著述，意欲以诗扬名。因此，梁桥的《冰川诗式》不同于传统的诗法汇编，它还承载了梁桥营构自我价值的愿望，并在其中通过追求体格法式的完备、征引前贤旧说却不注明出处、以自己的诗为范例等方式，力图树立诗学导师的形象。值得注意的是，梁桥所选的道路也是明代文坛许多隐逸之士以率性自由的意志创作诗文，期冀突破困境，重塑自我的生命价值的共同选择。第四章《诗歌与教化——明代道德启蒙诗选的编纂与教习意义》，本章主要以明代士人新编的道德启蒙诗选为研究对象，并以此窥探诗歌启蒙与道德教化之间的关系。儒家素来主张"不学诗，无以言"，素有以诗歌教化儿童道德人格的传统，南宋硕儒朱熹撰写的《训蒙绝句》就是其具体实践。明代士人对于诗歌潜移默化矫正人心的功能也十分看重，有的是制作启蒙诗歌的编写原则，列举训读篇目，作为教学参考，有的则亲自编写启蒙诗选以供教学之用。如明人沈易所编《幼学日诵五伦诗选》所选诗歌便具有体裁多样、情真语挚、立意高远、通俗浅近的特点，但也存在主题单一的缺陷。又如程敏政的《咏史绝句》在选诗上不侧重个人的抒情，而强调诗歌的讽谏功能，希望借诗达到扶世立教的目的。除上述亲自编写诗集的士人外，也有人借由规划地方乡校学塾的课程来提出启蒙诗选的编纂原则与适读诗篇，如黄佐就提出记诵要量力而为，不可强记；读书应先读《孝经》《三字经》、四书等，不可先读《千字文》《百家姓》《神童诗》等；读诗也要以《诗经》为主，古体、律诗、绝句等为辅，切不可出现"金榜富贵"等功利性的词语。又如明中后期的叶春及所提原则大致与黄佐相合，亦可见明代士人经世施政的教育理念有其共通之处。再如吕坤，其标榜的原则就是启蒙诗篇要选择切合纲常伦理、道义身心的汉魏乐府古诗，而不能选唐宋以来应世的新声艳语。道德启蒙诗选原则的确定对启蒙诗选的教化意义和诗歌教习也产生了影响，第一，儒家传统的训蒙方式是背诵理解四书五经等永恒经典，士人编选道德启蒙诗选作为一种启蒙手段，无疑是承认了诗歌的恒久地位与教化价值，这也促进了诗歌的典范化；第二，士人所编选的道德启蒙诗选也有助于维系人伦礼教和社会秩序；第三，士人所编选的道德启蒙诗选也有助于士人的立身行事与人生抉择；第四，明代士人普遍认为诗歌是一种最简约但包容量很大的文字形式，既能包容其他文化知识，又可歌可颂而被纳入儒学启蒙教育系统，但明代士人对诗歌的接受是片面的，他们只看重诗歌的主题、意旨，强调其直白的表达方式，但不够重视诗歌的学习方法与文学美感；第五，明代士人大多认为习诗为末事，应当以道为先，不应本末倒置，徒耗精神。但在问道之余明代士人也不废作诗，只是不要求过分雕章镂句，作无益之诗。因而，明代士人的诗观并未对明代诗学的传承造成阻碍，而他们面向训蒙与教化的价值取向也丰富了诗学的多元论述。

该书的第四部分为全书的总结。作者认为，从儿童诗歌教习上讲，诗歌启蒙教习虽只是童年经历，却可能在许多士人心中留下深刻的印记，足以影响日后的人生或是在诗坛上的表现和作为；从成人诗歌教习而言，由于举业与诗歌的拉锯一直到士人成年，诗歌只能成为余事，或者有人放弃举业致力诗道，但仍面临诗歌易学难工的问题，馆阁的诗歌教习，其对象是庶吉士，这对于登第以前专心举业而无心学诗的明代士人来讲是一个补益的好机会，翰林院的诗课以应制诗的考课最为特殊，有庙堂之上君臣互动的记录，也有个人玉堂的见闻与心声，也是庶吉士个人的抒怀，作为翰林院的诗歌教习顺应词臣的政治任务及君王的诗歌品味，其不免也传承了"台阁气"，这也是诗歌为政治服务的必然结果；明代皇帝和宗藩的学诗方式大体与民间相类，但教习结构和目的则大不相同，皇帝学诗的目的为政教施用，宗藩学诗的目的则较为复杂，大致可分为抒情言志、由诗显德、远灾避祸及立言不朽四项。关于明代诗歌启蒙教习的诗学意义，作者认为，在诗歌的本质功能方面，明代不同于以往文人强调抒情言志的特质，更强调诗歌的启蒙教化作用，在诗体方面，明人强调要以汉魏盛唐为宗，不能学习开元天宝以后人物，讲求复古，在诗法方面，明代的推求不亚于前代，这也是与明代用诗歌作为启蒙教习的情况相适应的，但其诗法对于明代诗学的发展是否有所补益是值得商榷的，在诗学审美上，明代是复古的，其极力推行复古志业所造成的一个后果就是，过分追寻主流正统，继而要求入门要正，立意要高，如此一来便造成了其从根本上见不得诗歌有新见，因而可以说明代诗学虽有鼎足汉唐、上臻风雅的理想，但从诗歌的启蒙教习就已经决定了明代诗歌难以达成"借复古而生新"的理想。从明代诗歌启蒙教习的文化意义上讲，诗学作为古学与明代的"应试之学"在根本上是相悖的，因而明代士人在童年时期就面临着这一两难的抉择，在崇尚科名的社会风气中，诗学必然得不到重视，不免沦落为余事。在道德教化方面，明代儒学以程朱理学为宗，强调道学。后有王阳明心学兴起，强调"尊德性"。两派虽有分歧，但均传承了传统儒家的诗教观念，注重诗歌潜移默化的力量，把诗歌的启蒙教习作为道德教化的一种手段；同样，诗歌启蒙教习的兴起，也是一些科场失意，或者无意举业的士人获得文化权力的别种途径。

以上为全书梗概。纵览全书，笔者认为有以下四点最为值得称道：

一、视野开阔，独辟蹊径。明代一直是文史领域的研究热点，有关明代的社会、教育、文化等方面的研究可以说是汗牛充栋，旧问题的研究业已深入，也很难有新的突破，新问题更难觅踪迹，基于此，连文萍教授能不囿于她所擅长的文学领域，勇于向史学乃至教育学领域进发，通过梳理明代文学、诗学、蒙学及科举学的相关研究，在多学科交叉研究这一原则的指导下，找到"明代启蒙诗歌教习"这一前人所未注意到的领域，这既是对连文萍教授勇于开拓创新的回报，也是连文萍教授深厚文史素养积淀的必然结果。首先，本书一改以往研究诗学多从名诗名家、诗潮流变、诗歌品评等方面入手的情况，着眼于诗学的基础命题，发掘诗学发展的多元面相，进而探讨古典诗学的发展轨迹，为诗学的研究提供了新的思路。其次，本书不同于以往学者的研究，以诗学为视角，侧重于考察科举对诗歌启蒙教习的冲击，论述相关背景与实际教习的事例及其所反映的时代意义，文中既包含儿童、成人学诗，同时也包含翰林庶吉士、帝王宗藩乃至宦官的诗学启蒙教习，不仅对研究科举与诗歌的关系有所补充，也可以说填补了整个明代诗歌基础启蒙教育研究的空白。

二、层次分明，结构严谨。连文萍教授此书虽以"明代诗歌启蒙教习"为主题，但对明代的文学、蒙学、科举等方面都有涉及，而且研究对象也包括儿童、成人、山野士人、翰林学士、帝王、宗藩乃至宦官，基本覆盖了明代的各个阶层。因此本书从纵向上讲对明代诗歌启蒙教习的研究不可谓不深，横向来讲本书涉及范围也非常广泛。如果结构框架搭不好，不仅作者自己写起来事倍功半，读者读起来也会觉得是雾里看花，摸不着头脑。连文萍教授本书的章节安排便很好地解决了这个问题，使整本书看起来层次分明结构严谨，逻辑清晰主旨明确。本书的第一部分绪论作为正文之前导，明确交代了本书的研究动机、目的与价值。上编四章也可分为两部分来看，第一部分为一、二章，分别讨论的是儿童与成年人的教习特色；三、四章讲的是翰林院庶吉士及帝王宗藩的诗歌教习，我们可以视为贵族的诗歌教习。如此来看，上编的写作逻辑十分清楚，即由儿童到成年士人，由庶众到贵族层层递进地探察明代诗歌启蒙传承的多元面相。下编也是四章，第一章讲的是明代民间的诗歌启蒙教材，第二章讲的是明代宫廷藩国的诗歌启蒙教材，第三章则具体分析了明代具有代表性的诗歌启蒙教材《冰川诗式》的相关情况，第四章主要论述的是明代启蒙诗歌教材所承载的时代文化意义。因此下编的框架结构也十分明了，即从庶民到贵族，由整体普遍到单一个别的论述来勾勒出明代启蒙教习读物的面貌及其时代文化意义。第四部分结论共分为三章。第一章是对本书上编所做的总结，第二章则是对下编的总结，第三章则是将本书所讨论的内容置于明代的整个社会背景下加以检视，也希望借此凸显古典诗歌在传承中所面临的挑战。

三、比勘异同，考证严密。统观全书，我们可以看到连文萍教授书中夹有大量的注释，大概要占到本书篇幅的四分之一，而且这些注释并不是简单地标注史料出处，很多都有大量的史料勘正、摘录和评述。如下编第三章在述及《冰川诗式》仅存于《四库全书总目》未被收入《四库全书》的原因时，引用了《四库全书总目·集部·诗文评类存目》里的批评①，同时又对《四库全书总目》所谓"是书成于嘉靖己巳"的说法进行了订误，认为"己巳"当作"乙巳"，不论"己巳"抑或"乙巳"都与作者的论述没有直接关系，但作者仍能指出其错误，可见作者之仔细认真；又如在此书出版之后，

---

① 连文萍《诗学正蒙——明代诗歌启蒙教习研究》，第321页。

作者仍于书后附了一张"勘误表",除改正一些错字之外,对于上编第一章第31页的"张居正在《示季子鬻修》谓,鬻修自幼颖异,初学作文便知门路"的"鬻"又补按云"原版本作'示季子鬻修',史书作'懋修'"并附上《新刻张太岳先生文集》卷三五《示季子鬻修》的书影,可见作者审慎的态度。除以上所举两例典型之外,尚有不少这样的例子,此不再一一列举。关于史料的摘录与评述,上编第三章中写道,"此外,庶吉士写诗还可能有别的经济利益,即翰林诗文润笔之风"①,此句与本节主旨"庶吉士的学习心态"关系不大,只是捎带提及,但就这一句话,连文萍教授就引用了《山樵暇语》《水东日记》《文正谢公年谱》三本书中数百字的相关史料予以佐证②。又如同章第一节写道,"翰林一词最早出现于汉代,翰林院额的创设则始于唐代,宋、元二代多有因袭"③。此句与上述情况类似,本与主旨无涉,只是简要介绍翰林及翰林院的来历,但连教授仍在注2引用了《汉书》《春明梦余录》《明史》等史料以示言之有据,前人有言"文章不写半句空",此之谓也。其他诸如第117页注77、第150页注82、第215页注10、第320页注49皆属此类情况。如果将这些注文移入正文之中当然可以增加本书的厚度,但必然也会使文章上下文有割裂之感,影响本书宏旨。把这些无关宏旨但又有必要交代的考证放入注文之中,既可保证行文流畅又能佐证文中观点,可以说是一举两得。

四、鉴古知今,见微知著。连文萍教授此书,并不是为了知古而考古,而是有着明显的现实关怀与考虑的,正如其在绪论中写道,"由明代儿童和成人学诗带出的思考,还有不同时代的诗歌摹习传承问题。古典诗歌虽为传统文化的一部分,但已非现代习用语文,如何在新时代继承传写,将是严峻的挑战"④。今天的现实情况是,虽然,在我们入学伊始,甚至是在牙牙学语的时候,家长、老师就开始让我们背诵古诗词,但也仅限于背诵,并没有做任何写作上的训练,现如今古典诗歌的启蒙教习对象当是以大学中文专业的学生为主,他们在童年时期就有诗歌阅读的经历,但实际接受系统的学习创作则应是自大学始。如此来看,现代的中文专业的大学生就面临着和明代

---

① 连文萍《诗学正蒙——明代诗歌启蒙教习研究》,第152页。

② 同上。

③ 连文萍《诗学正蒙——明代诗歌启蒙教习研究》,第123页。

④ 连文萍《诗学正蒙——明代诗歌启蒙教习研究》,第8页。

士人一样的情况，即诗歌的成年初学者。因此考察明代人诗歌基础训练的方法以及他们的教育经验和教材编纂，足以为新时代的大学生提供借鉴和参考。在此基础上，促进新时代学生对古典诗歌的本质、功能、美学的认识与体悟，增进对传统文化的认同及自豪感。因而，连文萍教授这本书绝不仅仅是过往陈迹的考论，其也担负着文化扎根与延续的严肃议题且兼具着诗歌现代与未来传承的使命。

总之，连文萍教授的《诗学正蒙——明代诗歌启蒙教习研究》是在多学科交叉研究背景下完成的关于明代诗学研究的上乘之作。此书不仅填补了明代诗歌启蒙教育与传承这一领域的研究空白，对明代文学、蒙学乃至科举文化的研究起到了很大的推动作用，就其研究方法与文章架构来说也值得我们学习与借鉴。

[原载《童蒙文化研究》（第二卷）人民文学出版社 2017 年版]

童蒙学诗基础教材研究

传统诗体的文化透析

——《咏史》组诗与类书编纂及蒙学的关系

张　晨

　　晚唐五代之际，七绝大型组诗盛行，这是一个引人注目的诗史现象，其中《咏史》一体，尤为多产①。现存汪遵、胡曾、孙元晏、褚载、周昙诸家《咏史》组诗，与中晚唐刘禹锡、杜牧、李商隐以至罗隐等人的咏史之作风格上迥然有别，而在多方面透露出俗文学的特点，具有独特的体式传统与写作背景。它们虽历来为正统评家所轻视②，却并不因此而失去研究的价值。21世纪40年代，张政烺先生的《讲史与咏史诗》一文突破前人成见，进行开创性的研究，他以民间文艺的兴起说明该史诗的盛行，认为咏史诗是直接用于讲史伎艺，配合说白的一种讲吟文本，遂开讲史一体，"初由童蒙讽诵，既而宫廷进讲，以至走上十字街头"。后来任半塘先生进而认为咏史诗的传统应上溯到北魏《真人代歌》，说明讲史早有先例③。他们注意到了童蒙讽诵的特定背景，肯定了咏史诗与社会生活和俗文学的联系，确是启沃后学的创见。但是，何以在《真人代歌》后，数百年间，这种大型"组诗"会绝迹，直至晚唐方始重现？童蒙讽诵与讲史究竟有无直接关系？咏史组诗有无其他更明确的源头？这些问题都悬而未决，因此《咏史》一体形成的具体过程仍然模糊不清。我认为，诸家《咏史》组诗是一种有特色的俗文学创

---

　　① 除本文述及诸家《咏史》外，尚有今已佚失的孙元晏《览北史》三卷（与今存《六朝咏史》相对），杜华《咏唐史叶卷，阎承琬《城史》三卷，《六朝咏史》六卷，童汝为《咏史》一卷，冀汸《咏史》十卷等，又矢存《金陵览古诗》可从《后湖》一首略窥一斑，风格亦同《咏史》。

　　② 许学夷《诗源辨体》评三家《咏史》"俱庸浅不足成家"，方东树《昭昧詹言》卷廿一斥胡曾诗"尤为堕入恶道"，管世铭《读雪山房唐诗钞·凡例》评胡诗"轻佻浅鄙"，"不识何以流传至今"，王士禛《万首唐人绝句诗》评胡诗"读之辄作呕秽"。这类评价都拘于艺术品鉴的单一标准，对于辨体溯源的探讨欠缺甚多。

　　③ 任半塘《唐声诗》（上海古籍出版社，1982）九章五节"讲史"。

作，性质属于唐人自创一格的学校读物，其体式渊源应溯至初唐时期类书体制的《杂咏》的兴起；类书、蒙训教材是《咏史》组诗形成背景中两个重要因素。

一

类书与唐诗发展关系密切，学者早有论述①，但尚未详及与具体诗体的联系；其对于大型组诗的影响，始见于李峤《杂咏》②。作为一咏物组诗，它的吟咏对象从日、月、星、风到珠、玉、金、银包罗甚广，实质上是利用类书体制写作的大型组诗。《全唐诗》所录不分门类，使人不易看出它原先的性质；日本所存刻本则清楚地分为乾象、坤仪、芳草、嘉树、灵禽、祥兽、居处、服玩、文物、武器、音乐、玉帛十二部，每部系以十首五言律诗，皆以名物为题，共一百二十题。门类标目即使不能肯定为作者所拟，也与题咏内容序列一致。这样系统的编排体例，与同时期出现的《艺文类聚》《初学记》《北堂书钞》等一批类书的体例相合；这几部官修类书门类还较繁复，与《和刻本类书集成》所收后来的类书相比较，门类更为接近。因此，可说唐代类书启发了分类杂咏诗的创作，其体制特点决定了《杂咏》必然是大型组诗的形式。由于李峤《杂咏》的存在，大型组诗在唐代的初创至少可推溯到睿宗时期（684—712），比王建《宫词》百篇要早100余年③。李峤作《杂咏》的具体时间虽不可考，但至迟在修文馆大学士任内仍有可能（708—713）。修文馆早设于高祖武德四年（621），九年改弘文馆，后几经更名。景龙二年（708）置大学士2人，学士8人，直学士12人，从皇、宰、散官一品、京官三品以上弟子，或职事官五品以上子弟有书法特长中选，而馆职即

① 如闻一多《类书与诗》文，收入（闻一多全集）（三联书店，1984）卷三，又方师铎《传统文学与类书的关系》（天津古籍出版社，1986）

② 李峤《杂咏》我国虽有著录而失传甚久，至嘉靖间日本天瀑氏（林衡）到《佚存丛书》本始收入，又有正觉楼丛刊、艺海珠尘刊本，《全唐诗》复辑入。近人又整理出敦煌写本《杂咏》残篇（P.3728、S.555等）。参《和刻本汉诗集成》（东京，1975）卷一收石川贞订《李巨山咏物诗》。

③ 王建《宫词》组诗的完成不早于宪宗朝（805—820）。"少年天子重边功"一首当指宪宗；"鱼藻宫中锁翠娥"一首写池底铺锦，亦宪宗朝事；"东风波火雨新休"一首写汉阳公主，即《新唐书·诸帝公主传》所记"顺宗女汉阳公主，名畅"。

"掌详正图籍，教授生徒"。这一环境与类书和《杂咏》得到使用的可能性都颇为切合。

类书的传统可上溯到三国时代的《皇览》，此后绵延不衰，唐代空前兴盛①。唐代类书中一种主要类型是辑录前人诗文全篇或片段，其性质等同于诗文类检或类编，功用是提供诗文写作的参考，如章学诚所谓"寻章摘句，以为撰文之资助"②回，这种类书的流行，当然与社会文化生活包括科举、教育和文学的发展相关。值得注意的是，"类书"与"诗集"的界限，至此已不易区分，也许也不必区分。胡应麟曾认为类书应列入集部，今人称赞其说将两者"打成一片"，"解决了其不必要的纠纷"③；《新唐书·艺文志》录李峤同时代人张楚金《翰苑》，既列入类书，又列入总集，颇能说明问题，而《杂咏》组诗或"诗集"的存在，尤可提供一实际的例证。这种兼为诗集的类书本身具有供士子科举考试备览和学诗题咏者取资的功用，势必在一定程度上成为文章趣味的楷模，这一特点促使一些以文章自负的文人写作这种类型的作品，既炫示自己的才艺，亦因人们模仿和借鉴之需。李峤有自恃才学、好强逞博的一面④，可能即是创制《杂咏》这样大型组诗的一重动机。同时，在那类书多产、举业兴盛的时期，《杂咏》似乎也不是孤立的作品，与李峤同时期、地位也相近的董思恭，曾参与修撰文艺性类书《瑶山玉彩》（《唐诗纪事》卷三），《旧唐书·文苑传》记"所著篇咏，甚为时人所重"，今仅存五律咏物九首，风格与《杂咏》相近，同受宫廷咏物诗风气影响，很可能也是一大型杂咏组诗的残篇⑤。

促使文人利用类书体例创作大型组诗的另一原因，在于其本身的诗学意义。客观事物经人为地、有组织地大规模集合、排列，尤其加以程式化表现的循环重复地处理，人们阅读时对于作品意义的期待空间就从字句间扩展到了篇章之间，超出描摹对象本身意义之上的全篇结构的意味得以突出。《杂咏》的形式感寄寓着对秩序井然的客观世界从容自得流连吟玩的兴趣，这与当时类书中载录的六朝单篇咏物诗如谢朓、沈约之作效果显然不同，因

---

① 唐代类书佚失严重，如张涤华《类书流别》录四十余部，今仅存七部。又通俗类书如敦煌写本所见者也很丰富，尚待梳理。

② 章学诚《文史通义·文理篇》，古籍出版社1956年版，第63页。

③ 方师铎《传统文学与类书之关系》，第27页。

④ 《唐诗纪事》记峤三庚之二："性好文章，憎人才华"。

⑤ 参宇文所安《初唐诗》，贾晋华中译，广西人民出版社1987年版，第168页。

而是一个可予以注意的创新。大型组诗的诗体意义即在于此：在单一存在的状态中显得平凡无趣、琐屑零碎的事或物，都可以通过连类编排的办法，在集合存在的形式中相对增进吟咏的兴味①。《杂咏》如此，中唐王建《宫词》亦如此，晚唐诸家取事庞杂而无所发挥的《咏史》组诗更是如此②。

由类书到杂咏史诗，体制上遵循按事义分类，以名物系题的原则，一事一题，绝无混杂，并沿承了取事载籍、敷衍成篇的写作方法，这些预示了诸家《咏史》的创作特征。同时大量单元集合并置的结构框架，使表现趋于程式化，在《杂咏》即"熔铸故事、谐以声律"，"以诗体隶事"，是典型的"修辞练习"③，这种表现为后来诸家《咏史》组诗在更通俗化的层面上加以继承。

有了《杂咏》一类诗的流行，后世《咏史》组诗就有了体式上的借鉴。但从《杂咏》到《咏史》尚有发展变化的中间阶段，而不能视为直接的过渡。两者诗体及雅俗倾向还不尽一致。作为宫廷诗的样板，五律体的《杂咏》直承六朝宫廷咏物诗的风格，既讲究词采典故，又受到吴歌西曲的语言影响，所以比传统的雅正诗体清新浅出，又较浅俗诗体典丽整饰，与突出说教劝诫、语存讽意的《咏史》在格调上存在明显差异。因而，从类书到杂咏组诗只是咏史组诗形成线索上的最初一个环节。

《杂咏》之后出现了王建《宫词》百首，一向受到注意。由于其七绝百首的形式特征，人们很容易将它与《咏史》组诗联系起来，这里颇有可商之处。《宫词》叙写当代宫闱琐事，"只言事而不言情"④，旨在用于市井传唱，故得"天下皆诵于口"⑤。且不管与民间伎艺是否有关，其与宫廷诗背

---

①《杂咏》所咏门类比起一般类书已有主题侧重，如"芳草""嘉树""灵禽""祥兽"之名，取祥和之义。

② 论者注意到 sequence 和 series 两种组诗的不同，前者如杜甫《秋兴》，注重内在意绪钩摄绾合；后者如阮籍《咏怀》，结构联系相对松散，仅有形式上的主题串联，颇有助于认识《咏史》及《编年诗》组诗。见宇文所安《盛唐诗》(StephenOwen,TheHighT′ang;the-GoldenAgeofChinesePoetry,YaleUP,1982,P218)；列维《中国汉唐叙事诗》(DoreJ.Levy,Chine-seNarrativePoetry,DukeUP,1988,Pl08）

③ 黄侃《文心雕龙札记》；宇文所安《初唐诗》，贾晋华中译，第168—169页。

④ 蒋之翘仿王建作《天启宫词》序，《明宫词》北京古籍出版社1987年版。

⑤ 范摅《云溪友议》记王守澄。

景的《杂咏》距离不小①，也与训俗内容的《咏史》方向不一，较之时期相近的顾况、张祜等所作《宫词》,则大型组诗的《宫词》似自有传承脉络，从小型组诗独立发展而来。另有一点仍未注意的是，《咏史》组诗似并不以"百篇"为定制，可以说王建《宫词》百首直接启发的应是曹唐《小游仙诗》、罗虬《比红儿诗》和花蕊夫人、和凝等人的《宫词》组诗，与诸家《咏史》虽共同丰富了七绝大型组诗的实践，却仍分属平行发展的两条线索。《咏史》组诗的传统，仍需别作探求。

二

这样，各类官学、私塾的蒙训教材，便成了我们考察的第二个重要环节。唐代公私教育发达。在较初级的乡校村学，以启蒙学童为职司，其课本多采《千字文》《太公家教》《开蒙要训》及杂科类书或俗谚格言集等，大都粗略浅陋，只能起到让学童借助记诵粗识事物名义的作用，效果有限。仅据此来认识唐代学校是不够充分的。那么在程度稍高的州郡之学及私塾家学使用什么教材呢？我以为主要有三类读物，一是正统经史典籍，如敦煌抄本甚多的《论语》《左传》等；二是旨在辞章声韵技巧训练、用作观摩范本的诗文作品，三便是为辅助第一类正统经史的教学，而以经史为纲目、兼采前朝故事和民间传说直接撰作的诗文作品，这类作品兼为蒙训读物和文学创作，它们的产生是唐代学校教材的一大进步。这里需考虑后两类作品的相互关系，正是在民间教学环境中名家诗文的传布，对于《咏史》那样的俗体诗的产生有直接作用，而以诗文体裁直接写作教学读物，又同时弥补前一类作品侧重写作技巧而不及训诫的不足。

说到前一类作品，众多唐人名篇和李峤《杂咏》都在此列。先看《杂咏》，从《佚存丛书》和敦煌写本情况来看，可知其被实际用作写作范本，于是能由京师学馆而及地方，广为流布。《唐才子传》称峤"富才思，有所属缀，人辄传讽"，其诗自然成为人们学习模仿的对象。李峤既为修文馆六

① 《宫词》虽写宫闱题材而并不承袭"宫体"诗风,故以轻快流转见长。这一点易为人所忽视,如西人以王建《宫词》为"宫体"诗(palace-stylepoems)恰误。见《印第安纳传统中国文学指南》"王建"条(TheIndianaCompaniontoTraditionalChineseLiterature,1986,P.859)

学士，领袖当时宫廷诗坛，因此《杂咏》当为教授贵胄的文本，即上文所引修文馆"教授生徒"的馆职所需。作品既经"传讽"，影响必然会扩大到地方，这样也就与较广泛范围的地方教育有了联系。《佚存丛书》保留了张庭芳注及序，张为"登侍郎守信安郡博士"，序作于天宝七年（748），可知张为盛唐时州郡学官，亦即注庾信《哀江南赋》者。序云"于是欲罢不能，研章擒句，辄因注述，思郁文繁，庶有补于琢磨，俾无致于凝滞。"后两句尤可注意，既谓有利于"琢磨"，又谓加以注述，则此琢磨并非为己，而"无致于凝滞"亦为使他人便于诵读理解，因此，身为州郡博士的张廷芳实是取此分类咏物组诗加以注释，用来教授学生。以州郡之学而论，其教学的主要目的是锻炼学生体察事理，琢磨辞章，为科举作准备，因而《杂咏》是理想的课本，特别是通过分类编排，条贯清晰，把科考所需的知识名目组织起来，便于记诵摹想，也便于次第讲述教授。另从高于初级蒙学程度的各类官学和私塾的需求来看，使用比较文雅正规的文学作品也是自然趋势。如人们熟知的《兔园册》，《郡斋读书记》谓"皆偶丽之语，至五代时流行于民间村塾，以授学童，"孙光宪《北梦琐言》称"乃徐、庾文体，非鄙朴之谈"。一般村校都在使用这种稍讲藻饰的作品，则较高程度的教材更趋文雅正规，不难想见。以大型组诗或诗集教授生徒或子弟的风气，似是在中晚唐之交开始成熟的，反映在地方学校诵读时流名家篇章的不少例子，如白居易《与元九书》记"自长安抵江西，三四千里，凡乡校、佛寺……之中往往有题仆诗者，元稹也说"予于平水市中见村校诸童竟习诗，召而问之，皆对曰：先生教我乐天、微之诗。"后来皮日休《伤进士严子重诗序》记"余为童在乡校时，简上抄杜舍人牧之集"，言"集"而非单篇，值得注意。诗人与民间教育发生联系的情形也约略反映在同时期有名声的诗人如张仲素、元稹、白居易、窦蒙、陆羽、颜真卿、温庭筠、皮日休、郑嵎①等多有类书之制，疑即自编之诗集如前所述兼类书与诗集二职于一身者。这可以皮日休为例，《通志》卷六九类书门下著录其《鹿门家钞》九十卷，"以五言诗类事"，当即皮氏子弟之课本读物，篇幅达到九十卷，且以"类事"为宗旨，性质同《杂咏》诗集无疑。

在这种风气中，诗人直接写作诗体蒙训教材的趋向必然得到推动，而

---

①《宋书·艺文志》卷五录郑嵎《双金》一卷，嵎一作峿，疑作嵎是，即《津阳门诗》作者。

且经史故实的题材不免突出。从客观上说，仅用于琢磨写作技巧程式的名家创作，既传抄方便又可现成取用，另行专事写作同类作品的必要性自然减小，而经史本来就是正统教育的主要内容，利用历史素材具有树立处世立身规范的便利，所以用史事类纂教导学生的倾向由来甚早。《旧唐书·良吏传》记韦机"显庆中（656—661）为檀州刺史，边州素无校，机创孔子庙，七十二子及自古贤达，皆为之赞"，篇幅已近大型组诗。又著名的蒙书《蒙求》，四库总目卷一三五列入类书，有天宝五年（746）饶州刺史李良《荐〈蒙求〉表》，称"错综经史、随便训释"，正文篇末又说"浩浩万古，不可备甄，芟繁摭华，尔曹勉旃"，意即颜师古注《急就篇》叙所谓"包括品类，错综古今"，依循从历史中"征枝聚事"①的原则，不出当时历史常识的范围，既利记诵，尤寓教训。韦机所作"赞"，不妨看作个别的自发实践，《蒙求》被采入《全唐诗》，但作为诗篇有些勉强。直接当作蒙训教材而写作的、体式更完整的诗篇在中唐真正出现，显然与上述名家诗篇流行于乡校的风习有关，其代表性作品为敦煌本七言古诗《古贤集》，虽未必能与元、白、杜牧等名家之作相比，但在蒙学上却是一有意义的进步。诗如"君不见秦皇无道枉诛人，选士投坑总被坟；范雎折肋人疑死，随缘信业相于秦；相如盗入胡安学，好读经书人不闻……"提供学童讽诵的特点十分明确。论者正确地观察到这篇"全篇主要讲历史人物故事的诗体作品"与《蒙求》十分相像；并认为"对晚唐至北宋初的蒙学有积极影响"，且"与《急就篇》《开蒙要训》《太公家教》等较初级的蒙书大不相同，完全是另一种模样"，是"科举制度、蒙学教育和文学创作的共同影响下产生的"②；我以为这三点也正是《咏史》组诗形成的背景因素。

到更为成熟的蒙训诗篇或者说诗体教材《编年诗》出现，历史题材的利用蔚为可观。《编年诗》今存敦煌抄本（S.619）③序云："编年者，十三代

---

① 章学诚《校雠通义》十五之二："征材聚事，《吕览》之义也。

② 韩建瓴《敦煌写本〈古贤集〉研究》，载《敦煌语言文学研究》，北京大学出版社1988年版，第150—176页。姜亮夫先生以《古贤集》"文体和《世说新语》差不多"，尚不确切。见《敦煌学概论》，中华书局1985年版，第58页。

③ 见小瞿理斯编《英伦博物馆鼓敦煌中文写卷目录》编号7191（LionelGilesed,DescriptiveCatalogueoftheChineseManuscriptsfromTunhuangintheBM,P·237）。刘修业先生《敦煌本〈读史编年诗〉与明代小类书〈大千生鉴〉》文（载《敦煌语言文学研究》，同上注）根据王重民先生工作的积累录上诗与序。诗题似应作《编年诗》，详下文。

史间，自初生至百岁，赋其诗以编纪古人百年之迹，……七言八句，凡一百一十[章]，"①是以史传为基础，取古人事迹按年岁编排，每岁系以一至二首七律，共百余首组成的大型组诗，今残存二十八首，也已足够说明性质。《唐才子传》卷七赵嘏条下录《渭南集》外，有《编年诗》二卷，"悉取十三代史事迹，自始生至百岁，岁赋一首二首，总得一百一十章"，得到一可贵实证。《新唐书·艺文志》赵嘏《渭南集》外亦录《编年诗》二卷，《通志》艺文八著录赵嘏《编年诗》一卷，《崇文总目》卷五著录《赵氏编年诗》，应指同一作品。最早移录此卷的王重民先生曾引《崇文总目》，也极有眼光地注意到其与通俗类书的联系，惜未推及《唐才子传》，而近年《唐才子传》整理者又多未注意敦煌卷子，故此作的归属长期未得确定。赵嘏曾作"刻意揣摩，近于试帖"②的《昔昔盐》，同为课考所用，又近体中七律较为擅长，因此《编年诗》基本可信为赵嘏的一部为《全唐诗》失载而保存于敦煌写卷中的大型组诗。诗的特点是杂取相关故实，加以糅合，显为"训俗"或"授徒"而作，诗如"卫玠风姿秀入神，钟繇小子非常伦。曾过学舍羡流辈，不惜金环与丈人。神满涕夷初执砚，书论忠孝愿终身。此时东汉贤皇后，捧额含情不自承。"（五岁）可见其概。序又云"其有不尽举一年之事，而复杂以释老者，盖唯诗句之所在，"说明是凑合成篇，不太讲究组织脉络，与实际情形也相吻合，有些诗句嵌合典故，衔接生硬。所以组诗的意图正像《古贤集》一样，仍是以标准的诗体形式，将历史知识串联起来，其产生环境和写作动机只有从蒙训读物这一角度，方能有合理的解释③。正是有了《编年诗》这样直接的范例，在同样环境，为同样目的的《咏史》组诗才得以产生，文人写作供给塾师或教官使用的性质豁显。王夫之曾评"胡曾《咏史》一派"说，"直堪为塾师放晚学之资"，恰好点明了作品的功用④。

同是以近体诗组织成齐整铺排的大型组诗，李峤《杂咏》与赵嘏《编年诗》，通过学校教育而联系了起来。可以说，《杂咏》取资类书所启示的大

①刘修业先生录序文与王重民先生《敦煌遗书总目索引》所录略有出入，以前者为准，按此序似非作者本人所作。

②《唐诗选》，人民文学出版社1978年版，第305页，"赵嘏小传"。

③从抄写情况看，该卷子背面又书"白[百]家碎金一卷"残篇，"碎金"正是蒙训字书或通俗类书一重名目，亦有助于说明该卷实际用于教学的情形。

④王夫之《姜斋诗话笺注》，人民文学出版社1981年版，第143页，引《古诗评选》卷四评语。

型组诗体制经《编年诗》的利用接受，转出一支兼顾教训与吟咏的俗体诗传统，最终形成《咏史》组诗体制，从而与原先侧重在赋陈物色琢磨辞章的《杂咏》已有歧异，《杂咏》的影响是转折发生的。而《杂咏》的本色传统实际上也未消泯，比如在徐夤试帖风格的题咏诗中有所延续。徐诗今存咏物和咏史七律五十余题，显系一大型组诗的残篇，因其诗由后人辑集，佚失不少，今存本已编次无序，不易看清原来面目。如《咏灯》《咏扇》等六题不即与其他单字题属同一组①，而咏史七题显然厥佚《齐》《梁》二题，咏史诸题手法与咏物程式化的表现雷同，也许正像李峤《杂咏》以《经》《史》《诗》等"文物"与《日》《月》《金》《玉》比并一样，咏史与咏物均为杂咏总题的从属部分。徐有《自咏十韵》："未游宦路叨卑宦，未到名场得大名。……拙赋偏向镂印卖，恶诗亲见画图呈。"赋如清人所评"不出当时程试之格"②，诗当是指这类兴寄不高，同样不出程试之格的杂咏诗。《唐才子传》记徐《探龙集》"谓登科射策如探龙之珠也"，也和赵嘏《昔昔盐》之类作品一样，显示了上举唐代学校中侧重声韵技巧训练，用作观摩范本的那类读物的面目，它的一个发展是兼顾到历史题材，在杂咏总题中容纳了咏史部分，反映了实际需要，也就从又一个角度说明了《编年诗》代表的咏史三题的流行。不妨推测，皮日休《鹿门家钞》九十卷之多，"类事"范围较大，可能也包括历史人物事件之题在内。在这样的环境中，在赵嘏之后，皮日休、徐夤大致同时，《咏史》组诗行世就有了充分的条件。

三

这里尚需分辨《咏史》与民间伎艺的关系。任中敏先生曾认为，《咏史》组诗配合说白讲解为"说话之伎"所用，猜测有连缀各诗的"讲语"，并认为其源可溯至北魏《真人代歌》③。这就需要先讨论《真人代歌》的性质。《魏书·乐志》记"掖庭中歌《真人代歌》，……郊届宴飨亦用之"，显

---

① 晚唐韩溉有《柳》《水》《松》《竹》《灯》《鹊》七律六题，全与徐夤《柳》《水》《松》《咏竹》《咏灯》《鹊》诸题合韵，可知"咏"字赘，原题即《灯》之类单字题，与李峤《杂咏》一名"单题诗"意同。韩溉应是见到徐夤组诗或诗集原貌的。

② 纪昀《四库全书总目提要》，河北人民出版社2000年版，第3913页。

③ 任中敏《唐声诗·上》，商务印书馆2020年版，第450—451页。

然是一种颇为严肃的歌诗，且为乐官所奏，而非伎人或学官所吟诵。《真人代歌》的内容，也未必是歌唱历代史事。所谓"真人"，在这里是指开国或兴复之君王。《魏书·乐志》记"上叙祖宗开基之由，下及君臣废兴之迹"，下句为上句制约，有两种可能的含义，一是"君臣废兴"即指北魏一季历朝君臣废兴，或北魏立国之际各交战国的群臣废兴；二是虽及历代史事，仍以北魏祖宗开创业绩为主，借历代君臣之事作陪衬。其云"上叙""下及"，非"首叙""更云"，说明不是平行关系，则以北魏事为主无疑，因而《真人代歌》应是歌颂北魏一代历史的长篇分章歌诗。诗虽不存，但有旁证可参，如曹魏《鼓吹曲十二章》从"楚之平""战荥阳""获吕布""克官渡"直到"定武功"等，孙吴仿作《鼓吹曲十二章》"炎精曲""汉之季""摅武师""伐乌林"等，各标君命正统，同用于郊庙，演唱人也非说诗伎人，而是乐官。这样，《真人代歌》从诗体性质看，与晚唐《咏史》组诗并没有联系。如此方可解释，何以两者中间有数百年的"空缺"，就因两者本非同一传统的作品。其实《真人代歌》一类诗并无空缺，如唐代就有《鼓吹铙歌十三章》（柳宗元作），述高祖太宗龙起平定海内之事迹及当时群雄兴替，正与《真人代歌》、曹魏《鼓吹曲十二章》等成为另一个系列。所以，认为《咏史》组诗出于《真人代歌》这样的"说话之伎"的看法，对《咏史》和《真人代歌》两者的认识都不够确切。

《咏史》组诗本身是否以民间讲唱或官中进讲为写作背景？[①]需看作品。比较当时流行的作为民间讲唱文学的历史题材作品，如《捉季布传文》《季布歌》及《伍子胥"变文"》《李陵变文》等，都是敷演一个完整的故事，而不同于后世的《二十五史弹词》，所以诸家《咏史》组诗至少与已知唐代讲唱文学的体制不甚符合[②]，即就故事而言，胡曾《华亭》写陆机，《彭泽》写陶潜，《灞岸》写王粲，孙元晏有《庾信》，事取文人，不同于讲史系统。

---

① 如任半塘先生谓，胡曾、周昙《咏史》诗"亦曾配合说白，讲吟于市井或宫廷间"，见《唐声诗》第 19 页。

② 关于唐代民间讲唱文学的分类，早先统归"变文"不够全面，周绍良先生《谈唐代民间文学》（《新建设》1963 年 1 期，又收入《绍良丛稿》，齐鲁书社，1984）分为变文、俗讲文、词文、诗话、话本、赋六种，张鸿勋《敦煌讲唱文学的体制及类型初探》（《文学遗产》1982 年 2 期）分变文、讲经文、词文、话本、故事赋五种，大体已概括已知作品体制。"讲史"则要在五代北宋后才形成。如果以《咏史》为讲唱文本，则至少还缺乏韵散夹写或题名标明的实物的有力佐证。

又汪遵有《屈祠》《招屈亭》《渔父》三题写屈原，周昙《毛遂》《子贡》《胡亥》各有二题，是否有足够的故事"说白"或"讲语"相配十分可疑，相形之下，照例故事颇丰的隋炀帝在周昙《咏史》中仅有一题，更显得不均衡。此外胡曾、汪遵以地名系诗，似缺乏便于贯穿全篇的叙事线索；胡、周《咏史》传本虽有注或讲解，却并不是原作者所撰说白，而与李峤《杂咏》的张廷芳注性质相同。孙元晏《郭璞脱襦》有"吟坐因思郭景纯"一句，单凭"吟坐"尚无从认定暗示学校的讲席，当然更不能确证与讲场相联系。又《乌衣巷》云"满川吟景只烟霞"，"吟景"更不宜如任半塘先生猜测为图画如变相之属，进而据以推断《咏史》为配合图画的讲唱文本。

　　周昙《咏史》在今存者家组诗中最称完整。其《吟叙》云"历代兴亡亿万心，圣人观古贵知今；古今成败无多事，月殿花台幸一吟"，《闲吟》云"考摭妍媸用破心，剪裁三古献当今"，显然不适于市井传唱；"月殿花台"可以是一般馆舍，而不必然是宫廷内苑。尤其是作者身份，按《天禄琳琅书目》揭衔为"国子直讲"，即《新唐书·百官志》所记"掌佐博士、助教以经术讲授"的普通教官，是国子博士、助教的助手，地位尚不够为君王宣讲古今成败，所以其《咏史》当为官学教材，不但不用于讲场之类民间娱乐场所，也非进讲于国主。张政烺先生认为周昙《咏史》"与平话之体尤为相近，可断为讲史之祖"，值得重视；但由此以为《咏史》即宫中进讲的文本，似将《咏史》成因与讲史伎艺联系得过于直接了。

　　也许更可注意的是敦煌本《水鼓词》，风格接近王建《宫词》，今存四十章①。其四"伶人奏语龙墀上，如说三皇五帝时"，又廿七"批答奏章不再寻，少年宣史称君心"。宫廷中有"少年宣史"，但细观下文，似与吟咏之事无关，而"说三皇五帝"且不以一代为限，也很接近周昙《咏史》起自唐虞三代的范围。假使真有"说三皇五帝"这样一种伎艺，也引发两个问题：一是属于什么体制，用什么底本还不能断定；如果是由伶人吟唱如长篇词文，则排除了插入说白讲解的可能，而且似乎也不容周昙那样不时地"又吟""再吟"。二是假定这一伎艺产生于《咏史》同期，《咏史》也与宫中演出不甚相宜。诸家《咏史》内容浅俗而语存寒俭文人怨尤之意，一望可知，尤其像周昙《咏史》口写"身从倾篡来"的王莽连续三题，"铜马朱眉满四方，总缘居摄乱天常。因君多少布衣士，不是公卿即帝王"，寄寓对唐末时局感

____

① 辞见任半塘先生《敦煌歌辞总编》所录，写作具体年代尚无定论。

慨，显然也不合于当时君主之前陈说。因此，仅用《水鼓词》还不能证实讲史伎艺中直接产生《咏史》。即便《咏史》后来被用于讲场，就像被后人加以注释或用于话本一样，只能说明组诗的影响，不足以解释诗体本身的成因。

最后，韩国磐先生曾推测胡曾等所作《咏史》组诗为行卷投献之作[①]，似亦不确。赵彦卫《云麓漫钞》记"唐之举人，先藉当世显人以姓名达之主司，然后以所业投献，逾数日又投，谓之温卷，如《幽怪录》《传奇》等皆是也。盖此等文备众体，可以见史才、诗笔、议论，至进士则多以诗为贽"，为行卷研究者所熟知。行卷诗文需以才情见识，驰想议论自表，而《咏史》组诗则格调平庸浅近，似不足为逞才之资；实际上《咏史》作者尽可以写出更见风致也更为理想的投献之作，胡曾、褚载、汪遵在《咏史》以外都另有作品传世，可为明证。要之，晚唐《咏史》大型组诗还是以类书体制的《杂咏》为滥觞、以比综史事之诗体教材如《编年诗》为直接模式，在民间教育的环境中产生的俗体诗。

［原载《上海社会科学院学术季刊》1994年第4期］

① 韩国磐《略谈有关唐诗的几个问题》，载《隋唐五代史论案》（三联书店，1979）

起先接触的诗学：蒙学教材的诗学价值

——以元代蒙学教材为中心

武　君

　　中国古代的"诗性智慧"也反映在启蒙教育中，法国汉学家谢和耐（JacquesGernet）在《童蒙教育（11—17世纪）》中说："诗在教育中占有重要地位，一则因为诗便于背诵和歌唱，一则因为老师要求学童仿照已学会的诗，用相近或相反的字和词作诗。"①就教育内容而言，在中国古代童蒙教育中，无论识字教育、常识教育、行为教育，还是习礼教育，所采用的大多是便于记诵的韵语教育方式；就教育手段言，无论是记忆教学，还是读写训练，也都或隐或显地显示出诗在其中的生命活力。然而在教育史研究中，除去就韵语、对仗等问题对儿童记诵、学习的重要性关注外，很少专有蒙学教材在诗学领域的表现、作用、价值及意义的探讨；②而缺失对诗学理论最初始的生发场域的关注，也无益于更为准确地把握中国古典诗学的生成机制及发展、传承路径。郭英德说："20世纪以来的中国古代文学史研究中有一个经常为人们所忽视甚至遗忘的领域，就是从创作主体（即文学写作者）知识

---

　　①《法国汉学》丛书编辑委员会《法国汉学》第 8 辑（教育史专号），中华书局2003年版，第129页。

　　② 如张志公的《传统语文教育教材论》（上海教育出版社，1992年版），徐梓、王雪梅的《蒙学要义》（山西教育出版社，1991年版），徐梓的《中国传统启蒙教育的发展阶段及特征》（《首都师范大学学报》2018年第 1 期）等古代蒙学教材研究；贾慧如的《元代的蒙学教育与教材》（《教育史研究》2009年第 3 期），张延昭的《简论元代"小学"教材的编纂及其借鉴意义》（《上海师范大学学报》2009年第 5 期）等关于元代蒙学教材的研究，都很少关注诗学问题。王海波的《蒙学简论》（曲阜师范大学博士论文，2014年）从蒙学教材对传统语文教育的作用角度简单分析了其中比兴、用典的意义，然而并未注意到蒙学教材对童蒙诗学意识的影响，也并未从其为诗歌写作提供原材料的角度，以及从材料到诗歌意象、典故的中间环节加以分析。

结构的角度考察文学怎样发生、发展及传播。"①其实，这一缺憾也尤为突出地表现在诗学研究领域。古人在专门的诗歌入门之前，更为广泛意义上的蒙学教材能够培育后来的诗歌写作者抑或诗学理论和观念秉持者怎样的诗学素养，提供他们哪些基础的诗学知识？而这种素养和知识主要反映在蒙学教材所蕴含的诗学思维和意识，以及在诗歌写作方面的作用。元代蒙学教材，尤其是元代编纂的蒙学教材，在继承前代的基础上，表现出明显的变化：一是以德育为主色，二是开始出现专门的声律启蒙教材。那么，德育之于诗学的意义以及蒙学教材专业化趋势也正是元代蒙学教材的研究价值所在。

一、蒙学教材含蕴的诗学意识

除《对类》《声律发蒙》等一系列专门的诗歌启蒙教材，古代蒙学教育和广泛流传的蒙学教材，从目的上说，大多并不是专门指向学诗。《史籀》《仓颉》《千字文》等侧重识字教育；《急就篇》《名物蒙求》《百家姓》等侧重常识教育；《小学》《性理字训》《弟子职》《小儿语》等侧重道德伦理教育；《蒙学》《史学提要》等侧重历史教育。元代大量编撰的蒙学教材如《历代蒙求》《稽古千文》《礼学韵语》《伍典蒙求》《经传蒙求》《左氏蒙求》《纯正蒙求》《六艺纲目》《敏求机要》《类书蒙求》等也均是对传统蒙学教材的发展和承续。那么，蒙学教材和诗学的关系，或说蒙学教材对童蒙诗学基础的锻铸作用，首先是通过影响童蒙诗学意识实现的。这种关系主要体现在四个方面：蒙学教材的编撰特征与诗歌功能意识，名物教习与诗歌兴感意识，蒙学教材形式、内容与诗歌文体意识以及诗歌审美意识。

蒙学教材虽然大多不指向学诗，但我们必须承认，无论趋向于何种目的的古代蒙学教材，一个最基本的特征就是：以韵语的形式写成，内容涵盖自然、人文，构成丰富的教育内容。虽然以近体诗的角度衡量，蒙学教材外部的韵语形式当然算不上诗，但诸如《蒙求》，明人胡震亨《唐音统签》及清代所编《全唐诗》将其收入其中；再如《弟子职》，也被明人冯惟讷《古诗纪》纳入古体一种，在某种程度上古人往往将之作为一类诗歌来看待。如

① 郭英德《中国古代文学史研究中的文学教育研究》，《文学遗产》2006年第2期，第11—14页。

果以谨慎的学术态度审视，蒙学教材中的韵语即便不能算作严格意义上的诗歌，也是一种可以吟咏的歌诗化形式，是诗性思维的体现。这种编撰方式不仅适合儿童吟咏记诵，所记内容构成学童稳固的自然人文知识体系，也传达出浓郁的诗歌功用意识。孔子认为诗可以"多识于鸟兽草木之名"，可以"兴、观、群、怨"，①孔子本就《诗经》而言，后世以其代表儒家学说对诗歌功用的认知，进而扩展至对整个诗歌功能的概括，这其中当然也包括不同形式的诗性表达。而蒙学教材的这种编撰方式首先便体现在它所具有的"多识"功能，韵语形式成为童蒙认识事物、认识事理、认识世界的有效手段，比如《千字文》千字篇幅，以四言形式，包含丰富的社会内容，涉及天文四时、物产地理、圣王圣治、伦理孝道、宫殿都城、历史人物、州郡山川、日常生活等内容。《蒙求》以四言韵语的形式介绍掌故和各科知识，内容涉及大量历史传说、人物故事、人文伦理等。元代陈栎所编《历代蒙求》也用四字韵语的形式，简述从上古开天辟地到元末的历朝兴衰、朝代更迭、帝王人物，强调圣贤美制。经过这种方式的学习，让处在蒙童时代的学子初步意识到，"诗"可以作为学习知识的载体。而知识在教材中的表述，或者说教材编撰者通过诗性语言描述故事、事件、人物，表现由事物、故事所引发的情感和教化内容，又足以使童蒙认识到，不仅可以通过"诗"来学习具体知识，还可以通过"诗"来观察自然和社会生活、引发联想、切磋交流、表达观点和情感。作为载体的"诗"，能够用来状物、写人、叙事、抒情。

博物百科式的古代蒙学教育，构成儿童最基本的知识体系，其中囊括宇宙人文各个方面的名物教习是蒙学教育的主要任务。如《急就篇》以事类属性划分出23类事物。宋代方逢辰编《名物蒙求》专以"蒙求"体介绍自然和人文社会的各类名物知识，包括天文、地理、人物、草木、鸟兽、花木、四时、景物、日用器物、耕种操作、亲属、家庭关系等种种称谓。元代胡炳文所编《纯正蒙求》介绍人伦教育中的师儒之教、父母之教、父子之伦等各类事件、故事。名物，以呈现形式而言，主要包括事物和事件，它不仅作用于儿童世界观的培育，也是艺术感受的客观对象和诗歌创作发生或形成写作动机的客观条件。"事"和"物"是诗歌写作的重要元素，由于对事物有所感受，从而产生创作冲动，由此形成了中国诗学传统中"感事""感物"说。"感事"，即是对社会生活中发生的人事，如治乱兴衰、朝代更迭、征戍

① 杨伯峻《论语译注》，中华书局1980年版，第185页。

守候、人伦道德的感发和关注，"因治乱而感哀乐，因哀乐而为歌咏，因歌咏而成比兴"①。"感物"，是由自然事物引发的情感波动，《乐记》云："凡音之起，由人心生也。人心之动，物使之然也。"②物，是触发情感的介质，也是联结情与诗的媒介，《文心雕龙·明诗》说："人禀七情，应物斯感，感物吟志，莫非自然。"③又《诗品序》言："气之动物，物之感人，故摇荡性情，形诸舞咏。"④创作动机的产生离不开事和物，即便引发诗歌创作之源的"事"与"物"倾向于现实之事、物，但知识性的名物教习，以丰富的名物知识奠定了童蒙对事、物的积累与储备，且因其在蒙学教材中属性归类，在早期儿童教育中，一定程度上以一种先在的、不自觉的方式萌发童蒙的诗歌兴感意识，成为他们认识诗歌发生、认识诗歌本质的重要途径和必要条件。

蒙学教材以韵语组织内容，如前文所述，大多采用四言押韵的形式，也有三言、五言、七言的句式，至于元代祝明《声律发蒙》则将每一段落配以三言、四言、五言、七言等不同句式，如"山对水，海对河。雪竹对烟萝。新欢对旧恨，痛饮对高歌。……饮酒岂知欹醉帽，观棋不觉烂樵柯。山寺清幽……遥临万顷烟波"⑤。就内容来说，蒙学教材往往将具有相同义类或主题的内容以门类的方式划归在一起。这种押韵句式和内容的类别划分让童蒙在学习的过程中也相应有了诗歌文体的早期意识，句式指向对诗歌体裁的认识，不同句式有不同的音律节奏特征，三言紧凑，四言明快，五、七言可急可缓，杂言顿挫。通过朗读，童蒙能够领会最简单的诗歌体裁特征。内容指向对诗歌题材的最初印象，如南宋王应麟所编《小学绀珠》以及元人所编《群书通要》，其中儒业、荣达门所收词汇即可运用于荣遇题材；儆戒、帝系、人品、优贱等门可以指向赞美、讽谏题材；百花、草木、果实、飞禽、走兽、器用等门可以联系咏物题材；丧事、人事等门可以连结哭挽题材。再如元代许衡《廿二史歌括》、翁三山《史咏》等本身便是咏史类题材的创作。

① 柳冕《谢杜相公论房杜二相书》，《全唐文》卷五二七，中华书局1983年版，第5354页。

② 崔高维校点《礼记》，辽宁教育出版社1997年版，第125页。

③ 周振甫《文心雕龙今译》，中华书局1986年版，第56页。

④ 周振甫《诗品译注》，中华书局1998年版，第15页。

⑤ 祝明《声律发蒙》，首都图书馆藏，元皇庆二年（1313）刊本。

蒙学教材在形式和内容上的特征与童蒙诗歌审美意识的获得密切相关。韵语形式的编排，在方便记诵的同时，使得蒙学教材具有明显不同于其他文类的声韵美感，诗歌声律、偶对，是"蒙求"体蒙学教材一直追求的体式。如唐人李瀚《蒙求》以韵部排列，从"东"部韵始："王戎简要，裴楷清通。孔明卧龙，吕望飞熊。杨震关西，丁宽易东。谢安高洁，王导公忠。"①在押韵中结合了偶对的特征，"简要"对"清通"，"卧龙"对"飞熊"，偶对形式不仅有词性、意义的原则，也包括了平仄声律规则，在八句一段的结构中声调搭配一致，与唐诗声律使用情况基本相同，这也是其被归入唐诗的一个重要原因。元代蒙学教材如《历代蒙求》《左氏蒙求》等，在声律偶对方面也继承《蒙求》的特征，散发着诗艺的美学效果。以名物教习为主要任务的蒙学教材，在内容上罗列出大量的精美词汇，童蒙在华辞丽藻的学习中体验文辞之美，如《千字文》中，天地以玄黄来形容，宇宙可以用洪荒来表现，日月变化为"盈昃"，辰宿交替为"列张"，剑可以称作"巨阙"，珍珠可称作"夜光"。蒙学教材在采用华美词汇的同时也在相同语义中铺列各式不同的词汇，如《名物蒙求》就房屋的介绍，内寝为"室"，外寝称"堂"，门侧叫"塾"，两庑作"厢"，寄托之处叫"庐"，固定的居所为"舍"，客舍称"馆"，用于停止休息的地方作"亭"，累土为"台"，上面有屋叫"榭"等。又如《群书通要》中有关"天"的词汇，有"天阙""天宇""天漏""天坠""天盖""玉京""天弓"等。细微的语义区别不仅有不同的美感效应，如果在诗歌中加以使用，也具有精准的表现力。词汇的美感更表现在通过诗学构造，构成义类相近和相反的对仗，如《声律发蒙》中的对属词汇：楼—阁，户—窗，松轩—竹槛，高楼—邃阁，青锁闼—碧纱窗，人间清暑殿—天上广寒宫，形成极具诗美效果的词汇系统。

通过蒙学教材的学习，童蒙可以获得初步的诗学意识，而在这种诗学意识的指引下，蒙学教材又可以为日后的诗歌写作提供丰富的养料。

二、蒙学教材对诗歌写作的作用

蒙学教材对童蒙诗学素养的培育，还表现在对诗歌写作的作用上——成

---

① 彭定求编《全唐诗》，中华书局 1960 年版，第 9960 页。

为日后诗歌写作者下笔征言、使用诗学技巧最原始、最基础的经验。这种作用大致表现在两个方面：一是词汇，尤其是名物词汇，以及故事、事类可以作为诗歌写作有待选择和加工的原材料；二是蒙学教材构成学习诗歌创作一些具体方法的基础。

蒙学教材中的词汇系统，诚然可作为诗歌写作直接使用的素材，指向诗歌写作的语言积累，将之视作"九流之津涉，六艺之钤键，学览者之潭奥，摛翰者之华苑也"①。而更多情况下，蒙学教材的词汇系统对诗歌写作的价值在于它是一种预备的知识状态，是诗歌写作的原材料。具体而言，蒙学教材中的词汇系统可以作为构筑诗歌意象的材料。

按照蒋寅的说法，意象是"经作者情感和意识加工的，由一个或多个语象组成、具有某种意义自足性的语象结构"，而语象是"诗歌文本中提示和唤起具体心理表象的文字符号，是构成文本的基本素材"，物象是语象的一种，"特指由具体名物构成的语象"，语象对于诗，"是存在世界的基本视象"。②如此，我们可以将蒙学教材提供的词汇系统视作一些潜在的语象，一旦经过选择和加工便可以成为组成诗歌文本的意象，从而展开诗歌写作。比如《名物蒙求》中所列的植物名词：

> 腐气为菌，朝生夕枯。阴润为苔，不划则锄。其生无根，曰水上萍……鸣雨芭蕉。

菌、苔、萍、芭蕉，在蒙学教材中约定了一种存在的视象：菌"朝生夕枯"，苔须"不划则锄"，萍漂浮无根，葭菼披霜，雨打芭蕉。它们所具有的这种词汇意义或存在特征便可以成为一种物象，如果通过诗人感知，与其特殊的心理相结合，融入主体的意识和情感体验，便成为诗歌意象——"不见朝生菌，易成还易衰"（李益《杂曲》），③菌朝生夕枯的特征与诗人的时间意识及生命短促的感慨融合在一起；"茅檐长扫静无苔，花木成畦手自栽"（王安石《书湖阴先生壁二首》），④阴润之苔的铲除与诗人闲适意识相结合；"山

---

① 郭璞《尔雅注序》，《尔雅》，浙江古籍出版社2011年版，第1页。
② 蒋寅《语象·物象·意象·意境》，《文学评论》2002年第3期，第69—75页。
③ 方逢辰著，唐子恒校注《名物蒙求》，齐鲁书社1998年版，第7页。
④ 王安石《王文公文集》下册，上海人民出版社1974年版，第729页。

河破碎风飘絮，身世浮沉雨打萍"（文天祥《过零丁洋》）^①，无根的萍与诗人身世沉浮的意识结合起来；"退食北窗凉意满，卧听急雨打芭蕉"（张栻《偶成》）^②，雨打芭蕉的清脆声音和诗人的孤寂不期而合。由此构成以"菌"表现生命意识，用"苔"展示悠闲生活，以"萍""芭蕉"寄寓孤独凄苦的诗歌意象。这里，蒙学教材提供的名物词汇有了形成某种诗歌意象的可能。

词汇知识如果内蕴到人的知识结构中，突破教材所提供的固定的视象来观察和使用，也会扩大由词汇形成意象的可能性，比如"苔花如米小，亦学牡丹开"（袁枚《苔》其一）^③，"苔"成为一种表达生命力的物象，与作者顽强的生存意识相合；"升堂坐阶新雨足，芭蕉叶大栀子肥"（韩愈《山石》）^④，诗人感知的是芭蕉叶大肥壮的美感特征。如此，内在的词汇知识在这时便有了更为开放的视角和感受空间，形成艺术创作的张力。蒙学教材所提供的词汇系统，尤其是名物词汇，当与创作主体的感受和情思相碰撞的时候，任何一个名物词汇，或任何一种能够形成存在视象的词汇能指，就可以被带入到诗歌语境，成为被诗歌抒写的对象，从而赋予其诗性意义。

作为作诗原材料的名物词汇，不仅是形成诗歌语象和意象的先期形态，也成为学习诗歌比兴创作方法的基础，这种方法即是联结词汇与语象、意象的关键环节。从词汇到语象，中间有一层匹配或选择的关系，也就是说，词汇没有进入诗歌文本，它只是单纯的词汇知识存在，当词汇的一种具有具象性属性或特征被选择进入到诗歌文本中，便成为一个诗歌语象，如果词汇还有另外的属性特征或存在视象，那么也可以转化为其他语象；而从语象到诗歌意象，又需经过情感和意识的加工。皎然《诗式》云："凡禽鱼、草木、人物、名数，万象之中义类同者，尽入比兴。"^⑤认为"比兴"在于义类相同，即事物相似点的沟通。再加细化，"比"是两种事物某种属性和特征的联系，"兴"是通过感触到某物的一种特性引起的一种情感意蕴的言说方式，即朱熹所谓"比者，以彼物比此物也""兴者，先言他物以引起所咏之词

---

① 文天祥《文天祥全集》，江西人民出版社1987年版，第534页。

② 张栻著，邓洪波点校《张栻集》上册，岳麓书社2017年版，第527页。

③ 袁枚著，周本淳标校《小仓山房诗文集》，上海古籍出版社1988年版，第424页。

④ 韩愈著，钱仲联、马茂元校点《韩愈全集》，上海古籍出版社，1997年版，第13页。

⑤ 皎然著，李壮鹰校注《诗式校注》，人民文学出版社2003年版，第31页。

也"①。那么，词汇与语象的匹配，因为相似属性的存在，大致具有相对的客观性，可以认为是一种倾向于"比"的手法，而词汇、语象与意象的联结更多倾向于更为主观性的触物起兴方式。比如"松柏后凋，蒲柳先零""秋蓉拒霜，以质而章"，②松柏、秋蓉的耐寒特征和人的意志力构成一种比喻关系，蒲柳最先凋零和人的体质衰弱及地位低下可以相通，经过这种相似点的类比，"松柏""蒲柳""秋蓉"由词汇进而可以成为具有所谓"存在视象"的物象，等待持有相似意识和情感的创作主体将之诗意化。在这个过程中，"体物"或"物色"发挥着重要作用，"岁有其物，物有其容，情以物迁，辞以情发。一叶且或迎意，虫声有足引心"，所以"诗人感物，联类不穷"。③当然，沟通名物与主观意识，在诗人那里更多讲求的是流连万象、目击其物的重要性，诗人以其丰富的阅历和审美经验，重视倏忽刹那间的不期而感，"夫置意作诗，即须凝心，目击其物，便以心击之，深穿其境，如登山绝顶，下临万象，如在掌中。以此见象，心中了见，当此即用"④。那么，对于童蒙而言，缺乏"伫中区以玄览"的体验，"颐情志于典坟"⑤的间接经验学习便是最重要的途径，"凡作诗之人，皆自抄古今诗语精妙之处，名为随身卷子，以防苦思。作文兴若不来，即须看随身卷子，以发兴也"⑥。蒙学教材大量此类名物词汇的提供，以及前揭兴感意识的获得，那么掌握比兴的诗歌写作手法也便顺理成章。

　　除了词汇的提供，古代蒙学教材的内容还包括大量的子史故事，王海波《蒙学简论》说："《千字文》以前的蒙学教材较少典故，自《蒙求》开始，文史典故开始成为蒙学教材的一个重点。"⑦如前引《蒙求》句，几乎每一四言句都是一个历史故事。在伦理道德教育的背景下，元代蒙学教材更倾向于历史典故的讲述，如《历代蒙求》《纯正蒙求》等。《历代蒙求》的形

---

① 朱熹《诗集传》，中华书局2010年版，第2—6页。

② 方逢辰著，唐子恒校注《名物蒙求》，齐鲁书社1998年版，第6—7页。

③ 周振甫《文心雕龙今译》，中华书局1986年版，第414—415页。

④ 遍照金刚撰，卢盛江校考《文镜秘府论汇校汇考》，中华书局2006年版，第1312页。

⑤ 陆机著，张少康集释《文赋集释》，人民文学出版社2002年版，第20页。

⑥ 遍照金刚撰，卢盛江校考《文镜秘府论汇校汇考》，中华书局2006年版，第1331页。

⑦ 王海波《蒙学简论》，曲阜师范大学2014年博士论文。

式和《蒙求》相近，却侧重按时代发展顺序，详列朝代更替与重大历史事件。《纯正蒙求》更加注重对古代具体人物、事件的概括，如"曹植豆萁，田真荆花"①，以曹植与曹丕争夺皇位的故事概括兄弟之间的同根相阋；又如"伯子存心，诸葛尽力"②，以程颢存心爱物、居官处书"视民如伤"四字自我省视，以及诸葛亮辅佐蜀汉鞠躬尽瘁的故事概括君臣之伦。《文心雕龙·事类》说："事类者，盖文章之外，据事以类义，援古以证今者也。"③所谓"援古以证今"，大致是直接引用古人言语的"引乎成辞"和概括古代人事的"略举人事"，以此表明文学旨意；"据事以类义"的方法强调典故的暗示作用。因此，诗歌用典，讲求在引用词句或故事时，含蓄地表达相关思想及内容，构成诗歌表意的组成部分。而蒙学教材中的故事和事类用概括性的语言浓缩为典故，便可以成为诗歌用典的原材料。

然而，蒙学教材中的故事、事类作为诗歌用典的原材料，需要在具体的诗歌语境中实现其用典的功能。如蒙学教材中的"青蒲"典故。"青蒲"本身是一个专有名词，即水生植物蒲草，茎叶可以编织蒲席。作为典故，出自《汉书·史丹列传》，汉元帝欲废太子，史丹在皇帝独寝时，直入卧室，伏青蒲上泣谏。颜师古注《汉书》引应劭语，解释"青蒲"为天子接待臣属所用器物，因此，后世以"青蒲"指天子内廷，又以"伏蒲""青蒲"作为忠臣直谏的典故。那么，"青蒲"在诗歌中的运用，也只有在指涉犯颜直谏的语境中才能完成其诗歌用典的意义，如"斯时伏青蒲，廷诤守御床"（杜甫《壮游》）④。如此，"青蒲"作为暗示意义的典故，在杜诗中如水着盐般地融入歌咏忠臣的诗意当中。如果不是这样的诗歌语境，像王维《皇甫岳云溪杂题·鸬鹚堰》中的"乍向红莲没，复出青蒲飏"⑤，以"青蒲"和"红莲"相对，则只是就其本意的诗歌抒写。

用典，本就是一种修辞手法，《文心雕龙》将之视为"乃圣贤之鸿谟，经籍之通矩也"⑥。从蒙学教材中的故事、典故到诗歌典故运用，需要等待具体诗境的加工，这种加工便可以提示童蒙在诗歌写作中的用典方法。首先

① 胡炳文《纯正蒙求》，《文渊阁四库全书》，上海古籍出版社1987年版，第984页。
② 胡炳文《纯正蒙求》，《文渊阁四库全书》，上海古籍出版社1987年版，第969页。
③ 周振甫《文心雕龙今译》，中华书局1986年版，第339页。
④ 杜甫著，高仁标点《杜甫全集》，上海古籍出版社1996年版，第96页。
⑤ 王维撰，陈铁民校注《三维集校注》，中华书局2013年版，第639页。
⑥ 周振甫《文心雕龙今译》，中华书局1986年版，第339页。

是灵活掌握诗歌用典方式，在符合诗歌语境的要求下，可以用暗典，也可以直用明典，或用反典，或虚用典故，用典方式的不同可以产生不同的意义和效果。其次是注重出典的不露声色，在具体的诗歌命意中将蒙学教材提供的古代事类和事理，蕴含在诗歌创作新的语言行为中，既要师故事、事类之义，也要如从己出，婉转表达作者心声；既保留其词汇的核心义素，又能符合诗歌主题趋向和所要表达的思想内容。用典与学识密切相关，古人往往认为，诗歌用典，规规蹈袭易，故中出新难；直用其事易，反用其意难。用典的不露痕迹，更需要有高人一筹的学识积累，逾越寻常拘挛之见，而蒙学教材所涵盖的庞大的子史故事及事类知识体系，不仅可以为诗歌用典提供丰富的原材料，也在典故的学习中提示了有效的用典方法。其实，比兴、用典作为诗歌写作方法，都可以减少诗歌语辞繁累，充实诗歌写作内容，使得诗歌文辞妍丽、内涵丰富。此外蒙学教材的韵语形式也可以提示诗歌写作中关于声调、押韵、对仗、结构等方面的具体方法，古代儿童在蒙学教材的学习过程中已然了解了一些诗歌写作方面最基本的知识和方法，而更进一步地学诗，则有待专门的诗歌入门读物提供更为专业的点拨。

三、德育之于诗学

徐梓认为中国传统启蒙教育呈现阶段发展的特征，先秦、两汉、六朝时期以识字教育为主；隋唐、五代、两宋时期表现为注重知识教育的特征；元、明、清时期则以道德教育为先，由此，从元代始，中国传统启蒙教育进入兴盛时期。[①]无疑，启蒙教育中德育的兴盛是理学兴起的一个重要表现，或可说是理学向启蒙教育领域的渗透或普及，"最早进行理学的普及工作，甚至把它用于启蒙教学的，不是别人，而是理学的集大成者朱熹和他的一批弟子……《训蒙绝句》正是朱熹所作这项工作的一部分"[②]。程朱理学在元代官方化，成为教育领域的主流思想形态。

元代蒙学教材的一个鲜明特征是，在义学、社学、私塾、书院等教育

① 徐梓《中国传统启蒙教育的发展阶段及特征》，《首都师范大学学报（社会科学版）》2018年第1期，第10—16页。

② 徐梓《蒙学读物的历史透视》，湖北教育出版社1996年版，第149—150页。

机构中，有意识地用倾向于德育方面的教材取代元以前已经流传数百年的，如周兴嗣《千字文》、李瀚《蒙求》等常识类教材。程端礼《程氏家塾读书分年日程》载元代八岁入学前后的童蒙所读之书，有程逢源增广的《性理字训》《小学书》正文等，"日读《字训》纲三五段，此乃朱子以孙芝老能言，作《性理绝句》百首教之之意，以此代世俗《蒙求》《千字文》最佳"①。

除直接从宋儒那里找来的蒙学教材，元人编撰蒙学教材时也更加侧重向具有明显教化意义的经、史专题教材转变。元人热心于用韵语或具有诗性特征的语言形式简编伦理、行为类的经典著述，如虞舜民《礼学韵语》《名数韵语》、虞世民《礼部韵语》、詹仲美《伍典蒙求》、应子翱《经传蒙求》、吴化龙《左氏蒙求》、胡炳文《纯正蒙求》、刘我《古学权舆》、汪汝懋《礼学幼范》、景星《四书集说启蒙》、郭好德《论语义》、舒天民《六艺纲目》等。

"六艺之文，学者之大端也。其次莫如史……"②在四书五经之外，理学家重视史学教育，因为隶史可以"于古圣贤之言行，考迹以观其用，察言以求其心"③，以此提高道德修养。故而史部蒙学教材在元代大量编撰，如宋人王芮撰、元人郑镇孙注《历代蒙求纂注》，许衡的《廿二史歌括》《稽古千文》，王元鼎《古今历代启蒙》，翁三山《史咏》，陈著《历代纪统》等。此外还有以淹诵群经为目的的蒙学类书及类书简编的蒙求读物，如刘实《敏求机要》、应翔孙《类书蒙求》等。

前文已述，古代蒙学教材无论哪种类型，抑或已渐趋退出元代蒙学教材使用领域的《千字文》《蒙求》，其实大多以韵语或"诗"的方式写成。但古人认为，诗歌在其中只是外在的形式，行有余力则学文，程颐说："别欲作诗，略言教童子洒扫应对事长之节，今朝夕歌之，似当有助。"④可见，诗只不过是学习的工具，最终目的是要通过诗歌传达伦理意趣。正如郭英德所言："在（中国古代）人文教育中，文学教育尽管居于重要的地位，但其目的指向却仍然是伦理教育，亦即伦理型人才的养成，而文学教育不过是达

---

① 程端礼《程氏家塾读书分年日程》，黄山书社1992年版，第1页。
② 吕祖谦《吕祖谦全集》第二册，浙江古籍出版社2008年版，第16页。
③ 吕祖谦《吕祖谦全集》第二册，浙江古籍出版社2008年版，第16页。
④ 朱熹撰，朱杰人等主编《朱子全书》第13册，上海古籍出版社2002年版，第229页。

致伦理教育的津梁，培养道德人格的基础。"①

    《千字文》《蒙求》虽以韵语形式简约地容纳了错综经史的广阔知识，使童习易读，但在元人看来，这些教材缺失了德育内容，并不足取。谢应芳《书历代蒙求后》云："世俗以《千字文》为启蒙之书，尚矣。然使之识字而已，余何益乎？"②王萱《历代蒙求纂注跋》亦言："近世训蒙，率皆以周兴嗣《千文》与夫《补注蒙求》为发端，以其骈偶易读也。《千文》句以字集，或乖其义，识字累千，于事何益？"③甚至吴澄直斥这些蒙学教材为无用之书，"古书阙而教法泯。俗（《全元文》作"欲"，误）间教子，率以周兴嗣《千文》、李瀚《蒙求》开其先，读诵虽易，而竟何所用"④。所谓之"用"，即是孝悌谨信，仁爱亲民之类的伦理内容。而在历史教育中，元人也强调古今治乱、圣贤之见，赵孟頫《古今历代启蒙序》说："盖自唐李瀚已有《蒙求》矣，若《蒙求》之类以十数，皆不行于世，独《蒙求》尚有诵习者，良由《蒙求》语意明白易诵故耶！然皆不若王君所编，为包括古今，该修治乱，不悖于先儒之论议，于小学不为无补。"⑤那么，以德育为重要目的的元代蒙学教材有无诗学作用呢？

    以诗歌形式开展教育是儒家传统，即所谓"诗教"，孔子的"不学诗，无以言"⑥"兴于诗，立于礼，成于乐"⑦"兴观群怨"⑧，即强调诗歌功能的多样性，既有知识技能的传授、文学美感的领略与追求，也有道德人格的熏陶与感染。如果说被元人立为矢的的前代蒙学教材侧重在融汇诗学的美感功能和"多识鸟兽草木之名"的知识储备，那元代蒙学教材在此基础上更强调让诗歌搭载伦理德道之舟，以收潜移默化的濡染之效。在元代，以诗歌融汇包括认字习书、诵读抄写、启智养性等等的综合教育，更加凸显出诗学的

---

    ① 郭英德《古代中国文学教育的基本特点》，《陕西师范大学学报（哲学社会科学版）》2006年第6期，第74—77页。

    ② 谢应芳《书历代蒙求后》，《全元文》第43册，凤凰出版社2004年版，第200页。

    ③ 王萱《历代蒙求纂注跋》，《全元文》第59册，凤凰出版社2004年版，第603页。

    ④ 吴澄《虞舜民礼学韵语序》，《全元文》第14册，江苏古籍出版社1999年版，第299页。

    ⑤ 赵孟頫《古今历代启蒙序》，《全元文》第19册，江苏古籍出版社1999年版，第77页。

    ⑥ 杨伯峻《论语译注》，中华书局1980年版，第178页。

    ⑦ 杨伯峻《论语译注》，中华书局1980年版，第81页。

    ⑧ 杨伯峻《论语译注》，中华书局1980年版，第185页。

永恒生命，蒙学教材德育之外的内容，正是诗学内部的重要组成部分。换言之，诗学渗透在以理学为主要内容的蒙学教育之中，以教材实现伦理道德教育与诗的教化作用是相通的。

元代蒙学教材的诗学价值获得，实则是一个合浦还珠的过程。作为外在形式的"诗"，显然在元代蒙学教材中扮演着一个隐性的角色。儒家传统的训蒙方式，以背诵和理解经典为基本原则，而繁复的经史之事如何施用于童蒙，让更广泛的人群快速掌握，是蒙学教材编撰的关键问题。元代蒙学教材虽对前代作品提出严厉批评，但"骈偶易读"的形式却并未丢弃，陈旅《历代纪统序》云："自三皇迄于祥兴，撰为四言，叶以声韵。若胡氏叙古为《千文》《蒙求》之类，辞约而事备，笔直而义婉，一目成诵，则数千百年之事粲然在胸中矣。"①这种化繁为简的形式，也只有以"诗"的形式最为合适，而诗可歌可诵、涵泳人心的作用，也是达到进德修业、涵养性情的重要推力，戴表元坦言：

> 余少时请益乡先生，问记礼家言："春诵何也？"曰："诵《诗》也。"曰："诵《诗》何为也？"曰："将以为乐也。"曰："夏又弦，何也？"曰："古之学官，惟礼与乐。"……余于时颇领悟，顾琴瑟亦不易为，惟《诗》为近乐，差可自力，由是日为之。荣辱四十年，人情世故，何所不有，而不至于放心动性，而出于绳检之外者，《诗》之力也。来江东，有铅山虞世民，取平生所见古书之涉于礼者，叶为韵语，欲使儿童妇女，流传咸诵，熟于口耳，浃于心体。②

《诗》，让他在纷繁的人情世故中不至于放心动性、逾越雷池，而以"诗"撰成的童蒙教材在他看来当然也更能够"熟于口耳，浃于心体"。伦理道德通过"诗"之内容与形式内化为人稳定的学识气质、性情修养，伦理型的人格由此塑造。王恽《翁三山史咏序》即说："（《史咏》）朝夕讽诵，发其意趣……言简而意足，使初学者读之易晓而难忘，庸他日融会通贯之渐。"③在教材编撰者或使用者那里，目的当然是为了有助人伦礼教，维系社会秩序，

---

① 陈旅《历代纪统序》，《全元文》第37册，凤凰出版社2004年版，第268页。
② 戴表元《礼部韵语序》，《全元文》第12册，江苏古籍出版社，1999年版，第102页。
③ 王恽《翁三山史咏序》，《全元文》第6册，江苏古籍出版社1999年版，第207—208页。

至少是提供童蒙立身处世的原则，但事实上这种德性修养在童蒙心中展开、释放，稳定的性情修养更奠定了诗歌初学者的基本诗学素养，正如《史咏》可以通过"朝夕讽诵"来"发其意趣"。

这种内在的德行修养与元代诗歌，尤其元中后期诗歌强调雅正的诗学观念密切相关，笔者检索《全元文》，元人使用"性情之正"这一词语近160余次，出现频率接近于《全宋文》，而元朝立国不足百年！由此我们似乎也可以理解，尤其在元代开科以后，"雅正"诗学旨趣的盛行，揭傒斯在《吴清宁文集序》中说："须溪没一十有七年，学者复靡然弃哀怨而趋和平……方今以明经取士，所谓程文，又皆复乎古，以其所好固无害于所求也。"① 又欧阳玄《罗舜美诗序》云："我元延祐以来，弥文日盛。京师诸名公咸宗魏晋唐，一去金宋季世之弊，而趋于雅正，诗丕变而近于古。"② 以元诗四大家之代表——虞集为例，在元中期，强调理学与诗学的融会，主张诗歌写作的"性情之正"成为一个时代的缩影，虞集《盱江胡师远诗集序》云：

> 《离骚》出于幽愤之极，而《远游》一篇，欲超乎日月之上，与泰初以为邻。陶渊明明乎物理，感乎世变，读《山海经》诸作，略不道人世间事。李太白汗漫浩荡之才，盖伤乎《大雅》不作，而自放于无可奈何之表者矣。后世诗人，深于怨者多工，长于情者多美。善感慨者不能知所归，极放浪者不能有所返。是皆非得情性之正。惟嗜欲淡泊，思虑安静，最为近之。③

"嗜欲淡泊""思虑安静"是德行濡染后的品行，也就是说，人品决定诗品，他强调无论深于怨者，还是长于情者、善感慨者，都要知其诗歌最终的旨归，即落实到伦理道德的修养上。元后期文人在概括一代诗学面貌的时候，更是以伦理施教而带来"性情之正"的诗风而自豪，如戴良《皇元风雅序》云：

① 揭傒斯《文安集》卷八，《文渊阁四库全书》第1208册，上海古籍出版社1987年版，第211页。

② 欧阳玄《圭斋文集》卷八，《文渊阁四库全书》第1210册，上海古籍出版社1987年版，第64页。

③ 虞集《胡师远诗集序》，《全元文》第26册，凤凰出版社2004年版，第72—73页。

自姚、卢、刘、赵诸先达以来，若范公德机、虞公伯生、揭公曼硕、杨公仲弘，以及马公伯庸、萨公天锡、余公廷心，皆其卓卓然者也。至于岩穴之隐人，江湖之羁客，殆又不可以数计。……戴白之老，垂髫之童，相与欢呼鼓舞于闾巷间，……一时作者，悉皆餐淳茹和，以鸣太平之盛治。其格调固拟诸汉唐，理趣固资诸宋氏，至于陈政之大，施教之远，则能优入乎周德之未衰，……以诗名世者犹累累焉，语其为体，固有山林、馆阁之不同，然皆本之性情之正，基之德泽之深，流风遗俗班班而在。①

戴良的理论自信固然不是毫无根据，一代之诗学风气不能摆脱与基础教育的内容及形式的关系。诗歌意旨、风气的形成虽在德育的目的之外，却回归至诗学的内涵之里。理学教育不仅承载深刻思想，也能引发幽微情思，通过诗性语言涵泳人心，引发人们对诗歌言志特质和诗教功能的深层思辨，而元代蒙学教材中，德育之于诗学的意义也正在于此。

四、从"熟于口耳"到专门声律偶对教材

元代多数的蒙学教材以德育为底色，诗艺探求及训练当然不是它的目的所在。蒙学教材外部的韵语形式只是"熟于口耳"的记诵方式，记诵的内容因教材不同而有差别。但正如前文所述，这些教材基本不是为了记诵专门诗歌知识编写，而《对类》及祝明所编《声律发蒙》一类教材虽也包含伦理内容，却是专门就童蒙学诗所编，以此为更深入的诗歌阅读、评赏、写作教习奠定基础，如此，诗在蒙学教育中的价值，也便突破谢和耐等研究者普遍认为的所谓方便记诵、属对训练的单一指向。可以说，从元代开始，专门指向学习诗歌知识的教材出现，在蒙学教材专业化发展趋势中，具有里程碑式的意义。

这种变化，首先与蒙学教材发展过程中对语言形式的不断追求相关。元代蒙学教材在批判中继承前代蒙学读物的形式，虽然认识到只强调诵读简

---

① 戴良《皇元风雅序》，《文渊阁四库全书》第1219册，上海古籍出版社1987年版，第588页。

易的形式于德育无益，但也意识到"小学、《孝经》等书，字语长短参差不齐，往往不能以句。教者强揠，而学者苦其难，又胡能使之乐学"①。其实，元人对前代蒙学读物的批评除认为其缺乏系统的德育内容外，也指出其诗学内容的不精切，王萱《历代蒙求纂注跋》曰："《补注蒙求》句以事对，多失其序，事未易记，蒙何以求？"②这里旨在强调取一事成对，打乱了事类的顺序，由此带来因一事相关而秉烛不谐，如此则并非严格意义上的切对或工对。元人的蒙学教材更加注重事义和对偶的相洽，如《左氏蒙求》：

> 平王迁都，隐公摄位。宋鲁屡盟，周郑交质。州吁无亲，叔段不义。桓公问名，羽父请谥。③

这里基本是按照《左传》的叙事顺序来编排，事类、对偶和声韵的安排更加和谐，这样看来，元人的蒙学教材编撰更加讲求诗学内容的精切，无怪戴表元《左氏蒙求序》云："盖尝取义类、对偶之相洽者，韵为《蒙求》，以便学者。余读之，如斫泥之斤，鸣镝之射，百发百返而不少差，嘻乎，异哉！"④元人每认为圣贤之学不在于语言文字，但也离不开语言文字，因为"言语文字与圣贤为体"才能够"传而不朽"，"《易》究咎休，《书》纪治乱，《诗》美刺，《春秋》褒贬，《三礼》辨上下，《论》专言仁，《孟》兼言义，皆以言语文字与道为体。其妙用所在，一而已"。⑤故而方回以为应子翱《经传蒙求》"自《易》至《论》《孟》，皆括为韵语，以训后进"，亦可"抽摘奇语、难字以供刀笔，艰深之中韬平易"即是"与道为体，能于有形中求无形"，"将于无味中得有味"。⑥最终达到"熟于口耳，浃于心体"的效果。对德育之外的诗学形式的不偏废，使得元代蒙学教材的编撰和诗歌创作的关系更加密切地关联起来，编撰部分专门诗学化的教材便也是趋势所需，如金末元初人王涿以叶韵为主所编的《次韵蒙求》。

① 吴澄《虞舜民礼学韵语序》，《全元文》第 14 册，江苏古籍出版社 1999 年版，第 299 页。

② 王萱《历代蒙求纂注跋》，《全元文》第 59 册，凤凰出版社 2004 年版，第 603 页。

③ 见吴化龙《左氏蒙求》，中国国家图书馆藏同治三年刘履芬抄本。

④ 戴表元《礼部韵语序》，《全元文》第 12 册，江苏古籍出版社 1999 年版，第 92 页。

⑤ 方回《应子翱经传蒙求序》，《全元文》第 7 册，江苏古籍出版社 1999 年版，第 112—113 页。

⑥ 同上。

更为重要的是，蒙学教材的这种变化是宋元以来启蒙教育及科举发展的必然趋势，张健说："唐时启蒙教育中，虽然有韵对的形式，但声律对偶本身似乎并未成为启蒙教育的内容。但自北宋以来，诗赋声律对属已经成为启蒙教育的重要内容。"①比如《蒙求》也是以韵对的形式组织内容，声调、平仄呈现一定规律，但它却并非是开展声韵教学的教材。北宋以来，声韵偶对教学在学校教育中成为重要内容，如《京兆府小学规》所记载的学生三等课程中对各体诗歌的吟诵、对属、写作训练。声律对偶的学习也明显指向科举考试，元人吴邃斋《纯正蒙求序》云："父师所以教之者，不过对偶声律之习，所以期之者不过科举利达之事。"②经过长期的声律韵对教育传统的浸润，以及出于科举考试的功利目的，诗歌训练已成为古代读书人的重要学习内容和必备技能，即便在元代前期科举长期缺位的情况下，童蒙学诗依旧是启蒙教育的重要内容，程端礼《程氏家塾读书分年日程》说："小学不得令日日作诗作对，虚费日力。今世俗之教，十五岁前不能读记《九经》正文，皆是此弊。"③虽是对习诗作对的批判，但足可见当时社会对诗歌教习的重视，所以到元代，专门的诗歌类蒙书开始出现，备受欢迎。《程氏家塾读书分年日程》记载元代小学生员的习诗教材便有《对类》一种，此外祝明编撰的《声律发蒙》也在皇庆二年（1313年）科举恢复之时应声刊行。

《声律发蒙》的韵目直接取自《平水韵》平声30韵，排列上平声、下平声各十五韵，上平包括一东、二冬、三江、四支、五微、六鱼、七虞、八齐、九佳、十灰、十一真、十二文、十三元、十四寒、十五删；下平包括一先、二萧、三肴、四豪、五歌、六麻、七阳、八庚、九青、十蒸、十一尤、十二侵、十三覃、十四盐、十五咸。平水韵在蒙学教材中的运用是蒙学教材用韵发展和变革的必然结果。王海波《蒙学简论》认为古代蒙学教材的用韵大致经历了两次变革：一是从《急救篇》《千字文》等自由押韵、用韵集中的特征变为《蒙求》等用韵韵系统，且带有规律性的规整用韵；二是适应语言声韵及科举发展，从中古音韵变为平水韵的平声韵教材。④可以确信，

① 张健《中国古代的声律启蒙读物：〈声律发蒙〉及其他》，《岭南学报》2005年第1期，第169—192页。

② 吴邃斋《纯正蒙求序》，《文渊阁四库全书》第952册，上海古籍出版社1987年版，第3页。

③ 程端礼《程氏家塾读书分年日程》，黄山书社1992年版，第31页。

④ 王海波《蒙学简论》，曲阜师范大学2014年博士论文，第12页。

《声律发蒙》即是平水韵成为诗歌用韵标准后，在诗歌启蒙教育领域为适应当时诗歌创作而编写的专门教材。

除平水韵的使用，元代专门的诗歌启蒙教材也将对仗与平仄声调作为诗歌最基本的两种要素予以合并，如《对类》本是专门的对仗教材，而在对仗的编排体例中融入了平仄属性，现存《诗词赋通用对类赛大成》（《对类》可在此书中得以窥见）于对偶中分平仄、虚实，如"天文门""乾坤日月第五"类中，平对有乾坤、阴阳、云霄等；仄对有日月、雪月、雨露等；上平对有天日、星月、风月等；上仄对有斗牛、日星、雪霜等。再如《声律发蒙》：

> 南对北，北对东。物外对寰中。君臣对父子，海岳对雷风。尧舜德，禹汤功。孔子对周公。六经千古在，五典百王同。天地无心成化育，圣贤有道继鸿蒙。书代结绳，阐人文于有象；图呈画卦，开道统于无穷。①

对仗、用韵、诗体等内容合并在一起，这种体例始创于《声律发蒙》，元刊本《声律发蒙》王伟序云："文之骈俪者，始于魏晋，盛于唐宋，而作文者尚焉。然学者必先于对偶之书，其浩瀚多端，使童蒙卒未能得其要领。此素庵《声律发蒙》之所由作也。"②也就是说，在《声律发蒙》之前，虽然诗歌对偶的书籍已有多种广泛流传，但均没有发展为综合各种诗学知识的形态，《声律发蒙》的出现，使启蒙教材呈现为一种综合性的诗歌教材，从而具备完整的诗歌教习功能。

要之，蒙学教材对古人诗学素养的培育有重要意义，元代蒙学教材的编撰更以其不断地专业化，直接指向童蒙学诗。《对类》《声律发蒙》等蒙书体例在明清时代被普遍采用，如《声律启蒙》《笠翁对韵》《龙文鞭影》等，作为诗歌启蒙教材，它们不仅奠定古人学诗基础，更以其广泛、有力的作用推动古典诗学薪火相传，代代不已。

［原载《江南大学学报》（人文社会科学版）2021年第5期］

① 见祝明《声律发蒙》卷一，首都图书馆藏元皇庆二年（1313）刊本。

② 见祝明《声律发蒙》卷首，首都图书馆藏元皇庆二年（1313）刊本。

元明清蒙学韵对类读本的发展及其价值

谢永芳

一、祝明《声律发蒙》：全韵部编排与为日后写作诗歌张本

中国古代童蒙对类读本，除《初学记》《兔园册子》以外，《隋书·杂家类》还记载有《对林》《对要》《语对》《语丽》《杂对语》《要用语对》等书，大概六朝时期就出现了这类读本。目前所能见到最早的对类书籍是杜公瞻的《编珠》，然隋志、唐志俱不载，最早见于宋志，只是宋人未曾引用，大概流传并不广泛。宋代训练属对的读本有真德秀《对偶启蒙》、曾子戟《曾神童对属》《群书类句》等。宋人喜谈巧对成风，而且对课教育已盛行于宋代，但从目前的文献来看，专为蒙童编写的对课文本流传下来的较为少见。元代专门指导学童读书方法和程序的《读书分年日程》卷一说："更令记对类单字，使知虚实死活字。更记类首长天永日字，但临放学时，面属一对便行，使略知声偶、轻重、虚实足矣。"[1]说明元代已有专用于蒙童教育的"对课"教材——《对类》。[2]当时较为有名的这类读本，是祝明的《声律发蒙》。

祝明，字文卿，河北香河安平镇人。所著《声律发蒙》，为清初学者收入《辽金元艺文志》。[3]《四库全书总目》卷一三七"类书类存目一"亦尝著录之，有提要曰："《声律发蒙》五卷，元祝明撰、潘瑛续（后三卷），明

---

① 程端礼《程氏家塾读书分年日程》，《丛书集成初编》，上海商务印书馆1935年版，第4—5页。

② 郭英德《中国古代文字与教育之关系研究》，北京大学出版社2012年版，第291页。

③ 倪灿，黄虞稷，钱大昕《辽金元艺文志》，商务印书馆1958年版，第194页。

刘节校补。每一韵先列韵字与注，后列杂言对属之语。"①盖初学发蒙，学作对句、习平仄所用之书，以此为较早。虽然四库馆臣云其无所当于著述，更不必发过情之誉，《翁方纲纂四库提要稿》则谓"应存其目"②。这部蒙学读本的编排，是将平水韵的平、上、去、入四声总共一百零六个韵部尽数收入。兹摘录其上、去、入三声韵中各一个韵部的两节对语如下，以备参酌：

益对谦，恒对损。穹窿对混沌。雾縠对烟绡，地维对天阃。太液池，甘泉苑。牛弘对马远。细柳拂双堤，芳兰滋九畹。一老犹鸣日暮钟，诸僧尚乞斋时饭。白沟河北，望幽燕远塞迢迢；赤壁矶头，通巴蜀长江滚滚。

鹗对雕，鲂对鳢。山犀对河蜃。蜀锦对吴绫，朱箫对绣幰。燕尾溪，羊肠坂。蓬壶对阆苑。吟筇鹤外闲，钓艇鸥边稳。一亩烟霞拂羽衣，九天日月瞻龙衮。夔门秋兴，细雨吹风巫峡深；吴苑春愁，浮云蔽日长安远。（上声十三阮四节其二、其三）③

影对声，香对艳。春耕对秋敛。蟠窟对星桥，云梯对天堑。岳嵯峨，江潋滟。缩茅对反坫。眠憎犊草分，坐许鸥沙占。钟子生知伯氏琴，徐君死挂延陵剑。逢干气壮，千秋遗忠烈之魂；李杜才高，万丈起文章之焰。

陌对阡，坑对堑。金铦对玉玷。令反对文烦，刑淫对赏僭。竹娟娟，花艳艳。无稽对有验。光摇碧汉槎，气拂丰城剑。雁影联翩过竹楼，鸡声咿喔来茅店。仲宣对月，尝怀去国之心；仁杰望云，每有思亲之念。（去声二十九艳三节其一、其三）④

蚬对蛏，蚶对蛤。绨袍对毳衲。九鼎对三钟，双筹对百榼。锦模糊，金匼匝。狎鸥对飞鸽。篱下菊经秋，陇头梅破腊。春风巷陌燕差池，夜雨池塘蛙杂沓。烟开平野，萋萋草色近看无；日上遥天，淡淡云容回望合。

---

① 永瑢等《四库全书总目》，中华书局1965年版，第1164—1165页。

② 吴格编《翁方纲纂四库提要稿》，上海科学技术文献出版社2005年版，第625页。

③ 四库全书存目丛书编纂委员会《四库全书存目丛书》子部第172册，齐鲁书社1995年版，第557页。

④《四库全书存目丛书》子部第172册，第596—597页。

驳对精，纯对杂。噫嘻对噬嗑。土瘠对波沃，山藏对海纳。范蠡舟，陈蕃榻。剑关对铃阁。红莲水上开，绿树溪边合。梅花帐冷月娟娟，梧叶窗寒风飒飒。陈言北阙，几回恩被龙墀；对策南宫，一旦名题雁塔。（入声十五合三节其二、其三）①

后来，明代孟绂的《启蒙对偶续编》也是如此编排②，这种"四声悉具"③的全部编韵方式，与其他数种明清韵对类著名读本，如后文所述明代司守谦的《训蒙骈句》、兰茂的《声律发蒙》以及清初车万育的《声律启蒙》、李渔的《笠翁对韵》等，都是按平水韵中上平、下平三十韵顺序编排、归纳对语不同。其中，上平声十五韵：一东，二冬，三江，四支，五微，六鱼，七虞，八齐，九佳，十灰，十一真，十二文，十三元，十四寒，十五删；下平声十五韵：一先，二萧，三肴，四豪，五歌，六麻，七阳，八庚，九青，十蒸，十一尤，十二侵，十三覃，十四盐，十五咸。只由三十个平水韵编排及命名的读本，反映出古人已经充分认识到了对对子与诗歌写作之间的亲密关系，自然是为了给日后写作诗歌，如律诗、绝句和排律张本的。况本《声律发蒙》在此"张本"意义上的针对性和目的性虽然不能算是非常明确，但其基于基础性和完整性的训练提供给了蒙童全面而又均衡的"营养"，确实是不言而喻的。

能够与上述编排及命名方式一同展示元明清蒙学韵对类读本发展演进轨迹的，是具体的对语文本。如祝本《声律发蒙》所载"一东"韵部中的四节对语：

南对北，北对东。物外对寰中。君臣对父子，海岳对雷风。尧舜德，禹汤功。孔子对周公。六经千古在，五典百王同。天地无心成化育，圣贤有道继鸿蒙。书代结绳，阐人文于有象；图呈画卦，开道统于无穷。

云对雨，雪对风。晚照对晴空。来鸿对去燕，宿鸟对鸣虫。三尺

_____

① 《四库全书存目丛书》子部第172册，第613页。

② 《四库全书存目丛书》子部第172册，第414—464页。

③ 涂时相《声律发蒙重刻小引》，载祝明等《声律发蒙》卷首，《四库全书存目丛书》本第507页。按：或者因此之故，后来就不止有一人，包括台湾人续编车万育《声律启蒙》为《仄韵声律启蒙》。

剑，六钧弓。岭北对江东。人间清暑殿，天上广寒宫。两岸晓烟杨柳绿，一园春雨杏花红。两鬓风霜，途次早行之客；一蓑烟雨，溪边晚钓之翁。

沿对革，异对同。俊雅对英雄。才人对逸客，牧子对渔翁。颜巷陋，阮途穷。海雾对江风。云孤秦岭断，天阔楚江空。梁帝讲经同泰寺，汉高置酒未央宫。尘虑萦心，懒抚七弦之绿绮；霜华满鬓，羞临百炼之青铜。

贫对富，塞对通。白叟对黄童。红蕖对紫菊，细柳对疏桐。题雁塔，步蟾宫。凫岭对龟蒙。一湾流水绿，千树落花红。淡淡半桥杨柳月，轻轻一沼芰荷风。女子眉纤，额下见一弯新月；男儿气壮，胸中吐万丈长虹。①

其中，第二节与《声律启蒙》所载同韵部第一节相同（一本《声律启蒙》中"一园春雨"作"满园春色"），后面两节，与《声律启蒙》所载第二三节也仅小有差异。如《声律启蒙》第二节中"俊雅"二句作"白叟对黄童。江风对海雾"，"海雾"三句作"冀北对辽东。池中濯足水，门外打头风"，"汉高"作"汉皇"，"懒抚""羞临"二句中二"之"字均无。②只是通过简单的文本对照，就很可以见出后起的《声律启蒙》等书中某些内容之所自来。这里面呈现出来的，是祝本《声律发蒙》与《声律启蒙》之间较为明显的源流关系。

二、兰茂《声律发蒙》:《韵略易通》变古法就方音的应用

兰茂（1397—1476）字廷秀，号止庵，云南嵩明杨林石羊山人。祖籍河南洛阳。所著除了与祝明异书同名的《声律发蒙》以外③，还有一部与之紧密相连的《韵略易通》。《韵略易通》二卷成书于明正统七年（1442），有作

---

① 《四库全书存目丛书》子部第172册，第509页。

② 车万育《声律启蒙撮要》，岳麓书社1987年版，第1—2页。

③ 按：另外还有一部《声律发蒙》，清刘牧谦著，有道光十七年（1837）刻本，孙殿起《贩书偶记续编》卷四著录（上海古籍出版社1980年版，第38页），王绍曾主编《清史稿艺文志拾遗》据以补入（中华书局2000年版，第225页）。

者本年自序。该书以《早梅诗》二十字为母，以四声全者十韵居前，以入声者十韵居后，被誉为"以母求子，一切字音皆可通叶"①。意思是说，兰茂通过厘定明代云南官话声母二十，以五言绝句"早梅诗"标目，无往而不利。其诗曰："东风破早梅，向暖一枝开。冰雪无人见，春从天上来。"不过，《四库全书总目》卷四四"小学类存目二"《韵略易通》提要却严厉批判这种做法："尽变古法以就方音。其《凡例》称：'惟以应用便俗字样收入，读经史者当取正于本文音释，不可泥此。'则亦自知其陋矣。"②所评似不若袁嘉谷《滇绎》卷三之言为中肯："考先生有《韵略易通》，亦分二十部。惟'东钟'作'东洪'之类，稍有不同。然每部取二字为首，一轻音、一重音，则或洪、或钟，不为足异。二书皆扫除古韵、又不叶今，可谓独到之作。惜源流未分，未免自信太果耳。"③

兰茂所编《声律发蒙》二卷，一般认为，是为了使世人通晓其《韵略易通》理论联系实际的具体应用。《声律发蒙》所设二十个韵部，与《韵略易通》数量一致，但韵部名称、排列次第多有不同（"/"前为《韵略易通》）：一东洪/一东钟，二江阳/十五阳唐，五端桓/九桓欢，七庚晴/十六庚青，八侵寻/十八侵心，九缄咸/二十缄函，十一支辞/二支思，十二西微/三齐微，十三居鱼/四车鱼，十四呼模/五模糊，十六萧豪/十一箫豪，十九遮蛇/十四车遮，二十幽楼/十七尤侯。④《声律发蒙》的韵部次第与周德清《中原音韵》基本一致，名称也多相同，不同处只在《中原音韵》二江阳，《声律发蒙》十五阳唐，尹多出"车鱼"一韵。⑤有学者因此认为，《声律发蒙》成书或早于《韵略易通》。如民国六年（1917）夏袁嘉谷跋《韵略易通》即云："先生著书甚富，此书之外又有《声律发蒙》，分二十韵，以东钟、支思等字为首，虽云已改《广韵》，尚非毅然独创意者。《声律发蒙》为初作，而此书乃改定之论也乎？"⑥

---

① 袁文典等《滇南诗略》，《丛书集成续编》第150册，上海书店1994年版，第75页。

② 永瑢等《四库全书总目》，中华书局1965年版，第384页。

③ 袁嘉谷《滇绎》，《袁嘉谷文集》卷三，云南人民出版社2001年版，第126—127页。

④ 兰茂《韵略易通》，《续修四库全书》经部第259册，上海古籍出版社2002年版，第133—172页。

⑤ 兰茂《声律发蒙》，《丛书集成续编》第9册，新文丰出版公司1989年版，第26—32页。

⑥ 转引自《嵩明文史资料》第十辑（2005年出版），第164页。

《声律发蒙》成书后，似至清乾隆年间孙人龙督学云南刊刻之后，方始大行。孙氏并在乾隆六年（1741）所作序中给予该书较高评价：

> 昔苏长公云："匹夫而有为百世师，一言而为天下法。"盖高风亮节，卓立于当世，斯流风余韵，昭著于来兹，古今人未尝不相及也。考《滇志》杨林兰先生者，自幼闭户潜修，读书好道，不求闻达于当世，惟以诗酒琴棋自娱，性天风月自适，使其出而有为，当与刘诚意、宋景濂后先继美，树丰功而赞伟业，何自甘蠖屈为也？殆孟子所谓"天民"者也，"必世主之见求兮，方出就而有为"，是莘野、南阳待聘之意也。先生文甚伙，奈明末屡经兵燹，残缺不全，传写多讹。惟《发蒙》一书，切于幼学，吟诵之下，恍觉景物山川，皆成佳趣；庙堂经济，如在目前。学者童而习之，便不至白首茫然也。夫地以人名，人以地限，纵有博学奇才，湮没无从表见者，不可胜道。先生之《发蒙》，虽云小技，即一斑以窥全豹，而先生生平亦借此略见其大概矣，是昔人谓"李邺侯披一品衣，不改神仙丰度。"今观先生文，言言珠玑，句句琳琅，是又以经纶雷霆之才而具神仙丰度者也。嗟夫！庙堂草野，出处虽有二致；兼善独善，显晦原归一途。先生虽不仕于当时，其永传于后世也，苏子之言，不于此信其不诬也哉！[1]

其中，"《发蒙》一书，切于幼学，吟诵之下，恍觉景物山川，皆成佳趣；庙堂经济，如在目前。学者童而习之，便不至白首茫然也"数句，说的是该书的社会效应。"先生之《发蒙》，虽云小技，即一斑以窥全豹，而先生生平亦借此略见其大概矣"数句的持平之论，又无疑包含有表彰立言不朽之意。对于分处类似的特定方言区域而又缺乏必要辨识能力的蒙童——或者还不只是蒙童——而言，兰茂这种追求具备一定普适性质的"普通话"的尝试和努力，无论实际效果如何，无疑是富有启发意义的。

兰茂此书，赵藩后又于民国初将其刊入《云南丛书》，序中有云：

> 《声律发蒙》，为塾师课童蒙之本，所在皆有其书。南海谭叔裕言曾见有元人板本，与今坊本相同，则其由来已久。余见乌程孙端人学使所

---

[1]《声律发蒙》，第25页。

刊嵩明兰止庵茂本，其用韵以东钟、山寒合部，似遵《洪武正韵》，殆于元人旧帙有所增损飞。此外又见有所谓对类对歌者、蒙习对歌者、启蒙韵学者，或题为汤若士显祖，为李九我廷机，为昆明程云九振鹏，章句繁简略殊，属辞无不沿袭，则又辗转增损，意或坊肆为之而托名诸人也与。①

所谓"殆于元人旧帙有所增损"，是指称《声律发蒙》与祝明之书不无渊源；又推测：有些类似的书籍，很可能是"坊肆为之而托名诸人"。研究表明，晚明的出版文化，特别是评点之学，有一个非常显著的特点，就是经常假托文化名流为评点者，以扩大销路，获取经济利益。《草堂诗余》即为一显例。现在看来，可以稍作补充的是，晚明书商的这种托名造作，即便在一朝时段之内也可以说是渊源有自，并且造作范围早就已经包括了另外的书籍类型，如同样足以射利的《声律发蒙》一类童蒙读本。②

三、车万育《声律启蒙》：在功令中又可兼收功令以外之功

车万育（1632—1705），字与三，号鹤田，又号敏州，湖南邵阳人。清康熙三年（1664）进士，选庶吉士。十五年，充会试同考官。著有诗文近四百篇，收入《邵阳车氏一家集》。诗多集句，对于理解其编纂《声律启蒙》应有帮助。《声律启蒙》版本颇多，足以见出其书流传之广，影响之大。其中，民国元年宝庆详隆局刊本特别注明："中华民国初等小学用。"③此本，因为能够透显出蒙学教育中的深刻继承性，所以特别值得关注，也是《声律启蒙》为车氏赢得极大声誉的一个重要方面。

---

① 兰茂《声律发蒙》卷首，新文丰版《丛书集成续编》第25页。案："可以附带指出的是，赵藩在辑刻《云南丛书》时，未对《韵略易通》认真考订，误将万历十四年嵩明邵甸释本悟的同名著作当成兰茂原本刻入《丛书》二编，后经方国瑜先生撰文（《兰廷秀韵略易通跋》）方才得到纠正。

② 按：如果历史地看，大致类似的情况其实远在唐代就已经出现过。如《新唐书·白居易传》即云："居易于文章精切，然最工诗。初，颇以规讽得失，及其多，更下偶俗好，至数千篇，当时士人争传。鸡林行贾售其国相，率篇易一金，甚伪者，相辄能辩之。"（中华书局1975年版，第4304页）致有"鸡林之价"之典。

③ 详参邹宗德《车万育与〈声律启蒙〉》，载《邵阳文史》第二十九辑（2001年出版）。

《声律启蒙》又称《声律启蒙撮要》，盖其书初稿可能段数要更多，而在传习中——也即主要从工整的对仗、和谐的平仄、优美的声韵、丰富的词藻以及贴切的典故中感受汉字特有的韵味，这种简本也是够用的。蒋允焄序中有云：

> 自骈偶之体兴，而著述家多捃摭故实，俪白妃黄，以为能事。若《编珠》《岁华丽记》之类，洵为征引宏博，穷讨四库矣。邵陵车鹤田太史，尝取对偶，自一二字以至十余字，叶以上下平三十韵；所用故实，多取习见；且详为评注，凡二卷，命曰《声律启蒙撮要》。余偶得写本，见其切近，易于记诵，思付手民，遍授童蒙。且今功令，凡小大试，以及考课馆阁，莫不以声律为殿最。是书也，非仅为幼学切要之图，且可俾操觚之士，即此习见故实，进而求之，因以穷讨四库，备极宏博，用谐声律，以鸣当代之盛。岂不休哉！则即以是书为《编珠》《岁华丽记》之羽翼，殆无不可。①

其中，"且今功令，凡小大试，以及考课馆阁，莫不以声律为殿最。是书也，非仅为幼学切要之图，且可俾操觚之士，即此习见故实，进而求之，因以穷讨四库，备极宏博，用谐声律，以鸣当代之盛"诸句，道出了古代蒙学亦在"功令"之中，却又可收"功令"以外之功的客观事实。

《声律启蒙》《训蒙骈句》《笠翁对韵》号称"吟诗作对三基"。这类书，格律谨严自然是很基本而严肃的要求。不过，从实际情况来看，这往往又只是一个相对的说法。据有的学者研究，"三基"之作中不同程度地存在出韵的情况。如《声律启蒙》，五微其三"声对色，饱对饥。虎节对龙旗"中"饥""旗"二字，本属平水韵（以下皆同，均略）四支，而混入五微中。十二文其三"鸟翼长随，凤兮洵众禽长；狐威不假，虎也真百兽尊"中"尊"字，本属十三元，却用于十二文中。三肴其三"藜杖叟，布衣樵。北野对东郊"中"樵"字，本属二萧，却用于三肴中。九青其一"红对紫，白对青。

---

① 车方育等《邵阳车氏一家集》末卷，《湖湘文库》（岳麓书社2008年版）第718—719页。按：此本中篇首"能事若"三字阙，据别本补。又，《岁华丽记》，据《四库全书总目》卷一三七子部"类书类存目一"提要（第1160页），并余嘉锡《四库提要辨证》卷一六（中华书局1980年版，第999—1002页），当作《岁华纪丽》。

渔火对禅灯"中"灯"字，本属十蒸，却用于九青中。①《笠翁对韵》更是存在出韵二十四例，除一例外，均发生在邻韵；另有错韵一例——六鱼其三"敬对正，密对疏。囊橐对苞苴。罗浮对壶峤，水曲对山纡。骖鹤驾，侍鸾舆。桀溺对长沮"中"沮"字，本属上声六语或去声六御。学者认为《笠翁对韵》"是李渔有意地选择邻韵通押的结果"②。如一东其二"茅店村前，皓月坠林鸡唱韵；板桥路上，青霜锁道马行踪。""踪"字，本属二冬，却用在一东中。二冬其一"垂钓客，荷锄翁。仙鹤对神龙。""凤冠珠闪烁，螭带玉玲珑。""花萼楼间，仙李盘根调国脉；沉香亭畔，娇杨擅宠起边风。"其三"内苑佳人，满地风花愁不尽；边关过客，连天烟草憾无穷。""翁""珑""风""穷"四字，均本属一东，却用在二冬中。③又，五微其一"黄盖能成赤壁捷，陈平善解白登危。"其二"占鸿渐，叶凤飞。虎榜对龙旗。"其三"灞上军营，亚父愤心撞玉斗；长安酒市，谪仙狂兴典银龟。""危""龟"二字，均本属四支，却用在五微中。又，六鱼其一"羹对饭，柳对榆。短袖对长裾。"其二"参虽鲁，回不愚。"其三"罗浮对壶峤，水曲对山纡。""榆""愚""纡"三字，均本属七虞，却用在六鱼中。七虞其一"花肥春雨润，竹瘦晚风疏。"其二"罗对绮，茗对蔬。柏秀对松枯。""苍头罪角带，绿鬓象牙梳。"其三"祖饯三杯，老去常斟花下酒；荒田五亩，归来独荷月中锄。""疏""蔬""梳""锄"四字，均本属六鱼，却用在七虞中。又，八齐其二"珊瑚对玛瑙，琥珀对玻璃。""璃"字，本属四支，却用在八齐中。又，九佳其一"门对户，陌对街。枝叶对根荄。"其二"陈俎豆，戏堆埋。皎皎对皑皑。""荄""皑"二字，均本属十灰，却用在九佳中。十灰其一"青龙壶老杖，白燕玉人钗。""钗"字，本属九佳，却用在十灰中。又，十四寒其三"至圣不凡，嬉戏六龄陈俎豆；老莱大孝，承欢七秩舞斑

① 详参郭芹纳、吴秋本《〈笠翁对韵〉中的出韵现象》，载《中国训诂学报》第一辑（商务印书馆2009年版）。案《声律启蒙》八庚·其一"天北缺，日东生。独卧对同行"，一本作"天北缺，日东升。独卧对同行"，"升"字本属十蒸，却用于八庚中。可见，准确判断是否出韵，也是有助于文本校勘的。

② 详参韩建立《也谈〈笠翁对韵〉的出韵现象》，《现代语文》2015年第7期。案：李渔另著有《笠翁诗韵》，韵部名称中仅有三处与平水韵不同，可以旁证韩文的这个结论：上声韵二十八俭、二十九赚及去声韵五未分别作琰、湛、味（李渔《笠翁诗韵》，载《李渔全集》（第十八卷），浙江古籍出版社1991年版，第217—358页）。

③ 按："沉香亭畔，娇杨擅宠起边风"中"风"字，《李渔全集》本有校记："疑当作'烽'。"不确。烽，属二冬韵。

斓。""斓"字，本属十五删，却用在十四寒中。十五删其一"裙袅袅，佩珊珊。守塞对当关。""珊"字，本属十四寒，却用在十五删中。又，三肴其一"雉方乳，鹊始巢。猛虎对神獒。"其二"祭遵甘布被，张禄恋绨袍。"其三"鲛绡帐，兽锦袍。露叶对风梢。""獒""袍"二字，均本属四豪，却用在三肴中。相比而言，《训蒙骈句》中出韵的情况较少。如二冬其三"郭荣叩马，卫献射鸿"中"鸿"字，本属一东，却混入二冬中。所有这些情况，都需要在阅读过程中注意仔细鉴别，把握其双面价值，因为严格来讲，近体诗的写作是不允许通韵的。

当然，如果用发展的眼光来看，似乎也可以通过"邻韵通押"这一线索，将蒙学韵对类读本中的"三基"之作串联起来。事实上，王力先生也是赞成合理解放诗韵的，如其《诗词格律》中就说："今天我们如果也写律诗，就不必拘泥古人的诗韵。不但首句用邻韵，就是其他的韵脚用邻韵，只要朗诵起来谐和，都是可以的。"①尽管，他也曾在《汉语诗律学》中说过："近体诗用韵甚严，无论绝句、律诗、排律，必须一韵到底，而且不许通韵。"②其实，作诗讲究一韵到底，主要还是受了历代官方科考的影响。而且，邻韵通押的例子在前人诗中也并不难找。

四、《训蒙骈句》与《笠翁对韵》：其他读本的多方面价值

《训蒙骈句》和《笠翁对韵》是明清时期另外两部有代表性的蒙学韵对类读本。司守谦，据《兴国州志·文学传》记载，字益甫，河北宣化人。天才超逸，下笔万言。与明"后七子"之一的吴国伦同时相倡和。年二十余，以诸生赍志以殁。诗文散佚。独存《训蒙骈句》一卷。然才子之名，至今犹啧啧人口。③石荣暲民国二十四年（1935）跋《训蒙骈句》，称其与《杂言例韵》实为同一书，又云："余尝辑吾邑历代书目，得六百余种。有存书者，尚不及十之一焉。呜呼！何其散佚之多也。余宦游多年，在故里日少，凡游踪所至，每得乡先辈一文一诗读之，动系人思，盖祖宗庐墓所在。"感慨之

---

① 王力《诗词格律》，《王力文集》第 15 卷，山东教育出版社 1989 年版，第 328 页。

② 王力《汉语诗律学》，上海教育出版社 2005 年版，第 43 页。

③ 司守谦《训蒙骈句》，《丛书集成续编》第 61 册，新文丰出版公司 1989 年版，第 293 页。

余，并评价说："词旨俳丽，韵味盎然，以之授蒙童习作韵语对仗，诚为善本。今所传之《龙文鞭影》《幼学琼林》当不是过。"①"善本"之说，比肩之论，评价不可谓不高。

《训蒙骈句》专门用来训练骈语对仗，将三、四、五、七至十一言的骈句依韵编串，以便诵读。与《声律启蒙》等书稍有不同的是，《训蒙骈句》不看重用典，而更看重词采雕饰，风格较为绮靡。全书大抵按韵分编一系列简单而有意味的联句，包罗天文地理、花鸟虫鱼、人物器物等基本意象、知识，每一组从个别字词逐渐增加字数，声韵协调，朗朗上口，有如歌唱一般。启功《说八股》更云：这类歌诀，念起来非常顺口，易背诵，易记忆。童蒙读起来可以懂得字、词、句怎样相对，又可从长短句的配搭受到声调和谐的启发。念熟了，背惯了，就无形中打下了作诗作赋的基础。再结合换字方法，运用这里的任何句式都可以翻出不同的对联。韵脚都是平声，作为歌诀比较好念，而其中每个"上句"又都是仄脚，倒过来就是仄韵的句子，把仄脚的句子用在"下联"，便是仄韵的对联或仄韵的诗文的句子。②这等于是从后来者的角度，将相关蒙学读本与明清时期求取功令之"利器"——八股文，经过"长途跋涉"，明确、紧密地联系在了一起。

李渔（1611—1680），初名仙侣，字谪凡，号天徒；中年改名渔，字笠鸿，号笠翁。祖籍浙江兰溪下李村。所著《笠翁对韵》跟《声律启蒙》等书一样，也是把常见的韵字组织成富有文采、格律谨严的对子，通过精彩的例句来介绍诗歌的对仗技巧和声韵知识，所以叫"对韵"。只是，李渔在《笠翁对韵》中用语更为复杂，加之有时喜欢密集运典，并对一些语典进行嫁接改造，既跳跃又凝缩，相比而言美感就会稍微弱一些。当然，凡此种种，似亦无碍于李渔《闲情偶寄·声容》中所谓"说话铿锵"之意："十人之中，拔其一二最聪慧者，日与谈诗，使之渐通声律，但有说话铿锵，无重复聱牙之字者，即作诗能文之料也。苏夫人说'春夜月胜于秋夜月，秋夜月令人惨凄，春夜月令人和悦。'此非作诗，随口所说之话也。东坡因其出口合律，许以能诗，传为佳话。此即说话铿锵，无重复聱牙，可以作诗之明验也。"③并且应该是在可能后出的《声律启蒙》中很大程度上得以扭转。

---

① 《训蒙骈句》，第294页。
② 启功《启功全集》卷一，北京师范大学出版社2009年版，第237—239页。
③ 李渔《李渔全集》卷三，浙江古籍出版社1991年版，第144页。

清道光二十九年（1849），米东居士序《笠翁对韵》云：

夫珊树交柯，并垂金蕤；琪花连蒂，齐擢玉英。羌相对于相当，原无奇而不偶。是以拈生花之管，最戒偏枯；裁织锦之机，须工对仗。盖必因难而见巧，始克推陈以出新。第东观之书既未多见，西园之册尤苦浩繁，即间有裁成对字者，如《渊鉴类函》《分类字锦》、虞世南《兔园册》、白居易《六帖》之类，指不胜屈。然皆分类而不分韵，自非积学之士，未易驱遣如意也。求其尽善尽美，俾鼓珍者取携各便，属对者组织维工，盖亦鲜矣。偶检箧笥，得《笠翁对韵》一编，捧而读之，其采择也奇而法，其搜罗也简而该；其选言宏富，则曹子建八斗才也；其错采鲜明，则江文通五色笔也。班香宋艳，悉入熏陶；水佩风裳，都归裁剪。或正对，或反对，工力悉敌；或就对，或借对，虚实兼到。揆之《诗苑类格》、上官仪《六对》之法，无不吻合。洵初学之津梁，而骚坛之嚆矢也。爰付剞劂，公诸同好。庶几扬风扢雅，八叉手远迩比肩；摛藻扬芬，七步才后先接踵矣。[1]

所言"其采择也奇而法，其搜罗也简而该；其选言宏富，则曹子建八斗才也；其错采鲜明，则江文通五色笔也"，可谓的评。序中所云"白居易《六帖》"，系杂采成语故实，以备词藻之用之书。据杨亿《谈苑》："白居易作《六帖》，以陶家瓶数十，各题门目，作七层架列斋中。命诸生采集其事类，投瓶中，倒取抄录成书。"尽管"所记时代，多无次序"，[2]此类书籍在古人心目中的基础与实用地位，亦可略见一斑。有意思的是，李渔在将己著"公诸同好"的同时，也曾为阻止他人盗印而发布公告："至于倚富恃强，翻刻湖上笠翁之书者，六合以内，不知凡几。我耕彼食，情何以堪？誓当决一死战，布告当事，即以是集为先声。"[3]可以从另外的角度见出其书在当时受欢迎的程度。

《笠翁对韵》中的某些对语实例，更可以直接说明，此类读本的确是为蒙童日后写作诗歌张本的。也就是说，就诗歌创作而言，这些童蒙读本中的成句运用虽然还算不上"点铁成金""夺胎换骨"，却也能够成为后世学者与

---

① 李渔《李渔全集》卷一八，浙江古籍出版社1991年版，第443页。
② 永瑢等《四库全书总目》，中华书局1965年版，第1143页。
③ 李渔《李渔全集》卷三，第229页。

前代作者之间的有效联接纽带。如"十灰"韵部中"河边淑气迎芳草，林下轻风待落梅"二句以及"雪满山中高士卧，月明林下美人来"二句①，即分别直接取自孙逖《和左司张员外自洛使入京中路先赴长安逢立春日赠韦侍御等诸公二首》其二："忽睹云间数雁回，更逢山上正花开。河边淑气迎芳草，林下轻风待落梅。秋宪府中高唱入，春卿署里和歌来。共言东阁招贤地，自有西征作赋才。"②以及高启《梅花九首》其一："琼姿只合在瑶台，谁向江南处处栽。雪满山中高士卧，月明林下美人来。寒依疏影萧萧竹，春掩残香漠漠苔。自去何郎无好咏，东风愁寂几回开。"③同时又表明，童蒙书籍也可以而且已经实实在在地参与到了某些古代文学作品的经典化进程当中。

五、"声律启蒙"体诗：蒙学读本影响之大与古今幼教之别

《声律启蒙》一类蒙学读本的影响是如此之大，以至于像兰本《声律发蒙》"十一箫豪"韵部中的"霜天风紧雁行高"句④，会被清初著名词人纳兰性德直接裁入其《河渎神》："风紧雁行高。无边落木萧萧。楚天魂梦与香消。青山暮暮朝朝。断续凉云来一缕。飘堕几丝灵雨。今夜冷红浦溆。鸳鸯栖向何处。"⑤并且，直到二十世纪三十年代，也还有人模仿、运用"声律启蒙"体作诗，论议时政、救国经世。如《论语》半月刊（第二十一期）所载一清《今声律启蒙续集》四首：

朝对野，党对军。政府对人民。宪政对约法，统一对和平。黄膺白，朱霁青。沈阳对天津。卖国无秦桧，签字有熊斌。徒知通电难当局，却教谰言乱士心。庐山会议，商量一面交涉；塘沽谈判，协约双方撤兵。

寇对匪，工对农。水尽对山穷。内忧对外患，畏缩对争功。陈济棠，毛泽东。主义对兵戎。不学袁崇焕，却类张献忠。五省难民流离

---

①《李渔全集》卷一八，第465—466页。

② 李昉等《文苑英华》，中华书局1966年版，第1510页。

③ 高启《高青丘集》，上海古籍出版社1985年版，第651页。

④《声律发蒙》，云南人民出版社2017年版，第54页。

⑤ 赵秀亭，冯统一《饮水词笺校（修订本）》，中华书局2005年版，第131页。

尽，卅万劲旅各个攻。何刘陈蔡，方圆三路大举；湘鄂赣闽，早经十室九空。

讦对哄，战对剿。劣绅对土豪。私仇对国难，文电对枪刀。刘文辉，田颂尧。军阀对官僚。琼粤刚自杀，胶济又秋操。同盟空言思废战，代表白跑枉徒劳。王毛犹辈，争个你死我活；海陆空军，杀得鬼哭神号。

亲对善，暴对仁。佞佛对求神。侵占对自卫，死难对图存。顾维钧，陈友仁。纽约对伦敦。狡辩逞松冈，偏袒推西门。非战公约成废纸，国联议案等空文。几次宣言，左右为难胡佛；一通报告，往返徒劳李顿。①

一清并非此种"声律启蒙"体的始作俑者。如该组诗小序中所云，其所"仿效"者，即为同载于《论语》（第十七期）的海戈（即张海平）《今声律启蒙》四首：

中对日，战对和。冷口对热河。飞机对野炮，会议对干戈。日内瓦，莫斯科。白美对红俄。长城真抵抗，矮鬼究如何。保定途中人络绎，石家庄上影婆娑。两百汽车，装尽殃民之土；几行通电，逼逃祸国之魔。

追对进，跑对逃。鬼哭对神号。长期对一致，铁炮对钢刀。喜峰口，八字桥。夜战对晨操。防空宜注意，爱国敢辞劳。小丑背符图活命，天军杀敌不求饶。谈判会开，还亏代表强硬；奸雄幕揭，可怜主席糟糕。

攻对守，易对难。闸北对江湾。投降对妥洽，国粹对洋盘。宫长海，马占山。入梦对方酣。男儿欣死别，壮士耻生还。不有孤军持大体，倩谁只手挽狂澜。汪蒋宋何，早已决心如此；吉黑辽热，将来惟恐这般。

疑对怕，暗对明。募款对征兵。家亡对国难，活捉对生擒。蔡廷锴，孙殿英。突破对倾奔。新设满洲国，毋忘义勇军。目睹大刀能抹敌，传闻飞箭可穿云。公理昭昭，有谁愿当秦桧；军情岌岌，那个再学

① 林语堂选《论语文选》第一集，时代图书公司1934年版，第108—109页。

王赓。①

这种"声律启蒙"体在当时的风靡程度，还表现在：其一，以上两位著名作者，除上录之作外，尚有他作以及相关评论，均刊于《论语》杂志。如一清尚有《今声律启蒙五集》，凡六首，第一首中有"吹对拍，诮对骄。亲贵对同僚。飞黄对腾达，宣誓对潜逃"云云。海戈又撰有《鸡鸣之夜》一文，谓一清《续今声律启蒙》"好对甚伙，颇多胜余之点，然有失平仄（声）处。"又曰："昨晤友人，说于天津某报之副刊，及其他日刊上，曾看着许多《续今声律启蒙》，无平仄，失音韵之处，最最令人发呕。"其二，除了这两位作者之外，也还有其他文人创作同体的类似题材作品，刊载于《论语》或日报副刊《越国春秋》。如符蒂有《今声律启蒙》五首，前两首为："行对学，政对军。老话对新闻。骑驴对跨马，恋爱对离婚。陈公博，宋子文。辩士对财神。塞北火犹烈，山东水又深。同文同种相亲爱，美棉美麦苦难分。寓禁于征，罂粟先开几炮；攘外安内，香槟共举三樽。""烟对酒，党对群。初稿对全文。筹备对起草，宣统对曹锟。马君武，达尔文。康德对牛顿。女儿当独立，妻妾应共存。海商空警新法制，民律刑条好经纶。九十九人，长作如椽笔立；各区各省，不妨依法瓜分。"老放也有《今声律启蒙》二首，次首中有"豪对劣，络对联。接济对牵连。张筵对开会，集议对专权"云云。

上录数组诗，不啻为《声律启蒙》一类明清韵蒙学对类读本的现代习用模板，自然也就将古代童蒙书籍的现代化进程和意义推向了一个新的讨论维度。同时，这类诗作甚至还可以让人从另外的层面，多少悟出这样的道理：正如高明的理论并不对高水平的文学创作负责一样，即便是精熟《声律启蒙》一类书，也并不足以确保一定就能写出像样的古典诗词。因为诗歌的生命，永远在于火热的现实生活与丰富的个人情感。而且，教育教学理念在其中也能发挥相当大的决定作用。

古代蒙学教育通常采用个别教育的手段，注重背诵与练习。其基本目标，是培养蒙童的认字和书写能力，养成良好的日常生活习惯，能够具备以儒家思想为主的基本伦理道德规范，并且掌握中国文化及日常生活的一些基本常识。正如朱熹自叙《童蒙须知》所云："夫童蒙之学，始于衣服冠履，次及言语步趋，次及洒扫涓洁，次及读书写文字，及有杂细事宜，皆所当

① 林语堂选《论语文选》第一集，时代图书公司1934年版，第106—107页。

知。今逐目条列，名曰《童蒙须知》。若其修身治心，事亲接物，与夫穷理尽性之要，自有圣贤典训昭然可考，当次第晓达，兹不复详著云。"①清人陈弘谋《养正遗规》于此有按语曰："蒙养从入之门，则必自易知而易从者始。故朱子既尝编次小学，尤择其切于日用，便于耳提面命者，著为《童蒙须知》，使其由是而循循焉。凡一物一则，一事一宜，虽至纤至悉，皆以闲其放心，养其德性，为异日进修上达之阶，即此而在矣。吾愿为父兄者，毋视为易知而教之不严；为子弟者，更毋忽以为不足知而听之藐藐也。"②基本上就是直到现在仍然经常强调、却未必都能做到的，先做人，后读书。毋庸讳言，也许恰恰就是这一点，已足可见出今、古幼教理念差别之大，而颇为值得多方相关人士认真反思。

[原载《中国韵文学刊》2018 年第 1 期]

---

① 朱熹《童蒙须知》，《朱子全书》第 13 册，上海古籍出版社、安徽教育出版社 2002 年版，第 371 页。

② 陈弘谋《养正遗规》，《续修四库全书》子部第 951 册，上海古籍出版社 2002 年版，第 5 页。

童蒙学诗格法训练研究

《全唐五代诗格汇考》前言

张伯伟

诗格论（代前言）

一、"诗格"一词的范围、涵义及缘起

诗格是中国古代文学批评中某一类书的名称。作为某一类书的专有名词，其范围包括以"诗格""诗式""诗法"等命名的著作，其后由诗扩展到其他文类，而有"文格""赋格""四六格"等书，乃至"画格""字格"之类，其性质是一致的。"诗格"一词，《颜氏家训·文章》篇中已经出现："挽歌辞者，或云古者《虞殡》之歌，或云出自田横之客，皆为生者悼往告哀之意。陆平原多为死人自叹之言，诗格既无此例，又乖制作本意。"这可能是使用"诗格"一词最早的例子。《礼记·缁衣》云："言有物而行有格。"郑玄注："格，旧法也。"《孔子家语·五仪》云："口不吐训格之言，"王肃注："格，法。"《后汉书·傅燮传》云："由是朝廷重其方格。"李贤注："格，犹标准也。"而作为书名的"诗格""诗式"或"诗法"，其含意也不外是指诗的法式、标准。除了"诗格"之外，书法及绘画批评中也用到类似的术语。徐灵府《天台山记》载司马承祯语曰："子之书法，全未有功。筋骨俱少，气力全无。作此书格，岂成文字。"[①]绘画批评中则多称"法"，最著名的当然是谢赫在《古画品录序》中所说的"画有六法"了，而"六

---

① 《大藏经》第五十一册，第1053页。

法"后来被奉为中国画学上的金科玉律。

一般说来，在古代文学批评著作中，作为专有名词的"诗格"是到唐代才有的。不过，在唐代以前，也已经出现了类似于"诗格"的著作。空海《文镜秘府论》西卷"论病"云："（周）颙（沈）约已降，（元）兢、（崔）融以往，声谱之论郁起，病犯之名争兴。家制格式，人谈疾累。"①皎然《诗式》"中序"亦提到"沈约《品藻》"，《宋秘书省续编到四库阙书目》列有"沈约《诗格》一卷"。据郑元庆《湖录经籍考》说："《诗格》又名《品藻》。"其书久佚，今亦无从详考。在进入正题之前，应该对以下文献略作说明：

一、《五格四声论》。《文镜秘府论》天卷引刘善经《四声论》曰："洛阳王斌撰《五格四声论》，文辞郑重，体例繁多，剖析推研，忽不能别矣。"②《日本国见在书目》"小学家"类著录此书，仅一卷。王斌与沈约、陆厥等人同时，在与文学批评有关的著作中，这是现在可考的第一部书名出现"格"的著作。从《文镜秘府论》征引此书的情况来分析，有些属于声律病犯，如蜂腰、鹤膝、旁纽（见西卷《文二十八种病》引），这应属于"四声"的范围，有些属于创作体式，如地卷《八阶》"和诗阶"引王斌语曰："无山可以减水，有日必应生月"西卷《文二十八种病》云："王斌五字制鹤膝，十五字制蜂腰，并随执用。"这应属于"五格"的范围。不过，王斌此书可能更重在"四声"，所以《南史·陆厥传》称："时有王斌者，不知何许人，著《四声论》行于时。"书名中即无"五格"二字。所以，这恐怕还不算是严格意义上的"诗格"著作。

二、《文笔式》。此书作者不明。《日本国见在书目》列有《文笔式》二卷，《文镜秘府论》曾有引述。这是一部较为典型的诗格著作。但关于《文笔式》的产生年代，中外学者尚有不同意见。罗根泽《文笔式甄微》③、王利器《文镜秘府论校注》认为产生于隋代，日本小西甚一《文镜秘府论考·研究篇》则认为作者是与上官仪同时或稍后的人。据我看来，此书也应该出现在稍后于《笔札华梁》的武后时期④。

① 王利器《文镜秘府论校注》，中国社会科学出版社1983年版，第396页。
② 同上注，第97页。
③ 载《中山大学文史学研究所月刊》第三卷第三期，1935年1月。
④ 详见本书《文笔式·解题》。

此外，如旧题梁元帝萧绎撰之《画山水松石格》，尽管此处的"画格"是书名，但据古今学者的考订，此书实为后人所伪托。[①]

唐人将讨论诗的法度、规则的书一例冠以"格""式"等名，除了从六朝的批评术语演变而来的可能外，也许还受到当时刑书的启示。《新唐书·刑法志》云："唐之刑书有四：曰律、令、格、式。"其中以格、式命名者尤多。诗格的大批出现，正在初唐律诗的成型过程中，其内容亦多为讨论诗的声韵、病犯和对偶，所以借用当时流行的"格""式"之名，也是很自然的。从这个意义上来看，我们不妨可以说，古代文学批评中"诗格"这种形式，在性格上是更接近于法家思想的[②]。

罗根泽先生曾经指出："'诗话'是对于'诗格'的革命。所以诗话的兴起，就是诗格的衰灭，后世论诗学者，往往混为一谈，最为错误。"[③]这一论断尽管不完全符合历史事实[④]，但是他指出不应将"诗话"与"诗格"相混淆，却堪称卓见。从写作缘起看，一般说来诗格是为了适应初学者或应举者的需要而写，诗话则往往是以资文人圈中的同侪议论；从内容来看，诗格主要讲述作诗的规则、范式，而诗话则是"辨句法，备古今，纪盛德，录异事，正讹误"（许顗《彦周诗话》）。既有"论诗而及事"者，也有"论诗而及辞"（章学诚《文史通义》卷五《诗话》语）者；从形式来看，尽管诗格和诗话都是随笔体，但由于内容的决定，诗话的体裁显得更轻松随便些；最后，从产生时间来看，诗格最早出现于初唐，而第一部诗话都产生于北末欧阳修之手，晚于诗格约四百多年。正因为存在着这样的差别，所以古代有

---

① 此书最早著录于《宋史·艺文志》，至明代王绂《书画传习录》始认为其"托名赝作"，但仍然认为"有古人传习相承之意"。《四库全书总目》卷一百十四，黄宾虹、邓实编《美术丛书》及余绍宋《书画书录解题》均斥其为伪托。徐复观《中国艺术精神》第七章第二节推断此篇乃唐季产物。

② 唐独孤及《检校尚书吏部员外郎赵郡李公中集序》批评当时的文风"以'八病''四声'为楛拳，拳拳守之，如奉法令。"（《毗陵集》卷十三）宋强幼安《唐子西文录》云："诗在与人商论，深求其疵而去之，等闲一字放过则不可。殆近法家，难以言恕矣。东坡云：'敢将诗律门深严。'余亦云：'诗（此字据《苕溪渔隐丛话》前集卷八补）律伤严近寡恩。'"（何文焕《历代诗话》本）。可参。

③《中国文学批评史》第二分册，上海古籍出版社1984年版，第220页。

④ 宋代以后的诗格仍然很多，至明代尤繁。所以张溰《冰川诗式序》云："诗有式，则始于沈约，成与皎然，著于冷浪。若集大成，则始于今公济甫云。"《冰川诗式》的作者梁桥字公清。可见诗话的兴起，并非"诗格的衰灭"。

些目录学家在著录时，对这两者是加以区别的。如晁公武《郡斋读书志》，将诗话列入"小说类"，而将诗格列入"文说类"。祁承㸁《澹生堂藏书目》于"诗文评类"下亦细分五目，即文式、文评、诗式、诗评、诗话，也是将诗格与诗话相区别的。所以如明代黄省曾《名家诗法》、朱绂《名家诗法汇编》等书，均只收"诗格"，而不收"诗话"。但从宋代开始，诗格类著作一方面仍以"诗格""诗式"或"诗法"命名而单独存在，另一方面也开始向诗话渗透。因此，有的诗话中也就包含了诗格的内容，于是，就造成了后人将这两者混为一谈的现象。郑樵《通志·艺文略》八"诗评"类著录了总集、诗论、诗格、秀句、句图、诗话等，而总称为"凡诗话一种（案：即一类之意）四十四部，一百四十六卷"，已经开始混淆。这种情况到明代更为突出，如胡应麟《诗薮》杂编卷二将唐人诗格概称为"唐人诗话"，并以之作为批驳"唐无诗话"的依据。胡震亨《唐音癸签》卷三十二同此。稽留山樵编《古今诗话》八卷，其中也收了若干诗格。至清代何文焕编《历代诗话》，收入《诗式》《诗法家数》《木天禁语》《诗学禁脔》等四种诗格。影响到现在，人们往往将"诗格"与"诗话"混而为一①，这显然不利于揭示诗格本身的特质，对于中国文学批评史的认识，也会增添一重眼障。

诗格一类的书，古人以之为"俗书""陋书"，尤其是清人，往往目之为"三家村"俗陋之言而弃之不顾。由于诗格的内容多为指陈作诗的格、法，不免琐屑呆板。再加上此类书的时代、真伪、书名、人名等方面，又存在着种种疑问，所以向来问津者寡。然而站在文学史和文学批评史研究的立场上看，诗格中包含着大量值得人们重视的内容，不宜简单地忽视或抹杀。

二、从《文镜秘府论》看初、盛唐的诗格

罗根泽指出："诗格有两个盛兴的时代，一在初盛唐，一在晚唐五代以至宋代的初年。"②从宋代以前文学批评的发展来看，这的确是事实。诗格

---

① 这方面的意见，可以郭绍虞先生为总代表，其《诗话丛话》即持此说，将诗话作为所有古代文学批评资料的共名，此文已收入其《照隅室杂著》。不过，郭氏晚年撰《宋诗话考》，认识似已有所改变。其论惠洪《冷斋夜话》云："洪别有《天厨禁脔》三卷，专论诗格。……以其体例不同诗话，故不述。"这一转变是值得重视的。

② 罗根泽《中国文学批评史》第二分册，上海古籍出版社1984年版，第186页。

盛兴的这两个时代，由于在诗歌创作的发展以及社会风气的变迁上存在着差异，因而其出现的各种诗格也有着各自的特色。但是从流传至今的诗格来看，其中绝大多数乃晚唐至宋初的产物，至于初、盛唐的诗格，则几乎湮没无闻。所以，今天要探讨初、盛唐诗格的基本面貌，最直接、最基本的材料是日僧空海所编的《文镜秘府论》六卷，这是一部集初、盛唐诗格之大成的著作①。

空海在《文镜秘府论》天卷"序"中说自已"阅诸家格、式等，勘彼同异。卷轴虽多，要枢则少，名异义同，繁秽尤甚。余癖难疗，即事刀笔，削其重复，存其单号，总有一十五种类。……名曰《文镜秘府论》"②。不难理解，《文镜秘府论》一书正是删削、整理"诸家格、式"而成。这种删削、整理工作，空海在书中还屡屡提及。如东卷"论对"中说：

> 余览沈、陆、王、元等诗格、式等，出没不同。今弃其同者，撰其异者，都有廿九种对，具出如后。③

又西卷"论病"中说：

> 予今载刀之繁，或笔之简，总有二十八种病，列之如左。其名异意同者，各注目下。后之览者，一披总达。④

空海直接、间接所涉及的文献，时代最早的是陆机《文赋》，最晚的是皎然

---

① 日本市河宽斋《半江暇笔》写道："唐人诗论，久无专书，其数见于载籍者，亦仅仅如晨星。独我大同中，释空海游学于唐，获崔融《新唐诗格》、王昌龄《诗格》、元兢《髓脑》、皎然《诗议》等书而归，后著作《文镜秘府论》六卷，唐人卮言，尽在其中。"转引自池田胤《日本诗话丛书》第七卷《文镜秘府论》解题，第215页。文会堂书店，大正十年（一九二一）四月版。由于唐人诗格大量传入日本，"诗格体"对日本的文学批评也起到很大影响。

② 《文镜秘府论校注》，中国社会科学出版社1983年版，第15—16页。

③ 同上注，第223页。

④ 同上注，第396页。

《诗议》①。所以，这里讲的"初、盛唐"，不只是个时间上的概念，更是某种精神、实质的象征。这些诗格的内容主要是讲诗的声调、病犯，初唐以前的材料，是这些诗格理论的渊源；盛唐以后的材料，则是这些诗格理论的旁衍。就这些作者的时间跨度来看，他们分属于不同的时代；而就其讨论问题的空间范围来看，则又是处在同一种精神风会中。所以，从《文镜秘府论》来探讨初、盛唐诗格的面貌，当无大乖谬。

诗格在形式上经常是由若干个小标题构成，这些小标题往往是以一个数词加上一个名词或动词而构成的片语，如"十七势""十四例""四得""五忌"之类。而内容上的差异，则形成了各个时代的不同特色。初、盛唐的诗格，在内容上大多是讨论诗的声韵、病犯、对偶及体势。这些问题，大多导源于齐、梁时代，而为初、盛唐人所究心，尤为突出的是环绕于诗的病犯和对偶，兹分述如下：

一、声韵。见《文镜秘府论》天卷。这些理论，大多源自齐、梁时代。所以，天卷首先引沈约的《四声谱》，继而引崔融《唐朝新定诗格》、王昌龄《诗格》及元兢《诗髓脑》等，最后又引刘善经《四声指归》作结束。从内容上来看，唐人对这些问题基本上无大发明。

二、病犯。见《文镜秘府论》西卷。空海在《论病》中指出："（周）颙、（沈）约已降，（元）兢，（崔）融以往，声谱之郁起，病犯之名争兴。家制格、式，人谈疾累。"②明确提出"诗病"之说，实始自沈约。如刘善经引沈约"六病"说（见《文二十八种病》），而空海在《论病》中将"八体、十病、六犯、三疾"并称，可知此处的八体就是八病。沈约《答甄公论》曰："作五言诗者，善用四声，则讽咏而流靡；能达八体，则陆离而华洁。"③常景《四声赞》亦有"四声发彩，八体含章"之说，"八体"与"四声"相对，必是指"八病"。《日本国见在书目》"小学家"类，著录了《四声八体》一卷，可见当时将"八病"又称"八体"是颇为通行的。所以，

---

① 据小西甚一《文镜秘府论考·研究篇》中"成立考"一节所说，空海还引有佚名的《诗式》，其内容与皎然《诗式》不同。按：《宋史·艺文志》于元兢《古今诗人秀句》后著录僧辞远《诗式》十卷，未知空海所据是否此本。

②《文镜秘府论校注》，第396页。

③ 同上注，第102页。

"八病说"实为沈约所提出，这是无可怀疑的①。唐人在此基础上扩展至二十八种病。综合起来看，大致有三点特色：其一，将五言诗的五字与五行相配。两句诗中，一六相犯谓之"水浑"，二七相犯谓之"火灭"，三八相犯谓之"木枯"，四九相犯谓之"金缺"，五十相犯谓之"土崩"。其中的"水浑""火灭"相当于"八病"中的"平头"，"土崩"相当于"上尾"。其二，"八病说"均由声韵上的限制而来，唐人更加以扩展，涉及字义、结构等问题。例如"丛聚病者，如上句有'云'，下句有'霞'，抑是常。其次句复有'风'，下句复有'月'。'云''霞''风''月'俱是气象，相次丛聚，是为病也。"②"丛聚"病即字义之病。又如"杂乱"病："凡诗发首诚难，落句不易。或有制者，应作诗头，勒为诗尾，应可施后，翻使居前。故曰杂乱。"③此即结构之病。其三，沈约提出的"八病"说极为严格，不得轻犯。所谓"对客谈论，听证断决，运笔吐辞，皆莫之犯"④。事实上，这连他自己也很难做到，当时就有甄琛（思伯）"取沈君少时文咏犯声处以诘难之"⑤。所以，到了唐代，虽然病犯的名目增添了不少，但在避忌的尺度上却反而宽泛得多，尤其是声韵上的病犯。如"蜂腰"病下引元兢语曰："已下四病，但须知之，不须避之。""大韵"病下引元氏曰："此病不足累文，如能避者弥佳。若立字要切，于文调畅，不可移者，不须避之。""小韵"病下引元氏曰："此病轻于大韵，近代咸不以为累文。""傍纽"病下引元氏曰："此病更轻于小韵，文人无以为意者。""正纽"病下引元氏曰："此病轻重，与傍纽相类，近代咸不以为累，但知之而已。"又于"长撷腰""长解镫"二病下引元氏曰："撷腰、解镫并非病，文中自宜有之，不间则为病。"⑥可见，唐人论病犯，有时还比较注意音律及文字的自然性，显得较为灵活。这也是众多诗人通过长期实践以后得出的结论。

---

① 纪昀《沈氏四声考》卷下云："按齐、梁诸史，休文但言四声五音，不言八病。言八病，自唐人始。"纪氏未见《文镜秘府论》，故有此言。而启功先生《诗文声律论稿》第十节"永明声律说与律诗的关系"中指出："到了唐代。出现了'八病'之说，并认为《文镜秘府论》所引'沈氏'称呼不一，因此不一定是指沈约。按：空海此书乃杂纂各种材料而成，其称呼不一，可能是直录旧文所致，并不足以否定沈约曾提出'八病'之说。

② 《文镜秘府论校注》，第443页。

③ 同上注，第454页。

④ 同上注，第81页。

⑤ 同上注，第97页。

⑥ 元氏语均同上注，第412—451页。

三、对偶。见《文镜秘府论》东卷及北卷中的一部分。其中所引，有上官仪、元兢、崔融及皎然的对偶说。从诗歌发展史上来看，在创作中重视对偶当以陆机为标志①。晋、宋以来，蔚为风气，梁湘东王萧绎《诗评》甚至说："作诗不对，本是吼文，不名为诗。"②由此而引起关于俪对的类书编纂以及关于对偶的理论反思与总结。《隋书·经籍志》杂家类著录《对林》十卷、《对要》三卷以及朱澹远所撰之《语对》《语丽》③各十卷。而《文心雕龙》则专列《丽辞》篇，其中讲到言对、事对和正对、反对四种对偶。唐人更在此基础上予以发展，《文镜秘府论》所列举的诸家对偶论即其实绩。其中可细分为四部分：其一，从"的名对"到"意对"的十一种对，空海曰："右十一种，古人同出斯对。"④这大致可与上官仪的对偶论相印证。《宋秘书省四库阙书目》卷一"文史类"中列有上官仪《笔九花梁》二卷，但此书宋代已阙。《日本国见在书目》）中列有《笔札华梁》二卷，而《文镜秘府论》也屡引《笔札华梁》，二者实为一书。《魏文帝诗格》虽伪托于宋⑤，但内容则多与《文镜秘府论》所引《笔札华梁》同，其中所讲的"八对"与李淑《诗苑类格》所引上官仪"八对"之说名目完全一致，而所举诗例则同于《文镜秘府论》。可知，其源大概出于上官仪的《笔札华梁》（部分内容还出自佚名的《文笔式》）。《诗苑类格》还录有上官仪的"六对"说（见《类说》卷五十一引），将"六对""八对"去其重复，均能与《文镜秘府论》所列的十一种对相印证，后者仅多出"意对"一种。与刘勰所述的四种对比较起来，上官仪的对偶论不仅显得更为精细，而且在分类标准上，也避免了刘勰的混乱⑥。第二部分是元兢的六种对，出自其《诗髓脑》，《日本

① 沈德潜《说诗晬语》卷上即指出，陆机"开出排偶一家，降自齐梁，专工队仗……未必非陆氏为之滥觞也"。

②《文镜秘府论校注》，第308页。

③《语丽》十卷宋代尚存。陈振孙《直斋书录解题》卷十四"类书类"有录，谓"梁湘东王功曹参军朱澹远撰，采摭书语之丽者为四十门。"

④《文镜秘府论校注》，第224页。

⑤ 此书伪托时代在北宋中叶以后，但其内容乃多取自《笔札华梁》和《文笔式》，所以，从性质上来看，应该将其视作初唐的诗格。罗根泽先生《中国文学批评史》将其归入晚唐五代论述，似不确切。详见本书魏文帝《诗格·解题》。

⑥ 刘勰所分的言对、事对、正对、反对，并不是在同一层次上并列的四种对。相反，在言对、事对中均可各有正对、反对。日本学者古田敬一撰有《〈文心雕龙〉中的对偶理论》，中译文载《中华文史论丛》1985年第2辑。可参看。

国见在书目》著录一卷。需要说明的是，元兢的对偶论并不止六种。这只是较前面的十一种对多出的六种。例如，在前面十一种对中的"的名对"和"异类对"中均引到元兢的解释，即是一种迹象。而元氏的分类又进一步精细，如同是"的名对"，元氏从中细分出"平对"和"奇对"。其他多类似于此。第三部分是崔融的三种对，出于《唐朝新定诗格》。这三种对，均从元兢的"侧对"演化而来。又据后人伪托的李峤《评诗格》①，其中内容与《文镜秘府论》所引崔融《唐朝新定诗格》大多相同。晁公武《郡斋读书志》卷四（王先谦校本）《李峤集》下云："峤富才思，前与王勃、杨炯，中与崔融、苏味道齐名，晚诸人没，为文章宿老，学者取法。"崔融《唐朝新定诗格》不见于北宋以前诸书著录，但在民间可能有残缺本流传，因此，伪托者遂杂抄崔氏书而假托李峤之名以行世。从《评诗格》来看，其中所述"九对"，有六种对已见前人提及，所以，空海仅录其中三种对，而在"字对""声对""侧对"下又引崔氏语。第四部分是皎然的八种对，出自《诗议》。较为明显的特点是，这八种对都比较宽泛。其中如"交络对""含境对""偏对""虚实对""假对"等，都不是严格的对偶，显得颇为灵活。总之，从这一顺序看下来大致可以了解初、盛唐对偶理论的发展线索。

四、体势。见《文镜秘府论》地卷。空海在卷首以"论体势等"四字概括此卷内容。其中主要纂集自王昌龄《诗格》②、崔融《唐朝新定诗体》（此即东卷《二十九种对》所引崔氏《唐朝新定诗格》）及佚名的《文笔式》。具体内容即王昌龄的《十七势》、崔融的《十体》及《文笔式》中的《八阶》，此题下小注曰："又《诗格》转反为八体，后采八阶。"可知这里的"八阶"也就是"八体"（这与同乎"八病"的"八体"同名异义）。这个问题在初、盛唐的诗格中所占比重不大，而在晚唐至宋初的诗格中，则成为一大论题。

初、盛唐的诗格以病犯、对偶为中心，推究其原因，不外乎下面两点：

其一，从诗歌发展史来看，初唐时期，正是律诗的形成与完成时期。《新唐书·宋之问传》曰：

---

①《直斋书录解题》卷二十二"文史类"谓"峤在昌龄之前，而引昌龄《诗格》八病，亦未然也"。其为伪托甚明。这一内容不见于今本《评诗格》，可知此伪书亦有残缺。

②旧题王昌龄《诗格》的内容真伪混杂，其中《文镜秘府论》所征引者当属可信。详见本书王昌龄《诗格·解题》。

> 魏建安后迄江左，诗律屡变，至沈约、庾信，以音韵相婉附，属对精密。及之问、沈佺期，又加靡丽，回忌声病，约句准篇，如锦绣成文，学者宗之，号为沈、宋。

又《杜甫传·赞》云：

> 唐兴，诗人承陈、隋风流，浮靡相矜，至宋之问、沈佺期等，研揣声音，浮切不差，而号律诗，竞相袭沿。

律诗讲究句与句之间的平仄、声韵，又讲究颈、颔二联的对偶①。与这样的创作实践相呼应，在理论上就必然会发生影响，终于形成同步发展。从文献上可以考见，当时人非常注重去除诗歌中的"瑕累"，甚至缁门也是如此。《续高僧传》卷三《慧净传》载："中书舍人李义府，文苑之英秀者也，美之不已，为诗序云。由斯声唱更高，玄儒属目，翰林学士推承冠绝，竞述新制，请摘瑕累。"②而慧净对诗歌的病犯之说也是极为熟悉的③，所以能"采摭词什，耘剪繁芜"（刘孝孙《诗英华序》语，见《慧净传》）。初唐诗格之重视病犯、对偶，正是这种实践的产物。而在诗会唱和间的摘批瑕累，又是理论对实践的反作用。这也就自然形成了一种风气。

其二，与科举考试的关系。初唐科举之法，沿袭隋代之旧，其内容以经术为主。到高宗后期才有所转变。《唐会要》卷七十六《贡举中·进士》指出：

> 调露二年四月，刘思立除考功员外郎。先时进士但试策而已，思立以其庸浅，奏请帖经及试杂文，自后因以为常式。

---

① 参见启功《诗文声律论稿·律诗的条件》，中华书局1977年版。
②《大藏经》第五十册，第443页。
③《续高僧传·惠净传》记载了他于大业初年与始平令杨巨集的一段对话："（宏）曰：'法师必须词理切对，不得犯平头、上尾。'于时令冠平帽，净因戏曰：'贫道既不冠帽，宁犯平头？'令曰：'若不犯平头，当犯上尾。'净曰：'贫道脱屣升床，自可上而无尾。'"（《大藏经》第五十册，第442页）从这种机敏的应对中，正可知他对这套术语的熟悉。释道宣《续高僧传序》谓其书"终唐贞观十有九年"，于《慧净传》下称其"今春秋六十有八，则知慧净主要活动于隋末唐初。"

这里所谓的"杂文",即指诗赋。进士考试的诗称"试律诗",通常为五言六韵,共十二句。因为是律诗,有着格律、声韵的标准,就便于主考官掌握一个统一的衡量尺度。胡震亨《唐音癸签》卷十八"进士科故实"条指出:

> 唐试士重诗赋者,以策论惟剿旧文,帖经只抄义条,不若诗赋可以尽才。又世俗偷薄,上下交疑,此则按其声病,可塞有司之责。

这就是以诗赋为试的一项原因①。考试在于检验士子对声律、对偶的掌握情况如何,即所谓"考文者以声病为是非",而盛唐诗格之论病犯、对偶,与科举考试是相关联的。士子究心于病犯、对偶,虽然引起了一些有识之士的指责②,但利禄之途所在,终究无法逆转,而且还进一步影响到中唐、晚唐、五代。至后唐翰林院奏本尚称:"伏乞下所司,依《诗格》《赋枢》考试进士。"(《册府元龟》卷六百四十二)可见其中关系。

初、盛唐的诗格,也就是在这样的社会风气下产生的。

三、皎然《诗式》及其对晚唐至宋初诗格的影响

初、盛唐的诗格与晚唐至宋初的诗格在论述的内容方面,其重心有很大的不同。这种不同固然有社会风气及文学创作方面的原因,但是如果就诗格本身的发展来看,连接这两个时期的诗格,并且作为诗格转变的契机的,则是皎然《诗式》的出现。《诗式》是继钟嵘《诗品》之后的又一部较有系统的诗论专著,在这部书中,皎然揭示了诗歌创作的若干法则,对诗歌的艺术风格、审美特质等问题颇有探讨,尤其是关于"物象"和"取境"的理论,在诗论史上影响深远。而从诗格这种批评形式的发展来看,《诗式》也

---

① 参见傅璇琮《唐代科举与文学》第七章《进士考试与及第》,陕西人民出版社1986年版。

② 略举二例如下,贾至《议杨绾条奏贡举疏》云:"今考文者以声病为是非,而惟择浮艳,岂能知移风易俗、化天下之事乎?"(《全唐文》卷三百六十八)又刘峣《取士先德行而后才艺疏》云:"国家以礼部为孝秀之门,考文章于甲乙,故天下回应,驱驰于才艺,不务于德行。"(同上卷四百三十三)

是由初唐到晚唐之间的桥梁。其论四声、论对偶，是上接初、盛唐；其论势、论体格，则是下开晚唐、宋初。

将晚唐至宋初的诗格作概观，不难发现以下两种颇为突出的现象：

其一，皎然以后的诗格，以僧人所写为多，如僧辞远《诗式》十卷，僧齐己《风骚旨格》一卷、《玄机分明要览》一卷，僧虚中《流类手鉴》一卷，僧神彧《诗格》一卷，僧神郁《四六格》一卷，僧保暹《处囊诀》一卷，桂林僧景淳《诗评》一卷，直至北宋后期释惠洪《天厨禁脔》三卷。这一现象本身即透露了皎然《诗式》影响的消息。皎然是唐代很有影响的诗僧，《宋高僧传》卷二十九《唐湖州杼山皎然传》谓其"文章俊丽，当时号释门伟器哉。……观其文也，亹亹而不厌，合律乎清壮，亦一代伟才焉"。又云："贞元八年正月，敕写其文集入于秘阁，天下荣之。"又谓其与韦应物等人游，"或簪组，或布衣，与之结交，必高吟乐道，道其同者，则然始定交哉。故著《儒释交游传》及《内典类聚》共四十卷……其遗德后贤所慕者相继有焉"[1]。佛教为了广纳弟子，扩大门庭，非常注重僧人的外学修养[2]。故契嵩《三高僧诗》之一"雪之书，能清秀"云：

> 昼公（案：即皎然）文章清复秀，天与其能不可斗。……禅伯修文岂徒尔，诱引人心通佛理。缙绅先生鲁公辈，早蹑清秀慕方外。斯人已殁斯言在，护法当应垂万代。[3]

又赞宁《大宋僧史略》卷上"外学"云：

> 此土古德高僧能慑服异宗者，率由博学之故。……是以习凿齿，道安以诙谐而伏之；宗（炳）、雷（次宗）之辈，慧远以《诗》《礼》而诱之；权无二，复礼以《辩惑》而柔之；陆鸿渐，皎然以《诗式》而友

---

① 《大藏经》第五十册，第891—892页。

② 这种情况不待唐代始然，参见张伯伟《禅与诗学》创作篇《玄言诗与佛教》一文所列《六朝僧人外学修养一览表》，浙江人民出版社1992年版，第128—133页。又曹仕邦《中国沙门外学的研究——汉末至五代》辑录相关资料颇丰，可参看。东初出版社1994年11月版。

③ 《镡津文集》卷十七，《大藏经》第五十二册，第738页。

之。此皆不施他术，唯通外学耳。①

　　一方面，皎然因作诗、论诗而得到莫大的荣耀，另一方面，通外学、修文章又便于广大佛门。所以，晚唐至宋初的僧人受其影响，纷纷步皎然的后尘，撰作诗格或诗句图著作②，这也就造成了当时的诗格以僧人所写为多的现象。

　　其二，晚唐至宋初时人，所撰诗格往往以皎然诗为范例，或者以皎然的意见作为自己立论的基础。例如，旧题贾岛的《二南密旨》中，最重要的"论立格渊奥"节，所引诗例即为谢灵运（案：谢为皎然十世祖，《诗式》对之甚为推重）和皎然的作品；徐衍的《风骚要式》"君臣门"，引《诗式》中的"四重意"为立论基础；王梦简的《诗格要律》，开宗明义便引"昼公云"。亦有隐括或因袭其语意者，如李洪宣《缘情手鉴诗格》的"诗有五不得"，乃袭自皎然《诗式》中的"诗有六迷"③；桂林僧景淳大师《诗评》，开篇数语"一曰高不言高，意中含其高；二曰远不言远，意中含其远；三曰闲不言闲，意中含其闲；四曰静不言静，意中含其静"④云云，则又演化《诗式》中"静，非如松风不动，林狖未鸣，乃谓意中之静；远，非如渺渺望水，杳杳看山，乃谓意中之远"⑤数语而来。至于王玄《诗中旨格》，更有"拟皎然十九字体"一节，《直斋书录解题》卷二十二"文史类"有著录，可知此节尚裁篇别出单行于世。直至宋初，皎然的影响仍未稍歇。郑文宝在《答友人潘子乔论诗书》中就曾这样说：

　　　　唐僧（案：指皎然）著《诗式》三篇，如云"四深""二要"之门，
　　"四离""六迷"之道，诚关研究，实可师承。（何汶《竹庄诗话》卷一
　　引）

---

　　①《大藏经》第五十四册，第240—241页。
　　②除诗格外，当时僧人还写作句图类著作，如僧定雅《寡和图》三卷，僧惟凤《风雅拾翠图》一卷、《九僧选句图》一卷，僧惠崇《惠崇句图》一卷。这种风气一直延续至北宋初。
　　③《诗式》"诗有六迷"指："以虚诞为高古；以缓慢为澹泞；以错用意为独善；以诡怪为新奇；以烂熟为稳约；以气劣弱为容易。"《缘情手鉴诗格》"诗有五不得"指：一曰不得以虚大为高古；二曰不得以缓慢焉淡泞；三曰不得以能怪为新奇；四曰不得以错用为独善；五曰不得以烔熟为稳约。"可以明显看出后者对前者的继承。
　　④见本书第500页。
　　⑤同上注，第242页。

由此可见，晚唐五代的诗格对皎然《诗式》的引述、师承是一普遍现象。

如果我们将目光更深入一层来看，则可以发现，《诗式》对晚唐、宋初诗格的影响可分为两方面：一是形式，另一是内容。

就形式方面而言，皎然《诗式》奠定了此后诗格著作的模式。如他的"诗有四不""诗有四深""诗有二要""诗有二废""诗有四离""诗有六至""诗有七德""诗有五格"等节目，在晚唐至宋初的诗格中成为著述的通例。虽然在此前的诗格中也能发现这种模式的雏形，但作为其典型，则当推皎然《诗式》。皎然将这种模式深入到诗学的各个部分，而不是如初、盛唐的诗格，只限于病犯、对偶。晚唐以下的诗格均承其例，如齐己《风骚旨格》即由"诗有六义""诗有十体""诗有十势""诗有二十式""诗有四十门""诗有六断""诗有三格"诸节构成，即为一例。

另一方面是内容上的影响，其中包括诗歌理论的阐发，也有术语、概念的运用。这里以"势"为例略作说明。"势"的概念并不始于皎然，但晚唐五代诗格中以"势"作为讨论的重点之一，则不能不考虑到皎然的影响。皎然十分重视诗歌中的"势"，《诗式》中专列"明势"一节，其"诗有四深"中又云："气象氤氲，由深于体势。"晚唐五代的诗格中不仅好论"势"，而且，有一些"势"的名目就是从《诗式》中袭取、改换而来。这里以皎然《诗式》中"品藻"节与僧神彧①《诗格》中"诗有十势"节列表作一对照：

《诗式》	《诗格》
其华艳，如百叶芙蓉，菡萏照水。	一曰芙蓉映水势
	二曰龙潜巨浸势
其体裁，如能行虎步。	三曰龙行虎步势
	四曰狮(子返)掷势
其势中断，亦须如寒松病枝。	五曰寒松病枝势
(其势中断，亦须如)风摆半折。	六曰风动势
势有通塞者，如惊鸿背飞。	七曰惊鸿背飞势
	八曰离合势
	九曰孤鸿出塞势
	十曰虎纵出群势

---

① 流传诸本"神彧"皆作"文彧"，误。参见本书神彧《诗格·解题》。

而《诗格》中"惊鸿背飞势",实际上也是出于《诗式》卷一"'池塘生春草''明月照积雪'"一节。释惠洪《天厨禁脔》卷上"诗有四种势"中,列"寒松病枝""芙蓉出水""转石千仞""贤鄙同啸"四种,并称所谓"'寒松病枝',唐昙公名之",而不及晚唐五代诗格,可谓知本之言。

《诗式》对晚唐五代诗格的影响仅是一方面,由于创作风气的变化,也引起了理论关注重心的转移,从而形成了晚唐五代诗格的若干特色。

四、晚唐至宋初的诗格及其特色

晚唐五代的诗格虽有散佚,但保存下来的还有很多,基本上见收于《吟窗杂录》《诗法统宗》及《诗学指南》中。三种书所收诗格大同小异,大致是由一个系统流传下来的。除了诗格以外,当时还有一些赋格、文格之类的书。这些书几乎都已亡佚。但从存目中,还可以略窥当时风气之盛①。

晚唐至宋初诗格的特色(包括内容与形式)基本上有三方面,即"门""物象"和"体势"。这些特色的形成,与佛教的关系密不可分。原因在于,一方面受到了皎然的影响,另一方面又与诗格作者多为僧徒,或与僧人过从甚密有关。兹分述如下:

一、门。晚唐五代诗格,在形式上往往以"门"为结构特征,在内容上,又往往以"门"论诗。如齐己《风骚旨格》中列"诗有四十门";徐衍《风骚要式》则由"君臣门""物象门""兴题门""创意门""琢磨门"五节目构成;王梦简《诗格要律》则列二十六门;徐寅《雅道机要》"明门户差别"列二十门,多袭自齐己。这种特色一直延续到北宋,如李淑编《诗苑类格》三卷,"中卷叙古诗杂体三十门,下卷叙古人体制别有六十七门"(王应麟《玉海》卷五十四)。这说明晚唐五代以来的诗格中,以"门"结构其书并以"门"论诗是一个头为普遍的现象。

这一特色的形成,当然可以追溯到皎然的《诗式》。不难看出,它是经过了一个由隐而显的演化过程。《诗式》五卷,实际上就是由"五门"结构而成,即卷一的"不用事第一格",卷二的"作用事第二格",卷三的"直用

---

① 有关这些诗格文本的文字差异,参见本书校考部分,当时的相关著作,参见本书附录四《全唐五代诗文赋格存目考》。

事第三格"，卷四的"有事无事第四格"，卷五的"有事无事、情格俱下第五格"。但皎然并没有明确指出，只是在《序》中微露此意：

> 今所撰《诗式》，列为等地。五门互显，风韵铿锵，使偏嗜者归于正气，功浅者企而可及，则天下无遗才矣。①

旧题贾岛的《二南密旨》，其中的以门论诗就要明显一些。其书由以下十五节目构成："论六义""论风之所以""论风骚之所由""论二雅大小正旨""论变大小雅""论南北二宗例古今正体""论立格渊奥""论古今道理一贯""论题目所由""论篇目正理用""论物象是诗家之作用""论引古征用物象""论总例物象""论总显大意""论体裁升降"。而全书结句云："以上一十五门，不可妄传。"②再演变下去，至齐己就明确提出"诗有四十门"，徐衍，王梦简等人干脆就在其诗格的节目上明确标出，如"高大门""君臣门""忠孝门""富贵门"等等。

在中国文学批评史上，一书以"门"结构或以"门"论诗，并不多见。何以在晚唐五代诗格中如此流行？他们又为什么会以"门"作为结构形式和论诗术语呢？这就是佛学影响的缘故。

"门"是佛学术语之一，也是佛教典籍的结构形式之一。例如，隋慧远《大乘义章》二十六卷（《大藏经》第四十四册存二十卷），就是由"一、教聚（三门）""二、义法聚（二十六门）""三、染法聚（六十门）""四、净法聚（百三十三门）"构成；智顗《法界次第初门》六卷则由"六十门"构成；唐荆溪湛然《十不二门》一卷乃由"十门"构成，均为其例。这是"门"在佛教典籍结构上的运用。就义理而言，学人欲见佛，欲得法，也必须由"门"而入。智顗说《释禅波罗蜜次第法门》卷一上云："寻求名理，理则非门不入。"③又湛然《十不二门》云："是故十门，门门通入。"④又善导《依观经等明般舟三昧行道往生赞》云："若能依教修行者，则门门见佛，得生净土。"⑤"门"的含义有多种，以隋吉藏《浮名玄论》卷一所释最为

---

① 见本书第332页。

② 同上注，第383页。

③《大藏经》第四十六册，第476页。

④ 同上注，第704页。

⑤《大藏经》第四十七册，第448页。

全面：

> 称门凡有五义：一者至妙虚通，常体为门；二欲简别余法，门户各
> 异，今是不二法门，非余门也；三做引物悟入，故称为门；四通生观
> 智，所以为门；五因涅通教，故名为门。①

不过，"门"最基本的含义是"通"，所以，也有人干脆单刀直入，以"通"
释"门"。如慧远《大乘义章》卷九：

> 问曰：道义、名义何别？释曰：体一，随义各异。通入名门，通到
> 名道。②

又如智颛《释禅波罗蜜次第法门》卷一上云：

> 门名能通，如世广通人有所至处。③

又其《六法妙门》亦云：

> 六法能通，故名为门。④

这就是佛学中"门"的含义。

晚唐五代诗格中"门"的运用是仿效佛教典籍而来，故其基本含义与
佛典一样，也是"通"的意思。徐夤《雅道机要》云："门者，诗之通也，

---

① 《大藏经》第三十八册，第861页。
② 《大藏经》第四十四册，第649页。
③ 《大藏经》第四十六册，第479页。
④ 同上注，第549页。

如入门户，未有出入不由者也。①晚唐五代的诗格，大多乃为初学者而作②。如《雅道机要》云："以上略叙梗概，要学诗之人，善巧通变，兹为作者矣。"③徐衍《风骚要式》云："今之词人循依此格，则自然无古无今矣。"④王梦简《诗格要律》云："夫初学诗者，先须澄心端思，然后遍览物情。"⑤再如五代冯鉴所撰之《修文要诀》（已佚），据晁公武《郡斋读书志》卷二十指出："杂论为文体式，评其谬误，以训初学云。"因此，他们所谓的"门"，也就是指通入"诗道""雅道"的必由之路，用吉藏的话来说，就是"欲引物悟入，故称为门"；"因理通教，故名为门"。落实到具体的文学批评，"门"可以是一种写作范式，也可以是一种艺术手法。如《风骚要式》中的"君臣门"和"兴题门"，指的是写作范式；而"琢磨门""物象门""创意门"又是指艺术手法。这也像佛典中的"门"，其基本含义是"通"，但具体又"凡有五义"一样。总之，晚唐五代诗格中"门"的流行，是由佛教的影响所致。晚宋严羽"以禅喻诗"，他也特别强调云："夫学诗者以识为主，入门须正，立志须高。……路头一差，愈骛愈远，由入门之不正也。"（《沧浪诗话·诗辨》）这仍然是与佛教有关的。

二、体势。在中国古代文艺批评中，最早使用"势"这一批评术语的是书法理论。从东汉开始，崔瑗有《草书势》，蔡邕有《篆势》《九势》，刘邵有《飞白书势》，卫恒有《四体书势》，索靖有《草书势》等等，"势"在书法批评中，成为一个很重要的术语。其后，这一术语转入文学批评。如刘桢云："文之体势，实有强弱，使其辞已尽而势有余，天下一人耳，不可得也。"（《文心雕龙·定势》引）又陆云自称："往日论文，先辞而后情，尚势而不取悦泽。"（同上）至刘勰《文心雕龙》则专列《定势》篇。此后，王

---

① 见本书第426页。

② 为初学者而作的诗格外，也有为应举者而作的。赵璘《因话录》卷三商部下载："李相国程、王仆射起、白少傅居易兄弟、张舍人仲素为场中词赋之最，言程式者，宗此五人。"神史志著录，除李程外，其余四人都有诗格类著作，如王起《大中新行诗格》，白居易《金针诗格》《文苑诗格》，白行简《赋要》，张仲素《赋枢》等，其中亦有伪托者。所以朱彝尊《沈明府〈不羁集〉序》云："唐以赋诗取士，作者期见收于有司，若射之志彀，故于诗有格、有式、有例、有秘旨、有秘术、有主客之图，无异揣摩捭阖之学。"（《曝书亭集》卷三十八）就是针对此而言的。

③ 见本书，第448页。

④ 同上注，第454页。

⑤ 同上注，第474页。

昌龄《诗格》提出了"十七势",皎然《诗式》专论"明势",从而影响到晚唐至宋初的诗格,"势"论成为当时的一大论题。旧题白居易《文苑诗格》认为,作诗当"先势,然后解之";"有此势,可精求之"[①]。僧神彧《诗格》"诗势"节云:"先须明其体势,然后用思取句。"[②]桂林僧景淳大师《诗评》云:"凡为诗要识体势,或状同山立,或势若河流。"[③]"势"的概念在后世书画及文学批评上意义甚大,影响不小。直至清初,王夫之在《姜斋诗话》卷二中还说:"论画者曰:'咫尺有万里之势。'一'势'字宜着眼。若不论势,则缩万里于咫尺,直是《广舆记》前一天下图耳。五言绝句,以此为落想时第一义。"可见,"势"论是中国古代文学思想中的重要概念之一。

然而晚唐五代诗格中的"势"论却别有一特色。他们不仅强调"势",而且还给"势"安上了许多名目。据钟惺《朱评词府灵蛇》神集"物象为势"归纳,计有二十势,是将齐己《风骚旨格》中的"诗有十势"合僧神彧《诗格》中的"诗有十势"而成。今本后十势所列"龙潜巨浸势",已见前十势中,《词府灵蛇》本作"鹍奋垂天势"。除此以外,如徐夤的《雅道机要》、桂林僧景淳大师的《诗评》以及佚名的《诗评》等书中,均涉及此类"势"论,可见这在当时是颇为流行的。

《苕溪渔隐丛话》前集卷五十五引《蔡宽夫诗话》云:"唐末五代,俗流以诗自名者,多好妄立格法,取前人诗句为例,议论锋出,甚有'师子跳掷''毒龙顾尾'等势,览之每使人拊掌不已。"这只是简单地对之嗤笑了事。但我们实在可以进而提出两个问题:其一,这些"势"论是如何形成的?其二,这些势论的究竟义是什么?

晚唐五代诗格中的"势"论,就其形成而言,实受到两方面的影响:一是皎然的《诗式》,另一是禅宗。关于前一个问题,在上一节中我们已经比较了《诗式》和晚唐五代诗格名目的异同,这里继续就禅宗的影响稍作

---

① 见本书第362、364页。
② 同上注,第493页。
③ 同上注,第511页。

探讨①。

在晚唐五代诗格中，最早给"势"安上种种名目的是齐己。其《风骚旨格》中专列"诗有十势"节，指的是"狮子返掷势""猛虎踞林势""丹凤衔珠势""毒龙顾尾势""孤雁失群势""洪河侧掌势""龙凤交吟势""猛虎投涧势""龙潜巨浸势""鲸吞巨海势"。因此，其影响也最大②。如神彧《诗格》的"十势"，除了五种有取于皎然《诗式》（见上节表格），另外"五势"多有得于齐己；徐夤《雅道机要》"明势含升降"节有"八势"因袭齐己，除了补充"孤雁失群势"的例句外，仅"二势"为齐己所无，即"云雾绕山势"和"孤峰直起势"；佚名《诗评》中"诗有八势"节也是从齐己"十势"中稍加变化而来。前引《蔡宽夫诗话》对晚唐五代诗格中"势论"的批评，亦以齐己为代表。可以看出，在晚唐五代诗格中，齐己的《风骚旨格》是最为重要的一部。而他为"势"安上种种名目，则又是禅宗影响的直接结果。

齐己本人是一个禅师，《宋高僧传》卷三十《梁江陵府龙兴寺齐己传》载：

> 幼而捐俗于大沩山寺。……有禅客自德山来，述其理趣，己不觉神游寥廓之场，乃躬往礼讯。既发解悟，都亡联迹矣。如是药山、鹿门、护国，凡百禅林，孰不参请。③

又《释氏稽古略》卷三云：

> 高僧齐己，蜀人也（案：齐己实为潭州益阳人，地属湖南）。幼捐

---

① 所谓禅宗的影响，主要是就晚唐五代诗格"势"论所受到的直接影响而言。事实上，禅宗之好论语势，也是有其根源的。沈曾植指出："禅宗如临济、曹洞，多有语势，以重法要，其端实开自讲家。"（《海日楼札丛》卷五）沈氏举如理之《成唯识论疏义演》，即有"安立法弥势""庄严宝塔势""重累莲花势""如王引驾势""龙曳尾势""万宝大绳势""千寻玉带势""百节昌蒲势"等。又《崇文总目》卷四亦有释元康《中观论三十六门势疏》一卷，可见，论"门"论"势"，皆释家之常言。

② 许学夷《诗源辩体》卷三十五指出："齐己有《风骚旨格》，虚中有《流类手鉴》，文彧亦有《诗格》。齐己"十势"之说，仿于皎然；虚中仿于《二南密旨》；文彧"十势"又仿于齐己。又云："徐寅多出齐己。"其说可参。

③《大藏经》第五十册，第897页。

俗，依沩山佑禅师，讨惠寂禅师（仰山也）住豫章观音院，已总辖庶务。①

由此可知，齐己从宗门来说，起初出自沩仰宗，其后遍究禅林。他对禅林各宗的门风（尽管当时尚未完全形成），尤其是沩仰宗的门风深有了解，自可推而想见。《宋高僧传》卷十二《唐袁州仰山惠寂传》载：

> 凡于商攉，多示其相。……自尔有若干妙以示学人，谓之仰山门风也。……今传仰山法示，成图相行于代也。②

关于仰山之"势"，《人天眼目》卷四、《五灯会元》卷九记载得稍详细些，有所谓"背抛势""修罗掌日月势"和"娄至德势"等。禅宗语势，其端开自讲家。讲家论"势"，偏重于上下语的搭配安排，唐如理《成唯识论疏义演》卷一云："《枢要》□四法相从，有九句分别。"这"九句分别"，就是九种不同的"势"③。仰山接引后进，乃"有若干势以示学人"，故仰山之"势"也就成为沩仰宗区别于其他诸宗的特色之一。杨亿《汾阳无德禅师语录序》曾这样概括各宗特色：

> 洞山之建立五位，回互以彰；仰山之分列诸势，游戏无疑；云峰应接之眼，碎啄同时；云门扬攉之言，药石苦口。④

齐己游于沩、仰之门，对于这种"仰山门风"绝不会无所了解。而且"仰山之势"当时还绘成图相流行于世，虽然不能证明这些图相上一定有各种"势"的名目，但从《五灯会元》等书的记载来看，似乎也不能排除这种可能性。那么，齐己的以"势"论诗，与仰山的以"势"接人，两者之间应该有某种内在联系。

齐己《风骚旨格》所列"十势"中，第一为"狮子返掷势"，就来自于

---

①《大藏经》第四十九册，第844页。
②《大藏经》第五十册，第783页。
③ 参见沈曾植《海日楼札丛》卷五《语势》条，中华书局1962年版，第196页。
④《大藏经》第四十七册，第595页。

◇ 《全唐五代诗格汇考》前言

禅宗话头①。《五灯会元》卷十四《大阳警玄禅师》记其上堂语云：

> 诸禅德须明平常无生句，妙玄无私句，体明无尽句。第一句通一
> 路，第二句无宾主，第三句兼带去。一句道得师子嚬呻，二句道得师子
> 返掷，三句道得师子踞地。②

又卷十五《承天惟简禅师》记其上堂语云：

> 一刀两断，埋没宗风。师子翻身，拖泥带水。③

又卷十七《万杉绍慈禅师》记其语云：

> 虽然塞断群狐路，返掷还须师子儿。④

又卷十八《南峰永程禅师》记其上堂语云：

> 或金刚按剑，或师子翻身。⑤

再如《碧岩录》卷二载克勤语曰。

> 末后须有活路，有狮子返掷之句。⑥

以上诸例，分别出自曹洞宗、云门宗和临济宗的门下，但齐己"凡百禅林，
孰不参请"，他套用起来也是很自然的。又如"鲸吞巨海势"，似亦袭自禅宗

---

① 这一禅宗话头也有所本。隋吉藏《百论疏》卷上之上云："此论或一字论义，或二
字、三字乃至十字，或嘿然论義；或动眼论義；或闭眼论義；或举手论义；或鸟眼急转；或
师子反掷；巧难万端，妙通千势，非可逆陈。"（《大藏经》第四十二册，第234页）案：这里
所讲的"势"，既有言语之"势"，又有动作之"势"，似为禅宗所本。

② 普济《五灯会元》，中华书局1984年版，第871页。

③ 同上注，第1009页。

④ 同上注，第1144页。

⑤ 同上注，第1165页。

⑥ 《大藏经》第四十八册，第154页。

"毛吞巨海"或"横吞巨海"的话头。《五灯会元》卷六《韶山寰普禅师》下载有"阇黎横吞巨海"语；卷八《黄龙诲机禅师》下载僧语："毛吞巨海，芥纳须弥。"卷十《天台德韶国师》载其上堂语："毛吞巨海，海性无亏。"卷十七《黄龙慧南禅师》载其语云："横吞巨海，倒卓须弥。"再如"猛虎踞林势""猛虎跳涧势"，似亦袭自禅宗"猛虎当轩"（《五灯会元》卷四《日容远和尚》、卷十三《石门献蕴禅师》）、"猛虎当路"（同上卷十七《黄檗惟胜禅师》）、"猛虎出林"（同上《报慈进英禅师》）等话头。此外"丹凤衔珠"之与"龙衔海珠"（《五灯会元》卷六《洛浦元安禅师》），"龙凤交吟"之与"枯木龙吟"（同上卷十四《芙蓉道楷禅师》）等等，都不难看出以齐己为代表的晚唐五代诗格中的种种"势"名受禅宗影响的痕迹。

不仅"势"名的来源有得于禅宗，当时人对于"势"的解释，也往往带有禅学的眼光。例如，《风骚旨格》"诗有十势"的第一例：

> 狮子返掷势。诗曰："离情遍芳草，何处不萋萋。"

关于这一"势"的涵义，如果不从禅学角度去看的话，往往不易骤解。如罗宗强先生指出：

> 他（案：指齐己）又提出诗有十势。……未加阐释，只举诗例，而从例诗看，实不明其所指为何。如"狮子反掷势"，例诗为"离情遍芳草，无处不萋萋。"照字面看，狮子反掷应该是一种急促的力的回旋，而从此联诗看，并非如此。十势率皆类此。①

又如涂光社先生解释道：

> "狮子返掷势"，可能是以淡化的处理来反衬情思的纠结凝重。"离情遍芳草，无处不萋萋"似乎传达出两层意蕴：一层是无处不在的不可得免的离愁别绪；另一层则是人生离别已属寻常的自我解嘲。后者即有欲淡而未能淡，以退为进的效果。②

---

① 罗宗强《隋唐五代文学思想史》，上海古籍出版社1986年版，第446页。
② 涂光社《势与中国艺术》，中国人民大学出版社1990年版，第195页。

的确，从常理推论，以"离情遍芳草，无处不萋萋"释"狮子返掷势"，未免扞格难通。但以禅学眼光视之，则或许能够得到合理的解释。此语出于禅宗话头，但在禅宗共有三句，即"狮子嚬呻""狮子返掷""狮子踞地"。上文引述《五灯会元》卷十四《大阳警玄禅师》中还有进一步的解释，值得注意的是，禅师的解释也是以诗句为之的：

> 曰："如何是师子嚬呻？"师曰："终无回顾意，争肯落平常。"二曰："如何是师子返掷？"师曰："周旋往返全归父，繁兴大用体无亏。"曰："如何是师子踞地？"师曰："迥绝去来机，古今无变异。"①

这里的"三句"，实即禅宗之所谓"三关"。"三关"分初关、重关、牢关，又称空关、有关、中关。它标志着修禅的三个阶段，即由凡入圣，由圣返凡，不堕凡圣②。"狮子嚬呻"是初关，"狮子返掷"是重关，"狮子踞地"是牢关。雍正在《御选语录》的《御制总序》中分析道：

> 夫学人初登解脱之门，乍释丛系之苦，觉山河大地，十方虚空，并对消殒，不为从上古锥舌头之所瞒，识得现在七尺之躯，不过地水火风，自然彻底清净，不挂一丝，是则名为初步破参，前后断际者。破本参后，乃知山者山，河者河，大地者大地，十方虚空者十方虚空，地水火风者地水火风，乃至无明者无明，烦恼者烦恼，色声相味触法者色声相味触法，尽是本分，皆是菩提。无一物非我身，无一物是我身。智境融通，色空无碍，获大自在，常住不动，是则名为透重关，名为大死大活者。透重关后，家舍即在途中，途中不离家舍。明头也合，暗头也合。寂即是照，照即是寂。行斯在斯，体斯用斯，空斯有斯，古斯今斯，无生故长生，无灭故不灭，如斯惺惺行履，无明执著，自然消落，方能踏末后一关。③

这样回过来看齐己以"离情遍芳草，无处不萋萋"来解释"狮子返掷势"，

---

① 普济《五灯会元》，第871页。

② 参见巴壶天《禅宗三关与庄子》，载《艺海微澜》，广文书局1971年版，第42—103页。

③《卐续藏经》第一一九册，第357页。

似能得其真解。这两句诗出于唐代女诗人李冶的《送阎二十六赴剡县》，原诗如下：

> 流水阊门外，孤舟日复西。离情遍芳草，无处不萋萋。妾梦经吴苑，君行到剡溪。归来重相访，莫学阮郎迷。

这是一首给情人的送别诗。颔联中"离情"是"体"，"芳草"是"用"，却妙在体用一如，离情遍及芳草，芳草无非离情。从禅学眼光看来，这两句诗恰恰能状出禅宗第二关"尽是本分，皆是菩提"的境界，而"狮子返掷"亦即第二关，故取以为譬。此等势名甚难索解，举此一例，余可类推。

"势"的含义颇为复杂，但在诸故训中，以"力"为释最为得当。《周易·坤》"象辞"曰："地势坤，君子以厚德载物。"虞翻注："势，力也。"（李鼎祚《周易集解》引）又《淮南子·修务》篇："各有其自然之势。"高诱训："势，力也。"晚唐五代诗格中所论的"势"，其基本含义也是"力"。《雅道机要》"明势含升降"节云："势者，诗之力也。如物有势，即无往不克。此道隐其间，作者明然可见。"[1] "势"，就其来源而言，是与作者活生生的生命力，也就是"气"联系在一起的，所以"气势"连称。在作品中，由作者之生命力所驱遣全篇的"气"就是"势"。气有刚柔强弱、徐疾短长之异，则由此而决定的"势"也因之而异。所以《文心雕龙·定势》中说："文之任势，势有刚柔，不必壮言慷慨，乃称势也。"气的鼓荡裹挟，必然形成某种力量，从而表现为某种运动。所以晚唐五代诗格中讲到的"势"，往往是用带有动感的词加以形容，如所谓"狮子返掷势""猛虎跳涧势""毒龙顾尾势"等等。这是形成"势"的主观方面的原因。就"势"的表现来看，又是"循体而成势""形生势成"（《文心雕龙·定势》）的，所以在书法上，称之为"形势"，而在文学中，便称之为"体势"。这是形成"势"的客观方面的因素。古代论"势"者往往因侧重点不同而有其各自强调的重心，但若论其本义，只是"力"的一种表现。但"势"的表现，蕴含于"形""体"之中，换言之，它仅仅在于语言文字的运行之际或是点划连接的行气之间，即徐衍所说的"此道隐其间"，所以，它往往是可意会而难言传。王夫之称之为"意中之神理"（《姜斋诗话》卷下），即认为它是蕴含于意义之

---

[1] 见本书第434页。

中，又超出于意义之外的感觉，是难以言诠的。

如上所述，晚唐五代诗格中"势"论的基本含义乃是力，那么，落实到具体的文学批评上，"势"又具有何种意义呢？换言之，它的具体指涉是什么呢？我认为，这些名目众多的"势"讲的实际上是诗歌创作中的句法问题。这里讲的句法，指的是由上下两句在内容上或表现手法上的互补、相反或对立所形成的"张力"。这种"张力"存在于诗句的节奏律动和构句模式之间，因而就能形成一种"势"，并且由于"张力"的正、反、顺、逆的种种不同，遂因之而出现种种名目的"势"。从晚唐五代"势"论在实际批评中的运用来看，所有的"势"都是针对两句诗而言的。任何一个"势"名之下，都有诗例说明，这些诗例也均为一联。正因为如此，一首律诗，就可以同时并存四种不同的势，所谓"势"是由两句诗的内容或手法决定的。这与佛教讲家论"势"之偏于上下句的搭配安排，是有着某些相通之处的。

古人所说的"句法"，往往是包含内容与表现手法两方面的考虑在内的。这里，我将进而提出一项旁证材料，说明晚唐五代诗格中的"势"论指的是句法问题。《诗人玉屑》卷四"风骚句法"，分五言和七言两类，这些句法的名称，有些很类似于晚唐五代诗格中的"势"名。同时，从其来源看，有些句法的名称也同样袭用了禅宗话头。例如，"风骚句法"中的"孤鸿出塞""龙吟虎啸"等，与"势"名中的"孤鸿出塞""龙凤交吟"等相似，而"碧海求珠""龙吟云起""虎啸风生"等句法名称，与禅宗话头中的"龙衔海珠"（《五灯会元》卷六《洛浦元安禅师》）、"龙吟雾起"（同上卷十《报恩玄则禅师》）、"虎啸风生"（同上）等亦相似。由此可证，晚唐五代诗格中的"势"，与《诗人玉屑》中的"风骚句法"所指涉的是同一对象，即"句法"。《诗人玉屑》在列举这些句法的名目时，往往还稍加几字注解，如"独鸟投林（幽居）""孤鸿出塞（旅情），"这是就内容而言；"龙吟云起（比附对）""虎啸风生（比类对）"，这是就表现手法而言。这也说明古人所谓的"句法"，并不只限于今人所谓的形式。

以四字一组的形象语来指涉句法，在宋代以后仍有影响。如元代旧题杨载的《诗法家数》，其"律诗要法"节讲破题"要突兀高远，如狂风卷浪，势欲滔天"；颔联"要如骊龙之珠，抱而不脱"；颈联则"要变化，如疾雷破山，观者惊愕"；结句则要"如剡溪之棹，自去自回"①。到明、清的小说评点，则用以指涉章法或叙事法（金圣叹称为"文法"，《圣叹外书·读第五才子书法》归纳《水浒》文法为"倒插法""夹叙法""草蛇灰线法""大落墨法""锦针泥刺法""背面傅粉法""弄引法""獭尾法""正犯法""略犯法""极不省法""极省法""欲合故纵法""横云断山法""鸾胶续弦法"（《第五才子书》卷），等等。这些名目，后来也为毛宗岗评《三国演义》、脂砚斋评《红楼梦》所继承和发展。溯其渊源，都是从晚唐五代诗格中的种种"势"名中演变而来。

"势"在中国古代文艺批评中是一个很重要的概念。但一般说来，"势"所指涉的是由作者的生命力驱遣全篇的气的流动，是贯穿作品首尾的，而不是限于两句的"句法"。因此，在晚唐五代诗格中，"势"的指涉是颇为特殊的。这种特殊性的形成，一方面与佛学有关，另一方面，可能也取决于当时诗坛上的创作追求。②

三、物象。唐人对"兴"的认识，若要作一大概的划分的话，基本上有两条路线：一是以陈子昂、杜甫、白居易为代表的"兴寄"说③，一是以殷璠、皎然、司空图为代表的"兴象"说④。这当然是一种极其粗略的划分，在皎然《诗式》中，已经透露出融合二者的端倪。他说："取象曰比，取义曰兴。义即象下之意。"⑤而晚唐五代诗格中所论的"物象"，就完全是"兴寄"与"兴象"的合流，其特点是通过"象"来表达"寄"。例如，旧题贾岛《二南密旨》"论总例物象"节云："馨香，此喻君子佳誉也。兰蕙，比喻有德才艺之士也。金玉、珍珠、宝玉、琼瑰，此喻仁义光华也。飘风、苦

---

① 这一段文字实际上是从旧题白居易的《金针诗格》中抄袭而来。参见张伯伟《元代诗学伪书考》，收入《中国诗学研究》，辽海出版社2000年1月版，第49—50页。

② 晚唐颇流行贾岛诗风，其特色为苦吟，注重炼句，贾岛《送无可上人诗》五、六句云："独行潭底影，数息树边身。"此下自注一绝云："二句三年得，一吟双泪流。知音如不赏，归卧故山秋。"故其诗甚有警句。李洞尝集其五十联为《贾岛诗句图》一卷，可以略窥其对诗歌创作追求之一斑。《蔡宽夫诗话》批评晚唐五代诗格以各种"势"安立格法，同时指出："大抵皆宗贾岛辈，谓之贾岛格。"

③ 陈子昂《与东方左史虬修竹篇序》指出："仆尝暇时观齐、梁间诗，彩丽竞繁，而兴寄都绝，每以永叹。"（《陈伯玉集》卷一）

④ 殷璠《河岳英灵集序》云："于是攻异端，妄穿凿。理则不足，言常有余。都无兴象，但贵轻艳。"

⑤ 见本书第230页。

雨、霜雹、波涛，此比国令，又比佞臣也。水深、石蹬、石径、怪石，此喻小人当路也。"①等等。虚中《流类手鉴》"物象流类"节中也举了许多例证。与此相关的，他们还规定了诗歌题目与寄托的内在联系。如《风骚要式》"兴题门"云："《病中》，贤人不得志也。《病起》，君子亨通也"②等等。

晚唐五代的诗格，极其重视诗的"物象"。但这种物象，往往是融合了主客，包括了"意"和"象"两面，而不是通常意义上的客观景物。说得明确一些，他们重视的是由诗中一定的物象所构成的具有暗示作用的意义类型，姑名之曰"物象类型"。《二南密旨》中有一句关键性的话："论物象是诗家之作用。"需要略加疏解。"作用"一词，原为佛学教理，亦可简称为"用"而与"体"相对。唐法藏《华严经探玄记》卷三云："道理有四……二作用道理。……作用亦二，一缘起诸法各有业用，二真如法界亦持等用。"③唐湛然《法华玄义释签》卷十七云："若尔即是用所依体，体能成用。"④在中国古代思想史上，将"体"和"用"的关系看作是相即相彻的，虽然可以上溯到王弼，但在佛教典籍中，尤其是在华严宗的教义中，这一思想却最为突出。如唐良贲《仁王护国般若波罗蜜多经疏》卷上《蜜多经序品》云："性相名殊，体用无别。"⑤又如澄观《大方广佛华严经疏》卷二十三云："体外无用，用即是体；用外无体，体即是用。"⑥这是"作用"一词在佛学中的原意和运用。

将这一术语导入文学批评，最早的是皎然，《诗式》中专列有"明作用"一节。在评论李陵、苏武诗以及《古诗十九首》时，皎然认为前者"天与其性，发言自高，未有作用"；而后者"辞精义炳，婉而成章，始见作用之功"。晚唐五代的诗格受其影响，也多论"作用"。

在文学批评中，作用究竟指的是什么？最早试图加以解释的似为明代的许学夷，其《诗源辩体》卷三引皎然语后，释曰："作用之功，即所谓完美也。"但皎然评苏、李"天与其性，发言自高"，则"未有作用"显然不能

---

① 同上注，第380页。

② 同上注，第452页。

③ 《大藏经》第三十五册，第148页。

④ 《大藏经》第三十三册，第935页。

⑤ 同上注，第432页。

⑥ 《大藏经》第三十五册，第671页。

理解为"不完美",故"作用"亦不等于"完美"。郭绍虞先生主编之《中国历代文论选》,第二册选有《诗式》,注"作用"为"指艺术构思"。周维德先生《诗式校注》云:"作用,犹创作,创造。"①似不着边际。李壮鹰先生《诗式校注》云:"作用:释家语,本指用意思维所造成的意念活动。《传灯录》:'性在何处?曰:性在作用。'"又说:"皎然所说的'作用',意指文学的创造性思维。"②虽然指出皎然本于内典,但在解释上又上承《中国历代文论选》而来。事实上,就拿其所引的《传灯录》中"性在作用"一语说,如何能解释为"性在意念活动"呢?至于解释为"艺术构思"或"创造性思维"云云,似乎更加远离其本义了。

"作用"一词既然是佛教术语,则从诗格中的运用来看,与佛典中的运用应是类似的。"作用"一词也可以简称为"用",而与"体"相对。《二南密旨》"论物象是诗家之作用"下云:"造化之中,一物一象,皆察而用之,比君臣之化;君臣之化,天地同机,比而用之,得不宜乎?"又"论总例物象"云:"天地、日月、夫妇,比君臣也。明暗以体判用。"③《风骚要式》"物象门"指出"虚中云:'物象者,诗之至要。'苟不体而用之,何异登山命舟,行川索马。虽及其材,岂及其用。"④从以上所举例可知,诗人所写的某事某物是"体",而烘托、渲染某事某物之意味、情状、精神、效用的"象"是"用"。"君臣之化"是"体",用以比况的"一物一象"是"用";"比君臣"是"体","天地、日月、夫妇"是"用"。"体"属"内",故"暗";"用"属"外",故"明"。文学批评中的"作用"就是这个意思⑤。

诗的"作用"与"物象"既然密不可分,离开了物象,就无从把握"作用"的含义。于是诗格中有时便以"象"代替"用"而与"体"相对。如《二南密旨》"论裁体升降"节云:

---

① (唐释)皎然著;周维德校注《诗式校注》,浙江古籍出版社,1993年版,第2页。

② (唐释)皎然著;李壮鹰校注《诗式校注》,齐鲁书社1986年版,第4页。

③ 见本书第379页。

④ 同上注,第452页。

⑤ 参见徐复观《皎然〈诗式〉"明作用"试释》,载徐著《中国文学论集续编》,台湾学生书局1984年版,第149—154页。按:本文结论与徐氏接近,但他依据的材料是《诗人玉屑》所引的诸家诗话,其内容与皎然《诗式》无直接、必然的联系。而晚唐五代的诗格受皎然影响很大,内容上也有承接关系。所以,我的论证,可以加强徐氏之说。

体以象类。颜延年诗："庭昏见野阴，山明望松雪。"鲍明远诗："腾沙郁黄雾，飞浪扬白鸥。"此以象见体也。①

强调诗的"作用"，必然强调诗的"物象"。"作用"的实现，是"察而用之"（即"取义曰兴"）、"比而用之"（即"取象曰比"）。所以，诗格中强调先立意，后取象；或者强调意有内外。《雅道机要》"叙搜觅意"节云："凡为诗须搜觅。未得句，先须令意在象前，象生意后，斯为上手矣。不得一向只构物象，属对全无意味。"②旧题白居易《金针诗格》云："诗有内外意，一曰内意，欲尽其理。理，谓义理之理，美、刺、箴、诲之类是也。二曰外意，欲尽其象。象，谓物象之象，日月、山河、虫鱼、草木之类是也。内外意皆有含蓄，方入诗格。"③所谓"内外含蓄"，就是"理""象"一致，也就是"体""用"一致的意思。这与佛教的"体用"观也是相类似的。

与西洋哲学讲本体和现象，印度佛学讲法性和法相鼎足而三的，中国哲学讲的是体和用。讲体用是中国古代哲学的重要特色之一。在中国古代文学批评中，皎然最早提出"作用"的概念，但他并未简化为"用"，亦未将此"用"和"体"相对，而这正是晚唐五代诗格的贡献。宋人沿此作进一步推衍，遂形成了中国古代文学思想中的"体用"说。《诗人玉屑》卷十专列"体用"一节，就是最明显的标志。由于晚唐五代诗格颇重"作用"，宋人更加强调，甚至提出"言用勿言体"（《漫叟诗话》，《诗人玉屑》卷十引）的主张，一直影响到后来。如明代王骥德《曲律》卷三《论咏物》云："毋得骂题，却要开口便见是何物。不贵说体只说用，佛家所谓不即不离、是相非相。"可见这一理论范之影响深远。

晚唐至宋初的诗格，其特色当然不限于上述三点，如论诗的"格""法"，也是一个不可忽视的侧面。但这一方面的内容，经北宋诸人的宣扬，下逮南宋、元、明而愈衍愈繁，成为富有代表性的特征之一了。

---

① 见本书第382—383页。

② 同上注，第445—446页。

③ 同上注，第351—352页。

五、宋代以后的诗格概观

对诗格的批评，现在可见的，当以北宋时《蔡宽夫诗话》为最早。其后，胡仔《苕溪渔隐丛话》、陈振孙《直斋书录解题》、严羽《沧浪诗话》以及方回等人均对之有过指责，但诗格没有因此就衰灭。事实上，这类著作在宋代以后仍然有其自身的发展，只是需要注意以下两种现象：一是许多书有诗格之实，而无诗格之名。以元代为例，当时的诗学亦可谓以诗格为中心，这种风气承自南宋末期。其著述方式有两种：一是以选诗形式出现，如周弼《唐三体诗》，专选唐人七绝及五、七言律，设立格法，有所谓实接、虚接、四实、四虚、前实后虚、前虚后实等；方回《瀛奎律髓》，专选五、七言律诗，根据内容分作四十九类。其《自序》云："所选，诗格也。"元代此类诗格中最著名者为于济、蔡正孙编选之《联珠诗格》，此书专选唐宋绝句立为三百格，在后世影响很大，并远被域外①。另一种是以诗话形式出现的诗格，在宋代有郭思《瑶池集》（一作《瑶溪集》）②、严羽《沧浪诗话》、魏庆之《诗人玉屑》等。元代这一类诗格很多，如旧题杨载《杨仲弘诗法》

---

① 此书在日本、朝鲜多有翻刻。如江户时期山本信有《新刻唐宋联珠诗格序》称："元大德中，蔡蒙斋广于默斋蓝本，编选《唐宋联珠诗格》二十卷，诸格皆有焉。世学诗者，能从事于斯书，得是格，然后下笔，则变化自在，出格入格，格不必拘拘，可以庶几唐宋真诗矣。……尔来江户书贾某某等七家，相谋戮力酿资，更新镂版，托校订于天民，求题辞于余。天民乃衷爱日楼所藏元刻本、绿阴茶寮朝鲜本、平安翻刻元版本、朝鲜版翻刻本、活字本、正德本、巾箱本、别版巾箱本及唐宋诗人本集、总集、选集、别集数十百部，彼此校雠。"（《孝经楼诗话附录》，《日本诗话丛书》第二卷）可略见其版本之多。又其《孝经楼诗话》卷上云："《唐诗选》，伪书也；《唐诗正声》《唐诗品汇》，妄书也；《唐诗鼓吹》《唐三体诗》，谬书也；《唐音》，庸书也；《唐诗贯珠》，拙书也；《唐诗归》，疏书也；其他《唐诗解》《唐诗训解》等俗书，不足论也。特有宋义士蔡正孙编选之《联珠诗格》，正弓也。"又朝鲜柳希龄有《大东联珠诗格》，亦仿效之作，故金烋《海东文献总录》评为"能于述而不能于作"。

② 此书今已佚。据方回《瑶池集考》云："《瑶池集》，通议大夫徽猷阁待制秦凤路经略安抚使知秦州郭思所著，盖诗话也。一曰诗之六义，二曰诗之诸名，三曰诗之诸体（与李淑《诗格》相类，凡八十一体，可无述），四曰诗之诸式（凡三十九式），五曰诗之诸景，以至十五曰诗之诸说。"（《桐江集》卷七）又何汶《竹庄诗话》卷十四云："《瑶溪集》多立体式，品题诸诗，强为分别，初无确论。"可见其受诗格影响之一斑。

（又名《诗法家数》）、《杜律心法》，旧题范梈《诗学禁脔》《木天禁语》《诗家一指》，旧题揭傒斯《诗法正宗》《诗法正宗眼藏》，旧题傅若金《诗法正论》《诗文正法》，黄子肃《诗法》，以及佚名的《沙中金集》等。这类书，到了明代，也常常被冠以"名家诗法"的书名而汇编成帙，重新刊行。而明代单宇的《菊坡丛话》及王昌会的《诗话类编》等，也都在诗话之中包含了诗格。和唐代诗格比较起来，这些著作都不算典型。如果说前一类是诗格与诗选的混合体，那么这一类就是诗格与诗话的混合体。但无论是哪一类诗格，其编撰的目的都是为了有便初学。范晞文《对床夜语》卷二评论《唐三体诗》云："是编一出，不为无补后学。"蔡正孙《联珠诗格序》指出：

> 番易（鄱阳）于默斋递所选《联珠诗格》之卷，来书抵余曰："此为童习者设也，使其机括既通，无往不可，亦举诗之活法欤？盍为我传之。"……惜其杂而未伦，略而未详也。……增为二十卷，寿诸梓，与鲤庭学诗者共之。

至于以"诗法"命名的著作，其指导初学的意图更是形于字里行间了。所以，元代以下的诗格类著作，即使比不上晚唐五代的彬彬之盛，也依然是颇为众多的。张溟《冰川诗式序》指出："诗有式，则始于沈约，成于皎然，著于沧浪，若集大成，则始于今。"若仅以所列诗之"格""法"名目的数量来看，其言并非过实。而明代祁承㸁《澹生堂藏书目》于"诗文评类"下细分有"诗式"一目，与"诗话"并列，也正是这类著作达到相当数量后，在目录分类上的必然反映。

宋代以后的诗格，大致说来，是以"格""法"为主要内容。在晚唐五代至宋初的诗格中，虽然也有论"格"者，如桂林僧景淳大师《诗评》中便立有"象外句格""当句对格""镂水格"等等，也有论"法"者，如李洪宣《缘情手鉴诗格》中立有"束散法""审对法"等等，但这毕竟不是其主要内容。宋代以后，这方面的议论极多。"格"与"法"，就其实质而言并无区别，但在当时人的运用中，似乎有一点微妙的差异，即"格"是标准，"法"是禁忌；"格"是积极的，"法"是消极的。所以，讲到"法"往往是与"病"或"忌"联系在一起的。姜夔云："不知诗病，何由能诗？不观诗法，何由知病？"（《白石道人诗说》）这十六字真言后来为魏庆之奉为圭臬，黄昇《诗人玉屑序》中便称菊庄为"诗家之良医师",而严羽《渝浪诗话·诗法》也指出:"学诗先除五俗。"又说:"有语忌,有语病。语病易除,语忌难除。"又说:"语忌直,意忌浅,脉忌露,味忌短,音韵忌散缓,亦忌迫促。"这两个方面,经元人的交织,至明代而交融,"格""法"遂浑然一体。如旧题范梈《诗学禁脔》云:"编集唐人诗具为格式,其若公输子之规矩,师旷之六律乎?"(黄省曾《名家诗法》卷六)"格"接近于"法"。至如梁桥《冰川诗式》卷五则曰:"正格,此法以第二字仄入,谓之正格。""偏格,此法以第二字平入,谓之偏格。""格"即"法","法"即"格"。与唐五代的诗格比,宋代乃至以后的诗格强调"诗法"显得颇为突出。所以后人往往以此为宋人论诗的一项特色。如李东阳在《麓堂诗话》中指出:"唐人不言诗法,诗法多出于宋,而宋人于诗无所得。所谓'法'者,不过一字一句、对偶雕琢之工,而天真兴致,则未可与道。"他也是看到了这一点的。

宋以后的诗格以"格""法"为中心,大致有两方面的原因所造成:其一,唐诗创作中的丰富遗产,为后人提供了理论概括与总结的原料;其二,将前人创作的格式加以总结,也便于后人学诗。宋代是一个"尚文"的时代,其标志之一,就是民间诗社的出现。就目前掌握的材料来看,最早的民间诗社在北宋就有了。吴可《藏海诗话》记载:

> 幼年闻北方有诗社,一切人皆预焉。屠儿为《蜘蛛》诗,流传海内。

又云:

> 元祐间,荣天和先生客金陵,僦居清化市,为学馆,质库王四十郎,酒肆王念四郎、货角梳陈二叔皆在席下,余人不复能记。诸公多为平仄之学,似乎北方诗社。

民间诗社的成员,或为"屠儿",或"货角梳",或业"质库",或营"酒肆",不可能有多深的诗学修养,仅仅是喜好"平仄之学"而结为诗社。所以,学习"诗格诗法"就有便于他们尽快掌握诗歌创作规则。黄昇《诗人玉屑序》中说"方今海内诗人林立，是书既行，皆得灵方。"方回《诗人玉屑考》谓"其诗体、句法之类，与李淑、郭思无异"（《桐江集》卷七），即指其颇重诗格、诗法而言。

学诗重"法"，至元人还是如此。陶宗仪《南村辍耕录》卷四"论诗"条载："虞伯生先生集、杨仲弘先生载同在京日，杨先生每言伯生不能作诗，虞先生载酒请问作诗之法，杨先生酒既酣，尽为倾倒。"旧题杨载《诗法家数》自序谓"余于诗之一事，用工凡二十余年，乃能会诸法而得其一二。"而元代的民间诗社也颇兴旺。元初的"月泉吟社"固然很出名。元末的"吴间诗社"亦颇有特色。杨维桢《香奁八咏序》云："吴间诗社《香奁八咏》，无春芳才情者，多为题所困。……晚得玉树余音为甲，而长短句、乐府绝无可拈出者。"①又钱谦益《列朝诗集小传》甲前集《张简传》引王元美语曰："胜国时，法网宽大，人不必仕宦。浙中每岁有诗社，聘一二名宿如杨廉夫辈主之，宴赏最厚。"②这就必然要品评优劣，讲谈"诗法"，掎摭"诗病"。民间既有广泛的学诗要求，则论诗自然会集中到"诗格""诗法"上来，以适应当时这种普及诗法的社会需要。所以，关于"诗法"类著作的翻印、汇编，层出不穷。书贾为了牟利，甚至不惜假托名人、杂纂伪造③。这也从一个侧面反映了当时社会对这类书籍的需求量。

从宋代以后的诗格发展来看，"格""法"的名目可说是愈衍愈繁。以"格"而论，旧题范梈《木天禁语》云："唐人李淑有《诗苑》④一书，今世罕传。所述篇法，止有六格，不能尽律诗之变态。今广为十三格，隐括无遗。"但他仅标名目，如"一字血脉""二字贯穿""三字栋梁"等等，下附诗例，并没有解释。到了明代，如梁桥《冰川诗式》卷七、王昌会《诗话类编》卷一均有详细解释，并且更在此基础上加以扩充。如《诗话类编》乃广至五十四格，而《冰川诗式》卷六则曰："乃予僭取诸名家诗，拟议成格。"计其总数，竟达一百零三格之多，可谓琐屑之至，这就势必会转向反面。所以到了清代，诗格类著作受到许多人的鄙视。王夫之的一段话类有代表性，他说：

---

① 陈衍《元诗纪事》卷十六，上海古籍出版社，1987年版，第375—376页。
② 《列朝诗集小传》，上海古籍出版社，1983年版，第30页。
③ 见张伯伟《元代诗学伪书考》，《中国诗学研究》，第47—63页。
④ 李淑为宋人，其《诗苑类格》三卷撰于北宋宝元年间。

诗之有皎然、虞伯生（集），经义之有茅鹿门（坤）、汤宾尹、袁了凡（黄），皆画地成匸以陷人者，有死法也。死法之立，总缘识量狭小，如演杂剧，在方丈台上，故有花样步位，稍移一步则错乱。若驰骋康庄，取途千里，而用此步法，虽至愚者不为也。（《姜斋诗话》卷下）

"诗格""诗法"毕竟只是为初学而设，而且，即便就初学而言，"格""法"也只是诗之技，而非诗之道，创作的真谛、秘诀并不在此。所以，明代以后，诗坛上"诗格""诗法"的议论虽未绝迹，但所占的比重却微乎其微了。

　　　　　　［原载张伯伟《全唐五代诗格汇考》江苏古籍出版社 2002 年版］

《元代诗法校考》前言

张　健

一

本书所收录的元人诗法诗格著作，大都来自元明人所编刊的诗法汇编。这些诗法汇编主要有：日本延文四年（1359）翻刻元人佚名氏所编《诗法源流》、明初徐骏编《诗文轨范》[①]、明宣德年间朱权编《西江诗法》、明正统年间史潜刊《新编名贤诗法》、明成化年间怀悦刊《诗家一指》及《诗法源流》、明成化年间杨成刊《诗法》、明嘉靖年间王用章编《诗法源流》、明嘉靖年间朝鲜尹春年刊《木天禁语》附《诗法源流》、熊逵编《清江诗法》等。

收入诗法汇编的元人诗法诗格著作，有的原本就是独立的诗法诗格著作，如《诗法家数》《木天禁语》《沙中金集》《杜陵诗律五十一格》等；有的则是摘自元人文集，原本是一些论诗的文章或书信。如卢挚的《论诗法家数》（或题《诗法家数》），内容大多是论文，只有少量涉及诗歌，乃是一篇诗文理论的论文，原名《文章宗旨》，元末陶宗仪《辍耕录》全文具载，诗法汇编的编者将其收入之后，改易其名，便名不符实了。又如《黄子肃诗法》，原本是一篇与友人论诗的书信。还有一些则是论诗的对谈录，如《诗法源流》（或题《诗法正论》）[②]以及《总论》。而《傅与砺诗法》、王用章《诗法源流》中甚至还收录了一部古诗选本。

以上这些著作被编入诗法汇编中统称为诗法。本来，诗法与诗格之间

---

①《四库全书总目》卷一九七作元代著作，然此书实成于明，参见本书附录《元代诗法著作版本考述》。

②《诗法源流》既是一篇诗法的篇名，也是一部诗法汇编的书名，本书中指篇名时直称《诗法源流》，指书名时称诗法汇编《诗法源流》。此处为篇名。

很难做出严格的界定，但是在后来人的心目中，诗格往往是一些比较具体的法则，而诗法则较之诗格灵为宽泛一些，既可以指具体的法则，也可以指有系统的理论。就具体的法则而言，诗格与诗法可以相通，而就有系统的理论而言，则可以称为诗法，而不能谓之诗格。如元代人称严羽论诗著作为《严沧浪先生诗法》，而不称为诗格。诗法的范围较诗格为宽。所以元明人就把元代的诗法诗格著作统称为诗法。本书名《元代诗法校考》，一方面固然是为了方便起见，另一方面也是沿用了前人的习惯说法。

二

从现存元代诗法著作来看，元代诗法明显受到宋代诗法、诗格、诗话著作的影响。这些影响主要体现在以下两个方面：一、一些元代诗法著作的大部分或部分内容来自宋代诗话或诗法、诗格著作。如《沙中金集》中所列诗格、所举诗例大都是来自宋人诗话或笔记，主要有《天厨禁脔》《苕溪渔隐丛话》《沧浪诗话》《诗人玉屑》以及《梦溪笔谈》《容斋随笔》等。《木天禁语》"律诗篇法"中所列十三格有六格来自宋人李淑撰《诗苑类格》。二、一些元代诗法著作所讨论的诗学理论范畴直接来自宋代诗话著作或受宋代诗话影响。《诗法家数》所列"作诗准绳"有立意、炼句、琢对、写景、写意、书事、押韵、下字八目，此八目乃是受了《诗人玉屑》的影响。《诗人玉屑》中有命意、造语、属对、压韵、用事、下字诸目，与之相近。《木天禁语》所列"六关"——篇法、句法、字法、气象、家数、音节，皆为宋人论诗所习言者，也是继承了宋人诗论而来。

但是，元人诗法在继承前人的基础上也有发展。宋代诗学讲求辨体，但对于各体特征并没有系统的论述，元代诗法则对宋代诗学中这方面的内容作了总结和发展。《诗法家数》中有"律诗要法""古诗要法""绝句要法"诸目，对于五律、七律、五古、七古、绝句等各种体裁的审美特征作了概括性论述，该书又列有"荣遇""讽谏""登临""征行""赠别""咏物""赞美""赓和""哭挽"诸法，对于不同题材内容的诗歌所具有的审美特征作了概括性论述。这些论述都体现出一种诗学观念，即不同的体裁、题材各具有其独特的审美特征。《木天禁语》对于各种体裁在篇法、句法方面的特征也有了更进一步的认识和论述。如李淑的《诗苑类格》所载律诗篇法只有六格，到《木天禁语》则扩展为十三格，而其对五古、七古、绝句、乐府等体篇法的论述则更为宋人所无。《木天禁语》中论气象也与宋人有所不同。宋人论气象往往以人而论，或以时代而论，但不甚以题材内容为准将其分类。《木天禁语》则从题材内容角度对气象进行分类，将其分为翰苑、辇毂、山林、出世等十类。《诗家模范》论气象也着眼于题材内容，认为"台阁之作，气象要光明正大；山林之作，要古淡闲雅；江湖之作，要豪放沉着；风月之作，要蕴藉秀丽；方外之作，要夷旷清楚；征戍之作，要奋迅凄凉；怀古之作，要慷慨悲惋；宫壶闺房之作，要不淫不怨；民俗歌谣之作，要切而不怨，微而婉。"这里分台阁、山林、江湖、风月、方外、征戍、怀古、宫壶闺房、民俗歌谣九类，这种论气象的角度以及对气象的分类是宋代所没有的。

在不少元代诗法著作中都试图对诗歌理论问题进行简要的概括，这些概括显示出元人对于诗歌理论的总体理解与把握。《诗法正宗》提出学诗要力行五事：诗本、诗资、诗体、诗味、诗妙。这五事涉及诗歌创作中的性情、学问、体格、韵味、神变诸问题。《诗法源流》中提出体、义、声三法，主张"以体为主，以义为用，以声合体"，要做到内容、体格、音调的统一。严羽的再传弟子黄清老在《答王著作进之论诗法》中提出立意、得句、下字三者，认为妙悟者三者全备。这就将严羽的妙悟说落实到意、句、字上面来。《诗家模范》说："大段气骨要雄壮，兴趣要闲旷，语句要条畅，韵脚要稳当，字字要活相，篇篇要响亮。古今称绝唱，不说此模样。"提出了评价诗歌高下的六个角度与标准：气骨、兴趣、语句、韵脚、用字、音节。与以上简明概括相对，一些元代诗法著作对诗歌理论的总结则朝向细密化方向发展。《诗家一指》论诗分意、趣、神、情、气、理、力、境、物、事十科，又分句、字、法、格四则，再分二十四品（《二十四品》是否元人所撰还有争论）。陈绎曾《诗谱》把诗歌问题分为二十个方面，其中又分很多细目，有些颇嫌琐细，但这正表明元人对诗歌理论问题认识与探讨的进一步深入。

元代诗法著作中，也有诗歌史问题的讨论。这方面以《诗法源流》（或题《诗法正论》）为代表。在《诗法源流》中，论者对于先秦至元代诗歌演变的正变源流作了总结概括。其论唐宋诗的不同特征说："盖唐人以诗为诗，宋人以文为诗。唐诗主于达性情，故于《三百篇》为近；宋诗主于立议论，故于《三百篇》为远。"这段话把唐宋诗之辨与诗文之辨联系起来，乃是对于宋元时代关于唐宋诗之辨的理论概括，在明清时代也很有影响。高棅《唐诗品汇》、吴乔《围炉诗话》等都曾引述这段论述。严羽论唐诗分初唐、盛唐、大历、元和、晚唐诸体。当代研究者认为，最早明确提出初、盛、中、晚四唐说的是明初高棅的《唐诗品汇》，其实元代诗法中就已经明确提出四唐说。《诗家模范》谓："大抵学者要分别得初唐、盛唐、中唐、晚唐及宋、元人诗，某也如何，某也如是。"由于高棅曾引述过元代诗法，其提出明确的四唐说或许受到元代诗法的影响。

三

研究元代诗法的一大困难是作者问题。现存元代诗法多数来自明人刊刻的诗法汇编，且大都是题杨仲弘（载）、范德机（梈）、虞侍书（集）、揭曼硕（傒斯）等元代著名诗人之名，但是这些著作在现存元人文献中难以得到确证。由于明初宋濂等编《元史》，没有《艺文志》，也无法从中得以确证。因而这些著作所题作者的真伪问题就成了研究元代诗法的一大难题。

在元代诗法著作中，作者问题大体上有以下三种情形：一、标明撰者，并且可以确考者；二、虽标撰者之名，但难以确考者；三、佚名无考者。下面分别就以上三种情形作一些说明，详细的考证分别见于各篇的解题中。

在这些诗法著作当中，有些著作可以确认其作者的真实性。陈绎曾、石栢《诗谱》附刻在其《文筌》之后，陈绎曾《文筌序》中亦言及此篇，元刻本清代尚存，明初就已被引述，一直没有异议。在各种版本的诗法汇编《诗法源流》中皆题为"卢踈斋书"或"卢踈斋述"的《论诗法家数》（或称《诗法家数》，按非题杨载撰之《诗法家数》），亦见载于元人陶宗仪《辍耕录》中，题《文章宗旨》，由之可以确证其作者的真实性。《当代名公雅论》中录有杨载论诗言论，其中"取材于《选》，取法于唐"，见于元人蒋易撰于至正十七年（1357）的《清江碧嶂集序》（见《四库存目丛书》影印南京图书馆藏清抄汲古阁本《清江碧嶂集》卷首），又见于王祎《王忠文集》卷五《练上伯诗序》，亦为高棅《唐诗品汇》所引。可见《当代名公雅论》中所载杨载言论是其来有目的，其真实性可以确证。《黄子肃诗法》，旧题黄子肃

（黄清老，字子肃）述，按此篇在正统年间史潜刊《新编名贤诗法》中题为《黄子肃答王著作进之论诗法》，在朝鲜人尹春年嘉靖年间所刊诗法汇编《木天禁语》中题《论诗法答王著作进之》，可知此篇原本是一封论诗的书信。按此封书信曾为黄清老友人张以宁在其所撰《黄子肃诗集序》中提及，亦可以确证其真实性。

元代诗法著作中还有一些佚名无考者。如《沙中金集》《作诗骨格》等，这些著作在诗法汇编中原本就没有标明撰者，亦无其他材料可以考证。

但更多的情况是标有作者，但却得不到确证。

题为杨载撰的诗法著作有《诗法家数》。《诗法家数》的序最早见于日本延文四年（1359）刊五山版《诗法源流》中，题《诗解》，在标题下题"杨仲弘载"。明洪武年间赵撝谦编《学范·作范》中则最早引述了《诗法家数》的部分内容。赵撝谦在"当看诗评"中列有杨仲弘《诗格》，但是否指《诗法家数》则难以确定。现在知道最早将此书题为杨载撰的是题元任邱宋应祥点校、弟傅若川编次的《傅与砺诗法》。此书载《诗法家数》，题杨仲弘先生述。明成化年间杨成刊本《诗法》，亦载此篇，题杨载仲弘撰。此后各种刊本均题杨载撰。还有一种与杨载有关的诗格著作是旧称杨载得之于杜甫九世孙杜举的杜甫七言律诗格，题《诗格》或《诗解》等。就目前所知，将此书与杨载连在一起自元代已然。阮元文选楼刊《天一阁书目》著录抄本《元书杜陵诗律》，调为杨载得自杜甫九世孙杜举，杜举得自杜甫门人吴成、邹遂、王恭之所传，杨载传之孟惟诚，孟惟诚增注校刊，杨载友人杜本为跋。日本延文四年（1359）刊《诗法源流》卷首有杨载序一篇，言少年游西蜀时得此书于杜甫九世孙杜举云云。卷末又附有武夷山人（即杜本，号武夷山人）跋一篇亦言及此。此后正统年间史潜刊《新编名贤诗法》、成化年间怀悦刊《诗法源流》、嘉靖间王用章编《诗法源流》均载此篇，亦皆载杨载序，说法相同。

元代诗法中，题为范梈（字德机）所撰的最多。最著名的当然是《木天禁语》。《木天禁语》之名最早见于明洪武年间赵撝谦编《学范·作范》中。赵氏在"当看诗评"中列有《木天禁语》。而他在书中引《木天禁语》"六关"时标明范氏，此范氏即是范德机。这表明，至迟在洪武年间，《木天禁语》就与范德机连在了一起。由于赵氏《学范》成书于洪武年间，其所依据的本子极可能是传自元代，所以我们有理由相信，《木天禁语》标范德机撰当是起自元代。史潜《新编名贤诗法》收入此篇，题《范梈德机述江左第一诗法》；杨成《诗法》收入此篇，名《木天禁语》，题范德机著。此后各种版本均题范德机撰。《诗学禁脔》现知最早见于杨成《诗法》，也题范德机撰。明中叶以后凡著录此二书者大抵皆题范德机撰。

范德机还有《说诗要指》一卷，见于明嘉靖年间熊遂所编《清江诗法》中。据熊遂《清江诗法序》，范德机有《说文要指》三卷，为其门人所集录者。《说文要指》三卷，首说文，次说字，次说诗。说字、说文二卷俱无所存，唯存《说诗要指》一卷。《说诗要指》包括两种：一为《吟法玄微》，一为《总论》。前者与题为傅与砺述范德机意而作的《诗法正论》（或题《诗法源流》）内容接近，可以视为此篇的另一种版本。《总论》的部分内容亦见于万历间王昌会所编《诗话类编》卷二所引。据熊遂序称，《说诗要指》一卷，亦无刻本，其得自友人杨翚，而杨翚得自手抄。[①]熊遂、杨翚皆致力于搜集刊刻范德机著作，谓《说诗要指》为范德机门人集录，不知所据为何。

与范德机有关联的另一种诗法著作是题傅与砺述范德机意而作的《诗法正论》。此篇在日本延文四年刊诗法汇编《诗法源流》中原题《诗法源流》，未标撰者。洪武年间高棅《唐诗品汇·历代名公叙论》中引述此篇，亦题《诗法源流》，又在"引用诸书"中列有此篇，然均未标撰者。明初徐骏《诗文轨范》收入此篇，题《诗源至论》，亦未标撰者。唯赵撝谦《学范·作范》在"当看诗评"中列此篇，标"王著《诗法源流》"，则此篇在元末明初或有一刻本题王著撰者。然题傅若川编、宋应祥校的《傅与砺诗法》中载有此篇，篇末有傅若川题识谓，此篇乃其兄傅与砺述范德机意而作。成化年间怀悦编《诗法源流》、嘉靖年间王用章编《诗法源流》中载此篇，题《诗法正论》，傅与砺述范德机意。其后各本载此篇，大都如此。

除了数种诗法著作外，范德机还曾批点过李、杜诗，有《李诗范选》《杜诗范选》流传。台北"中央图书馆"藏有元刊本《李诗范选》《杜诗范选》。《文渊阁书目》卷十著录《李诗范选》一部、《杜诗范选》一部，当即此书。明初高棅《唐诗品汇》选李、杜诗就引用了范德机的评语，这表明高棅承认范德机批选李、杜诗的真实性。

元代诗法中被题为虞集撰的有《虞侍书诗法》与《虞侍书金陵诗讲》。

---

① 台北"中央图书馆"藏有旧抄本《说诗要指》一卷，笔者未能寓目，不知是否杨翚所得之抄本。

此二篇均见载于明正统年间史潜所刊《新编名贤诗法》。其中《虞侍书诗法》即杨成本《诗法》中《诗家一指》，《虞侍书金陵诗讲》在王用章本《诗法源流》中作《诗法正宗》，题揭傒斯撰。以上两篇在史潜本中何以被题为虞集撰不得而知。虞集除了诗法外，还有《虞邵庵批点文选心诀》一卷，这部著作选序十三篇，其中韩愈七篇，柳宗元二篇，欧阳修三篇，曾巩一篇；选记十七篇，其中韩愈二篇，柳宗元五篇，欧阳修三篇，苏洵一篇，苏轼一篇，曾巩五篇。此书在赵撝谦《学范》中也被引及，嘉靖间高儒《百川书志》也著录此书，现尚有明刻本传世。

在元代诗法中，题为揭傒斯撰的有《诗法正宗》（即史潜《新编名贤诗法》中《虞侍书金陵诗讲》）、《诗宗正法眼藏》。前者见载于《傅与砺诗法》、王用章《诗法源流》中，皆题揭傒斯撰。其后各本亦皆如此。《诗宗正法眼藏》亦见载于《傅与砺诗法》中，然未题撰者，朱权《西江诗法》、王用章《诗法源流》亦载此篇，皆未题撰者。唯万历间朱绂《名家诗法汇编》载此篇题揭傒斯撰，然朱绂本实源自王用章本，其所题揭傒斯撰者，大抵是出于推测。

四

题为虞、杨、范、揭所撰的诗法大体如上所述。但这些诗法著作的真实性却无从得到直接的确证。以上诸种诗法都收录在元末明初几部诗法汇编中，其被题杨载、范德机等撰者之名大多在元末明初就已经如此。但明末之前几乎无人对其提出过怀疑，这些诗法在主流文人单者中流传。而且刊刻这些诗法的恰恰不是为了射利的坊贾，而是一些主流文人。

赵撝谦（1352—1395）在明初是著名的学者，《明史》本传说他"博究《六经》、百氏之学"，可见其学问之广博。洪武十二年（1379）被召参加《洪武正韵》的编纂工作，又曾任中都国子监典簿，必然有机会接触到国子监的藏书。他曾被宋濂延聘以教其子。他在《学范·作范》中曾大量抄录《木天禁语》《诗法家数》的内容，并在"当看诗评"中列了《木天禁语》、杨仲弘《诗格》二书，可见他对于两种著作的推重。赵氏在"当看诗评"中选列有五公《神品》、邓中斋《金陵诗讲义》①、曾李《诗则》、黄至道《诗论》等诗学著作，这些著作在明初以后就罕见流传，这表明赵撝谦曾见到不少元代诗学著作，他对这些著作应该是非常熟悉的。以赵撝谦的学问水平，我们有理由相信他对元代流传的著作有一定的鉴别力，如果说这些著作像后人所说的那样出于书贾伪撰的低劣之作的话，以赵氏之学问水平，他应该能够鉴别出来。宋濂既然能聘谦教其子，说明宋濂还是很器重赵撝谦的，我们设想，如果宋濂编《元史》立《艺文志》，这些著作被列入其中的话，人们对其真伪的判断可能会是另一种情形。

高棅为"闽中十子"之一，在明初亦为著名诗人。其《唐诗品汇》编成于洪武二十六年（1393）②，此书在《历代名公叙论》中录有《诗法源流》三段、杨载"取材于选，效法于唐"（见于《名公雅论》）、马祖常"枕籍《骚》《选》，死生李、杜矣"（见于《名公雅论》）等语，可见高棅对元人诗法著作也是重视的。宣德年间，编刊《西江诗法》的朱权是朱元璋之子。他在《西江诗法序》中说："（余）得元儒作《诗法》，皆吾西江之闻人也，其理尤有高处。"他认为其所选编的诗法著作皆出自元代江西名人，并对这些著作的价值作了高度评价。正统年间，校刊《新编名贤诗法》的是史潜是进士，官至河东盐运使。戊化年间刊刻《诗法源流》《诗家一指》的怀悦在当时亦有诗名，他在序跋中对其所刊元人诗法也有很高的评价。刊刻《诗法》的杨成则是进士，官扬州府知府，他在《重刊诗法序》中称："唐宋以来诗人所著非一家，近世板行者，范德机《木天禁语》、杨仲宏《古今诗法》贰集，人皆宝之，不啻拱璧。"由此序可知明初以来人们不仅不怀疑范德机作《木天禁语》、杨载撰《诗法家数》（即序中《古今诗法》）的真实性，而且视如拱璧。嘉靖年间，刊刻《名家诗法》的黄省曾乃是当时著名的学者、诗人，曾从王守仁、湛若水游，且曾师从李梦阳。刊刻《清江诗法》、重刊《傅与砺诗法》的熊遆，以及编刊《诗法源流》的王用章都是进士出身。他们都没有对这些诗法的作者的真实性产生过怀疑。

就笔者所知，比较早提出元代诗法著作真伪问题的是晚明的许学夷。其《诗源辩体》卷三十五肯定了旧题杨载撰的《诗法家数》、傅与砺述范德

---

① 邓剡（1232—1303），字光荐，号中斋，一作名光荐，字仲甫，庐陵人。宋景定三年（1262）进士。累官礼部侍郎，权直学士。元大德七年卒。
② 此书有高棅洪武癸酉（二十六年）序。

机意的《诗法正论》、揭傒斯撰的《诗法正宗》的作者的真实性，但却认为题范德机撰的《木天禁语》《诗学禁脔》是伪撰，其理由是《木天禁语》一些内容"穿凿浅稚""浅陋为甚"，《诗学禁脔》所引诗"多晚唐庸劣之作"。清代《四库全书总目》卷一九七"诗文评类存目"中对《木天禁语》《诗学禁脔》《诗法家数》等皆认为是坊贾伪撰，其理由是《诗法家数》"论多庸肤，例尤猥杂"，《木天禁语》"体例丛脞冗杂"，《诗学禁脔》"浅陋尤甚"。但是这些判定都是就内容作出的，属于主观的价值判断，因为不同的人对同一部著作可以作出完全不同的价值判断，如上所云，明初以来对元代诗法著作就有高度评价。这些主观评价并不能作为判定真伪的依据。《四库总目》所举出的唯一实证性的理由是，《木天禁语》中引述宋人李淑《诗苑类格》一书时却称"唐人李淑"，认为范德机不会犯这样"荒陋"的常识性错误。但是这一条理由并不能证明《木天禁语》非范德机撰，因为把李淑误作为唐人的并不止有《木天禁语》一书，高棅《唐诗品汇》卷首《引用诸书》中列《诗苑类格》，也称李淑为唐人。高棅恐怕不是荒陋之人，却也与《木天禁语》的作者犯了同样的错误，这表明在当时可能流传一种版本题唐人李淑撰。《四库总目》还进一步指出，《诗法家数》《木天禁语》"二书所论，多见赵撝谦《学范》中，知妄庸书贾剽取《学范》为之耳"。这种论断更是失考。以《四库总目》之说，乃谓以上二书为明代书贾剽取《学范》而成。然赵撝谦《学范》在"当看诗评"中已列有《木天禁语》之名，而且已经以《木天禁语》为范德机撰，是《木天禁语》之成书肯定在《学范》之前。虽然不能断定《学范》所列杨仲弘《诗格》即是指《诗法家数》，但其所书中所载《诗法家数》内容证明此书成书必在《学范》之前。《四库总目》所谓伪书之说影响极大，然实不足据。

自清以来，人们对于诗格、诗法著作存在着一种观念，认为这种著作多是为童习者设，没有什么价值。《四库全书总目》对于诗法诗格著作的贬斥，用力搜讨宋诗话的郭绍虞先生对于宋代诗法诗格却没有兴趣，都是这方面的典型例子。这种观念往往会使人们对那些题为名人所撰的诗法产生怀疑。但是，事实上唐、宋以来诗人甚至是著名的大诗人也都重视诗法诗格，且有很多的讨论的。唐代不少著名诗人撰有诗格著作。至于宋代对于诗法诗格的讨论也很多。黄庭坚就重视诗法，即便是被认为最有理论体系的《沧浪诗话》中也有很多关于诗法、诗格的讨论。元人对于诗法也是很重视的。吴澄《唐诗三体家法序》：

> 言诗本于唐，非固于唐也。自河梁之后，诗之变，致于唐而止也。于一家之中，则有诗法；于一诗之中，则有句法；于一句之中，则有字法。谪仙号为雄拔，而法度最为森严，况余者乎？立心不专，用意不精，而欲造其妙者，未之有也。（《吴文正公集》卷十一）

陶宗仪《辍耕录》卷九"诗法"条载赵孟頫论诗云："作诗用虚字，殊不佳，中两联添满方好。出处才更唐以下事，便不古。"《辍耕录》卷四又载：

> 虞伯生先生集、杨仲弘先生载同在京日，杨先生每言伯生不能作诗。虞先生载酒请问作诗之法，杨先生酒既酣，尽为倾倒，虞先生遂超悟其理。继有诗送袁伯长槁毫驾上都，以所作诗介他人质诸杨先生。先生曰："此诗非虞伯生不能也。"或曰："先生尝谓伯生不能作诗，何以有此？"曰："伯生学问高，余曾授以作诗法，余莫能及。"又以诒赵魏公孟頫诗，中有"山连阁道晨留辇，野散周庐夜属櫜"之句，公曰："美则美矣，若改'连'为'天'、'野'为'星'，则尤美。"虞先生深服之。

此可见像杨载、虞集这样的著名诗人也是在一起讨论诗法的。虞集《杜诗纂例序》：

> 昔夫子作《春秋》，因鲁史之旧文，直书而已，善学者以其属辞比事而观之，得其笔削之故，则圣人之意庶几可见于千载之下焉。是故杜预因左氏之传，陆淳因啖赵之说皆纂为例以著之。是或求经之一道也。然而圣人之笔，如化工之妙，初未尝立例而为文也，学者设此以推之耳。至于《诗》亦然。出于国人者谓之风，出于朝廷者卿大夫者谓之雅，用之宗庙郊社者谓之颂。其别不过此三者而已，其义则有比兴赋之分焉。诗人作诗之初，因其事而发于言，固未尝自必曰我为比，我为兴若赋也。成章之后，亦无出于三义之外者。故学者不得不以例而求之，此亦例之所由纂，所谓谱者是也。申屠公……独好杜工部诗，讽诵之久，又取其一篇一联一句一字可以类相从者录之以为纂例。……杜诗之

体众矣，而大概不遇五言七言为句耳。虚实相因，轻重相和，譬之律吕，定五音焉，至于六十尽矣，又极之于二变焉，至于八十有四而尽矣，不能加七音以为均也。然则五言七言之句，固可以例尽也。至若一字之例，譬如虆之鼓，龠之吹，户之枢，虞之机，虚而能应，动而有则，变通旋转，实此焉。出类而数之，不已备乎。或曰：诗家之妙，乃在嗟叹咏歌之间，以得乎温柔敦厚于优游淫泆之表，今句比而字举，果其道乎？则应之曰：具波磔点藏之文则可以成字，八法具而书之精妙著矣，未有失八法而可以为佳书者也。耳目口鼻之用则可以成人，百体从而人之神明完矣，未有惰一体而可为全人者也。然则例之为说，岂可废乎？（见于《元文类》卷三十五，《道园学古录》未载。）

虞集这里对于申屠公以句比字举论杜诗，也是肯定其价值的。黄清老是严羽的再传弟子，他在友人论诗也大谈句法、字法。陈绎曾《诗谱》所列格法之目甚多，颇有琐细之嫌。正是因为杨载、虞集等著名诗人也重视并且谈论诗法，所以元明之际人们对于这些题杨载、范德机等人撰的诗法著作并不怀疑。

在现存元代诗法著作中，有一些还杂抄有不少前代论诗语。这也容易引起人们对这些诗法作者的怀疑。因为按照常理，像杨载等这样的著名诗人恐怕不会在自己的著述中这样大量抄撮前人的东西。但是，只要我们深入研究这些诗法的版本流传情况，就会发现，元代诗法在流传过程中有被增删改动的情况。如题名杨载撰的《诗法家数》在朱权编《西江诗法》中不同于杨成本《诗法》，《西江诗法》本中没有杨成本的抄撮前人论诗语的"总论"部分，而就是"总论"部分，杨成本也不同于黄省曾《名家诗法》本、胡文焕《格致丛书》本，后两者的内容多于前者。这种情况表明，《诗法家数》原本可能没有"总论"部分，这些内容可能是后人增添。《木天禁语》"六关"之后有凡例（明、暗二例）、起、结四法，据史潜本《新编名贤诗法》，在此四法之前标有"续添"二字，表明此四法即是后人加增。《诗家一指》的情况也是如此。《诗家一指》"三造"部分抄撮大量前人论诗语，然与另外一种版本系统《虞侍书诗法》比较，可以看出这部分内容并非原著所有，而是后人改动加增。元人对传抄他人著作时加入自己的内容似乎并不认为有什么不妥。徐骏《诗文轨范》中编入严羽《沧浪诗话》，然在《诗体》中却列入子昂体、静修体、仲弘体、德机体、伯生体、曼硕体，杨成刊本《诗法》中《严沧浪先生诗法》抄录《沧浪诗话》之《诗体》部分，也列有元人诗体，可见前人诗法在流传中被增删窜在当时并非孤立的现象。

不过，元代诗法的作者问题也确实存在着一些疑问。

首先，各本诗法汇编《诗法源流》所载杨载序关系到所谓杨载得自杜甫九世孙杜举的杜律诗格的真伪问题。但这篇序文却存在着巨大的疑问。现存《诗法源流》的最早刊本是日本延文四年（1359）刊本，即所谓五山版①。今考五山版杨载序末题"时至治壬戌初元四月既望杨仲弘序"。按"至治壬戌"，即元英宗至治二年（1322）。五山版有"初元"二字，按"初元"者为皇帝登极改元之称，英宗即位在元仁宗延祐七年（1320），次年正月改元，为至治元年（1321）。此序既题壬戌（至治二年），就不当题"初元"，两者并称，实属矛盾。杨载序不可能出现这样的错误。此后各版本均无"初元"二字，很可能是后人发现了这一问题，删去了此二字。如果非五山版之误的话，可证此序非杨载原序，而是后人伪题。而如果此序为伪的话，则所谓杨载得自杜甫九世孙杜举之说自然也是伪托。

其次，是《傅与砺诗法》所载傅若川题藏的真伪问题。前面提到明刻本《傅与砺诗法》四卷，题元任邱宋应祥伯祯点校，傅若川编，明清江熊奎、钱塘方九叙重校。这部诗法汇编包括以下内容：卷一、《诗法源流》《文法》；卷二、《诗法》，题黄子肃先生述；《诗法正宗》，题揭曼硕先生述；《诗宗正法眼藏》，未题撰人；卷三、《诗法家数》，题杨仲弘先生述；卷四、选录汉魏晋诗，未题选编者名。此本在卷一《诗法源流》《文法》后有傅与砺之弟傅若川题识云：

> 先兄与砺早年博学，好吟咏。天历己巳岁，适值同邑德机范先生诏许归养亲，而先兄遂获与讨论答问诗文之正宗，于是退而述范先生之意，撰其诗法之源流，文章之机杼，深切著明，以便后学，而意有在也。其违正超谲末流之弊，可以不考焉。若川藏其遗稿有年矣，不敢秘而弗传，遂并辑前贤之轨范，一概锓诸梓，愿与吾斯文共之。必有卓异清拔之才，捐去怪诞卑陋之习，力追古作，倡为治世之音，以鸣当年太

① 日本十三至十六世纪称五山时代。先后在镰仓、京都等地仿中国五山定立五山，文化以佛寺为中心，中国典籍流布日本也主要依靠僧侣。

平之盛，堂不屈欤？予兹老矣，无能为也，亦当拭目延伫以俟。洪武戊辰冬弟傅若川谨识。

据此题识，这部《傅与砺诗法》乃是傅若川所汇编，原刊于洪武二十一年戊辰（1388）。卷一的《诗法源流》《文法》，为傅与砺述范德机意而作，其余各卷为傅若川所辑得。傅若川为傅若金（字与砺，1303—1342）大弟，① 二人生年相近，他的生活时代稍后于杨载（1271—1323）、范梈（1272—1330）、揭傒斯（1274—1344），因而如果这篇题识确实是出自傅若川之手的话，那么这部诗法汇编中所收录的诗法就基本上是可靠的。事实上，后来各本题《诗法源流》（或《诗法正论》）为傅与砺述范德机意，《诗法正宗》为揭傒斯撰，大概就是源出于此。

但是，傅若川的题识极可能出于伪托。其理由是：首先，跋文中说"若川藏其遗稿有年矣，不敢秘而弗传"，据其语气，在傅若川序刊之前，即洪武二十一年（1388）之前，《诗法源流》（或《诗法正论》）、《文法》没有流传。但事实上日本延文四年（1359）刊《诗法源流》中就已有此篇，考虑到此书传到日本所需的时间，此书在中土的刊行会更早。又，赵撝谦《学范》有洪武二十二年（1389）郑真序，表明《学范》编成于此年以前。但《学范》中引述此篇，且标明王著。其次，《傅与砺诗法》中所标傅与砺述范德机意的《文法》实与卢挚《文章宗旨》（或称《诗文正法》）基本相同，而卢氏此文，见载于元陶宗仪《辍耕录》，而延文四年刊《诗法源流》中也标明为卢挚撰。以上两端可以证明傅若川题识出于伪托。如果此文出于伪托，那么这部诗法汇编中所收诗法的作者就不能确证。不过却也不能因此说这部诗法汇编中所标的作者都属于伪题，因为这部诗法汇编中所收《诗宗正法眼藏》、所选汉魏晋诗就没有标明撰者与编者，作伪者何以不将此部诗法汇编中所收所有著作都标上撰者呢？

再次，朱权在《西江诗法序》中称其所得诗法皆出自西江闻人，意谓其皆出自江西的著名诗人。但其所收《诗法大意》即他本所题黄子肃《诗法》，而此作可以确考为黄清老作，而黄为福建邵武人，可见朱权所云亦不见得十分可靠。

最后，史潜《新编名贤诗法》中载《虞侍书金陵诗讲》与《傅与砺诗

① 同治《新喻县志》卷十《文苑·傅若金传》。

法》及王用章《诗法源流》中《诗法正宗》为同一种著作，然在前者为虞集撰，在后者则为揭傒斯撰，两者矛盾。

前面说过，题名虞、杨、范、揭诸人所撰的诗法著作不能得到直接的确证，那么收入这些诗法著作的诗法汇编编者的可信度对于确认这些诗法著作作者的真伪具有十分重要的意义，但是由于收入这些诗法著作的诗法汇编存在着以上的问题，所以由这些诗法汇编来确证这些著作的作者也是不可靠的。

总之，对于以上这些诗法的作者问题，现在还难以作出最终的结论，还需要再作进一步的研究。

五

由于现在没有元刻本流传下来，元代诗法在元代的刊刻流传情况已经难以考知。唯日本延文四年（1359）刊本即所谓五山版《诗法源流》乃是据元刻本重刊，而其重刊也是相当于元末，从这一刊本可以看出，元代诗法在元末流传甚广，已经远播域外。

明洪武年间，除前所说赵㧑谦《学范》、高棅《唐诗品汇》引述元人诗法，以及题傅若川编、宋应祥点校的《傅与砺诗法》四卷的刊刻之外，徐骏《诗文轨范》也收入了元人诗法著作《诗源至论》（此即日本延文四年刊本《诗法源流》）、赵㧑谦《学范》、高棅《唐诗品汇》中之《诗法源流》，《诗文轨范》中还收入《诗沄》一篇（此即延文四年本《诗法源流》之《诗解》）。从以上四书收录或引述的情况看，元代诗法在明初相当流行，并且已经有不同的版本流传。永乐、宣德年间，黄㷲编有《诗法》三篇，[①]此本现已亡佚。宣德五年（1430），朱权刊印《西江诗法》，这部诗法乃是将其所得之《诗法》与黄㷲《诗法》综合去取，合编而成。由《西江诗法》可以推知黄㷲《诗法》所载也是元人诗法。朱权此本是现存最早的明人刊行的元人诗法汇编。正统年间，进士史潜得写本诗法一部，重加编校刊印，名《新编名贤诗法》。这个刊本在明代流传不广，未见重刊。但这个本子所载元人诗法有流行诸本所不载者，如《王近仁与友人论作诗帖》《项先生暇日与子至

---

① 朱权《西江诗法序》谓是两篇，而《千顷堂书目》则著录为三篇。

诚谈诗》《杂咏八体》等，皆他本所不载；此本所收录有同于他本者，然篇名亦有不同，如诸本载《木天禁语》在史潜本作《范梈德机述江左第一诗法》，诸本载《诗法源流》在此本作《诗评》，诸本载《黄子肃诗法》在此本作《黄子肃答王著作进之论诗》等；此本所题撰者亦有异于他本者，如他本《诗法正宗》，题揭傒斯（曼硕）述，此本则题《虞侍书金陵诗讲》，不仅书名不同，作者亦作虞集。如《诗家一指》他本或不题撰人，或题范德机撰，此本作《虞侍书诗法》，作虞集撰。由史潜本与其他诸本的巨大差异，可以看出此本渊源当另有所自。

成化年间是元人诗法刊刻流传的第一个高峰时代。成化元年（1465），怀悦刊刻了诗法汇编《诗法源流》，这个本子与日本延文四年（1359）刊五山版《诗法源流》已经有所不同。五山版卷首杨载序原无标题，怀悦本则作《诗法源流序》；前面提到的五山版序末所题的自相矛盾的"至治壬戌初元"在怀悦本中已无"初元"二字；五山版首篇《诗法源流》在怀悦本已经题为《诗法正论》；五山版中所谓杨载得自杜甫九世孙的吴成、邹遂、王恭三氏注杜律诗格在怀悦本中简略许多，而五山版所载武夷山人（杜本）跋文在怀悦本中也已被删除。将五山版与怀悦本对勘，可以看出，从元末到明成化元年的近百年间，元人诗法在流传过程中发生了相当的变化。成化二年（1466），怀悦刊刻了诗法汇编《诗家一指》，这个刻本收入了《诗家一指》《木天禁语》等重要的诗法著作。怀悦刊刻的以上两个本子流传很广。成化五年（1469）黄溥编刊《诗学权舆》卷八"总论诗法"条抄录了《诗法源流》（或作《诗法正论》）一篇。①成化十五年（1479），扬州府知府杨成得写本《诗法》一部，次年刊于扬州。这个本子除元人诗法著作外，还收录了白居易《金针集》（即《金针诗格》）、《严沧浪诗法》（节选）。这部诗法汇编后来屡被翻刻，成为流传最广、影响最大的本子之一。正德三年（1508），周廷征重刻了怀悦本《诗法源流》。②根据周廷征《诗法源流后序》，其得此本于蜀中，可见怀悦本已经流布到四川。周廷征刊本有明显的错误，将傅与砺误作傅与德，且周氏《后序》中亦称傅与德，知其得自蜀中的这个刊本已非怀

---

① 吴文治教授主编《明诗话全编》第二册收入此篇，于"总论诗法"题下有注云："张静泉《闻见录》。"然笔者所见天启五年黄氏复礼堂刻本无此注。

② 正德刻本已佚，然日本刊本《新刊诗法源流》卷末被有周廷征《诗法源流后序》。参见本书附录《元代诗法著作版本考述》。

悦原刊，可见怀悦刊本在正德三年以前已经被重刊过。正德十一年（1516），孙赟得杨成刊本《诗法》，乃以《群公诗法》为名重刊。

嘉靖年间是元代诗法刊刻流传的又一个高峰时代。嘉靖二年（1523），王用章刊刻了《诗法源流》三卷。这个本子将此前流传诗法汇编《诗法源流》与《傅与砺诗法》加以取舍，合编在一起。《四库全书总目》著录的《诗法源流》就是这个本子。此本在嘉靖二十九年被与杨成本诗法一起重新刊刻。嘉靖二十四年（1545），黄省曾刊刻《名家诗法》八卷，其所依据的本子应就是杨成本，但与杨成本也有一些差异。如杨成本《诗法家数》在黄省曾本中作《杨仲弘诗法》，且"总论部分也较杨成本有所增添。黄省曾本还以时代先后对杨成本重新作了编次。这个本子于嘉靖三十四年（1555）被重刊。也是在嘉靖二十四年，梁桥编成《冰川诗式》十卷，这部诗法著作抄录大量前人诗法诗话著作，而按己意加以编排，但并不注明出处。在这部诗法著作中，梁桥抄录了《木天禁语》《诗法家数》《诗家一指》《沙中金》《诗谱》《杜陵诗律》等著作，也没有注明书名篇名。此书在隆庆、万历年间曾数度重刊。嘉靖四十一年（1562），清江人熊逵编刊《清江诗法》三卷，这个本子收录了范德机的诗法著作。其中《木天禁语》《诗学禁脔》二种来自杨成本《诗法》，而《悦诗要指》一卷又包括两种诗法：一为《吟法玄微》，其内容大体上近于《诗法正论》，一为《总论》，此篇未见于此前的考录或诗法汇编中。熊逵除了刊刻《清江诗法》之外，还与方九叙一起重刊了《傅与砺诗法》。

元代诗法在嘉靖年间的流传情况也可以从当时的书目中见出。嘉靖十九年（1540），高儒《百川书志》梓行。此书卷十八著录《诗谱》二卷（注："汝阳右客陈铎曾撰。"）、《沙中金》一卷（注："元无著者。以全诗摘句定为格式。"）、《诗学禁脔》一卷（注："元清江范德机集唐人诗十五首具为格式。"）、《杜陵诗律》一卷（注："元杨仲宏作。律止四十三首。此不知出于何人，首著一格，凡五十一格。"）、《诗林要语》一卷（注："元清江子范楟述"）、《诗法源流》一卷（注："元人著。有《正输》《家数》《诗解》《诗格》。"）、《诗家一指》一卷（注："皇明嘉禾怀悦用和编集。"）、《诗家指要》一卷（按未注编者）、《木天禁语》一卷（按未注编者）。在《百川书志》所著录的以上著作中，有的是单篇著作，如《沙中金》，有的是诗法汇编，如怀悦编集《诗家一指》。《沙中金》《诗学禁脔》二篇现最早见于杨成刊本《诗法》中，然《百川书志》没有著录杨成刊本《诗法》，这表明以上两篇很可能曾以单篇流传。高儒此书著录怀悦编集《诗家一指》，然其所著录《诗法源流》一书则未题怀悦编集，表明他所著录之《诗法源流》非怀悦刊本。《诗家指要》即《诗家一指》之别称，现见于朝鲜尹春年刊本诗法汇编《木天禁语》中，然此所著录之《诗家指要》是单篇著作，抑或是一部诗法汇编之名，因该刊本亡佚，已经难以考知。高儒所著录之《木天禁语》乃是一部诗法汇编，明刻也已亡佚，日本天保十一年（1840）翻刻朝鲜刻本诗法集编《木天禁语》可能与高氏所著录的本子有关。而此书所著录之《诗林要语》，现在也已亡佚无传。虽然《百川书志》著录不全，但此书也可以从一个侧面看出嘉靖十九年以前元代诗法的刊刻流传情况。

嘉靖时代，元人诗法也引起了当时的主流诗派后七子派成员之一谢榛的注意，谢榛在其《四溟诗话》中曾引及《木天禁语》等，然评价不高。

万历年间是元代诗法刊刻流传的第三个高峰时代。万历五年（1577），朱绂刊刻了《名家诗法汇编》十卷。朱氏此书前八卷乃是杨成《诗法》与王用章《诗法源流》的合编，也参照了黄省曾本。如杨成本《诗法家数》，朱绂本虽题杨成考订、黄省曾校正，但其所据则是黄省曾本，所以也与黄省曾本一样题《杨仲弘诗法》，且"总论"部分内容较杨成本为多。朱绂本还将杨成本、黄省曾本未题撰者的《诗家一指》标为范德机撰，这大概是因为杨成本标《木天禁语》为内篇，题范德机撰，而标《诗家一指》为外篇，没有标撰人，朱绂则以为内外篇同出一人之手之故。万历二十七年（1599），王榗辑《诗法指南》二卷刊行，万历二十八年（1600），吴默编刊《翰林诗法》十卷。其中卷二至卷八共七卷内容来自黄省曾本，唯黄省曾本之《杨仲弘诗法》在吴默本作《杨仲弘诗教》。吴本卷十之《诗教指南》则为他本所无。其后朱之蕃将王榗《诗法指南》、吴献《翰林诗法》互相取舍，摘编成《诗法要标》三卷。明万历三十一年（1603），胡文焕辑《格致丛书》刊行。《格致丛书》所收内容广泛，元代诗法也是其中重要的内容。杨成本《诗法》、王用章《诗法源流》中所载元代诗法皆为此丛书所收录。然此本多标"新刻"，且题"李攀龙校正"。此所题李攀龙校正者当是出于假托，但其所以能题李攀龙校正者，正表明这些诗法著作在当时主流诗坛是得到承认的，这正可与谢榛诗话中引述其内容相印证。万历四十四年（1616），王昌会刻其所编之《诗话类编》，此书抄录前人诗话皆不注出处，然其所抄元人诗法内容则大体出自杨成《诗法》、王用章《诗法源流》、熊逵《清江诗法》中。万历年间，谢天瑞刊刻《诗法大成》十卷，其前五卷为杨成本《诗法》之内容。卷六以后则为谢天瑞抄录《杜陵诗律五十一格》以及梁桥《冰川诗式》等书内容。天启年间，则有伪题钟惺评的《钟伯敬先生朱评词府灵蛇》四卷刊行。

六

崇祯年间，在元代诗法流传过程中出现了两个重要事件：一是改定于崇祯五年（1632）的许学夷《诗源辩体》不仅对《诗法家数》《木天禁语》《诗学禁脔》《诗法正论》《诗法正宗》《诗家一指》《沙中金》等作了评论，而且认定《木天禁语》《诗学禁脔》属于伪撰，这一点前已言之；二是《诗家一指》中的《二十四品》从全篇中分离出来，被明确地题为唐人司空图撰，这就是著名的《二十四诗品》。

自从陈尚君、汪涌豪二位先生提出《二十四诗品》的作者真伪问题，关于这一问题的讨论已经持续了五年时间，到目前为止尚没有取得一致意见，估计在短期内也不可能达成一致。但是有一点却是大家都肯定的：那就是现在流行的《二十四诗品》的文本是从元代诗法《诗家一指》中分离出来的。当然对于《诗家一指》中的《二十四品》文本的来历大家有不同的看法，或以为来自司空图，或以为否，关键就在于对苏轼《书黄子思诗集后》中谓司空图"盖自列其诗有得于文字之表者二十四韵"这句话的理解。如果认为苏轼"二十四韵"所指即《二十四品》，则《诗家一指》中《二十四品》即是来自于司空图；反之，要说《二十四品》来自司空图就没有证据。但是我们这里不妨姑且把这一问题搁置起来，换一角度来看。在明代，由于《二十四品》不见于传世的司空图集，因而无论《二十四品》是否确实出自司空图，都面临着作者认定的问题。如果苏轼所言"二十四韵"确指《二十四诗品》，他们必须认定《诗家一指》中的《二十四品》就是苏轼所说的"二十四韵"，这样就意味《二十四品》回归到其著作者那里；如果苏轼所言非指《二十四诗品》，明人误会了苏轼所指，他们也必须认定此《二十四品》即彼"二十四韵"，这样就意味着《二十四品》被错划给了司空图。所以不论《二十四品》是否真为司空图所撰，对于明人来说，他们都要对这一问题作出判断。我们这里先搁置《二十四品》的终极归属问题，仅就明代《二十四品》从《诗家一指》中分离出来以及被判定为司空图所撰的过程作一考述。

就现存资料看，《二十四品》从《诗家一指》中分离出来被视为一种独立的诗学著作是在崇祯年间，这正与晚明人明确将其题为司空图撰相关联。这种关联并非偶然。因为如果认定《二十四品》为司空图撰，那就意味着《诗家一指》并非个人撰著，乃是编集前人著作而成，这样《二十四品》就必然会从《诗家一指》中分离出来。现在所能见到的《二十四品》的最早文本是正统年间有史潜刻《新编名贤诗法》中《虞侍书诗法》的文本，其《二十四品》仅存十六品，缺八品。成化二年（1466），怀悦刊行诗法汇编《诗家一指》，成化十六年（1480），杨成刊刻诗法汇编《诗法》，其后杨成本在正德、嘉靖、万历间屡被重刻，流布甚广。但在这期间，《二十四品》并没有单行，《二十四品》的作者问题也没有人提及。史潜《新编名贤诗法·凡例》论及所收诗法残缺情况时，提到《二十四品》缺八品，称"今以有考证者，姑采补之，其未有考证者，缺之以俟"，今其八品仍付阙如，可知其当时对此未能考证有得。万历间谢天瑞《诗法大成·凡例》也提到了《二十四品》，称"《二十四品》，能达其旨，则随意作为，罔不尽善矣"，但也未言其作者问题。许学夷撰《诗源辩体》起于万历二十一年（1593），改定于崇祯五年（1632），书中论及《诗家一指》的各项内容包括《二十四品》，但以为《诗家一指》出于元人，并没有特别提及《二十四品》的作者问题。

但到崇祯年间，情况发生了变化。毛晋《津逮秘书》收录了《诗品二十四则》，题为司空图撰。这即是《诗家一指》中的《二十四品》。《津逮秘书》卷首有毛晋崇祯三年（1630）自序，但《津逮》非一次刻成，《诗品二十四则》在第八集，难以定其为崇祯三年刻。然毛氏《隐湖题跋》收入其所刻诸书的题跋，其中有《跋表圣诗品》一则，即《津逮秘书》中《诗品二十四则》的跋语。此书卷首有李毂《叙》，谓"予读其书，必录其跋，积有若干则"，则是书为李毂所纂集。此《叙》撰于崇祯六年（1633）春，由此可知《诗品二十四则》刻成至迟在崇祯五年（1632）。这是《二十四品》从《诗家一指》中分离出来并被题为司空图撰的可以比较确切推断的最早时间。毛晋跋语说："此表圣自列其诗之有得于文字之表者二十四则也。"这句话我们不能轻易看过。因为毛晋虽然相信苏轼《书黄子思诗集后》"二十四韵"

是指司空图的二十四首诗。但是由于这二十四首诗在毛晋的时代并不见于传世的司空图的集子，毛晋在见到《二十四品》的文本前并不知道这"二十四韵"是什么样子的作品，当他见到并没有题司空图撰的《二十四品》的文本时，他必须要对此《二十四品》是否就是苏轼所说的"二十四韵"作出认定。从理论上说，苏轼所云"二十四韵"与《二十四品》的文本之间的关系具有三种可能性：一、此《二十四品》即苏轼所云"二十四韵"；二、苏轼所云"二十四韵"非指二十四首诗，两者无关；三、苏轼所云"二十四韵"是指二十四首诗，然非此《二十四品》。毛晋肯定的是第一种可能。

　　毛晋对《二十四品》作者的认定并没有在其好友胡震亨所编《唐音统签》中得到反映。据胡震亨之子胡夏客谓，《唐音统签》是从乙丑岁（天启五年，1625）"始克发凡定例，撰《统签》一千卷。阅十年，书成。"（转引自上海古籍出版社版《唐音癸签·前言》。）即是说《唐音统签》的编成是在崇祯八年（1635）年左右。而毛晋《诗品二十四则》之刻至迟在崇祯五年，早于《唐音统签》编成至少三年。《唐音统签》录司空图诗五卷，然其五卷中没有《二十四诗品》。事实上，胡震亨肯定见过《二十四品》。《唐音癸签》引述过《诗家一指》。其卷二"法微一"引云："《诗家一指》云：诗不历炼世故，不足名家。"此条出《三造》部分。卷四"法微三"引《诗家一指》云："一诗之中，妙在一句，为诗之根本。根本不凡，则花叶自然殊异。如君子在位，善人皆来。"此条出《四则》。据此可知，胡氏所引出杨成刊本系统。又，《唐音癸签》卷三十二《宋元人诗话》列有《诗家一指》。这表明胡氏肯定见过其中的《二十四品》。不仅如此。胡震亨对于毛晋之认定《诗品二十四则》为司空图撰也应该是知悉的。毛晋《津逮秘书》卷首有胡震亨《小引》《题辞》两篇，这表明他对毛晋《津逮秘书》是了解的。又，毛晋《隐湖题跋》中收录了《津逮秘书》中《诗品二十四则》的跋语，而此书卷端有胡震亨《毛子晋诸刻题跋引》。当毛晋刻《津逮秘书》之际正是胡震亨编《唐音统签》之时，胡氏编司空图诗集仅得残诗五卷。他见过《二十四品》，他又知道毛晋认定《二十四品》为司空图撰，如果他也认定《二十四品》是司空图的作品，那么他必然会将此二十四首诗收入司空图诗集中。胡震亨不收《二十四诗品》，至少表明他对此问题是非常审慎的。

　　但是，毛晋对《二十四品》作者的认定却得到了钱谦益的承认。钱谦益在作于崇祯十四年（1641）的《邵幼青诗草序》中引用了《二十四品》：

"司空表圣之论诗曰：'晴雪满竹，隔溪渔舟。可人如玉，步骤寻幽。'"此四句出《清奇》一品。这表明至迟在崇祯十四年，钱谦益便认定《诗品》为司空图所作了。毛晋是钱谦益的门生，曾为钱氏刻《列朝诗集》，而钱氏曾为毛氏新刻《十三经注疏》《十七史》作序，毛晋死，钱氏又为其作墓志铭。毛氏《津逮秘书》，钱氏应是熟知的。但钱谦益所引四句与《津逮秘书》本不同，钱氏引"晴雪满竹"一句在《津逮》本作"晴雪满汀"。这表明，钱谦益所引的《诗品》可能不是来自毛晋的《津逮秘书》，而是来自别的本子。以钱氏在当时文坛的地位，他对《二十四品》为司空图作的认可会促使这种说法得到比较普遍的承认。

除了毛晋与钱谦益以外，吴永刻《续百川学海》收录《二十四诗品》，题唐司空图撰，汪嘉嗣阅。吴永、汪嘉嗣生平均不详。杜信孚《明代版刻综录》称此书为崇祯年间刊。明末刻《锦囊小史》也收录《二十四诗品》，并亦题唐司空图撰，汪嘉嗣阅，与《续百川学海》同。该书卷首有王道焜序。①该书的确切刊刻时间不详，但《续百川学海》每种都标撰著者及校阅者，《二十四诗品》便符合这种体例，所以《锦囊小史》中的文本应是来自《续百川学海》。《国立中央图书馆善本书目》著录明冯梦龙编、明末刻本的《唐人百家小说琐记家》载《二十四诗品》，题司空图撰。明末陶珽重辑《说郛》（即宛委山堂本），收录《二十四诗品》，题司空图撰。此书刊于顺治四年（1647）。郑鄤《峚阳草堂文集》卷九《题诗品》认为《二十四品》为司空图作，郑氏卒于崇祯十二年（1639），故其说必倡于此年前。然其集刊于清代，在明末并没有产生影响。明末费经虞《雅伦》卷十六也称"司空图作《诗品二十四则》"，然此书经其子费密增补，刊于康熙四十九年（1710），在明末也没有产生影响。

就明末认定《二十四品》为司空图作的情况来看，笔者推测，首倡者很可能就是毛晋。由于毛氏刻书在当时影响极大，又加之作为文坛领袖的钱谦益的支持，其说得到了越来越多人的承认。到清初王士禛倡神韵说，推原

---

① 王道焜，字昭平，钱塘人。天启元年（1621）举人。崇祯时任南平知县，迁南雄同知，后改邵武同知，知光泽县事。顺治二年（1645）清军陷杭州，投缳死。

至《二十四诗品》，司空图作《二十四诗品》说遂成定论。[1]

七

  在清代，除了《二十四品》从《诗家一指》中分离出来单独流行之外，元代诗法的刊刻则进入了低潮。清初叶弘勋编《诗法初津》三卷，收入了元代诗法；孙殿起《贩书偶记续编》卷二十诗文评类著录康熙戊戌（五十七年，1718）秀水朱振振精刊《清江诗法》一卷，题清江范梈撰，然此书已佚，其具体内容不详。明嘉靖间熊遙刊行过《清江诗法》三卷，未知康熙刊本与熊遙本内容是否相同。乾隆二十四年（1759），顾龙振编《诗学指南》八卷，其卷一、卷七收入《诗法正论》《诗法家数》等数种元人诗法著作。乾隆三十五年（1770），何文焕辑《历代诗话》中收录《诗法家数》《木天禁语》《诗学禁脔》三种。其后则基本上未见重刊。

  不过，元代诗法在清初也还是具有一定的影响。马上蠙编《诗法火传》中多处引述元人诗法。金圣叹以起承转合论诗，要得律诗分解，徐增继承金圣叹的理论亦倡为此说。尽管金圣叹未言其说之所出，但由于元代诗法在明代流传甚广，很容易让人联想到这种理论是受了《诗法家数》以起承转合论律诗以及《诗法源流》以之论一切诗文之观点的影响。冯舒、冯班兄弟在清初诗坛也是比较有影响的诗人。二冯兄弟中，冯舒论诗颇受元人诗法影响，

----

[1] 王夫之《诗译》、赵执信《谈龙录》也持此说，《全唐诗》将《诗品》附编于司空图的名下，属厉鹗《樊榭山房文集》续集卷一《烂溪舟中为吴南涧题赏雨茅屋图》有："赏雨无古今，表圣乃其独。诗品二十四，此语最娱目。"杭世骏《道古堂全集》文集卷十《邵岊云然叶斋诗序》："（邵）其言曰：唐司空图之品诗也，有曰：'空山无人，水流花放。'其境可会，其诣不可就也。"薛雪《一瓢诗话》："司空表圣《诗品二十四则》，无一毫利义，学诗不可不熟读深思。"袁枚不仅以之为司空图作，且作《续诗品》。到纪昀则称："钟嵘《诗品》阴分三等，各溯根源，是为诗派之滥觞。张为创立主客图，乃明分畦畛。司空图分为二十四品，乃辨别蹊径，判若鸿沟，虽无美不收，而大旨所归，则在清微妙远一派，自陶谢以下，逮乎王、孟、韦、柳者是已。至严羽《沧浪诗话》，需标妙悟为正宗，所以如空中音，如相中色，如镜中花，如水中月，如羚羊挂角，无迹可寻，即司空图所谓'不著一字，尽得风流'也。"（《纪文达公遗集》文集卷九《田侯松岩诗序》）把《诗品》看作严羽论诗的先驱。其纂修《四库总目》甚至连皎然《诗式》都表示怀疑，但认为"惟此一编（指《诗品》），真出图手"。）

讲求起、承、转、合。冯武《二冯先生评阅才调集凡例》云：

> 默庵（冯舒）得诗法于清江范德机，有《诗学禁脔》一编，立十五格以教人，谓起联必用破，颔联则承，腹联则转，落句则或紧结或远结。

按标十五格以论诗者为题为范德机的《诗学禁脔》，而起、承、转、合说则见于杨载《诗法家数》，冯武误将二书作为一书。但这里明确指出了冯舒的诗学渊源于元人诗法的事实。吴乔《围炉诗话》卷二引述《诗法源流》中"唐人以诗为诗，宋人以文为诗"的论断，吴乔本人崇唐抑宋，强调诗文之辨，与《诗法源流》之论或有渊源。王士禛曾论及王用章本《诗法源流》，他认为题杨载撰的《诗法源流序》出于伪托，文中所云杨载得自于杜甫九世孙杜举云云不可信。王士禛与门弟子论诗时曾论及《诗家一指》《木天禁语》《诗法家数》《名公雅论》《诗法源流》（《诗法正论》）等篇的内容。他引述《诗法家数》中论五言古诗应该言简意味长的话，称杨仲弘曰云云，则是他亦以此书为杨载撰。王士禛对《木天禁语》中所列律诗篇法一字血脉等十三格颇不以为然，认为失之穿凿，但他并没有对此篇的作者问题提出疑问。他又肯定《诗法源流》（《诗法正论》）中关于起、承、转、合的论述，认为这是律诗的章法。乾隆年间，纪昀等纂修《四库全书总目》，对于《木天禁语》《诗法家数》《诗学禁脔》等不仅否定了其诗学价值，而且也认定是坊贾的伪托。这种观点影响极大，此后元人诗法很少再有人言及。

前面说过，元代诗法在元代末年已经流传至海外，日本延文四年（1359）刊本《诗法源流》乃是现在所知的最早海外刻本。明嘉靖时代是元代诗法流传到朝鲜的重要时代。尹春年是一个特别重要的人物。嘉靖三十年（1551），他重刊了怀悦编集本诗法汇编《诗家一指》，嘉靖三十一年（1552），他序刊陈绎曾《文筌》，附有《诗谱》。同年，他又序刊怀悦编集本《诗法源流》，并撰写《诗法源流体意声三字批注》一卷。嘉靖三十四年（1555），他刊刻了诗法汇编《木天禁语》附《诗法源流》。他刊刻的这几部元人诗法又流传到日本。现在日本所存的元人诗法大多是朝鲜刊本或据朝鲜本翻刻，像尹春年序刊怀悦本《诗法源流》《诗家一指》，在日本都有藏本，尹春年序刊陈绎曾《文筌》（即《文章欧冶》，附《诗谱》）也在元禄元年

（1688）被翻刻，尹春年本《木天禁语》附《诗法源流》，则是在日本天保十一年（1840）被翻刻。当然，除了朝鲜刊本之外，日本还藏有中国刊本，如在中国已经失传的明万历间吴默刊《翰林诗法》十卷。

八

近代以来，元代诗法未再引起学术界的重视。除《历代诗话》收入的《木天禁语》《诗法家数》《诗学禁脔》以外，元人诗法罕为人知，亦少人论及。近年来由于学术界讨论《二十四诗品》的作者问题，涉及元代诗法著作《诗家一指》，于是引起人们对于元代诗法的高度关注。张伯伟教授撰《元代诗学伪书考》一文（载《文学遗产》1997年第3期），对元代诗法著作的作者问题作了梳理。笔者1994年下半年因参与《二十四诗品》真伪问题的讨论，开始搜集、研究元代诗法，本书就是几年来搜讨研究的成果。本书内容主要包括三个方面：一、校勘；二、对元人诗法著作中所引前人著作注明出处；三、对其作者及版本源流加以考证。

〔原载张健《元代诗法校考》北京大学出版社2001年版〕

教习维度中的元代诗法及其范式构建

武　君

每一部书籍都有明确的适用对象或固定的读者群，这决定了它的编撰方式和价值选择。不能否认，元代诗法著作是为诗歌初学者量身制作的入门读物，它在诗歌教习的场域中完成编撰，从传统的、充分经典化的诗学内容中寻找适用于初学的诗学之"门"，构建学诗的范式。它在诗学史上的意义，也须在此视角中才能得到恰当、准确的认识。今人对元代诗法著作已有系统整理，张健《元代诗法校考》辑录了二十五种此类作品。该书出版后，元代诗法重新引起学界的关注，但碍于固有的价值判断，如何对其作出合理评价，尚缺乏清晰的思路①。

一、切用：元代诗法著作的编撰原则与评价基点

诗学史的叙述，往往会因材料、内容、著述形式及其所指向的对象，而形成一种稳固的价值判断。这一点最典型地体现在人们以往对元代诗法著作的认识上。学者们提及此类著作，往往随手为其贴上"庸杂""抄赘""浅俗""陈腐"等标签，从而遮蔽了对其编撰事实及价值、意义获得过程的认知。在笔者以相关选题参与学术交流时，迎来的第一个问题总是："这些作

---

① 张伯伟曾撰文对七种元人诗法作品的伪书性质进行考论（参见张伯伟《元代诗学伪书考》，《文学遗产》1997年第3期），继而张健《元代诗法校考》（北京大学出版社2001年版）对这些作品的版本源流加以考证，基本确定其写作年代。此后又涌现出刘明今《关于元代诗歌格法类著作》（《古代文学理论研究》2002年第12辑）、王奎光《元代诗法研究》（复旦大学2007年博士论文）、吴元嘉《〈诗法家数〉探微》（《艺见学刊》2012年第4期）等数十种研究成果。这些成果虽已注意到元代诗法指导初学的性质，但评价标尺尚未转移到"学诗"角度，多数仍局限于对"诗学"理论创新性的判断。

品到底有没有创新？"

围绕元代诗法著作有无创新的追问，实际上关涉到一个重要的问题：中国古代文学批评史研究，或具体到诗学史研究是否只存在一种评价标准？或者说，我们对诗学史问题的判断是否只能放置于以"特识"和"创新"为基点的评价体系中来操作？如果我们以"精英诗学"，或"特识"与"创新"作为诗学理论发展的坐标，从而展开一个平面的诗学史描述，那么"庸杂""抄袭""浅俗""陈腐"这些标签似乎都有充足的理由。然而诗学史的呈现终究不是平面的，有着鲜明实践色彩的中国诗学，至少要区分"学诗"与"诗学"这两种论述体系①。二者需要在两个不同维度上分别展开，因为它们的使用范围不同，面对的对象有异，所以论述的参照系也存在明显差别："诗学"理论的追求往往是创新，而"学诗"的目的则是尽可能地学会和掌握。坐标的原点，一个是有特识的创新，一个是无特识的切用。

元代诗法著作，曾长期遭到轻视、漠视，甚至有意贬低，正是由于人们在这两种评价基点上的随意切换。我们不妨举出几例：

范德机《木天禁语》……其所引诗，率皆穿凿浅稚。……其浅陋为甚，伪撰无疑。

《诗家一指》，出于元人。……《外篇》，又窃沧浪诸家之说而足成之，初学不知，谓沧浪之说出于《一指》，不直一笑。

《沙中金（集）》一书，亦出于元人。……又有交股对、借韵对、歇后句等，则又涉于浅稚矣。（许学夷著，杜维沫校点《诗源辩体》卷三五，人民文学出版社1987年版，第339—341页）

（《诗法家数》）论多庸肤，例尤猥杂。……殆似略通字义之人，强作文语。

（《木天禁语》）体例丛脞冗杂，殆难枚举。

（《诗学禁脔》）每格选唐诗一篇为式，而逐句解释。其浅陋尤甚，亦必非真本。（永瑢等《四库全书总目》卷一九七，中华书局1960年

① 张然《肌理说：中才诗人的学诗指南——翁方纲诗歌论述的发轫点及取向》（《文学评论》2009年第4期）以及郭鹏《从"学诗"到"诗学"：中国古代诗学的学理转化与特色生成》（《文学评论》2018年第2期）二文，亦从"学诗"角度考察诗学问题。可见这一视角近年来已逐渐为学界所关注，而二文所未谈及的元代诗法应是更为典型的研究对象。

以上六段引文，前三段出自明许学夷《诗源辩体》，后三段出自《四库全书总目》。从许学夷到四库馆臣，他们的评价标准就是以有特识的理论创作为基点，批评元代诗法著作缺乏创新性，将"穿凿浅稚""丛脞冗杂"等评语随意贴附于元代诗法作品上。在以特识为价值标准的评判中，一切程式化的"死法"都应该受到严厉清算，这种批评思维由内容浅俗、剽窃成说、引用杂乱，进而延伸至对"伪撰"的判断，再转移到对一切指导初学之入门读物的价值否定，"自清以来，人们对于诗法、诗格著作存在着一种观念，认为这种著作多是为童习者设，没有什么价值"（《元代诗法校考》"前言"，第10页）。那么，指导初学的著作是否就没有价值？它的价值与意义如何获得？

历史的迷局云谲波诡，虽然目前我们无法确证一些作品的作者，但我们可以换一种思维，从"学诗"的维度来展开对这类读物的认识。而问题的关键也是我们以往所忽略的，就是首先要对元代诗法著作的编撰过程、形式、目的、对象、原则等事实重新作出较为准确的判断。

一个不争的事实是，元代诗法著作实质是一种入门的诗学读物，它们大多是在诗歌教习场域中得到编撰与运用，这决定了它们的编撰过程伴随着教习活动而展开。旧题范梈门人集录的《总论》及《诗法源流》等书的编排规则，便是依循着诗学问题而展开。弟子问，老师答，这种一问一答的编排形式不仅是教习活动的生动展现，也体现出思维和理论的深化。教习活动的方式是多样的，进而使元代诗法著作呈现出多种不同的编撰形式。《杜陵诗律五十一格》《木天禁语》编排具体诗歌格法，似为作品分析之教习活动的书面总结。《诗法家数》的情形较复杂，"诗学正源""作诗准绳""律诗要法""题材"四部分，从正本清源到具体的写作要领，似为较有体系的诗学教材，而其中掺杂了很多前人论诗之语。序文与总论的形式则是杂谈式的，张健认为总论部分"系抄录前人论诗语而成"（《元代诗法校考》，第10页），由此判断这部分内容是在流传过程中被整合进去的。然而从语言风格来看，如"人所多言，我寡言之；人所难言，我易言之"（《元代诗法校考》，第36页），这部分杂谈式的内容也极有可能是老师有针对性的教学评语。《诗法家数》序言交代，作者"用工凡二十余年"（《元代诗法校考》，第13页），才整理出这部诗法作品。一卷的篇幅用二十余年的时间编纂而成，显然其编撰并非是为了专门阐述独到的诗学见地，结合其内容的整体编排形式，可以判断这些著作的编撰过程并不是一时的，也一定不是集中完成的，这也是元代诗法著作与专门的诗学理论专著在编撰形式和过程上的明显区别。元代诗法作品的文献来源可能大多是教材、教学示例、教学笔记、教学感悟、习作评语等，其中不乏老师在诗学领域的积累、随兴的心得体会，也掺杂着从前人那里找来的教学资料。

作为入门读物，元代诗法著作主要的适用对象是诗歌初学者，当然，其编撰目的也是为初学者指示学诗门径。《诗法家数》序云："今之学者，尚有志乎诗，且须先将汉魏、盛唐诸诗，日夕沉潜讽咏……"（《元代诗法校考》，第12—13页）《木天禁语》也坦言，该书是将"开元、大历以来"者公平日里的论诗之语辑为一编，以待后学学诗之用。为初学者指示门径的编写目的，决定了这些诗法作品以"切用"为唯一的编撰原则。《木天禁语》序言认为前代诗学著述"类多言病，而不处方"，此书的编撰则犹如"古今《本草》，所载无非有益寿命之品"（《元代诗法校考》，第140页）。以诗学"处方"对症下药，切于实用，正是这类读物的价值所在。那么，这些诗法作品如何达到切用的效果？或者说教学和学习资料在编排与选择上的标准是什么？

如果将元代诗法视作诗歌教习的材料，那么这些作品有无创新性的问题也就随之消解。因为我们很难想象一个没有经过时间检验和理论沉淀的诗学新见会出现在专门适用于初学者的入门读物中。正如英国作家艾略特所言，经典必定是事后"从历史的角度"才可以确认的[①]。换言之，指导诗歌初学者的诗学入门读物，它的内容选用标准应是"经典性"，而非"创新性"。

无疑，"切用"的编撰原则决定了元代诗法著作在诗学内容的选择上，倾向于对传统的、经典化的诗学内容进行总结与整合。这些诗法作品在具体的诗学理论与格法上多是迳直取自前人成说，以此作为具有典范性的教习内容。如《诗法家数》中有近三十条直接引自《金针诗格》《吟窗杂录》《诗人玉屑》《白石道人诗说》《后山诗注》《沧浪诗话》等书，《沙中金集》所列

[①] 参见王恩衷编译，樊心民校《艾略特诗学文集》，国际文化出版公司1989年版，第190页。

诗格也大多源自宋人《苕溪渔隐丛话》《天厨禁脔》《诗人玉屑》等书。将具有典范意义的诗学资料加以编排，主要目的就是以这些经过时间淘选的诗学内容，最为切用地指导诗歌初学者快速掌握诗学的基本规律和法则。因此，诗法作品对经典内容的采撷，也必然是一个去粗取精的过程。它们对纷纭繁杂的旧说加以概括和归纳，如《虞侍书诗法》将传统诗学问题总结为"三造""十科""四则""二十四品""道统""诗遇"等概念，《诗家一指》也基本如此，《诗谱》更以"一本""二式""三制""四情""五景""六事""七意""八音""九律""十病"……"十九调""二十会"的框架整合了诗学领域的绝大多数问题。

我们对当今的教材或教辅书籍，恐怕不会就其内容的创新性去作苛刻的要求，那么古人的同类作品也是如此。当然，经典的东西经过反复言说，也就成了老生常谈的陈词滥调和无特识的浅稚穿凿，因此成为方家的批评鹄的。即便是初学者，在入门之后也会对其加以排斥。有趣的是，这些读物在古代，一方面实际指导着诗歌初学者，是人们手头或案头的必备读物。基于社会需求，这类作品在明清时期不断被收入其他诗法汇编之中，甚至流传海外，成为编者摘录、书贾射利的公共资源。另一方面，碍于门面，除了目录书籍的著录，人们往往对它避而不谈，甚至《四库全书总目》将其一并置于"诗文评存目"当中。这就造成对于这些诗法著作的评价，由教习事实与过程的意义坐标迁移到以理论特识及创新为原点的价值判断坐标上。这种评价维度的迁移，一来如蒋寅所言，是因为人们固执于一种传统观念，即一流诗人或诗论家著诗论、诗话，往往追求成一家之言，而不屑于重复常识[①]；二来是因为这些读物应教习需求而编撰，需要杂抄前人经典诗学语言，在流传过程中亦因书商射利而有所羼杂割裂。

评价维度的迁移，使得研究者很难找到一个合适的视角，来准确认识这些读物的诗学意义，这种局面一直延续到今天。今人在探讨这一问题时，不得不碍于固有的价值判断，小心翼翼地低声抗议，如指出元代诗法著作"在诗学理论的创新与文学观念的演变等'大判断'上鲜有大的成就，但是在具体的格法理论等小结裹'上却不无建树"，又如"元代诗法固然有不少伪书，但并非所有的诗法著作都是伪书。那些没有'伪书'嫌疑的元代诗法著作是有着自己的诗学价值的，值得人们去深入研究"，于前人价值判断的

① 参见蒋寅《清代诗学史》(第一卷)，中国社会科学出版社2012年版，第27页。

缝隙中，以"侧面"的形式寻找它们些许的价值和意义。在摸清元代诗法著作的编撰事实后，这些作品的价值和意义也渐趋清晰。元代诗法的价值选择就在于以"切用"为标准，编选、抄录经过实践检验和理论自身发展后充分经典化的诗学材料。那么，它们的意义也就不局限于"选编者的诗学眼光与诗学思想"（《元代诗法研究》，第4页），更重要的是在对传统的、经典的诗学内容的取舍中寻找和确立适用于初学的诗学之"门"。

这个诗学之"门"，我们不妨借鉴美国学者托马斯·库恩（Thomas Kuhn）关于范式（Paradigm）的概念来理解和表达[①]，将它视为诗歌初学者共同奉行的理论和创作方法，是诗歌教习活动赖以运作的理论基础、实践规范和成功范式。明人杨成在《重刊诗法序》中言："范德机《木天禁语》、杨仲宏《古今诗法》二集，人皆宝之，不啻拱璧。"（《元代诗法校考》，第464页）此处虽有为商业宣传故意夸大其书教习效果之嫌，但也在一定程度上反映了古人对这些作品实用价值的认可，以及对其所提供的诗学"范式"的肯定。可见，元代诗法在诗学史上的意义正是由"学诗"层面上的价值而获得的，是在以"切用"为原点的"学诗"坐标上展开的，于经典的诗学内容中寻索"学诗"的学理脉络，探求普泛意义上"好诗"的程式。学诗者通过对范式的掌握，参与诗学的传播与传承，又在范式的张力中推动古典诗学的发展，而"学诗"与"诗学"这两个维度的交叉与融汇，更直观地表现在学诗谱系与诗史脉络的同构上，实践层面的"学诗"鲜明地附着了理论批评的色彩。

二、正途导向："六义"衍化与"学诗"的学理脉络

古人大抵认为风、雅、颂、赋、比、兴之《诗经》"六义"是后世诗歌创作精神及原则的源头。后世学者在阐述诗学意见时，往往不自觉地皈依至对"六义"义理的遵从。"六义"亦衍生出后世各种形式的诗歌体裁，凝结

---

① 托马斯·库恩认为范式是一个共同体成员所共享的信仰、价值、技术等的集合，也是常规科学所赖以运作的理论基础和实践规范。范式从本质上讲是一种理论体系，是一种公认的模型或模式（参见[美]托马斯·库恩著，金吾伦、胡新和译《科学革命的结构》，北京大学出版社2003年版，第1、21页）。

成后人共同依循的诗歌创作方法①。然而"六义"在宋元以前诗学领域中的运用，虽然闪烁着以其作为创作要领的实践光芒，如《文心雕龙》言"比"，曰"盖写物以附意，飏言以切事者也"②；却更多是作为文人创作所秉持的一种文学理念而存在的，如陈子昂"风雅兴寄"的倡导，李白"大雅久不作"的慨叹，杜甫"汉魏近风骚"的钦慕，白居易新乐府创作对风雅比兴传统的继承。"六义"徘徊于形上与形下之间，对初学者而言，终究不易掌握。专门指导初学的唐五代格法作品，如旧题王昌龄《诗格》《诗中密旨》、皎然《诗议》等，也多列有"六诗"或"六义"，但从这些作品通常所采用的"诗有某某"的叙述体例来看，"诗有六义"显然与"诗有九格""诗有八种对"等呈并列关系，是一个独立的单元，并没有统摄整体内容的功能。因此，将"六义"编排在这些作品中，其目的更倾向于介绍一种诗学知识，而不具有很强的技术指导性，在"学诗"层面上亦缺乏实用性。

以"六义"统摄理论作品的内容，并按其学理逻辑展开对"学诗"问题的探讨，始于元代诗法著作。《诗法家数》开篇即以《诗经》"六义"为"诗学正源"和"法度准则"，认为"凡有所作，而能备尽其意，则古人不难到矣"（《元代诗法校考》，第15页）。《诗法源流》也将"六义"视为"诗道大原"："夫诗权舆于《击壤》《康衢》之谣，演迤于《卿云》《南风》之歌，制作于国风、雅、颂《三百篇》之体。"（《元代诗法校考》，第230页）如此，"六义"一方面是诗法作品展开一切技术指导的学理依据，几乎成为这些作品一以贯之的逻辑构架和行文法则；另一方面又将"六义"从理念和知识层面的意义转换为具体可行的诗歌"制作之法"，成为诗歌初学者接受正确引导、掌握传统诗学内容的捷径和范式。

《四库全书总目》评《诗法家数》开篇论"六义"云："殆似略通字义之人，强作文语，已为可笑。"③《诗法家数》为四库馆臣所不屑，不仅因其堆砌了前贤关于"六义"的论说材料，更因其径直将前人成说强行牵入诗法的具体论述中。然而"六义"能够以最凝练的方式构架起初学者学诗的范式，其实与"六义"内涵在后世的衍化密切相关。

① 参见郭鹏《从"学诗"到"诗学"：中国古代诗学的学理转化与特色生成》，《文学评论》2018年第2期。

② 刘勰著，范文澜注《文心雕龙注》，人民文学出版社1958年版，下册，第601页。

③《四库全书总目》卷一九七，下册，第1799页。

"六义"在后世的衍化，事实上有从经学到"诗学"和从经学到"学诗"这两条线索。《诗大序》及郑玄《周礼注》对"六义"涵义的解释，经由挚虞《文章流别论》、沈约《宋书·谢灵运传》、刘勰《文心雕龙》、锺嵘《诗品序》、萧统《文选序》等对文学创作规律和审美特性的揭示，最终在唐人的诗歌实践中凝结下来[①]，由此大致完成"六义"从经学到"诗学"的学理转换。唐人的实践，一方面在风雅比兴的传统中强调将个人的深切体验融入诗歌社会价值的实现中，发挥"六义"在经学意义上的政治伦理内涵，突出诗歌"可裨教化"的儒家诗教功能；另一方面在以比兴作为表现方法的基础上渗进"意象""韵致"等内容，"六义"内涵在"诗学"线索上的发展也为此后元代诗法融汇"体""法"提供了重要参照。

与"诗学"中"六义"内涵的发展线索有所不同，从经学之"六义"到"学诗"之"六义"，其学理脉络主要是从"六义"体、用二分的问题上展开。唐代孔颖达《毛诗正义》提出"三体三用"说："风、雅、颂者，诗篇之异体；赋、比、兴者，诗文之异辞耳。"六者只是"大小不同"，一并可称为"六义"。具体而言，"赋、比、兴是诗之所用，风、雅、颂是诗之成形"[②]。此后，唐人成伯玙《毛诗指说》"三用三情"、南宋郑樵《六经奥论》"三体三言"、朱熹《诗传纲领》"三经三纬"等说，实质均是对六义"体""法"的区分。六义二分，本是经学领域对《诗经》只有风、雅、颂三类诗而《诗序》却称"六义"这一公案的研究和讨论。而正是在这一讨论过程中，"六义"经历了从学习《诗经》到探索一切诗歌创作准则的衍化，最终在朱熹那里，将所谓"三经"看成是"做诗底骨子"[③]，这才使其具有了普遍意义上作诗、学诗的规则内涵。朱熹将风、雅、颂看作是声乐部分的名称，赋、比、兴是制作风、雅、颂的方法。"赋者，敷陈其事而直言之者也""比者，以彼物比此物也""兴者，先言他物以引起所咏之词也"[④]，较之

---

① 参见高晓成《中古时期经学之外"六义"一词的使用》，《学术交流》2018年第11期。

② 孔颖达《毛诗正义》，《一三经注疏》整理委员会整理，李学勤主编《十三经注疏》（标点本），北京大学出版社1999年版，上册，第12—13页。

③ 黎靖德编，王星贤点校《朱子语类》卷八○，中华书局1986年版，第6册，第2070页。需要说明的是，此处"三经"为赋、比、兴。或谓《朱子语类》讹误，张万民认为是辅广误传（参见张万民《朱熹"三经三纬"说新探》，《诗经研究丛刊》2009年第1期）。

④ 朱熹注，赵长征点校《诗集传》，中华书局2011年版，第4、6、2页。

《文心雕龙》《诗品序》对相关内容的阐释，对于初学者来说，更加切实而易掌握。此后，朱熹弟子辅广《诗童子问》、元人刘瑾《诗传通释》等继承朱熹观点，大致将风、雅、颂作为"三经"，将赋、比、兴定为"三纬"，认为"三经"是因其"体之一定"，"三纬"则是因其"用之不一"[①]。程朱学说在元代的官学化，以及《诗集传》在元代教育领域的广泛使用，也在很大程度上促成了诗学入门读物对"六义"成说的继承。

《诗法源流》言："《周官》：诗有六义。风、雅、颂为之经，赋、比、兴为之纬。"（《元代诗法校考》，第230页）"三经三纬"之说源自朱熹。《诗法家数》云："诗之六义，而实则三体。风、雅、颂者，诗之体；赋、比、兴者，诗之法。故赋、比、兴者，又所以制作乎风、雅、颂者也。"（《元代诗法校考》，第15页）也取自朱熹论"六义"之语。然而元代诗法虽直接引述前人有关"六义"的成说，但其目的却是以之安排自己的理论框架。在元代诗法中，"六义"能够概括"制作之法"，即是将《诗经》"六义"演绎为"体"和"法"这两种适用于初学者学诗的意识和思维，循着这两种思维来探索和描绘学诗的学理脉络，并将"六义"所包含的类别体制、表现方式、写作要领、存心涵养的观念有机联系在一起。

元代诗法寻绎学诗的逻辑脉络始于"识体"，"风、雅、颂各有体，作诗者必先定是体于胸中，而后作焉"（《元代诗法校考》，第230页）。这里的"体"，首先是"六义"中蕴含的"体裁"意识：一是风、雅、颂三体本身就已经涵盖了各种体制，"《三百篇》内，二言、三言、四言、五言、六言、七言、八言、九言、十一二言，皆有之矣"[②]，后世诗体即是从《诗经》中衍化而来；二是元代诗法倾向于通过风、雅、颂所传达出的言说内容，而与后世具体的诗歌体裁建立联系。《诗法源流》云：

> 风之体，如后世之歌谣，采之民间而被之声乐者也。其言主于达事情，通讽喻。《二南》为风之始，纯乎美者也，故谓之正风。诸国之风兼美刺，故谓之变风。……雅之体，如后世五、七言古诗，作于公卿大夫，而用之朝会燕飨者也。其言主于述先德，通下情。……成、康以上之诗，专于美，故谓之正雅；成、康以后之诗，兼美刺，故谓之变

① 辅广《诗童子问》，《诗经要籍集成》，学苑出版社2002年版，第8册，第254页。
② 佚名《诗家一指》，《元代诗法校考》，第305页。

雅。……颂之体，如后世之古乐府，作于公卿大夫，而用之宗庙，告于
神明者也。其言主于美盛德，告成功。（《元代诗法校考》，第230—
231页）

风与歌谣，雅与五、七言古诗，颂与古乐府，是通过它们之间的功能和表达
方式联系起来的。因此，对于学诗者来说，"风、雅、颂各有体"，便不是单
纯地指向《诗经》中的三种诗体，它的意义更在于一种"识体"观念，即可
以从不同层面和方式来了解诗歌体裁的来源与特性。《诗法源流》："姜尧章
云：'守法度曰诗，放情曰歌，体如行书曰行，兼之曰歌行，述事本末曰引，
悲如螀蜇曰吟，逦俚俗曰谣，委曲尽情曰曲。'观于此言，可以得风雅颂各
有体之言矣。"（《元代诗法校考》，第232页）认为诗歌体裁与诗歌的内容
和形式都存在某种对应关系，学诗者了解其中的关系后，也就可以体会
"风、雅、颂各有体"的内涵。从这个角度出发，体裁还可以辐射到风格和
题材上。如上所引，风、雅、颂从内容上可以联系到"纯乎美""专于美"
"兼美刺"等风格；按照内容的相关性，进而又可以联系到荣遇、讽谏、赞
美、赓和等题材。照此思路，可以一直延续下去，风格可以千变万化，题材
也可以根据内容再次细分。由此，元代诗法中所谓的"体"，实有体裁、题
材和风格三种涵义。

以风格特征划分文体是中国古代文论的传统方式。曹丕说"诗赋欲
丽"，陆机说"诗缘情而绮靡"，刘勰提出"体性"概念，王昌龄提出"十七
势"，崔融提出"十体"，《文笔式》提出"八阶"，都是经由风格来区分诗
的特性与表现方式。严羽《沧浪诗话》更是根据时代风格和个人创作风格划
分出不同的"诗体"。元代诗法从"风、雅、颂各有体"的思维出发，也以
风格为"体"的标志，提出"诗之为体有六"，即雄浑、悲壮、平淡、苍古、
沉着痛快、优游不迫①。而在元代诗法中，风格之"体"更突出的表现，是
以之配合体裁、题材，寻找具体体裁和题材的创作之法。《诗法源流》云：
"盖诗有体、有义、有声。以体为主，以义为用，以声合体。"（《元代诗法
校考》，第232页）"体"贯穿于三者之中，又"以声合体"，不同的体裁具
有不同的风格（即"体格"），如五言要"沉静""深远""细嫩"，七言须
"声响""雄浑""铿锵"等。风格更是辨别和创作不同题材的关键因素，如

① 旧题杨载《诗法家数》，《元代诗法校考》，第12页。

"荣遇"要"富贵尊严，典雅温厚"，"讽谏"要"感事陈辞，忠厚恳恻"，"山林"要"古淡闲雅"，"江湖"要"豪放沉着"等①。如此，风格成为"体""法"相汇的关键，从而使三者都落实到具体可操作的实践领域，这也是元代诗法与以往诗学理论作品讨论风格的不同所在。毕竟，其读者群主要是初学者，一切要从实用的角度出发。

元代诗法中，"法"的学理依据是以赋、比、兴之法制作风、雅、颂之体。建立"法"，首先是为了制作"体"，"法"也存在于"体"的理论框架中。《总论》强调"《三百篇》之法，体无不具"（《元代诗法校考》，第203页），赋、比、兴作为表现手法贯穿于各种体裁与题材中。因此，《诗法家数》中说："风之中有赋、比、兴，雅、颂之中亦有赋、比、兴。"（《元代诗法校考》，第15页）这一思路还可以扩展到"起承转合"之法。《诗法源流》将绝句中的四句和律诗中的四联分别对应于"起承转合"四个部分，又借此分析《诗经》章法，如《周南·关雎》第一章是起与承，第二章是转，第三章是合；《葛覃》的四章分别为起、承、转、合；《卷耳》以第一章为起，第二章、第三章合而为承，第四章是转与合。元代诗法认为所有诗歌，甚至是长短不齐的古体诗，都可以按照这种方式来划分②，并且坚信"古之作者，其用意虽未必尽尔，然文者，理势之自然，正不能不尔也"（《诗法源流》，《元代诗法校考》，第242页）。因此，这种诗歌结构划分的规律也被元人运用到具体题材的作法中，如"登临"诗的作法："第一联指所题之处，宜叙说起。第二联合用景物实说。第三联合说人事……第四联就题生意，发感慨，缴前二句，或说何时再来。"（《诗法家数》，《元代诗法校考》，第25页）元人诗法中"体""法"的机械组合，也正是这种观念所造成的。

然而各体有各体的"法"，"法"是为了标示"体"的独特性。《总论》认为"作诗之法，大抵尽于《三百篇》，后人直学不得"。后人为何学不得？是因为"《三百篇》，篇篇齐整，篇篇有用，篇篇能使人兴起"。而所谓"齐整"，是指《三百篇》"未尝有一篇半上落下，风雅颂自是风雅颂体面，赋比兴自是赋比兴体面"（《元代诗法校考》，第201页）。《总论》给学诗者的启示是：各种体裁和题材的诗歌有恒定的法则，在具体诗歌中，法则又是相对

① 参见《诗法家数》《诗家模范》，《元代诗法校考》，第18、23—24、421页。

② 参见佚名《诗法源流》，《元代诗法校考》，第241—242页。

灵活的。《诗法正论》说："以一诗全首论之，须要有赋、有兴、有比，或兴而兼比尤妙。《三百篇》多以兴比重复置之章首，唐律多以比兴就作景联，古诗则比兴或在起处，或在转处，或在合处。"（《元代诗法校考》，第244页）《诗教指南集》说"诗不越赋比兴"，是从句法锻炼的角度概括出句中可以有赋、比、兴单用、全用以及"赋而比""比而兴"等具体方法。显然，这一思路与锺嵘《诗品序》中赋、比、兴"酌而用之"的提法异曲同工。故而学诗者需要处理好三者的关系，灵活变化，相互协调，"若直赋其事，而无优游不迫之趣，沉着痛快之功，首尾率直而已，夫何取焉"（《诗法家数》，《元代诗法校考》，第15页）即便"兴起"，也要"作得意思活动不死杀，言语含蓄有意味，使人读之，若含商嚼羽"①。在变化、组合的过程中，"法"最终指向具有特性的风格之"体"："起句要高远，结句要不着迹，承句要稳健，下字要有金石声。"（《诗法家数》，《元代诗法校考》，第12页）

当然，《诗经》"六义"对后人学诗的规约意义也体现在精神层面。朱熹指出学习《诗经》要"本之二《南》以求其端，参之列国以尽其变，正之于《雅》以大其规，和之于《颂》以要其止，此学《诗》之大旨也"（《诗集传》"序言"，第2页）。"六义"实际主宰着学诗主体在学诗过程中的用心与涵养。《诗法正宗》指出诗歌的本质是"吟咏性情"，因为"古人各有风致"，所以学诗者首先要"调燮性灵""砥砺风义"②，保持清高的人品和简逸的神情。在"识体"和"用法"之外，学诗者的用心与涵养影响着具体体裁和题材的创作能否得体，以及是否能达到特定的写作要求。诗歌谋篇命意、章法布局在很大程度上出自学诗者的沉潜磨砺、苦思精研，甚至炼字也是写诗者性情涵养的表现，"大抵诗者，所以导性情，随所欲言，无不可也。若以此为拘忌，不其固哉"（《诗法源流》，《元代诗法校考》，第258页）。如此，"六义"对"学诗"的意义还在于学诗者内在精神学养应与"体""法"意识有机融合，不至于使"体""法"沦为僵化的俗套。

《沧浪诗话·诗辨》强调："夫学诗者以识为主，入门须正，立志须高。"③"六义"在元代诗法中发挥的正是正途导向的范式作用，初学者只

---

① 旧题范梈门人集录《总论》，《元代诗法校考》，第202页。
② 旧题揭傒斯《诗法正宗》，《元代诗法校考》，第318页。
③ 严羽著，郭绍虞校释《沧浪诗话校释》，人民文学出版社1961年版，第1页。

要理解了"六义"对学诗的意义，也就掌握了学诗的肯綮和门径，把握了贯穿于整个学诗框架中的主线。而元代诗法将"六义"作为诗学正源，又把古人传统的诗学见解和内容安排在"六义"的学理框架中，也由此形成一个切实有效且脉络清晰的学诗体系。

三、好诗模型：杜诗在元代诗法中的程式编排

于初学而言，有了作诗的骨架，掌握了学诗的线索，并不意味着就能学会作诗。学诗还有一个重要的环节，就是需要找到学习的榜样，找到一些公认的好诗模型，毕竟"好诗记得三千首，不会吟诗也解吟"（《总论》，《元代诗法校考》，第203页）。讨论学诗，还须从范式落实到具体的、容易模仿的诗作样本。

问题是，谁的诗是普泛意义上可以学习的好诗？元代诗法的答案是：杜甫。《诗法源流》在分析了《诗经》以来的诗歌史脉络后，认为杜甫"学优才赡"，其诗"兼备众体"，又多系纲常、风教，在《诗经》之后为"集大成"者（参见《元代诗法校考》，第235页）。从学诗的角度来说，杜甫可作为学诗者的导师。当然，杜甫作为诗学导师的文学史判断，在元代以前便早已是老生常谈，对杜诗的学习更早已在前代诗人群体中轰轰烈烈地展开。

杜诗确是公认的好诗，但杜诗果真好学吗？《新编增广事联诗学大成》卷首毛直方引曰："人尝言，不读万卷书，看不得杜诗。"[①]即便前人早将杜甫作为诗歌祖法的对象，元人学杜也有成自家风格者，如旧题陈绎曾所撰《文式》引黄至道语，认为范梈诗学侧重学习杜诗的骨骼构架，杨载诗学强调杜诗的诗法锤炼，而虞集诗学则看重杜诗的精神内涵[②]；但无论是江西诗派的代表人物，还是范梈、杨载、虞集等人，本身都是成功的诗家，有着博学功夫和出人的才情，他们和诗歌的初学者终归是两个层次的群体，就学杜来说，这也是两个层面的问题。

[①] 毛直方《新编增广事联诗学大成》卷首，元至顺三年（1332）广勤书堂刊本，第1a页。

[②]《文式》"第十九家数"条云："范德机得杜工部之骨，杨仲弘得杜工部之皮，虞伯生得杜工部之肉。"（陈绎曾《文式》卷上，《续修四库全书》，上海古籍出版社2002年版，第1713册，第560页）

与诗人群体以杜甫为祖法对象不同，元代诗法将杜甫作为诗学导师，其实是在诗歌教习活动中对诗史对象进行比对、选择后得出的。诗到唐代方可学，"欲学诗，且须宗唐诸名家"，而唐代著名的诗家中又"以杜为正宗"，将杜诗作为正宗的着眼点实在于杜诗对初学者来说更容易学。相比起来，建安、黄初诗人"其才挨出，一笔写成"，"高处极高，浅处极浅"；陶、谢诗"意语自成"，"势气传运"，"皆未易学"；"《文选》中诸诗，当时拟作，必各有所属"，也不是理想的学诗范本①。至于其他唐宋诗家，元代诗法也有"难学""不必学""不足学""不可学"的体认（参见《诗法正宗》，《元代诗法校考》，第 320 页）。

那么，杜诗好学，对于初学者来说，实际的落脚点在于杜诗的法度可学，"故学诗当学杜，则所学法度森严，规矩端正，得其师焉"②。综合前贤学杜的心得体会，元代诗法以杜诗作为初学者的学诗内容，事实上就是因为杜诗在技术层面所提供的诗学范式，可以呈现出普泛意义上好诗的模型，以供初学者参照。

杜诗在元代诗法中的程式编排，首先表现在将杜诗置于"起承转合"的诗歌结构中。《诗法源流》指出"作诗成法，有起、承、转、合四字"，随之以杜甫《八月十五夜月二首》为例，分析此诗结构："满目飞明镜"下面四句是起，言客中对月；"水路凝雪霜"下面四句是承，形容月明；"稍下巫山峡"下面四句是转，说月出没晦明之地，包含了结句欲言之意；"刁斗皆催晓"下面四句是合，谈特定时期的对月之感（参见《元代诗法校考》，第 241—242 页）。虽然这种结构划分难免有牵强之处③，但元人诗法对杜诗结构的分析，目的在于提示初学者：好诗是清晰的。好诗在结构上的清晰度，既体现了理势之自然，也可以作出公式化总结：诗歌的起处要平直，承处须春容，转处要有所变化，合处要渊永，留下无尽的意味或思考的余地。《诗法家数》提供了更细致的作法：起处可以是"对景兴起"，还可以有"比起""引事起""就题起"；转处要和前一联所表达的意思相回避，以展示变化；合处可以"就题结"，可以"推开一步"和前联之意相关联，可以用事，还

① 佚名《诗宗正法眼藏》，《元代诗法校考》，第 325—326 页。

② 宋讷《纪行程诗序》，李修生主编《全元文》，凤凰出版社 2004 年版，第 50 册，第 68 页。

③ 据今人研究，"起承转合"之法难以用杜诗验证（参见查洪德《"起承转合"与律诗的章法问题》，《文学评论》2020 年第 3 期）。

可以"放一句作散场"以达到"言有尽而意无穷"的效果（参见《元代诗法校考》，第17—18页）。这种程式化的诗法固然容易成为画地为牢的"死法"，但对诗歌初学者来说却也不失为一种便捷法门。

此外，《木天禁语》以杜甫《北征》《魏将军歌》《松障子歌》《洗兵马行》等诗为例，概括五言长古篇法之"分段""过脉""回照""赞叹"，七言长古篇法之"分段""过段""突兀""字贯""赞叹""再起""归题""送尾"等，也是对诗歌结构形式的总结。元代诗法对杜诗结构的程式化分析，更意欲启发初学者：要写好一首诗，须细加揣摩前人优秀诗篇，得出安排章法结构的技巧，而这种技巧又不仅仅限于"起承转合"之法。

其次，在元代诗法中，杜诗的程式编排又表现在以"格"标识杜诗的法式。"格"的呈现，一方面可以清晰地展示杜诗在诗法上的形式特征，如《木天禁语》七言律诗篇法以图形、诗作相结合的方式表现杜诗"二字贯穿""数字连序""单抛"等格法形式；另一方面是为了说明杜诗的清晰度是经过精巧安排才达成的。如《诗解》分析《秋兴》八首，先以纲目划分：

> 《秋兴》一题，分作前三章与后五章，以夔州、长安自是二事。此其纲也。八章之分，则又各命一题以起兴，观诸兴联可见矣。此其目也。（《元代诗法校考》，第52页）

将居夔州、忆长安两条主脉作为纲，将八章的主题作为目。纲目既明，对各首诗的结构也做了说明：第一首"第一句兴起第三联，第二句以起第二联"，结句"结第三联并起句之意"，是为"结项格"；第二首"第二句交股，起后二联"，是为"交股格"；类似的还有"纤腰格""双蹄格""续腰格""首尾互换格""首尾相问格""单蹄格"等数种。所谓"格"，即是诗篇结构的脉络，而结构是从诗意发展的线索中概括而出的，以此呈现细密的诗意和丰富的情感。从这个意义上看，在元代诗法中，杜诗对初学者的启示：好诗也是凝练的、层次丰富的。诗意要形成层次感，不仅要在章法布局上有意雕镂，还须在句法、字法上巧妙安排。《诗法源流》举杜诗《绝句》，认为首句"迟日江山丽"是《中庸》"天地位之意"，第二句"春风花草香"是"万物育之意"；第三、四句则是再次强调第二句的意思，此外"泥融飞燕子"还转而说"物之动者得其所"，"沙暖睡鸳鸯"则转而说"物之静者亦得其所"

（《元代诗法校考》，第256页）。诗意的变化升降贴切紧凑，妙合无垠。又如《总论》云："古人作诗能言五件事，则句健矣。如杜诗：'旌旗日暖龙蛇动，宫殿风微燕雀高。'此则一句能言五件事。如'鼍吼风奔浪，鱼跳日映山'，一句能言三件事。大抵实一字则健一字，虚一字则弱一字矣。"（《元代诗法校考》，第214页）认为杜诗之好，好在字句的密度上，用最凝练、密集的方式尽可能地展示诗意的丰富性。

　　但是，杜诗拘泥于以"下实字"构筑诗句吗？在元人看来，杜诗亦有"全虚而意味无穷者"，如举杜诗"世乱郁郁久为客，路难悠悠长傍人"等句，评曰："此等语亦未尝不健。大抵用景物则实，用人事则虚。一诗之中，全用景物，则过实而窒；全用人事，则过虚而软。故作诗之法，必要虚实均匀，语意和畅，而后为尽善也。"（《元代诗法校考》，第214页）指出无论用字之虚实，还是景物、人事的使用，必须要均匀、平衡。而就景与意的关系，杜诗中不仅有"就景中写意"，也有"就意中言景"，因此元人诗法认为凡此种种，须具体分析，不可一概而论（参见《元代诗法校考》，第218页）。这样看来，杜诗在元代诗法中的意义还在于启示学诗者：好诗的呈现形式是多样的，作诗的技术和法则也需要灵活掌握。《总论》以为，古人作诗，各有体面，杜诗中有"直叙""反难""问对""平对""反对""联字""正对""应对""散结"'对结"等多种写作手法，元代诗法将杜诗分析出多种程式化的"格"，借以展示杜诗"集大成"的多样性。《杜陵诗律五十一格》选编杜诗七律四十二首，标出四十九种"格"，涉及杜诗篇法、句法、字法、风格等多方面的诗艺规律。如前所述，"意"之"健"或"弱"，有虚字、实字、景物与事件等影响因素。而就句法言，对句的锤炼与对景物的描绘也有刚柔、软硬的区别，如《杜陵诗律五十一格》标《宣政院退朝晚出左掖》诗为"藏头格"，注云："硬句起便似颔联，至颔联却以软句承之，至颈联又贴以硬句，结联复软。刚柔相间，斐然成章。"（《元代诗法校考》，第130页）又标《咏怀古迹》其三为"牙锁格"，"牙锁"即交叉相应，《冰川诗式》释云："牙锁者，首联一事叫起中联，颔联上句起颈联下句，下句起颈联上句，而颈联上句又承颔联上句，下句又承颔联下句。"[1]如此交互曲折，显示出诗法的灵活巧妙与诗意的开合回旋。事实上，无论是对"格"的

──────────

　　① 梁桥《冰川诗式》卷七，陈广宏、侯荣川编校《明人诗话要籍汇编》，复旦大学出版社2017年版，第5册，第188页。

总结，还是对具体体裁、题材写作方法的交代，元代诗法最终都意在传达诗歌应有多样化的表现。《诗家一指》列"二十四品"，标为杜甫的风格有"雄浑""沉着""高古""劲健"，元人诗法对杜诗风格的体认还不止于此，例如《诗法家数》谓杜甫"七言古诗"之作法可以在"正"与"奇"中"出入变化，不可纪极"（《元代诗法校考》，第22页）。杜诗对初学者的意义正在于这种"出入变化"的学诗活性。

再次，元人认为杜甫一生"把做事业看处在诗而已"，所以杜甫凭借"学力"作诗，"五言自是好，七言歌行又更好"[①]。这就意味着好诗是苦心经营的结果，作诗要苦思，而诗之不工，往往是因为诗人不求精思。故而元人诗法将杜甫说的"语不惊人死不休"作为作诗最基本的原则，要求用字"不可使一字无用"，又"不可使一字不佳"（《总论》，《元代诗法校考》，第219页），需要字字都用得稳当、有出处、不鄙俗方可。然而对于初学者而言，这样的要求其实很难达到，因为炼字终究是细节性的问题，所以元代诗法从前人那里取来"诗眼"的说法，又从杜诗中摘取大量作品，对炼字的具体方法作出程式化的提示：

> 诗句中有字眼。两眼者妙，三眼者非。且二联用连绵字，不可一般。中腰虚活字，亦须回避。五言字眼多在第三，或第二字，或第五字，或在第二及第五字。（《诗法家数》，《元代诗法校考》，第19页）

由此可知，诗眼不仅有数量的限制，"两眼"为妙，"三眼"为非；具体炼字的位置也有固定安排，五言在第三、第二、第五字，七言大致在第五字。此外，诗眼的用字也有法可依，《沙中金集》云："凡诗眼用实字，方得句健。""七言诗第五字要响，五言诗第三字要响，致力处也。"又有"眼用拗字"的说法（《元代诗法校考》，第377、379、381页）这样，初学者对字眼的把握似乎便能落在实处，在创作中大可在字眼的位置上多加用心。

诚然，元代诗法也承认编排杜诗程式以及把杜诗作为好诗模型的局限性。如《总论》云："杜诗所以高者，以其多忧国之事，能知君臣之义，所以说出便忠厚。"（《元代诗法校考》，第212页）认为好诗与人格直接相关，学诗要先追慕其人，再效仿其诗。但精神是形而上的，它无法概念化、公式

[①] 佚名编《明公雅论》，《元代诗法校考》，第375页。

化，因此也就不能完全泥于程式。又如《总论》论"语句不伦"云："上句用虚生，下句用实死，前句用实事，后句用假对，皆是不伦。如杜甫：'犬迎曾宿客，鸦护落巢儿。'颜师古谓十字一意，然终是不伦。盖鸦有儿而犬无客，儿是鸦之儿，客非犬之客。"①认为杜诗语句亦有不伦之处，这里且不论其评骘合适与否，元代诗法至少还提示出一种观念：好诗也不是绝对的。

好诗不绝对，但好诗的"好"总归可以摸索。元代诗法将杜诗进行程式化编排，就是要找到普泛意义上公认的好诗模型，以此作为诗学之"门"，提示初学者努力的方向和模仿的标准。这些学诗样本在学诗者那里不断沉淀，最终成为推动诗学发展的不竭动力。蒋寅说："在总结、传承学术和传播知识的意义上，这些读物（包括元代诗法在内的蒙求诗学书籍）浅显易懂，简明扼要，粗备作诗的基本常识，正是当代文学概论式的'系统性'著作。"②元代诗法的诗学史意义，很大程度上是通过对范式的构建和确认，指向培养初学者基本的诗学素养，从而让他们参与到古典诗学的传播与传承中。

四、范式推演：学诗谱系排布与诗史构建的归并

《诗经》"六义"及杜诗充当了初学者的诗学之"门"，但并不意味着学诗要放弃对千年诗史的体认，初学者除了"入门须正"之外，还须重视"转益多师"的学诗路径。《总论》提出疑问：作诗是否只需要效仿《诗经》？可答是否定的。因为"作诗各有体面"，学诗者要先熟悉古人诗作的不同"体面"，再"熟读数首为式"，"使其胸次有主而不妄动"，然后构架诗歌，自可合于法度（参见《元代诗法校考》，第203页）。"作诗各有体面"这一回答，意味着范式是多样的，强调学诗者对不同范式都应加以了解和学习。

从这个意义上说，《诗经》与杜诗分别只是诗史发展过程中的起点和重要节点。对于学诗者而言，不仅要正确把握节点，更要连点成线，寻绎学诗

---

①《元代诗法校考》，第206页。此处"颜师古"系文献讹误，颜师古乃唐初人，不当得见杜甫诗。

② 蒋寅《论清代诗学的学术史特征》，《南京师范大学文学院学报》2003年第4期。

的经验得失。不然，范式近乎"死式"，模型也成了仅用于供奉的金身。元人贡师泰在《陈君从诗集序》中说："世之学诗者必曰杜少陵，学诗而不学少陵，犹为方圆而不以规矩也。予独以为不然。少陵诗固高出一代，然学之者句求其似，字拟其工，其不类于习书之模仿，度曲之填腔者几希。"（《全元文》，第45册，第171页）进而，他认为学诗者近舍汉魏，远弃《诗经》，惟杜是宗，如同读经者专力于传注。元代诗法也强调对学诗对象由古而今、"原始以表末"式的审视，例如《诗法正宗》排列学诗的次序：《诗经》、楚辞、乐府、《古诗十九首》、苏李五言、建安诗、黄初诗为"诗之祖"；《文选》、刘琨、阮籍、潘岳、鲍照、谢灵运、陶渊明等为"诗之宗"；陈子昂、李白、王维、柳宗元、储光羲等人的古诗是"诗之嫡派"；杜甫集大成，是诗家之"风手"；陈与义是后来之"大宗本"。以上这些诗都是可学的范本。齐梁诗"体制卑弱"，"不可学其委靡"；对唐宋其他诗人，则要"偏参博采"。这些诗需要有所选择地学。至于晚唐、季宋之诗，尤其是江湖诗作，不仅不可学，更要视之为学诗的反面（参见《元代诗法校考》，第319—320页）。《诗家一指》"三造"目下也编排了学诗的顺序与进径，并指出"学其上，仅得其中；学其中，斯为下矣"，学诗首学"《三百篇》、经史诸书韵语、楚辞、古诗、乐府、李陵、苏武、汉、魏、晋人语"，这些内容需要熟记；次学"李、杜、盛唐名家"诗，通过浏览式的阅读，达到"自然悟入"的学习效果；大历以后及晚唐诗则"已落二义"，"声闻辟支"，属于学诗的歧途（参见《元代诗法校考》，第293页）。元代诗法通过对学诗对象的甄别，在《诗经》、杜诗之外，为初学者提供了更多的学习内容，同时也排布出一个完整的学诗谱系。

学诗谱系的排布，大致是经由对师法对象的理论分析，最终得出技术性的指导意见，其逻辑依据是诗道原委，即诗歌发展的时代风气、诗人的诗学成就、诗艺的流变等内外部因素，所以学诗谱系与诗史脉络在元代诗法中是一个同构的过程。如《诗谱》中列"十五体"，在每种诗体和诗人目下简要标示其风格特征和艺术成就，之后又概括出学习该体或该诗人的具体方法。又如《诗法源流》从学诗的角度出发，更加关注诗歌"与时高下"的时代特征和诗人的诗学贡献。如魏晋世衰，"词浮靡而气卑弱"，在此期间，陶渊明的诗却"淡泊渊永"，能够远出流俗。唐代海宇混一，文运昌盛，又以诗取士，所以"诗莫盛于唐"。在时代风格的总体比对中，元人诗法指出：

"唐人以诗为诗，宋人以文为诗。唐诗主于达性情，故于《三百篇》为近；宋诗主于立议论，故于《三百篇》为远。然达性情者，国风之余；立议论者，国风之变。固未易以优劣也。"（《元代诗法校考》，第236页）从诗史的角度体认唐、宋诗的区别，又从学诗的立场取消了对优劣的判断。这样一来，元代诗法在这一问题上反而有了较为通达的诗学表述。对于本朝诗学，元人也将其置于诗史发展的脉络中予以定位，确认刘因、吴澄、姚燧、卢挚、元明善、范梈、虞集、杨载、揭傒斯等人在"倡明雅道""诗学丕变"之时代风气中的意义。当然，通过对学诗对象的甄选进行诗史梳理，也极易使很多诗学问题绝对化、教条化，如完全抹杀晚唐、季宋诗在诗史发展中的价值和意义。

无论如何，诸如《诗法源流》《总论》《诗家一指》《诗谱》等作品，事实上就似一部浓缩的诗学简史。技术层面的"学诗"包含着理论辨析的成分，从而具有了诗学认知的意义。将诗史构建归并到学诗的谱系编排中，使"学诗"与"诗学"两个维度的坐标于此交叉融汇，形成了元代诗法独具的理论特色和诗学史意义。而这一切唯有从元代诗法著作的"出身"、其所构建的范式以及对范式的推演中，才能得出适当的评价。作为诗学入门读物的元代诗法，脱胎于传统诗学，在诗歌教习的灯萤烛火下，等待着有心人认领。

[原载《文学遗产》2021年第5期]

童蒙学诗选本研究

李峤《杂咏诗》：普及五律的启蒙教材

刘 艺

　　李峤，字巨山，赵州赞皇（今河北赞皇县）人，生于贞观十九至二十年（645—646）间，卒于开元二至三年（714—715）间[1]，一生历仕高宗、武后、中宗、睿宗、玄宗五朝。《旧唐书·李峤传》说他"为儿童时，梦有神人遗之双笔，自是渐有学业"，足见其早慧多才。其诗今存二百零九首，历代对之评价颇有异同。

　　人称"为文精壮""诗法特妙"[2]的开元名相张说，称赞李峤："李公实神敏，才华乃天授。睦亲可用心，处贵不忘旧。故事遵台阁，新诗冠宇宙。在人忠所奉，恶我诚将宥。南浦去莫归，嗟嗟蒇孙秀。"[3]在评诸学士之先后时，张又云："李峤、崔融、薛稷、宋之问，皆如良金美玉，无施不可。"[4]《旧唐书·徐彦伯传》称："苏、李文学，一代之雄。"《新唐书·文艺中》云："苏、李居前，沈、宋比肩"；《新唐书》本传称："峤富才思，有所属缀，人多传讽，然其仕前与王勃、杨盈川接，中与崔融、苏味道齐名，晚诸人没，而为文章宿老，一时学者取法焉。"由此可见峤之盛名。然后世论者往往贬之，（清）王夫之《姜斋诗话》卷二中评其咏物诗云："李峤称'大手笔'，咏物尤其属意之作，裁剪整齐，而生意索然，亦匠笔耳。"至今文学史中仍坚持此说：'乍看题目，令人眼花缭乱，实际却充满陈腐的堆砌和连篇累牍的隶事用典，毫无生气，使人腻而生厌"；"这些'一字题'的逞才之作，连同他的十余首按照节令月份排列的《X月奉教作》等，都是立制诗的不同表现形式，不过小弄巧笔，无大意义。"[5]综观诸多评价，问题

---

① 傅璇琮《唐才子传校笺》卷一，中华书局1987年版。
② 辛文房《唐才子传》卷一，黑龙江人民出版社1986年版，第14页。
③ 张说《全唐诗》卷八六，河北人民出版社1997年版，第436页。
④ 刘肃《大唐新语》卷八。
⑤ 中国社会科学院文研所《唐代文学史》，人民出版社1995年版。

的关键往往出在对《杂咏诗》的认识上。因此，本文想从这里入手，仔细审视李峤诗之本来面目，并予以恰当的评价。

初唐已步入一个诗的时代，在众多类型的诗歌创作中，李峤的《杂咏诗》确实与众不同。

一、《杂咏诗》的形式、内容、体系及风格独具特色

《杂咏诗》是很特别的一组诗。从形式上看，它是五言律诗，在五律规范化、定型化之际，李峤一下子创作出一百二十首五律，的确不凡。加上其余作品，其五律诗共达一百六十余首，占其作品的多半，是初唐"沈宋"之前五律创作最多的诗人。而且其五律创作刻画细致，炼句精警，音律和谐，在当时堪称典范。张庭芳在为此诗作注的序言中誉其"调谐律雅"，并不过分。

从内容上看，一百二十首诗全是咏物诗，数量之巨大，涉及范围之广泛，堪称初唐咏物诗创作之冠。在如此大规模的咏物诗创作中，李峤几乎不用生僻之字、词、句，如其咏《竹》："高竿楚江濆，婵娟含曙氛。白花摇凤影，青节动龙文。叶扫东南日，枝指西北云。谁知湘水上，流泪独思君。"即便是今人，在无注释的情况下也能读懂。其用典也多是广泛流传的基础知识，十分浅显。如咏《日》的"日出扶桑路"，典出于《淮南子·天文》："日出于旸谷，浴于咸池，拂于扶桑，是谓晨明"；咏《马》的"天马本来东"，典出于汉武帝《天马歌》："……天马来，历无草，经千里，来东道"；咏《李》之"王戎戏陌辰"，典出《世说新语·雅量》："王戎七岁，尝与诸小儿游。看道边李树，多子折枝。诸儿童走取之，唯戎不动。人问之，答曰：'树在道边而多子，此必苦李。'取之信然。"咏《史》的"马记天官设，班图地理新"，列举了史书之代表《史记》《汉书》，司马迁《史记》中有《天官书》，班固《汉书》中有《地理志》；咏《纸》之"妙迹蔡侯施"，用的是《后汉书·宦者传》载黄门侍郎蔡伦造纸之事；咏《海》之"楼写春云色"，用的是《史记》卷二十七《天官书》"海旁蜃气象楼台"之语，这都比宋代吴淑《事类赋》中的用典，浅显得多。

从结构体系上看，作者极具理性地运用主题类分法，构筑起一个庞大、

严密、有序的体系，将乾象、坤仪、芳草、嘉树、灵禽、祥兽、居处、服玩、文物、武器、音乐、玉帛凡十二部一百二十样事物组合成一个有机整体，这在诗歌史上是前无古人的。万曼在《唐集叙录·韦苏州集》中说："大抵唐人诗集率不分类，也不分体。宋人编定唐集，喜欢分类，等于明人刊行唐集，喜欢分体一样，都不是唐人文集的原来面目。"这说明主题类分体系在唐初虽较发达，但在实际的诗集中，尤其具体到一组诗中，并不常见。整个唐代对诗作进行主题类分的，也不过李峤、白居易等两三家。

从风格特色来看，诗中李峤本人的个性特色较淡，很少加入个人的忧喜感慨，作者之主要精力似集中于形象地描绘事物、隶事用典、音律对仗等方面，各诗仅在结尾部分稍加引申，抒发一些大众化的情志。我们知道，作诗、评诗一般是很重视抒己之情，言己之志的，而此诗却显得异乎寻常。且不与他人诗歌作比，仅与李峤自己其余诗作相较，不同之处亦十分明显。历代评峤诗者，若有所称赞，必是《杂咏诗》之外的作品，因为在那些诗中，写景抒情多是即兴而发，有情感寄托。比如今之文学史中一致认为其诗尚可取的，多是《送李邕》《饯骆四二首》《倡妇行》《汾阴行》等感情色彩较强的作品。尤其是《汾阴行》，在今昔的强烈对比中抒发历史感、怀古情，心灵感召力很强。后来安史乱起，整整一代人的盛衰之感都被引发出来。在此剧变中唱主角的玄宗，听到乐人唱此词，更不免为之动容："天宝末玄宗尝乘月登勤政楼，命梨园弟子歌数阙，有唱李峤诗者云：'富贵荣华能几时？不见只今汾水上，惟有年年秋雁飞'，时上春秋已高，问是谁诗，对曰李峤，因凄然泣下，不终曲而起。曰：'李峤真才子也。'又明年幸蜀，登白卫岭，览眺久之，又歌是词，复言'李峤真才子'，不胜感叹。时高力士在侧，亦挥涕久之。"[①]谢榛在《四溟诗话》卷四中誉之为初唐七古第一，"止以古雅为命，不以雕篆为工"[②]的《唐文粹》将之收入伤感类，《搜玉小集》《文苑英华》《唐诗纪事》也都收入，可见是事出有因的。另外，从李峤《〈楚望赋〉序》对张说的评价中，我们也可看出他对强烈情思的肯定及对"情"的自觉："达节宏人，且犹轸念；苦心志士，其能遣怀。是知青山之上，每多

---

① 事见孟启《本事诗·事感第二》，《唐诗纪事》卷十、《唐才子传》卷一、《全唐诗》卷五所记相同。

② 姚铉《唐文粹·序》。

惆怅之客；白苹之野，斯见不平之人。"①无论从理论主张还是创作实践看，李峤都不是个无视"情"的人。但在其《杂咏诗》中，个人情感却较淡，显然非即兴而发，乃有意为之，"做"的痕迹较为明显。

二、《杂咏诗》之传播独具特色

从传播角度看，李峤《杂咏诗》以独特的方式流传，并有着持久性和极强的渗透力。

首先是持久性。这可从李峤诗与同时代其他人作品流传之比较中，从李峤《杂咏诗》和他的其余作品流传之比较中看出。在初唐，与李峤齐名的诗人很多，《新唐书·杜审言传》说杜审言"少与李峤、崔融、苏味道为文章四友，世号'崔、李、苏、杜'"。与这些人相比，李峤的诗流传至今最多。苏味道今存诗十六首。杜审言，《全唐诗》编其诗一卷，计三十九题四十三首。崔融诗传下来十七题十八首。独李峤诗今存二百零九首，其中《杂咏诗》作为一个完整体系，流传至今，更是与众不同。《新唐书·艺文志》著录李峤文集五十卷，《杂咏诗》十二卷，《宋史·艺文志》著录"《李峤诗》十卷，《李峤新咏》一卷"。晁公武《郡斋读书志》卷四上别集类云："《集》本六十卷，未见，今所录一百二十咏而已，或题曰《单题诗》，有张方注。"则宋时《李峤集》已不易见到，而其《杂咏诗》却一路流传下来，当另有原因。

其次是广泛性。《杂咏诗》不仅在国内广为流传，甚至还渗透到异国文化之中。在内地的广泛传播，从上文的官私著录中已可见一斑，更奇特的是它在边远的敦煌、隔海到日本，都广泛流传着。

在敦煌文献中，存有《李峤杂咏注》残卷（张庭芳撰，斯555，伯3738），王重民在《敦煌古籍叙录》中说："斯坦因所得555号，为残诗十七行，有注；伯希和所得3738号卷，仅六行，诗注均相似，书法亦同，知为同书，恨不知书名与撰人姓氏。刘修业女士为东方语言学校编所藏华文书目，偶检《佚存丛书》本《李峤杂咏》，谓即此《杂咏》残卷，余检阅良然。更阅卷端

①《全唐文》卷二四二。

张庭芳序，而知此残卷诗注，即张庭芳所撰者……"①，则其诗并注，唐时已远传边地。

在日本，李峤《杂咏诗》流传既广且久，影响颇大。此诗约在盛唐时已传入日本。现存最早抄本是嵯峨天皇（809—823在位）宸翰本，即天皇曾手写李峤此诗二十一首，此真迹被视为日本国宝，今存东大寺正仓院。至平安朝中期（867—1086）以还，《李峤百廿咏》与李瀚的《蒙求》、白居易的《白氏新乐府》被列为中国传入的三大幼学蒙书，在日本广泛流传②。《日本见在书目》中著录的除天皇手写本外，还有二卷本古抄。今存建治三年（1277）抄本，题作《李峤杂咏百廿首》，卷末还附唐天宝六载（747）张庭芳撰注之序，嘉庆间日本天瀑《佚存丛书》本即据此刻成，前有天宝六载登仕郎守信安郡博士张庭芳撰序。可见日本人还从中国带回了此诗之注，以便习用参照。

在平安末期（1086—1192）及镰仓时期（1192—1333）成书的日本古籍，多引用张庭芳注，如藤原敦光的《私藏宝钥钞》、无名氏的《幼学指南钞》、藤原清辅的《奥义钞》、信阿的《和汉朗咏集私注》《三教指归注》和《白氏新乐府略意》、菅原为长编的《文凤钞》、空海诗文集《遍照发挥性灵集》的今存最早注书《性灵集略注》等。而且生活在院政、镰仓初期的学者源光行（长宽元年至宽元二年，即1163—1244）曾著有《百咏和歌》十二卷（元久元年，即1204）。到目前，日本已发现《李峤百廿咏》的白文本三类二十余种，《百廿咏诗注》旧抄本三类八种（详见海外珍藏善本丛书《日藏古抄李峤咏物诗注》前言第10—13页）。数量之多，令人惊叹。这一点是初唐其他作家的作品难以达到的。

第三，《杂咏诗》在传播过程中的最大特点是单行流传，一般不与李峤其他诗并行，人们也往往单独著录。

从前文所说《杂咏诗》传入日本情况来看，盛唐传去时已是单行的《杂咏诗》了，后来流传的也均是单行单注本。另外，在敦煌发现的《李峤杂咏注》也表明早在唐代比诗就是单行单注的独立体系。敦煌文献中还有一个与李峤相关的材料，即《珠英学士集》残卷。则天敕修大型类书《三教珠英》，《新唐书·艺文志》类书类有载，今已全佚，但崔融集珠英学士李峤、

① 万曼《唐集叙录》，中华书局，1980年版。
② 川口久雄《平安朝日本汉文学史·第二十四章第六节》，明治书院1961年版。

张说等四十七人诗为《珠英学士集》，计五卷二百七十六首诗，据人物官品级别进行分类，选集作品出自各人的作品集。这一初唐精选文人集，在当时影响很大，但元以后散佚，却有幸在敦煌石窟中发现其残卷。此乃敦煌唐人诗集中唯一见于历代著录的。《新唐书·艺文志四》载："《珠英学士集》五卷。崔融集武后时修《三教珠英》学士李峤、张说等诗"，晁公武《郡斋读书志》卷二十集部总集类、（宋）王应麟《玉海》卷五十四都有著录。此残卷包括斯2717和伯3771两个写卷，斯卷存诗三十六首，伯卷存诗十七首，共计十一人诗五十三首[①]，其中无李峤诗，可见峤诗属缺失部分。全集四十七家诗二百七十六首，这十一家五十三首诗中又无其诗，故《杂咏诗》一百二十首应不在其内。这也是其单行流传之旁证。

《杂咏诗》不仅单传，且单行著录。《新唐书·艺文志》《宋史·艺文志》、晁公武《郡斋读书志》中都对此诗单提一笔，显得颇与他诗不同。唐诗的流传方式多种多样，有总集、别集、选集等，但很少有某一人的某一组诗单行的（白居易有新乐府单行本《白氏讽谏》，《读书敏求记》说："其字句与总集中稍异"，恐怕不是从《白氏文集》中录的，而此诗亦属有特殊功用的一类）。作者其他咏物诗并未与此一同单行流传，而其他作家的咏物诗，数量较多，也不单行，如太宗写有为数不少的咏物诗，也可按类去归置，但并未单行。在这一点上，《杂咏诗》更显特殊。

三、《杂咏诗》版本、注释之与众不同

首先，从白文版本来看，此诗在日本、敦煌、内地所传版本十分繁多，粗略统计，仅在日本就有三大类二十余种。且各版本差异颇大，存在大量异文现象。有的是字词不同，如咏《日》诗末句："朝夕奉光曦"，"光"一本作"尧"；咏《松》诗尾联："岁寒终不改，劲节幸君知"，一本作"岁寒知不及，多节幸君知"。有的是一联不同，如咏《雪》之"地疑明月夜，山似白云朝"，一作"龙沙飞正远,玉马地还销"；咏《萱》之"黄英开养性，绿

---

① 参见王重民《敦煌古籍叙录》卷五，上海商务印书馆1958年；王重民原编、黄永武新编《敦煌古籍叙录新编》第十六册，台湾新文丰出版公司1986年印行；王重民《补全唐诗》收入《全唐诗外编》；《唐人选唐诗新编》徐俊校辑《珠英学士集》前记。

叶正依笼"，一作"叶舒春夏绿，花吐浅深红"。更有全诗皆异的，如咏《莺》："芳树杂花红，群莺乱晓空，声分折杨吹，娇韵落梅风。写啭清弦里，迁乔暗木中。友生若刁冀，幽谷响还通"，又作："睍睆度花红，关关乱晓空。乍离幽谷日，先啭上林风。翔集春台侧，低昂锦帐中。声诗辨挟黍。此兴思无穷。"仅从《全唐诗》中辑录之"一本"，已可见不同，若与日藏本、敦煌本共校，差异更大。

一般作品各版本文字有异同，属正常现象。或为传抄之误，或乃后人有意更改。像李峤《杂咏诗》这样广泛更改，改动颇大，就有些与众不同。这极有可能是作者在作进一步的修订。从李峤所处的特殊时代来看，五律正处于逐步定型之际，一百二十首诗不可能一气呵成，其间可能先作一部分，随即传抄于世。随着诗歌格律的发展，其中不合格律、不尽人意之处便会显出，故作者在创作过程中又不断修订，少数诗亦有可能重作，以图精益求精。（明）胡应麟《诗薮·内编》卷四，近体上云："五言律体,兆自梁、陈。唐四子，靡缛相矜，时或劲涩，未堪正始。神龙以还，卓然成调，沈、宋、苏、李，合轨于先；王、孟、高、岑，并驰于后"；许学夷在《诗源辨体》卷十四中说李峤"五言律在沈、宋之下，燕、许之上。其咏物一百二十首中有极工者"，可见李峤处在五律定型过程中。定型后的五律不用仄声韵，所以其诗平仄韵字混用的一类版本可能是过渡之作，后来的版本则均为平声韵。张庭芳注本序中说到"调谐律雅"，足见其版本为修订后的规范律诗。在修订中，"新诗"就会不断出现，故《宋史·艺文志》载《李峤新咏》一卷及张燕公之"新诗冠宇宙"中的"新"字，很可能有所为而发。

其次，从《杂咏诗》的注本来看，情况也与众不同。其诗注产生较早，注文非常浅显，注本也不止一家。

《佚存丛书》本《故中书令郑国公李峤杂咏一百二十首序》中，张庭芳说其作注目的："辄因注述，思郁文繁，庶有补琢磨，俾无至于凝滞，且欲启诸童稚。"[1]他及时地为李诗作注，补充参考材料，使之更加简易化、普及化，以利初学。

一般诗作，同时代人都能理解，无须即刻作注，而李峤《杂咏诗》虽则简单，却还有人及时作注。从诗句"大周天阙路，今日海神朝"（《雪》）、"方知美周政，抗旆赋车攻"（《旌》）中我们可知其创作于武

---

[1] 此序《全唐文》卷三六四亦载,题同。

周之时，即公元690—705年间。李峤曾主持修撰大型类书《三教珠英》，其主题分类体系、事典等对《杂咏诗》的创作影响颇大，葛晓音先生将李峤此诗与《初学记》作过对比，其结论是："'百咏'从类目、物名到典故的编排方面，都带有类书的特色。"①故此诗应创于《三教珠英》之后。《通鉴》卷二〇六，久视元年（700年）记："六月……，太后欲掩其迹，乃命易之、昌宗与文学之士李峤等修《三教珠英》于内殿"，所以开始修书在久视元年六月。（宋）王溥《唐会要》卷三十六《修撰》类载："大足元年十一月十二日，麟台监张昌宗撰《三教珠英》一千三百卷成，上之。初，圣历中，上以《御览》及《文思博要》等书，聚事多未周备，遂令张昌宗召李峤、阎朝隐、徐彦伯……二十六人同撰。于旧书外更加佛、道二教，及亲属、姓名、方城（疑为域）等部"，即大足元年（701年）十一月十二日完成，则此诗很可能作于702—705年间，而此诗最迟在天宝六载（747年）即有张庭芳为之作注。时隔仅四十几年。

李峤的《杂咏诗》已十分简明，张庭芳之注更加通俗易懂，故诗注单行本可谓是基础读物。如《桃》诗中"独有成蹊处"，注曰：桃李不言，下自成蹊。蹊，道也。"浓华发井傍"，注曰：古记曰：桃生露井上。"山风凝笑脸，朝露泫啼妆"，注曰：言桃花向风则开如笑脸也，泡露则湿如人之啼妆。"隐士颜应改"，注曰：《神仙传》曰：高丘公服桃腾仙也。"仙人路渐长"，以《桃源记》作注。"还欣上林苑，千岁奉君王"，以汉武帝故事作注：帝得西王母桃，食之美，帝收核，欲种之上林。王母曰：此桃三千年始就实。

不仅如此，诗之注本还不止一家。从《杂咏诗》在日本的流传情况可知其主要参照的是张庭芳注，如源光行据此诗翻作《百咏和歌》序云："夫郑国公始赋百廿咏之诗，以谕于幼蒙；张庭芳追述数千言之注，以备于后鉴。"在中国，晁公武《郡斋读书志》记有"或题曰《单题诗》，有张方注"，（元）辛文房《唐才子传》记有"《单题诗》一百二十首，张方为注，传于世"，即国内著录均张方注。日本太田晶二郎曾于宋人朱翌所撰的《猗觉寮杂记》中找到一则佚文，也证明国内流传的一直是张方注："梅用南枝事，共知《青琐》红梅诗云'南枝向暖北枝寒'。李峤云"大庾天寒少，南

① 葛晓音《创作范式的提倡和初盛唐诗歌的普及——从〈李峤百咏〉谈起》，《文学遗产》1995年第6期。

枝独早芳'。张方注云：'六庾岭上梅，南枝落，北枝开。'"

目前我们还不能断定二张为同一人，因为此诗注本绝对不止一家。在各注本中，"一本"如何的字样常能见到。如日本平安朝末期（1186—1192年）的《幼学指南钞》卷十七引峤诗注："李峤《百咏·槐》诗曰：鸿儒访道来。张庭芳：槐市，学名也，诸儒讲论于槐下也。一本，《三辅黄图》曰：太学列槐数百行，诸生朔望会此，各持乡郡所出物卖之，及经传相论议于魂下，号槐市。"其"一本"定非张庭芳注，注文比较详尽。张方注佚文与敦煌残卷斯卷相较，有相似处，残卷注文较简，张庭芳注则与残卷区别大，所本诗句也往往不同，故注本至少两种以上。在各注本流传过程中，增补、删减注释与材料的情况也大量存在。

四、《杂咏诗》独特的创作目的和功用

《杂咏诗》之创作目的与众不同。首先，不是专为抒自己的情志而作。若为抒一己之情，作者不会加入太多理性，搭一个系统框架，按顺序刻板地咏一百二十件事物，给自己套枷锁。其次，有人认为此诗的创作是为了呈才，我们知道李峤早以才华闻名于世，不仅主持编撰过《三教珠英》这一当时最大的类书，而且参与修唐史，《唐会要》卷六三云："长安三年正月一日敕：'宜令特进梁王武三思与纳言李峤……修唐史'"，并已成为朝之重臣，何必以此标榜自己的才学呢？第三，有人认为它是类书之简编本，因为其体系与类书有关，素材的积累又多得益于类书之编纂，且当时类书多卷帙浩繁，传抄、携带、翻检都很不便，难以广泛运用，故很有简编之需要，于是李峤创作此诗。这些对李峤《杂咏诗》创作目的误解，导致了分析评论中的一系列偏差。

我们认为《杂咏诗》是作为启蒙教学用的，即以系统规范化的咏物五律作范例，教初学者作五言诗，其性质是启蒙教材。其体系、内容虽有类书的影响，但与类书是平等的，不存在从属关系。各应所需，各有用途。类书用于素材备检，此诗却是诗歌创作的启蒙读物，类似今之初级教科书，二者不可混同。准备素材是类书所长，总结规律、技巧是理论著作所长。从用词、属对、事典等基本方面入手，一步步教方以便学子们仿习五律，才是

此诗之目的。有创作基础的文士,如准备科举考试之人,需要的是前两种书,他们考虑的不是怎么写,而是怎么写更好的问题,其目的在于进一步丰富内容,提高创作技巧。这两类书,在当时需求量颇大,应运而生者也颇多,已能够适应时代之所需了。如类书,有《北堂书钞》《艺文类聚》《文思博要》《瑶山玉彩》《累璧》《三教珠英》《芳树要览》《事类》《初学记》《文府》《碧玉芳林》《玉藻琼林》《笔海》等;体式之书更多,《隋书·杜正玄传》附其弟《杜正藏传》云:"(《文章体式》)大为后进所宝,时人号为文轨,乃至海外高丽、百济,亦共传习……",空海《文镜秘府论序》中说当时诗坛上,"盛谈四声,争吐病犯"之书多得"黄卷溢箧,缃帙满车。贫而乐道者,望绝仿写;童而好学者,取决无由"。

这两类书对于队伍更为庞大的初学者来说显然无法适用。《大唐新语》卷九《著述》载:"玄宗谓张说曰:'儿子等欲学缀文,须检事及看文体。御览之辈,部帙既大,寻讨稍艰,卿与诸学士撰集要事并要文,以类相从,务取省便。令儿子等易见成就也。'"这已表明大型的类书不适于初学者。而理论书籍,就连有基础的人都难以掌握,如《文镜秘府论》西卷《论病序》云:"……家制格式,人谈疾累……,八体,十病,六犯,三疾,或文异义同,或名通理隔,卷轴满机,乍阅难辨,遂使披卷者怀疑,搜写者多倦。"更何况初学者,他们在诗歌创作方面,尤其是刚定型的五律创作方面没有基础,所需的是普及教材而非提高之书。李峤《杂咏诗》正是应更多人的需要而创作的。

我们知道,大唐立国之初,极缺治理天下的文士,最迫切的任务是大力普及文化,尤其是从年幼学童抓起,普及、奖励教育。如太宗之《幼童通经赏以不次诏》中说:"自隋以来,离乱永久,雅道沦缺,儒风莫扇。朕膺期御宇,静难齐民,钦若典谟,以资政术,思宏德教,光振遐轨。是以广设庠序,益召学徒,尝求俊异,务从奖擢。宁州罗川县前兵曹史孝谦,守约丘园,伏膺道素,爰有二子,年并幼童,讲习孝经,咸畅厥旨。义方之训,实堪励俗,故从伏秩,赏以不次。宜普颁示,咸使知闻,如此之徒,并即申上,朕加亲览,特将褒异。"[①]文化本身的进一步发展、提高也有普及下移之必要。因此,上自皇子,下至百姓子弟,上自各级官学,下到广大私学,都需要普及型"教科书"。在初唐,这种教材却是极为缺乏的。大量产生蒙

①《册府元龟》卷九十七,中华书局1960年版。

学读物是唐以后的事，如《三字经》《百家姓》《声律启蒙》《幼学琼林》《增广贤文》《龙文鞭影》《朱子家训》《千家诗》等，都是后来启蒙需要的产物。

有人会问，幼童学习不早有诗、骚、经、传么？我们认为，有些东西毕竟年代久远，不能适应新时代所需，与现实生活脱节了，这很难提起初学者的兴趣和积极性。正如刘知几在其《史通·自叙》中说："予幼奉庭训，早游文学。年在纨绮，便受古文《尚书》。每苦其辞艰琐，难为讽读。虽屡逢捶挞，而其业不成。尝闻家君为诸兄讲《春秋左氏传》，每废《书》而听。逮讲毕，即为诸兄说之。因窃叹曰：'若使书皆如此，吾不复怠矣。'先君奇其意，于是始授以《左氏》，期年而讲诵都毕。于时年甫十有二矣。"[1]大史学家的启蒙教育尚且如此，一般人更难接受太远古的东西，启蒙也应跟上时代步伐。但这样的材料却很缺乏，在启蒙期教育中占有重要地位的诗歌尤为如此。正如杨绾云："幼能就学，皆诵当代之诗；长而博文，不越诸家之集。"[2]而诗之发展进步又十分迅速，由《诗经》之四言，到汉魏之五言，至唐初已是五律定型时期了。此时五律用处极大，作法又才定型，一系列手法、规则的运用，不能只掌握在少数人手中，要想发展提高近体诗创作，首先必须普及。近体诗在初唐尚属新生事物，社会对这方面知识有广泛需求，如何能达到快速普及的目的呢？这便需要一个衔接、一个中介。既是启蒙，高文大册的声病格律理论难以奏效，若是即兴传达自己的情感，又难达系统展示、训导规范之目的，故李峤创出一种介乎理论总结与纯粹创作之间的读物，组织一个体系，有序排列一百二十种事物，按类吟咏，作为示范，以期边作诗边教诗，学童可边读诗边学习创作法式。

丹纳说过："人在艺术上表现基本原因与基本规律的时候，不用大众无法了解而只有专家懂得的枯燥的定义，而是用易于感受的方式，不但诉之于理智，而且诉之于最普遍的人的感官与感情。"[3]李峤的做法正是如此。他搭起分类框架，用当时流行的体裁——五律，吟咏当时流行的题材。系统分类，正是为了教学形成体系，学童能循序渐进地掌握。《四溟诗话》卷二第八十四条云："《诗人玉屑》集唐人句法，悉分其类，有裨于初学"，这似已

① 浦起龙《史通通释》卷一，上海古籍出版社1987年版，第288页。
② 杨绾《旧唐书》卷一一九。
③ 丹纳《艺术哲学》第一章，人民文学出版社1996年版。

成为启蒙读物之惯例。玄宗时李瀚之《蒙求》是当时著名的蒙学读本，从中也可见当时通行蒙书的体例。李良天宝五年为李瀚《蒙求》一书写《荐〈蒙求〉表》云："撰古人状迹，编成音韵，属对类事，无非典实，名曰《蒙求》，约三千言，注下转相敷演，向万余事。瀚家儿童三数岁者，皆善讽诵，谈古策事，无减鸿儒……"①。李华在《〈蒙求〉序》中云："列古人言行美恶，参之声律，以授幼童，随而释之，比其终始，则经史百家之要，十得其四五矣。题其首，亦每行注两句，人名外传中有别事可记者，亦此附叙之，虽不配上文，所资广博。"②可见其主要内容采用分类按韵吟咏方式。李峤《杂咏诗》分类法即与此同。

　　在《杂咏诗》中，从内容到体式，从最基本的一个意象、一个词语、一个典故、一个句子、一联诗乃至整首诗的选择、构筑一步步示范，人们可清楚地看到一首诗之创作轨迹。对此仅举一例即可说明，如《镜》诗（《全唐诗》作《鉴》，下面诗据敦煌残卷，括号中为《全唐诗》本用字）："明镜（鉴）拂（掩）尘埃，含情朗（照）魏台。月（日）中乌鹊至，花里凤凰来，玉彩疑冰彻，金辉似日（月）开。方知乐彦辅，自有鉴人才。"诗中主题意象是镜，开篇点题，从最基本的镜之实物及用途入手，这是人们思维中最先产生、最直接、最自然的想法。在镜能照形的基础上，引入对镜中影与镜外形的双方观照，于是魏武帝山鸡舞镜的典事随即纳入构思中。而镜之所以能照人照物，皆因其明朗之特性，故有三、四两句。在我国传统中，镜形大多是圆的，光亮无比，似月似日，这很容易引发日月之喻。而镜的背面，纹饰又多以鹊鸟花枝为题材，故应照顾正反两方面，突出特点。其玉、冰之喻已是习用之语了，镜有时就被称作冰鉴，如席豫《奉和敕赐公主镜》诗云："妍蚩冰鉴里，从此丑非才。"（《国秀集》上）至此，镜之具体本象、功能、特色已描述完毕，可进一步抽象引申了。人之心也洞如明镜，能有照人之才。这一点，《世说新语·赏誉上》中的典故，颇合于用："卫伯玉（瓘）为尚书令，见乐广与中朝名士谈议，奇之，……命子弟造之，曰：此人，人之水镜也，见之若披云雾，睹青天。"这就自然抒发了对鉴才之人的渴望。针对一个"镜"意象，李峤提示我们如何描绘，如何抓特点，如何引申，音律、对仗、用典等形式技巧如何运用。此做法符合初学者心理需求，容易模

---

① 全唐文·附《唐文拾遗》卷十九，中华书局1983年版。

② 同上。

写，一首首琢磨，其头脑中之惯性、定式也就形成了。

李峤此种教诗法是符合心理学规律的，诗人的想法是通过一系列形象事物表现出来的，其中是有规律可循的。人类社会经长期积淀，内心深处某一类情感常与某一类事物发生内在联系，有对应关系，完形心理学将这称为"异质同构"，对于初学者来说，这种同构关系的灌输是必要的，可以大大缩短摸索过程。李峤系统强化了这一点，诗中之月与团圆，雁与故乡，萍与飘流，扇与合欢，舞与佳人，琴与高山流水，笔与才华，剑与报国等，都是事物特点的某种同构规律的体现。

这种启蒙方法也符合中国之习诗传统。胡应麟在《诗薮·内编》卷四近体上云："学五言律，毋习王、杨以前，毋窥元、白以后。先取沈、宋、陈、杜、苏、李诸集，朝夕临摹，则风骨高华，句法宏赡，音节宏亮，比偶精严。"卷五又云："唐五言多对起，沈、宋、王、李，冠裳鸿整，初学法门，然未免绳削之拘。"《四溟诗话》卷二，第五十四条也说："学诗者当如临字之法，若子美'日出东篱水'，则曰：'月堕竹西峰'；若'云生舍北泥'，则曰：'云起屋西山'。久而入悟，不假临矣。"都在强调初学之法是临习，掌握了技巧后，才能抛开束缚，自由抒发感情。

唐代是个诗的时代，诗歌功用极丰，除抒情言志外，还可用来作书信、考题、干谒之作、宗教宣传品等，杜甫甚至作《戏为六绝句》，用诗来评论前代文学，故李峤以诗教人作诗，亦是自然之事。人问赋法，扬雄答曰读赋，即是如此。而且初唐有一个很大的特点，即"这时期如果在文学史上占有任何位置，不是因为它在文学本身上有多少价值，而是因为它对于文学的研究特别热心，一方面把文学当作学术来研究，同时又用一种偏向于文学的观点来研究其余的学术"；"（类书）这种畸形的产物，最足以代表唐初的那种太像文学的学术，和太像学术的文学了"[1]，即当时之文学与研究有混融特色。李峤《杂咏诗》以诗教诗，诗中蕴含着理论的做法，正与此"混融"时尚一致。它既包含一定理性成分，又具形象性，以此启蒙无疑是较切实有效的方式。

---

[1] 闻一多《唐诗杂论·类书与诗》，上海古籍出版社1998年版。

五、断定李峤《杂咏诗》是启蒙教材的理由

首先，只有作为启蒙教材，前述之各种独特性才均能获得合理的解释。只有作为五律之启蒙教材，才需大规模以五律咏物且自成体系，而无需介入太强的个人情感与风格；只有作为启蒙教材，才会传播如此广泛、久远。敦煌写卷中的诗，多经敦煌人士抄写，有的就是习诗者选抄来供自己学习使用的。再如传入日本，海天茫茫，遣唐使来华不易，若非有用，仅是卖弄之作，他们大可不必带回去传播。从空海带回国的《唐朝新定诗格》《诗格》《诗髓脑》《诗议》等看，日本人更重视诗的创作方法，意欲学作汉诗，而不仅仅是欣赏作品。从李峤此诗在日本的传播影响看，当属启蒙之诗，因为在唐初，日本人时尚学作汉诗，尤其是五言诗。日本孝谦天皇天平胜宝三年（751 年）相传为淡海三船等人编撰的《怀风藻》，是第一次以文学的意识编撰的日本现存最早的汉诗集，其中汉诗多创于我国武后时期。从大友皇子写的《侍宴诗》《述怀诗》，多益须咏两首题为《春日应诏》等诗来看，均是五言，且注重对仗等艺术手法，其主要内容是应制、咏物，与初唐诗坛同出一辙。其诗歌创作进程中，需要李峤这种五律启蒙之作。只有作为启蒙教材，才需单行，在广泛使用中不断发现问题，所以才有不断修订之必要，故版本极多，变化极大；正因是启蒙教材，才需及时作注，辅助教学，使之更加简易化。注释之多样，也都出于教学之需，人们在广泛学习中，据自己喜好、所需，不断地增抄注释，有的材料甚至与诗无关，也抄来备用。

其次，史书的记载也提示我们此诗是为启蒙而作。《新唐书》本传中云"一时学者取法焉"，一是表明李峤是可取法者，其诗有标准典范之特性，二是点明取法之人是初学者。其理论专著《评诗格》是专门总结创作经验的，是给高层次人看的，而《杂咏诗》则是给初学者学的。《中国诗学通论》中说："李峤的《评诗格》将诗分为形似、质气、情理、直置、雕藻、影带、婉转、飞动、情切、精华等十体"[1]，认为他对诗歌艺术作了细致的理论分析。此说当本于南宋陈应行《吟窗杂录》，其中有李峤《评诗格》一种[2]，

① 袁行霈，孟二冬，丁放《中国诗学通论》，安徽教育出版社 1996 年版，第 304 页。
② 陈应行《吟窗杂录》，中华书局 1997 年版，第 251 页。

其内容与空海《文镜秘府论·地卷》"十体"引崔氏语大致相同。此崔氏，王利器认为是崔融，在《文镜秘府论校注》中注崔氏《新定诗体》时，云"《日本见在书目》：'《唐朝新定诗体》一卷'，不著撰人，当即此书"①。但在注释中，多引李峤《评诗格》来说明问题，可见他并不否认李峤著有《评诗格》。傅璇琮《唐才子传校笺》卷一："《直斋书录解题》卷二二文史类载李峤撰《评诗格》一卷，并云：'峤在（王）昌龄之前，而引昌龄《诗格》八病，亦未然也。'此当出后人依托，非峤所撰，其书今亦不存。"我们认为凭此一点还难断言《评诗格》非李峤作，例如《朝野佥载》中就有后人传抄加入之成分，这一点在书籍传抄时代是难免的。我们认为，即便认定宋人所载有误，也当事出有因。李峤才高名大，其作品在当时成为创作典范，启蒙初学，故极有从理论上分析总结诗歌创作之可能。

再次，《杂咏诗》在日本的功用，可反证在我国的应用。日本人明确表示拿此诗启蒙幼童，源光行据此诗翻作《百咏和歌》序云："夫郑国公始赋百廿咏之诗，以谕于幼蒙；张庭芳追述数千言之注，以备于后鉴。""藤原诚信自称日本天禄二年（971年）七岁时习诵《百咏》，这是此诗作为蒙书最早的记录。"②此诗之《佚存丛书》本跋云："皇朝中叶，甚喜此诗，家传户诵，至使童蒙受句读者亦必熟背焉。"日本人用此启蒙应是从中国学去的，他们学做汉诗，不会随便把什么诗都拿去当启蒙教材，这也反过来说明此诗在中国的用途。若说给广大文士或准备科举之人用，而日本人拿去教七岁学童，岂非笑谈。

第四，张庭芳注序中之"庶有补琢磨，俾无至于凝滞，且欲启诸童稚"，说明其注是为启蒙而作，也暗示出原诗之性质。

第五，李峤《杂咏诗》与李瀚《蒙求》之体系、传播、注释等各方面极为相似，如日本并列之为蒙学教材，源光行在作《百咏和歌》之时，也作有《蒙求和歌》一四卷（元久元年秋成）。《蒙求》也传播广泛。敦煌也出土有《蒙求》卷子，此书依李华序及李良之荐表，也有注释并行，较有名的是（宋）徐子光的注。二者也似有相同之功用。

第六，宋刘克庄《后村诗话》后集卷一载："鹤相（丁谓）在海南，效

① 王利器《文镜秘府论校注·地卷·十体》，中国社会科学出版社1983年版，第146页。

② 胡志昂编《日藏古抄李峤咏物诗注·前言》，上海古籍出版社1998年版。

唐李峤为《单题诗》，一句一事，凡一百二十篇，寄洛中子孙，名《青衿集》，……且篇篇用李韵。"《青衿集》乃仿李峤之作，其目的十分明确，就是为了启蒙子孙，这也从另一个方面表明了《杂咏诗》的本来用途。

六、《杂咏诗》独特的价值评判

我们必须用多元化观点来看待诗歌。诗歌作品多种多样，各类作品写作目的不同、用途不同、要求不同，评判标准也应不同。李峤的二百余首诗，就不可一概而论。其诗中写景抒情即兴创作的那些作品，不仅艺术方面颇为讲究，而且注重感情的抒发，内容的拓展，在初唐是较为出色的。对其《杂咏诗》，我们更有必要重新认识评价之，看清其优点和不足。

按一般诗歌品评标准，从思想、艺术、情感等方面综合观照，《杂咏诗》在文学史上并不出色，甚至有堆砌典事，卖弄技巧之嫌，但作为启蒙教材，它对诗歌的作法，尤其是新定型的五律的大力推广与普及，功绩比普通诗更大。对于启蒙教材，其基本要求是：继承传统、总结前代的积累，以达到内容的丰富，技巧的规范，时代特色的鲜明，这便足矣，其中尤应注重基本技巧的训练，在此基础上人们才可进入自由创作的新境。若还要求有激情，有创新，未免有些苛求。人有分工不同，诗亦如此。只要能达目的就是好诗。《杂咏诗》可以说已达到普及启蒙之目的，这从其传播使用中都可看到。

李峤以诗的方式普及五律，启蒙幼学，扩大了诗之功用，使中、外很多学习诗歌创作之人受益匪浅。在初唐若无人做这方面的努力，近体诗高峰的形成定会受到影响。提高是在普及的基础上获得的，所以，我们应肯定《杂咏诗》。从此角度看，张说等人评价高，是因为见到其特殊功用。后人贬低之，一方面忽视了它是特殊类型之诗，另一方面忽视了它是初唐那个五律定型之际的特殊时代之诗。

唐诗在盛唐达到一个无法企及的高峰，产生了无数巨星，在他们的光焰下，初唐诗人的光彩变得暗淡了。而且越到后来，人们越只看重结果，不重视事物发展变化的过程，以盛唐达到巅峰的作家的作品做参照系来评价之，故而贬的成分增多，忘却了初唐诗人们的特殊贡献。这似乎不仅是对李峤一个人的问题，针对整个初唐文学的评价，都存在这样的倾向，故杜甫会在《戏为六绝句》中为初唐人呐喊："王杨卢骆当时体，轻薄为文哂未休，尔曹身与名俱灭，不废江河万古流。"杜甫敢于称赞初唐甚至六朝作家，看到其功绩、长处，故能纳百川而成大海，成为集大成的诗人，此种气魄后来渐趋泯灭。苏轼在《书李峤诗》中说："'昔时青楼对歌舞，今日黄埃聚荆棘。山川满目泪沾衣，富贵荣华能几时。不见只今汾水上，惟有年年秋雁飞。'李峤诗也。盖当时未有太白、子美，故峤辈得称雄耳。其遭离世故，不得不尔。雨中闻铃且犹涕下，峤诗可不如撼铃耶？以此论工拙，殆未可也。"[①]我想，若李杜生活在初唐，也可能是不免六朝余风的宫廷诗人。唐诗史上，没有初唐诗人的奠基、过渡，怎会有盛唐之高峰？如果我们从诗歌艺术发展的角度看问题，就会注意到李峤等人是其中不可缺少的一环。他们对唐初诗歌的格律化、普及化及审美取向的奠定，作出了很大贡献。虽然他们的诗作不无缺憾，如许学夷《诗源辩体》卷三一所说："此承六朝余弊，盖变而未定之体也"，但这变化之功不可抹煞。

当然，《杂咏诗》之不足也是很明显的。按五律分类写一百二十首咏物诗，对作者的才华是个考验，极易产生心理定式，这在任何作家都在所难免。李峤虽有才华，积累也丰富，但毕竟是以一人之力写一组面面俱到的、规范的咏物诗，定会在作品中显露个人在意象、句式、思维方式等方面的习惯定式。这从诗中可清楚地看到。如其意象、语词的选择，就体现出个人喜好。一个"开"字，即有："已开封禅所，希谒圣明君"（《山》）、"已开千里国，还聚五星文"（《井》）、"杏花开凤轸，菖叶布龙鳞"（《田》）、"阛阓开三市，旗亭起百寻"（《市》）、"斜影风前合，圆文水上开"（《雨》）、"霞津锦浪动，月浦练花开"（《江》）、"阿房万户列，阊阖九重开"（《门》）、"汉官井干起，吴国落星开"（《楼》）、"名士竹林隈，鸣琴宝匣开"（《琴》）、"画鹢浪前开"（《舟》）、"霞上织成开"（《屏》）、"金辉似月开"（《镜》）、"金精九日开"（《菊》）、"汉祀应祥开"（《麟》）、"晨毡映雪开"（《羊》）等，这仅是《杂咏诗》中的部分例子。李峤诗共有四十余处用了"开"字。甚至其句子也形成定式，如"岩花镜里发，云叶锦中飞"（《石》）、"霜辉简上发，锦字梦中开"（《笔》）、"光随锦文发，形带石岩圆"（《砚》）、"新曲帐中发，清音指

---

① 《苏轼文集》卷六七，中华书局1996年版，第2116页。

下来"(《筝》)、"莲花依帐发,秋月鉴帷明"(《罗》)等。其句式结构相似,或各部分仅稍加变动。

　　这种定式,难免会造成题材的因循、意象的老化、语词的陈旧、句式的单调,也难免会造成初学者内心更为狭窄的定式。因为学习模仿一种范式,很容易形成教条,正如《四溟诗话》卷四二中所说:"比喻多而失于难解,嗟怨频而流于不平,过称誉岂其中心,专模拟非其本色;愁苦甚则有感,欢喜多则无味;熟字千用自弗觉,难字几出人易见。"外国人也早已看到这一点:"毫无独创的模仿性是中国人写作方法上最明显的缺陷。这种缺陷不仅限制了文人们的思维和观点,而且还使他们的作品显得死板呆滞和装腔作势。"①此观点虽然偏激,不尽符合实际,但也表明我们创作传承中是有不足的。学习创作不先模仿范例不行,但过多地模仿或一味地模仿又会落入套中,倘不能奋力突破,很难创新。一代代新成长起来的创作主体们,都受到同样方式的启蒙教育,习惯性地从范式中"拿来",较少利用其直接体验,这自然形成惰性,机械地加工意象、事典、句式乃至全诗。李商隐在其《漫成》诗中说:"沈宋裁辞矜变体,王杨落笔得良朋。当时自谓宗师妙,今日唯观对属能。"这虽忽视了初唐诗的转折特色,但也确实看到其弊端,即这种传承易教出程式化的制作工匠。当然这是客观上的消极影响,非李峤之本意。

　　　　　　　[原载《四川大学学报》(哲学社会科学版)2002年第1期]

---

①[美]M·G·马森《西方的中华帝国观》,时事出版社1999年版,第258页。

《千家诗》的版本流传及编辑特点

丁志军　徐希平

　　《千家诗》作为宋元之际出现的诗歌选集，自面世之日起便广泛流传于民间。明清时期，《千家诗》流传极广，成为蒙学必备的教材之一，"三、百、千、千"对应儒家的"四书"，被民间称为"启蒙小四书"，足见其影响之大。《千家诗》在各时期的流传中衍生出了众多的版本，据不完全统计，自宋元以来，包括注释本在内的《千家诗》版本多达240余种。《千家诗》至今还有着不小的影响，因而从整体上考察其在不同时期的版本演变脉络，归纳该书在不同时期的编辑特点和发挥的主要功能，具有重要的现实意义。

一、宋元时期《千家诗选》的版本流传及编纂特点

　　《千家诗选》全称《分门纂类唐宋时贤千家诗选》，相传为南宋刘克庄所编，因此清代有的版本如栋亭重刻本径称《后村千家诗》。现存最早的《千家诗选》为元刊本，其中元刊本又有二十卷后集十卷本与二十二卷本之别，前者在北京大学图书馆、日本斯道文库皆有收藏，经互校后可为完帙，后者仅日本成簣堂文库有收藏。日本藏两种元刊本皆有牌记。斯道文库藏本中，在后集书名、编者之后，紧接着有牌记曰：

　　　　两坊诗编，充栋汗牛，独是编诗人莫不称赏。今再将先生家藏所编善本并前集所未备门类、人所愿见而不可得者誊作后集，一新刊行。伏希眼月。①

------

　　① （宋）刘克庄编集《分门纂类唐宋时贤千家诗选》后集，元刊本（二十卷后集十卷）。

牌记具有销售广告的性质。由牌记可知，此刊本以前仅为二十卷本，所谓"后集"，乃是新近发现的"先生家藏所编善本"。又成箦堂文库藏本卷首有牌记曰：

> 曾遍览诸家诗集，大抵尚时贤而遗唐宋，遂使时人起美玉韫匮之讥，兴玉石混淆之叹。今得后村先生集撰唐宋时贤五七言诗选，随事分百有余类，随类分唐宋时贤三家，总是题咏，无一闲话，真诗中之无价宝也。不惟助诗人之唱和，亦可供童辈之习读，故名曰《千家诗选》。同辈有志于斯，供之一览，使余无抱朴之恨耳。幸鉴。①

该牌记介绍了《千家诗选》的作者、编排体例以及主要功能。此刊本并未分前后集，但在卷尾有"余门后集刊行"的字样，明显具有"出版预告"的性质。对比二牌记可知，二十卷本与二十二卷本当是由不同的书坊在同一时期刊行的。至于二十二卷本最终是否加刊了后集，不得而知。

除以上两种元刊本外，现存尚有明抄本《分门纂类唐宋时贤千家诗选》、清代楝亭重刻本以及据楝亭本影抄的宛委别藏本。明抄本现存二十五卷，中间多残缺。楝亭重刻本二十二卷，无任何题跋，其版本来源无考。其中明抄本卷首附有题识曰：

> 此抄本颇古，似明初抄本。据《郘亭书目》只有曹楝亭刻本二十二卷，今取以相校，"人品门"多"美女"一卷，又多"宴赏门"一卷，又多"性适门"一卷。内容亦多不同，如卷八第六页第一行"凤州"刻本作"扬州"，第二行"每逢"刻本作"甘州"，卷十一第三页第九行刻本脱落"王荆公"三字，其他脱落人名很多，需细校对。惜此本稍残，是遗憾耳。②

题识者将明抄本与楝亭重刻本相比较，意在显示两者卷数不同，以及"内容亦多不同"，但明抄本多出的三卷皆在末尾，且内容的不同多表现在诗歌的某几个字上，而具体的篇目却是相同的。不仅如此，这两种版本的前二十卷

① （宋）刘克庄编集《分门纂类唐宋时贤千家诗选·卷首》，元刊本（二十二卷）。
② （宋）刘克庄编集《分门纂类唐宋时贤千家诗选·跋》，明抄本（二十五卷）。

◇ 童蒙诗学教育

与斯道文库藏元刊本的前二十卷所收录的诗歌是一致的，且具体的文字差异并不大。从著录的情况看，成篑堂藏元刊本的卷数与楝亭重刻本卷数一致，前二十卷的内容当与上述三种版本一致。这就意味着，四种本子至少在前二十卷上有着相同的版本来源。

以上四种版本最大的不同出现在二十卷之后的内容上，现将各本二十卷以后的情况统计如下：

版本	卷数	门、类(依卷次排列)
国图、斯道文库藏元刊本	十卷	仕宦门、投献门、不详、庆寿门、庆寿门、庆贺门、干求门、馈送门、谢惠门、谢馈送门
明抄本	五卷	人品门(神仙、隐逸、道士) 人品门(僧、术士、农、渔父、樵夫、牧童) 人品门(存美女、客旅等类目) 宴赏门(存茶、酒等类目) 性适门(存睡、眺望、思忆等类目)
楝亭重刻本	二卷	人品门(神仙、隐逸、道士) 人品门(僧、术士、农、渔父、樵夫、牧童)
成篑堂文库藏元刊本	二卷	不详

从统计的情况看，北图、斯道文库藏元刊本与后三种版本在二十卷以后的门类安排上全然不同，当有独立的版本来源。明抄本与楝亭重刻本在二十一、二十二两卷上的门类完全相同，所不同的是，明抄本多出人品门一卷，以及宴赏门、性适门各一卷。因此，二者当源出于同一版本。成篑堂文库藏元刊本与楝亭重刻本卷数一致，但后二卷的门类不详，存疑。

对于上述四种版本的源流关系，有学者认为二十二卷本很可能是早期版本之一。[①]但从整体上看，这几种版本的前二十卷内容相同，皆以"物"为中心进行门类编排，二十卷以后的部分则以"人"为中心进行门类编排。因此，总体而言，四个版本的前二十卷和以后的部分有着明显的大类区分。作为以类书体例编纂的书籍，其门类在编纂之初应当是相对完善的，而二十二卷本的前二十卷于后二卷无论从门类数量还是诗歌数量的比例来看，都是极其不平衡的，因而不大可能是早期的版本，这种比例的失衡更可能是流传过程中出现的特有现象。《千家诗选》在宋元时期的版本流传无外两种情形，

---

① 李更，陈新《分门纂类唐宋时贤千家诗选校证》，人民文学出版社2002年版，第880页。

一是最初仅有前二十卷，后经过不断增补；二是最初为"物""人"两个大的部分，"人"的部分散佚，元代对这一部分进行了重新增补。无论属哪一种情形，都不影响得出如下结论，即《千家诗选》在元代经历了不断增补的过程。

通过上述讨论可以得出如下认识：在现存的两种元刊本中，前二十卷是流传较早而又没有争议的部分，在元代增补新的门类之前，书坊流传的即是二十卷本。二十二卷本当是在二十卷本的基础上增补新的门类后形成的，而在二十卷的本子增补了十卷后集以后，二十二卷本也随之增补后集，但不一定和二十卷本的后集相同。栋亭重刻本可能源于二十二卷本，而明抄本则可能来自二十二卷本增加后集以后的版本。

从上述对元刊本《千家诗选》的考察可见，《千家诗选》在元代经历了一个不断增补的过程，从中也可以大略见出元代刊刻者在争取《千家诗选》读者上所采取的竞争策略，即以增补新的门类来博得读者的青睐，从而换取更大的市场。当然，这种竞争策略取决于书籍本身的性质。《千家诗选》是仿照类书体例编辑的诗歌选集，属于工具书类型，前二十卷全以"物"为中心，共分为十三门，一百一十八类，每一类下又以唐贤、宋贤、时贤排序。这种类书式的编排体例相比其他的诗歌选本有一个最大的优势：便于按题材翻检。因此，对时人来说，无论是应景创作还是日常应用，都可以在《千家诗选》中按图索骥，各取所需，工具化和实用化的倾向非常明显。前所引元刊本中的两则牌记均提到《千家诗选》的功能，一曰"诗人莫不称赏"，一曰"不惟助诗人之唱和，亦可供童辈之习读"，也即是说，《千家诗选》的受众主要为当时的"诗人"，而所谓"诗人"，当是泛指当时的普通文人。但这种类书式的编排体例对于初学者来说，既不符合诗歌创作本身的基本规律，内容上也过于驳杂，因此它并不一定适合"供童辈之习读"。

《千家诗选》在元代虽有多种版本刊行，但其在明代官私书目中却无著录，直到清代栋亭重刻本问世后，才再次为人所知。这是由多方面的因素造成的。首先是《千家诗选》自身的编纂特点造成的，《千家诗选》收录的是唐及两宋时期的诗歌，范围有限；同时，从元代的一些刊本可以看出，《千家诗选》存在着很多舛错，如诗歌署名张冠李戴、截取排律甚至古体诗的片段充当近体律绝等。其次是明代各种诗歌总集、选集以及大型日用类书，如明初出现的以类书体例编纂的诗歌总集《诗渊》，明代盛行的《文林妙锦万

◇
童蒙诗学教育

宝全书》《士民便用一事不求人》等数十种类书的大量刊行，都会因各自的优势而挤压《千家诗选》的市场，使得《千家诗选》的影响力大大降低。

二、明代《千家诗》的主要版本与编辑特点

明代《酌中志》著录"千家诗一本，四十四页"[①]，《明宫史》所载明代宫廷启蒙读物中，亦有《千家诗》一书[②]，此外，明代许多文学作品中也出现以《千家诗》课读的情形。可见，《千家诗》在明代已演变为基本的童蒙教材。

今天已知有著录和收藏的明刊本、明抄本《千家诗》有多种，从各种版本选录的诗歌来看，《千家诗》当是以《千家诗选》为底本进行选编的，同时增补了部分《千家诗选》未选录的诗歌。若从卷数来分，《千家诗》主要有二卷本和四卷本。四卷本有题名汪万顷选辑的《新镌注释出像皇明千家诗》以及西班牙藏明刊本《千家诗》，前者《香港中文大学图书馆古籍善本书录》有著录，后者无著录，见于周发祥《中外文学交流史》[③]。相比而言，二卷本更为常见，有题名谢枋得选编的《增补重订千家诗选》与《明解增和千家诗注》、题名陈眉公选注的《新刻选注复古千家诗》、题名汤显祖校释的《新刻解注和韵千家诗选》、题名魏诚甫诠释的《新镌释和魁斗千家诗选》以及题名李卓吾手书的《新刻草字千家诗》等。

与元刊本《千家诗选》相比，明代各种版本的《千家诗》有许多不同的特点。从选录数量上看，明代的《千家诗》对《千家诗选》进行了大幅删削，诗歌数量由近两千首削减为一百余首，十取其一；从二卷本的情况看，所选诗歌全为七言律、绝，四卷本增加了五言律、绝，在更为常见的二卷本中，第一卷为七绝，第二卷为七律；对于所选的诗歌，《千家诗》每一卷皆按照春、夏、秋、冬的顺序进行编排，四卷本亦同；在现存的明本《千家诗》中，几乎都有注释，这与元刊本《千家诗选》全为白文是不同的；上文所举七种版本中，有五种《千家诗》都在书页上部增附了图像，且大抵与当

---

① （明）刘若愚《酌中志》（卷一八·内板中书纪略），北京古籍出版社1994年版，第158页。

② （明）卢城赤《明宫史》（卷二·木集），北京古籍出版社1982年版，第24页。

③ 周发祥，李岫《中外文学交流史》，湖南教育出版社1999年版，第136页。

页诗歌意境吻合，这是元刊本《千家诗选》所不具备的；另外，《明解增和千家诗注》《新镌增和魁斗千家诗选》《新刻解注和韵千家诗选》《新刻选注复古千家诗》四种版本皆附有和韵诗，这是明本《千家诗》的独特之处。如《新镌释和魁斗千家诗选》上卷第一首诗即程颢《春日偶成》：

云淡风轻近午天，傍花随柳过前川。时人不识予心乐，将谓偷闲学少年。①

该页上部即有和韵诗二首，其二曰：

迟日融合霁景天，无边花柳艳山川。幽怀美景浑相得，岂学荒游度少年。②

又如下卷选录欧阳修《答丁元珍》：

春风疑不到天涯，二月山城未见花。残雪压枝犹有橘，冻雷惊笋欲抽芽。夜闻啼雁生乡思，病入新年感物华。曾是洛阳花下客，野芳虽晚不须嗟。③

此页上部除有绘图外，另有增和诗一首：

东君传令道天涯，处处园林未见花。闻雪预开白玉蕾，先春抽出黄金芽。故乡音信经年绝，旅馆愁怀两鬓华。料想故人千里月，临风翘首倍咨嗟④。

在上文提及的增和本《千家诗》中，绝大多数选诗都附有和韵诗，有的附有两首。当然，从总体上看，这种和韵的水平不高，没有突出的特点。究其目的，除把玩文墨、附庸风雅以外，主要恐怕还是为诗歌教学中童蒙学诗提供

① (明)榖于峰释和,魏诚甫注《新镌释和魁斗千家诗选》,罗氏万历刻本,第1页。
② (明)榖于峰释和,魏诚甫注《新镌释和魁斗千家诗选》,罗氏万历刻本,第1页。
③ (明)榖于峰释和,魏诚甫注《新镌释和魁斗千家诗选》,罗氏万历刻本,第26页。
④ 同上。

◇
童蒙诗学教育

一个可供参考的范本，同叶通过和诗对童蒙进行品行、操守等方面的教育。

仔细分析明代各版本《千家诗》的编纂风格可以发现，上述这些新的编辑特点几乎全是围绕"训蒙"而展开的。削减篇幅是为了适应蒙童的接受水平；只选七言律、绝，且绝句在前，律诗在后，是因为五言律、绝比七言律、绝难度要高，律诗的难度又比绝句的难度高，由易到难，符合学习的基本规律；以时序编排也是与学习过程相关联，便于让学习与外界环境相结合，增强感知力；注释和图像一为易懂，一为形象；增加和韵诗的直接目的是为学童学习诗歌创作提供一个活的范例。

三、《千家诗》在清代的版本流传与编辑特点

明代流传的题名谢枋得选编的二卷本《增补重订千家诗》一直延续到清代，生活在明清之际的王相对该书进行了补注，名为《增补重订千家诗注解》。翟灏《通俗编》曰："今村塾所诵《千家诗》者，上集七言绝八十余首，下集七言律四十余首，大半在后村选中，盖据其本增删之耳，故诗仅数十家，而仍以千家名。"[①]翟灏所提到的《千家诗》，当即明代流传下来的、王相的注本。同时，王相还根据《增补重订千家诗》的编排体例，另外选注了以唐宋五言律、绝为内容的《新镌五言千家诗笺注》二卷。与《增补重订千家诗》相比，王相的选注本较少出现常识性的错误，总体水平较高，但由于五言律、绝难度较高，并不适合童蒙学习，因而也招来不少批评。十九世纪以后，民间书坊将谢枋得的七言选本与王相的五言选本合刊，影响日益扩大，合刊本遂成为今天所称的通行本《千家诗》。此外，晚清时期还出现了更多的增补重订合刊本《千家诗》的版本，如《钟敬伯订补千家诗图注》、游光鼎选编的《增刻千家诗选》、宗廷辅的《重编千家诗读本》。因此，明代以来流行的二卷本七言《千家诗》，在清代经历了增补、重订的过程，当然，增补的目的一是完善原有版本在五言律、绝诗歌方面的缺失，以期为初学者提供更大的方便，二是订正原有版本在署名、注释以及诗歌文本等方面的错误，并通过重新编排，形成较为明确的体系。

与上述对原有版本进行增补、重订的情形不同的是，清代还出现对原

205

---

① （清）翟灏《通俗编》（卷七），商务印书馆1959年版，第154页。

有版本进行否定与重选的现象。比较具有代表性的是乾隆三十七年金陵眠云堂刊本《国朝千家诗》、咸丰二年刊黎恂《千家诗注》以及光绪十一年刊苏作选编的《童蒙必读千家诗》。《国朝千家诗》在诗歌编排体例上照搬了明以来的传本，分七绝、七律二卷，每一卷又按四时排序，版式也分为上下两截，上附绘图，下录诗歌。而《国朝千家诗》仅收录清人的作品，虽然从内容上彻底否定了传本《千家诗》，但由于诗歌本身的水平不高，并未产生多大影响。与此相似，《童蒙必读千家诗》也由于总体质量不高，自刊行以来默默无闻，兹不赘述。

在另起炉灶的《千家诗》选本中，产生了较大影响的是黎恂选注的《千家诗注》。黎恂在《千家诗注》自序中对当时通行本《千家诗》进行了批判："俗本《千家诗》传布已久，村塾童子罔不记诵，其中唐诗少、宋诗多。"又曰："原本题目与正集不符，作者姓字亦多舛误。曾有为之注者，虽字解句释，如四书讲章然，而于讹舛处毫不考正，事实亦说明，殊非善本。"[1]其弟子郑子尹亦对俗本《千家诗》提出了质疑：

> 其于唐宋各大家，载不及小半，当读之诗更不及百分之一。斯已如邓林一枝、丹穴片羽也，而犹然徒口谈之，曾不能识一古人、晓一古事、知一托兴摅怀之所在，虽成诵如流水何益？[2]

如果说黎恂主要从常识性错误的角度对通行本进行批判的话，郑子尹则更多地从选诗内容、编辑思想上进行质疑，并借以凸显黎恂选注千家诗的主要倾向。从选诗情况来看，黎恂摒弃了难度较大的五言诗，所选皆为七言律、绝，且更偏重于选录宋代诗歌，对程颢、朱熹、苏轼等人的诗歌选录较多，与其"宗宋"的诗学观十分吻合。在所选诗歌的主题上，黎恂更注重诗歌的德行教育、情操陶冶功能，彻底否定了俗本《千家诗》中浪漫、浮华以及情绪性明显的诗歌，与其崇尚理学的情结一脉相承。当然，黎恂的注释精深，大大超过了明代以来的传本及王相的注本。从整体上来看，黎恂选注的《千家诗注》在思想性和学术性上都较俗本《千家诗》高出不少。

---

① （清）黎恂选注《千家诗注》（黎序），黎氏日本使署铅印本。

② （清）黎恂选注《千家诗注》（郑序），黎氏日本使署铅印本。

四、结语

　　《千家诗选》在元代经历了逐次增补的过程，增补的原因主要有两个，一是书坊间的商业竞争使然，二是由于《千家诗选》以类书体例编纂，属于诗歌选本中极利于翻检的工具书，其门类越齐全越具有实用性。明代大量日用类书的刊行，使得《千家诗选》的影响力大大降低，在明代被大幅删削为《千家诗》，且以改变伍例、增加注释、手绘图像、增补和诗等多种方式进行了重新编辑，以便于误读训蒙。自清代以来，传本《千家诗》因自身的局限受到质疑，各种版本的增补重订更加显示出编注者的思想体系、学术趣味以及对童蒙诗教的深入认识，使《千家诗》的编选越来越严谨，体系更加完备，且具有学术的特征。无论是《千家诗选》在元代的次第增补、明代《千家诗》编辑特点的多元化，还是清代对《千家诗》的增补、重订乃至重选的学术化倾向，都与其时的实际需求和选本在当时的主要功用密切相关，是特定时代的产物。

[原载《西南民族大学学报》（人文社会科学版）2012年第4期]

王尧衢《古唐诗合解》的宗唐倾向及选诗标准

詹福瑞

唐诗流传到了明清间，传播愈发广，影响愈发大，选编注解唐诗的总集也如雨后春笋，纷纷出世。在明清两代众多的唐诗总集中，王尧衢编《古唐诗合解》是一部流行传布较广的本子。仅从唐诗传播的角度看，《古唐诗合解》能够拥有那么多的读者，就不能不引起我们治唐诗者的注意。

王尧衢，字翼云，长洲（今江苏苏州）人，事迹不详，《古唐诗合解》有尧衢自序，写于雍正壬子年季春之月，即雍正六年（1728），推算起来，当生活在康熙、雍正年间。

一

王尧衢的《古唐诗合解》虽广为流传，但王氏的诗学观和选诗标准，似乎并未引起人们的注意。现在，我们站在清代康熙、雍正和乾隆三朝诗坛的角度来省视《古唐诗合解》，我们是否可以说，这部唐诗总集，是清代前中期不同诗歌观念竞争与胶着的产物？

清代前中期诗人各立门户，宗唐宗宋，壁垒分明，诗坛弥漫着复古之风。与此同时，也有的诗人或批评家提倡新变，反对拟古，力主创造。其中，最成体系的当数康熙朝叶燮的《原诗》。此书由叶氏自行刊印于康熙二十八年（1689），比王尧衢的《古唐诗合解》早了四十余年，这部书对王尧衢的诗学观有着重要的影响，《古唐诗合解》中的诗歌理论，有些就直接取自《原诗》而加以改造或升发。

叶燮《原诗》认为，不同时期的诗之变就是诗歌发展的历史："诗始于《三百篇》，而规模体具于汉。自是而魏，而六朝、三唐，历宋、元、明，以至昭代，上下三千余年间，诗之质文、体裁、格律、声调、辞句，递升降不同。而要之，诗有源必有流，有本必达末；又有因流而溯源，循末以返本。"《诗经》以下三千余年的诗歌的发展就是"踵事增华""因时递变"的过程。叶燮把这一过程方之于树。《诗经》是其根，历经苏、李之萌芽、建安之拱把、六朝之有枝叶，至唐则枝叶垂阴矣。因此，叶燮主张诗要通过创造以求新变，合上下而知源流。

王尧衢在《凡例》中解释此书为何古、唐二诗合解时，基本上接受了叶燮的理论：

> 古、唐二诗胡为而合解也？曰：欲挟诗之原本以及流，而得其全。夫诗体多变：《三百篇》之后，变而为《离骚》。及汉，而有苏、李五言、无名氏之《十九首》，始具规模。又变而建安、黄初，一时鸿才接踵，上薄《风》《骚》。由魏而晋，而六朝，名流继起，各成一家。至陈、隋之末，非律非古，颓波日下。唐初，沿其卑靡浮艳之习，一变而成律绝近体。沈、宋等朴中藏秀，脱去浮滞，歌之成声，又一大变。至盛唐而极其盛。譬之于木，《三百篇》根也，苏、李发萌芽，建安成拱把，六朝生枝叶，至唐而枝叶垂阴，始花始实矣。读者须熟悉乎文质、体裁、格律、声调升降之不同，而诗之源流、本末乃全。既不能弃根而寻枝叶，自不得读唐而置合古。夫是以为合解也。

这一段话，王尧衢主要采自《原诗·内篇》，坚持了叶燮的源流正变的观点，并把它作为自己创为古唐二诗合解的依据。王尧衢之注唐诗，有着浓厚的宗唐色彩，这一点又不同于叶燮。在《凡例》中，王尧衢虽然说："唐以后诗，殊未可一概而论也。今既以时尚重唐，故解自唐诗而止。"似乎注唐诗只是为了迎合时尚。其实，就王尧衢本心而言，他还是认为唐诗达到诗的高峰，已经成为后世创作的典范。他说："诗至唐而诸体皆备，唐以后至今，皆本唐诗以为指归。"《凡例》中以树比诗来自叶燮《原诗》，但王尧衢却稍有改动。《原诗·内篇下》云："唐诗则枝叶垂阴，宋诗则能开花，而木之能事方毕。"而《古唐诗合解·凡例》却改成了"至唐而枝叶垂阴，始花始实矣'。这一变，就露出了他宗唐的真面目。所以，王尧衢注唐诗，是有较深的用心和较为复杂的宗唐、宗宋背景的。至于王尧衢上注唐前古诗，也是从唐诗出发，欲明唐诗之原本，以体会诗的文质、体裁、格律、声调升降的不同。

当然，受叶燮的影响，王尧衢虽宗唐却脱略了复古的怪圈。他在《古唐诗合解·序》中说：

> 吾愿读诗者旷观天地云物之变幻，静听山水之清音，以豁其胸襟，自出其才识胆力，尚论古人，自有悠然会心处。久之，天机流动，当有于此解之未及者。

学习古人的诗，最后还要落足于客观事物的变化，以及诗人自身的才识胆力，有了这两个诗歌创作的主客体条件，再体悟古人作品，才有会心之处，方有天机流动之诗。这里所谈的理论，暗含着诗因时因人而作之意。而才识胆力，则又是取自叶燮的《原诗》。

宗唐而不弃古，学唐是为了出自己之心声，这也许就是王尧衢融汇了清代初中期诸诗家的观点，尤其是接受了叶燮《原诗》理论，而形成的自身的诗学观念吧。而王尧衢著此书，恐怕既是为了向唐诗学习技巧，又是为了谛听唐人之心声吧？

二

王尧衢论诗，以自然、神化为诗之极致，《古唐诗合解·序》云："诗也者，心之声也……要皆出于自然者。"在具体品评诗时，王尧衢对自然之诗极为赞赏。如评李白《静夜思》："此诗如不经意，而得之自然，故群服其神妙也。"（卷四）评王维《答张五弟諲》："六句四韵中，包含无限静思。右丞是学道人，出语精微，俱耐人想。古诗中用才情、用绮丽者，居次矣。用四'终'字，生出奇趣，亦不经意而出之，非有心而安排也。"（卷五）所谓"自然"的诗，就是非刻意结构的诗，诗人的情思意绪自然流出，不字斟句酌于章法辞藻之间。

大巧若拙，大音无声。自然之诗看似无法，实则是烂熟于法，"能神游于法之外者"。"诗至神化，即不拘于法，而左右咸宜。冥有象以归无象，本有为以底无为"（《序》）。写诗先要明法，到了神化之境，诗即达于自然，有法而若无法。所以，王尧衢一方面以自然神化为诗之极诣，另一方面又十分重视诗之法。他注解古、唐诗，有一十分重要的内容就是解说诗的立局命意、章法结构以及诗之用韵并字句之工。

王尧衢注古诗，"随其体裁，观其立局命意而分疏之，不求纤巧"。注唐诗，视诗体之不同而分辖注解。王尧衢认为：唐代的古诗不同于汉魏晋的古诗。汉魏晋的古诗多五言，且不转韵；而唐代的古诗"每于转韵分解处见神情并字句之工"（《序》）。所以，王尧衢注唐代的古诗，于此处一一详加注明。如卷三的五言古诗所收张若虚的《春江花月夜》，王尧衢于诗后总评云：

> 此篇是逐解转韵法，凡九解。前二解是起，后二解是收。起则渐渐吐题，收则渐渐结束。中五解是腹。虽其词有连、有不连，而意则相生。至于题目五字，环转交错，各自生趣。"春"字四见，"江"字十二见，"花"字只二见，"月"字十五见，"夜"字亦只二见。于"江"，则用海潮、波、流、汀、沙、浦、潭、潇湘、碣石等以为陪。于"月"，则用天、空、霰、霜、云、楼、妆台、帘、砧、鱼、雁、海雾等以为映。于代代无穷，乘月、望月之人之内，摘出扁舟游子、楼上离人两种，以描情事。楼上宜月，扁舟在江，此两种人于春江花月夜最独关情。故知情文相生，各各呈艳，光怪陆离，不可端倪，真奇制也。

这种诗评虽类冬烘先生讲学，但如结合诗中的串讲来理解，对于我们把握诗之义脉与作法，是有一定帮助的。

对于律诗，王尧衢认为：所谓"律"，如同法律之森严，一字也不能苟且。他"注律诗，则分前后解写题中何意，并注明起承转合，章有章法，句有句法，字有字法，务必字字得其精神，言言会其意旨"（《凡例》）。所以，王尧衢注解律诗，除诗中串讲一一注明诗从何写起，或以何起兴，承句如何，转句如何，合句如何，最后还要总结出前解写什么、后解写什么，以帮助读者理解诗之意旨。当然，把律诗分成前后解，有的与诗意相合，有的则比较勉强。律诗因起承转合的结构关系，起与承句相连，而转与合意脉切近，所以，有许多诗可分成前后解来看。但若篇篇必如此，就又有了冬烘之气。如卷十之七言律所收杜甫《秋兴八首》，说其一、其三以前四句为前解，后四句为后解尚可；但若把其二、其四、其五、其六、其七判剖为前后两解，就比较勉强，如第五首：

蓬莱宫阙对南山，承露金茎霄汉间。西望瑶池降王母，东来紫气满函关。云移雉尾开宫扇，日绕龙鳞识圣颜。一卧沧江惊岁晚，几回青琐点朝班。

此诗一气贯之，追忆当年朝廷之盛。若勉强为之分解，也不应如王尧衢注将诗分为前后两半："前解思朝廷之盛时，后解思立朝之日。"而是如叶嘉莹《杜甫秋兴八首集说》按语所言："前六句用笔宏伟壮丽，既可见当年朝省仪仗之盛，亦隐见杜甫当年意气之盛。而尾联结以'一卧沧江'慨'朝班'之不再，无限家国身世之慨，尽在言外"。①

　　其实，王尧衢此注本的优长之处，并不在于以上所说的立局命意、章法结构和用韵等等，而在于此注本对诗句的串解，颇有把握诗之情思意脉之处，有助于我们对诗的理解。以我们现在的目光来看，此注本当是清代雍正年间的一部"唐诗鉴赏辞典"。这里，我们不妨举一个短诗注解的例子，以见一斑。本书卷四收宋之问《渡汉江》，原诗："岭外音书断，经冬复历春。近乡情更怯，不敢问来人。"王尧衢注前二句："之问坐交通张易之，贬龙州参军，逃归洛阳。故其在岭外时，经年隔岁音书断绝也。"不仅是在注释"岭外"二句，也交待了诗之写作背景。又解后二句："及逃归，已近乡里，而中情抱怯，见来人而不敢问。盖忧思交集之时，转多疑畏耳，更怯，'更'字妙。今人久客还乡，临到家，觉心中恍惚，亦复如此。"此二句串讲，从现实的人之常情事理来解释"近乡情更怯，不敢问来人"的心理，颇为切近实际。这样的例子，在本书中随处可见。

三

　　《古唐诗合解》凡十六卷，古诗四卷，唐诗十二卷，各自独立为卷。《唐诗合解》选诗625首，涉及作者132人。其中五言古风2卷，收诗90首；七言古风1卷，收诗38首；五言绝句1卷，诗92首；七言绝句2卷，诗136

① 叶嘉莹《秋兴八首集说》，河北教育出版社1997年版，第222页。

首；五言律诗2卷，诗123首；七言律诗3卷，诗110首；五言排律与七言排律合为1卷，五言排律收诗35首，七言排律只选了1首。

王尧衢选诗，"唯取格调平稳、词意悠长而又明白晓畅、皆人所时常诵习者"，在132位诗人中，杜甫选诗最多，为78首；李白次之，54首；再次为王维，43首。以下岑参32首，钱起22首，高适、刘长卿、孟浩然各17首，刘禹锡、王昌龄各16首，韦应物13首。所选之诗，确如选编者所云，是人们喜爱而又熟悉的名篇。但从以上统计数字可以看出，王尧衢比较重视盛唐诗，除李、杜二位伟大诗人外，盛唐田园山水诗派的王、孟，边塞诗派的高、岑，都是选诗较多的诗人。而明白晓畅诗与词意悠长诗相比，王尧衢似乎更喜爱后者，所以，白居易诗仅选了13首，远不及王维，且在刘长卿、孟浩然、韦应物之下，其审美趣味可见一斑。

［原载《文学遗产》2001年第1期］

《唐诗三百首》指导大概

朱自清

　　有些人在生病的时候或烦恼的时候，拿过一本诗来翻读，偶尔也朗吟几首，便会觉得心上平静些，轻松些。这是一种消遣，但跟玩骨牌或纸牌等等不同，那些大概只是碰碰运气。跟读笔记一类书也不同，那些书可以给人新的知识和趣味，但不直接调平情感。读小说在这些时候大概只注意在故事上，直接调平情感的效用也不如诗。诗是抒情的，直接诉诸情感，又是节奏的，同时直接诉诸感觉，又是最经济的，语短而意长。具备这些条件，读了心上容易平静轻松，也是当然。自来说，诗可以陶冶性情，这句话不错。

　　但是诗绝不只是一种消遣，正如笔记一类书和小说等不是的一样。诗调平情感，也就是节制情感。诗里的喜怒哀乐跟实生活里的喜怒哀乐不同。这是经过"再团再炼再调和"的。诗人正在喜怒哀乐的时候，绝想不到作诗。必得等到他的情感平静了，他才会吟味那平静了的情感想到作诗；于是乎运思造句，作成他的诗，这才可以供欣赏。要不然，大笑狂号只教人心紧，有什么可欣赏的呢？读诗所欣赏的便是诗里所表现的那些平静了的情感。假如是好诗，说的即使怎样可气可哀，我们还是不厌百回读的。在现实生活里便不然，可气可哀的事我们大概不愿重提。这似乎是有私、无私或有我、无我的分别，诗里无我，实生活里有我。别的文学类型也都有这种情形，不过诗里更容易见出。读诗的人直接吟味那无我的情感，欣赏它的发而中节，自己也得到平静，而且也会渐渐知道节制自己的情感。一方面因为诗里的情感是无我的，欣赏起来得设身处地，替人着想。这也可以影响到性情上去。节制自己和替人着想这两种影响都可以说是人在模仿诗。诗可以陶冶性情，便是这个意思。所谓温柔敦厚的诗教，也只该是这个意思。

　　部定初中国文课程标准"目标"里有"养成欣赏文艺之兴趣"一项，略读教材里有"有注释之诗歌选本"一项。高中国文课程标准"目标"里又有"培养学生欣赏中国文学名著之能力"一项，关于略读教材也有"选读整部或选本之名著"的话。欣赏文艺，欣赏中国文学名著，都不能忽略读诗。读诗家专集不如读诗歌选本。读选本虽只能"尝鼎一脔"，却能将各家各派鸟瞰一番；这在中学生是最适宜的，也最需要的。有特殊的选本，有一般的选本。按着特殊的作派选的是前者，按着一般的品味选的是后者。中学生不用说该读后者。《唐诗三百首》正是一般的选本。这部诗选很著名，流行最广，从前是家弦户诵的书，现在也还是相当普遍的书。但这部选本并不成为古典，它跟《古文观止》一样，只是当年的童蒙书，等于现在的小学用书。不过在现在的教育制度下，这部书给高中学生读才合适。无论它从前的地立如何。现在它却是高中学生最合适的一部诗歌选本。唐代是诗的时代，许多大诗家都在这时代出现，各种诗体也都在这时代发展。这部书选在清代中叶，入选的差不多都是经过一千多年淘汰的名作，差不多都是历代公认的好诗。虽然以明白易解为主，并限定诗篇的数目，规模不免狭窄些，却因此成为道地的一般的选本，高中学生读这部书，靠着注释的帮忙，可以吟味欣赏，收到陶冶性情的益处。

本书是清乾隆间一位别号"蘅塘退士"的人编选的。卷头有《题辞》，末尾记着"时乾隆癸未年春日，蘅塘退士题"。乾隆癸未是公元一七六三年，到现在快一百八十年了。有一种刻本"题"字下押了一方印章，是"孙洙"两字，也许是选者的姓名。孙洙的事迹，因为眼前书少，还不能考出、印证。这件事只好暂时存疑。《题辞》说明编选的旨趣，很简短，抄在这里：

> 世俗儿童就学，即授《千家诗》，取其易于成诵，故流传不废。但其诗随手掇拾，工拙莫辨。且止五七言律绝二体，而唐宋人又杂出其间，殊乖体制。因专就唐诗中脍炙人口之作，择其尤要者，每体得数十首，共三百余首，录成一编，为家塾课本。俾童而习之，白首亦莫能废。较《千家诗》不远胜耶？谚云，"熟读唐诗三百首，不会吟诗也会吟"，请以是编验之。

这里可见本书是断代的选本，所选的只是"唐诗中脍炙人口之作"，就是唐诗中的名作。而又只是"择其尤要者"，所以只有三百余首，实数是三百一十首。所谓"尤要者"大概着眼在陶冶性情上。至于以明白易解的为主，是

"家塾课本"的当然，无须特别提及。本书是分体编的，所以说"每体得数十首"。引谚语一方面说明为什么只选三百余首。但编者显然同时在模仿"三百篇"。《诗经》三百零五篇，连那有目无诗的六篇算上，共三百一十一篇；本书三百一十首，决不是偶然巧合。编者是怕人笑他僭妄，所以不将这番意思说出。引谚语另一方面教人熟读，学会吟诗。我们现在也劝高中生熟读，熟读才真是吟味，才能欣赏到精致处。但现在却无须再学作旧体诗了。

本书流传既广，版本极多。原书有注释和评点，该是出于编者之手。注释只注事，颇简当，但不释义。读诗首先得了解诗句的文义；不能了解文义，欣赏根本说不上。书中各诗虽然比较明白易懂，又有一些注，但在初学还不免困难。书中的评，在诗的行旁，多半指点作法，说明作意，偶尔也品评工拙。点只有句圈和连圈，没有读点和密点——密点和连圈都表示好句和关键句，并用的时候，圈的比点的更重要或更好。评点大约起于南宋，向来认为有伤雅道，因为妨碍读者欣赏的自由，而且免不了成见或偏见。但是谨慎的评点对于初学也未尝没有用处。这种评点可以帮助初学了解诗中各句的意旨，并培养他们欣赏的能力。本书的评点似乎就有这样的效用。

但是最需要的还是详细的注释。道光间，浙江省建德县人章燮鉴于这个需要，便给本书作注，成《唐诗三百首注疏》一书。他的自跋作于道光甲午，就是公元一八三四年，离蘅塘退士题辞的那年是七十一年。这注本也是"为家塾子弟起见"，很详细。有诗人小传，有事注，有义疏，并明作法，引评语，其中李白诗用王琦《李太白集注》，杜甫诗用仇兆鳌《杜诗详注》。原书的旁评也留着，但连圈没有——原刻本并句圈也没有。书中还增补了一些诗，却没有增选诗家。以注书的体例而论，这部书可以说是驳杂不纯，而且不免繁琐疏漏附会等毛病。书中有"子墨客卿"（名翰，姓不详）的校正语十来条，都确切可信。但在初学，这却是一部有益的书。这部书我只见过两种刻本。一种是原刻本。另一种是坊刻本，四川常见。这种刻本有句圈，书眉增录各家评语，并附道光丁酉（公元一八三七）印行的江苏金坛于庆元的《续选唐诗三百首》。读《唐诗三百首》用这个本子最好。此外还有商务印书馆铅印本《唐诗三百首》，根据蘅塘退士的原本而未印评语。又，世界书局石印《新体广注唐诗三百首读本》，每诗后有"注释"和"作法"两项。"注释"注事比原书详细些；兼释字义，却间有误处。"作法"兼说明作意，还得要领。卷首有"学诗浅说"，大致简明可看。书中只绝句有连圈，别体只有句圈；绝句连圈处也跟原书不同，似乎是抄印时随手加上，不足凭信。

本书编配各体诗，计五言古诗三十三首，乐府七首，七言古诗二十八首，乐府十四首，五言律诗八十首，七言律诗五十首，乐府一首，五言绝句二十九首，乐府八首，七言绝句五十一首，乐府九首，共三百一十首。五言古诗和乐府，七言古诗和乐府，两项总数差不多。五言律诗的数目超过七言律诗和乐府很多；七言绝句和乐府却又超出五言绝句和乐府很多。这不是编者的偏好，是反映着唐代各体诗发展的情形。五言律诗和七言绝句作的多，可选的也就多。这一层下文还要讨论。五、七、古、律、绝的分别都在形式，乐府是题材和作风不同。乐府也等下文再论，先说五七古律绝的形式。这些又大别为两类：古体诗和近体诗。五七言古诗属于前者，五七言律绝属于后者。所谓形式，包括字数和声调（即节奏），律诗再加对偶一项。五言古诗全篇五言句，七言古诗或全篇七言句，或在七言句当中夹着一些长短句。如李白《庐山谣》开端道：

> 我本楚狂人，凤歌笑孔丘。手持绿玉杖，朝别黄鹤楼。五居寻仙不辞远，一生好入名山游。

又如他的《宣州谢朓楼饯别校书叔云》开端道：

> 弃我去者昨日之日不可留，乱我心者今日之日多烦忧。长风万里送秋雁，对此可以酣高楼。

这些都是七言古诗。五七古全篇没有一定的句数。古近体诗都得用韵，通常两句一韵，押在双句末字；有时也可以一句一韵，开端时便多如此。上面引的第一例里，"丘""楼""游"是韵，两句间见；第二例里，"留"和"忧"是逐句韵，"忧"和"楼"是隔句韵。古体诗的声调比较乎语言之自然，七言更是如此，只以读来顺口听来顺耳为标准。但顺口顺耳跟着训练的不同而有等差，并不是一致的。

近体诗的声调却有一定的规律；五七言绝句还可以用古体诗的声调，律诗老得跟着规律走。规律的基础在字调的平仄，字调就是平上去入四声，上去入都是仄声。五七言律诗基本成平仄式之一如次：

五律

仄仄平平仄平平仄仄平

平平平仄仄仄仄仄平平

仄仄平平仄平平仄仄平

平平平仄仄仄仄仄平平

七律

平平仄仄仄平平仄仄平平仄仄平

仄仄平平平仄仄平平仄仄仄平平

平平仄仄平仄仄平平仄仄平仄平

仄仄平平平仄仄平平仄仄仄平平

　　即使不懂平仄的人也能看出律诗是两组重复、均齐的节奏所构成，每组里又自有对称、重复、变化的地方。节奏本是异中有同，同中有异，律诗的平仄式也不外这个理。即使不懂平仄的人只默诵或朗吟这两个平仄式，也会觉得顺口顺耳；但这种顺口顺耳是音乐性的，跟古体诗不同，正和语言跟音乐不同一样。律诗既有平仄式，就只能有八句，五律是四十字，七律是五十六字，排律不限句数。但本书里没有。绝句的平仄式照律诗减半——七绝照七律的前四句，就是只有一组的节奏。这里所举的平仄式只是最基本的，其中有种种繁复的变化。懂得平仄的自然渐渐便会明白。不懂平仄的，只要多读，熟读，多朗吟，也能欣赏那些声调变化的好处，恰像听戏多的人不懂板眼也能分别唱得好坏，不过不大精确就是了。四声中国人人语言中有，但要辨别某字是某声，却得受过训练才成。从前的训练是对对子跟读四声表，都在幼小的时候。现在高中学生不能辨别四声也就是不懂平仄的，大概有十之八九。他们若愿意懂，不妨试读四声表。这只消从《康熙字典》卷首附载的《等韵切音指南》里选些容易读的四声如"巴把霸捌""庚梗更格"之类，得闲就练习，也许不难一旦豁然贯通。（中华书局出版的《学诗入门》里有一个四声表，似乎还容易读出，也可用。）律诗还有一项规律，就是中四句得两两对偶，这层也在下文论。

　　初学人读诗，往往给典故难住。他们一回两回不懂，便望而生畏，因畏而懒，这会断了他们到诗去的路。所以需要注释。但典故多半只在历史的比喻和神仙的比喻；用典故跟用比喻往往是一个理，并无深奥可畏之处。不过比喻多取材于眼前的事物，容易了解些罢了。广义的比喻连典故在内，是诗的主要的生命素；诗的含蓄，诗的多义，诗的暗示力，主要的建筑在广义的比喻上。那些取材于经验和常识的比喻——一般所谓比喻只指这些，可以称为事物的比喻，跟历史的比喻，神仙的比喻是鼎足而三。这些比喻（广义，后同）都有三个成分：一、喻依，二、喻体，三、意旨。喻依是作比喻的材料，喻体是被比喻的材料，意旨是比喻的用意所在。先从事物的比喻说起。如"天边树若荠"（五古，孟浩然，《秋登兰山寄张五》），荠是喻依，天边树是喻体，登山望远树，只如荠菜一般，只见树的小和山的高，是意旨。意旨却没有说出。又，"今朝此为别，何处还相遇？世事波上舟，沿洄安得住！"（五古，韦应物，《初发扬子寄元大校书》）世事是喻体，沿洄不住的波上舟是喻依，惜别难留是意旨——也没有明白说出。又，"吴姬压酒劝客尝"（七古，李白，《金陵酒肆留别》），当垆是喻体，压酒是喻依，压酒的"压"和所谓"压装"的"压"用法一样，压酒是使酒的分量加重，更值得"尽觞"（原诗，"欲行不行各尽觞"）。吴姬当垆，助客酒兴是意旨。这里只说出喻依。又"辞严义密读难晓，字体不类隶与蝌。年深岂免有缺画？快剑斫断生蛟鼍。鸾翔凤翥众仙下，珊瑚碧树交枝柯，金绳铁索锁纽壮，古鼎跃水龙腾梭"（七古，韩愈，《石鼓歌》）。"快剑"以下五句都是描写石鼓的字体的。这又分两层。第一，专描写残缺的字。缺画是喻体，"快剑"句是喻依，缺画依然劲挺有生气是意旨。第二，描写字体的一般。字体便是喻体，"鸾翔"以下四句是五个喻依——"古鼎跃水"跟"龙腾梭"各是一个喻依。意旨依次是隽逸，典丽，坚壮，挺拔——末两个喻依只一个意旨，都指字体而言，却都未说出。又"大弦嘈嘈如急雨，小弦切切如私语；嘈嘈切切错杂弹，大珠小珠落玉盘。间关莺语花底滑，幽咽泉流冰上难"（原作"水下滩"，依段玉裁说改——七古，白居易，《琵琶行》）。这几句都描写琵琶的声音。大弦嘈嘈跟小弦切切各是喻体，急雨跟私语各是喻依，意旨一个是高而急，一个是低而急。"嘈嘈"句又是喻体，"大珠"句是喻依，圆润是意旨。"间关"二句各是一个喻依，喻体是琵琶的声音，前者的意旨是明滑，后者是幽涩。头两层的意旨未说出，这一层喻体跟意旨都未说出，事物的比喻虽然取材于经验和常识，却得新鲜，才能增强情感的力量；这需要创造的工夫。新鲜还得入情入理，才能让读者消化这需要雅正的品味。

有时全诗是一套事物的比喻，或者一套事物的比喻渗透在全诗里。前者如朱庆余《近试上张水部》（七绝）：

　　　　洞房昨夜停红烛，待晓堂前拜舅姑。妆罢低声问夫婿，"画眉深浅
　　　　入时无？"

唐代士子应试，先将所作的诗文呈给在朝的知名人看。若得他赞许宣扬，登科便不难。宋人诗话里说，"庆余遇水部郎中张籍，因索庆余新旧篇什，寄之怀袖而推赞之，遂登科"。这首诗大概就是呈献诗文时作的。全诗是新嫁娘的话，她在拜舅姑以前问夫婿，画眉深浅合适否？这是喻依。喻体是近试献诗文给人，朱庆余是在应试以前问张籍，所作诗文合适否？新嫁娘问画眉深浅，为的请夫婿指点，好让舅姑看得入眼。朱庆余问诗文合适与否？为的请张籍指点，好让考官看得入眼。这是全诗的主旨。又，骆宾王《在狱咏蝉》（五律）：

　　　　西陆蝉声唱，南冠客思深。不堪玄鬓影，来对白头吟。露重飞难
　　　　进，风多响易沉。无人信高洁，谁为表予心！

这是闻蝉声而感身世。蝉的头是黑的，是喻体，玄鬓影是喻依，意旨是少年时不堪回首。"露重"一联是蝉，是喻依，喻体是自己，身微言轻是意旨。诗有长序，序尾道："庶情沿物应，哀弱羽之飘零，道寄人知，悯余声之寂寞。"正指出这层意旨。"高洁"是蝉，也是人，是自己；这个词是双关的，多义的。又，杜甫《古柏行》（七古）咏夔州武侯庙和成都武侯祠的古柏，作意从"君臣已与时际会，树木犹为人爱惜"二语见出。篇末道：

　　　　大厦如倾要梁栋，万牛回首丘山重。不露文章世已惊，未辞其伐谁
　　　　能送？苦心岂免容蝼蚁？香叶终经宿鸾凤。志士幽人莫怨嗟，古来材大
　　　　难为用。

　　大厦倾和梁栋虽已成为典故，但原是事物的比喻。两者都是喻依。前者的喻体是国家乱；大厦倾会压死人，国家乱人民受难，这是意旨。后者的喻体是大臣，梁栋支柱大厦，大臣支持国家，这是意旨。古柏是栋梁材，虽

然'不露文章世已惊",七乐意供世用,但是太重了,太大了,谁能送去供用呢?无从供用,渐渐心空了,蚂蚁爬进去了;但是"香叶终经宿鸾凤",它的身分还是高的。这是喻依。喻体是怀才不遇的志士幽人。志士幽人本有用世之心,但是才太大了,无人真知灼见,推荐入朝。于是贫贱衰老,为世人所揶揄,但是他们的身分还是高的。这是材大难为用,是意旨。

典故只是故事的意思。这所谓故事包罗的确很广大。经史子集等等可以说都是的;不过诗文里引用,总以常见的和易知的为主。典故有一部分原是事物的比喻,有一部分是事迹,另一部分是成辞。上文说典故是历史的比喻和神仙的比喻,是专从诗文的一般读者着眼,他们觉得诗文里引用史事和神话或神仙故事的地方最困难。这两类比喻都应该包括那三部分。如前节所引《古柏行》里的"大厦如倾要梁栋""大厦之倾,非一木所支"(见《文中子》)、"栝柏豫章虽小,已有栋梁之器",是袁粲叹美王俭的话,见《晋书》。大厦倾和梁栋都是历史的比喻,同时可还是事物的比喻。又,"乾坤日夜浮"(五律,杜甫,《登岳阳楼》)是用《水经注》。《水经注》道,"洞庭湖广五百里,日月若出没其中。"乾坤是喻体,日夜浮是喻依。天地中间好象只有此湖;湖盖地,天盖湖,天地好象只是日夜飘浮在湖里。洞庭湖的广大是意旨。又,"古调虽自爱,今人多不弹"(五绝,刘长卿,《弹琴》),用魏文侯听古乐就要睡觉的话,见《礼记》。两句是喻依,世人不好古是喻体,自己不合时宜是意旨。这三例不必知道出处便能明白;但知道出处,句便多义,诗味更厚些。

引用事迹和成辞不然,得知道出处,才能了解正确。如"圣代无隐者,英灵尽来归。遂令东山客,不得顾采薇"(五古,王维,《送綦毋潜落第还乡》)。谢安曾隐居会稽东山。东山客是喻依,喻体是綦毋潜,意旨是大才隐处。采薇是伯夷、叔齐的故事,他们义不食周粟,隐于首阳山,采薇而食。采薇是喻依,隐居是喻体,自甘淡泊是意旨。又,"客心洗流水"(五律,李白,《听蜀僧浚弹琴》),流水用俞伯牙、钟子期的故事,俞伯牙弹琴,志在流水。钟子期就听出了,道,"洋洋乎,若江河!"诗句是倒装,原是说流水洗客心。流水是喻依,喻体是蜀僧浚的琴曲,意旨是曲调高妙。洗流水又是双关的,多义的。洗是喻依,净是喻体,高妙的琴曲涤净客心的俗虑是意旨。洗流水又是喻依,喻体是客心;听琴而客心清净,象流水洗过一般,是意旨。又,钱起《送僧归日本》(五律)道,"……浮天沧海远,去世法舟轻。……惟怜一灯影，万里眼中明。"一灯影用《维摩经》。经里道："有法门，名无尽灯。譬如一灯燃百千灯，冥者皆明，明终不尽。夫一菩萨开导千百众生，令发阿耨多罗三藐三菩提心（译言"无上正等正觉心"），其于道意亦不灭尽。是名无尽灯。"这儿一灯是喻依，喻体是觉者，一灯燃千百灯，一觉者造成千百觉者，道意不灭是意旨。但在诗句里，一灯影却指舟中禅灯的光影，是喻依，喻体是那日本僧，意旨是他回国传法，辗转无尽。"惟怜"是"最爱"的意思。又，"后来鞍马何逡巡，当先下马入锦茵。杨花雪落覆白苹，青鸟飞去衔红巾。炙手可热势绝伦，慎莫近前丞相嗔！"（七古，乐府，杜甫，《丽人行》）全诗咏三月三日长安水边游乐的情形，以杨国忠兄妹为主。诗中上文说到虢国夫人和秦国夫人，这几句说到杨国忠那时是丞相。"杨花"二语正是暮春水边的景物。但是全诗里只在这儿插入两句景语，奇特的安排暗示别有用意。北魏胡太后私通杨华作《杨白花歌辞》，有"杨花飘荡落南家"，"愿衔杨花入窠里"等语。白苹，旧说是杨花入水所化。杨国忠也和虢国夫人私通。"杨花"句一方面是个喻依，喻体便是这件事实。杨国忠兄妹相通，都是杨家人，所以用杨花覆白苹为喻，暗示讥刺的意旨。青鸟是西王母传书带信的侍者。当时总该有些侍婢是给那兄妹二人居间。"青鸟"句一方面也是喻依，喻体便是这些居间的侍婢，意旨还是讥刺杨国忠不知耻。青鸟是神仙的比喻。这两句隐约其辞，虽志在讥刺，而言之者无罪。又杜甫《登楼》（七律）：

花近高楼伤客心，万方多难此登临。锦江春色来天地，玉垒浮云变古今。北极朝廷终不改，西山寇盗莫相侵。可怜后主还祠庙，日暮聊为《梁父吟》。

旧注说本诗是代宗广德二年在成都作。元年冬，吐蕃陷京师，郭子仪收复京师，请代宗反正。所以有"北极"二句。本篇组织用赋体，以四方为骨干。锦江在东，玉垒山在西，"北极"二句是北眺所思。当时后主附祀先主庙中，先主庙在成都城南。"可怜"二句正是南瞻所感（罗庸先生说，见《国文月刊》九期）。可怜后主还有祠庙，受祭享；他信任宦官，终于亡国，辜负了诸葛亮出山一番。《三国志》里说"亮躬耕陇亩，好为《梁父吟》"，《梁父吟》的原辞不传（流传的《梁父吟》决不是诸葛亮的《梁父吟》），大概慨叹小人当道。这二语一方面又是喻依，喻体是代宗和郭子仪；代宗也信任宦官，杜甫希望他"亲贤臣，远小人"（诸葛亮《出师表》中语），这是意旨。"日暮"句又是一喻依，喻体是杜甫自己；想用世是意旨。又，"今朝郡斋冷，忽念山中客。涧底束荆薪，归来煮白石"（五古，韦应物，《寄全椒山中道士》），煮白石用鲍靓事。《晋书》："靓学兼内外，明天文河洛书。尝入海，遇风，饥甚，取白石煮食之。"煮白石是喻依，喻体是那山中道士，他的清苦生涯是意旨。这也是神仙的比喻。又，"总为浮云能蔽日，长安不见使人愁"（七律，李白，《登金陵凤凰台》），两句一贯，思君的意思似甚明白。但乐府《古杨柳行》道，"谗邪害公正，浮云冷白日"，古诗也道，"浮云蔽白日，游子不顾反"，本诗显然在引用成辞。陆贾《新语》说："邪官之蔽贤，犹浮云之障日月。"本诗的"浮云能蔽日"一方面也是喻依，喻体大概是杨国忠等遮塞贤路。意旨是邪臣蔽君误国；所以有"长安"句。历史的比喻和神仙的比喻引用故事得增减变化，才能新鲜入目。宋人所谓"以旧为新"，便是这意思。所引各例可见。典故渗透全诗的，如孟浩然《临洞庭上张丞相》（五律）：

> 八月湖水平，涵虚混太清。气蒸云梦泽，波撼岳阳城。欲济无舟楫，端居耻圣明。坐观垂钓者，徒有羡鱼情。

张丞相是张九龄，那时在荆州。前四语描写洞庭湖，三四是名句。后四语蝉联而下，还是就湖说，只"端居"句露出本意，这一语便是《论语》"邦有道，贫且贱焉，耻也"的意思。"欲济"句一方面说想渡湖上荆州去，却没有船，一方面是一喻依。伪《古文尚书·说命》殷高宗命傅说道，若济三川，"用汝作舟楫"。本诗用这喻依，喻体却是欲用世而无引进的人，意旨是希望张丞相援手。"坐观"二语是一喻依。《汉书》用古人言，"临渊羡鱼，不如退而结网"。本诗里网变为钓。这一联的喻体是羡人出仕而得行道。自己无钓具，只好羡人家钓得的鱼，自己不得仕；只好羡人家行道。意旨同上。

全诗用典故最多的，本书中推杜甫《寄韩谏议注》一首（七古）：

> 今我不乐思岳阳，身欲奋飞病在床。美人娟娟隔秋水，濯足洞庭望八荒。鸿飞冥冥日月白，青枫叶赤天雨霜。玉京群帝集北斗，或骑麒麟

翳凤凰。芙蓉旌旗烟雾乐，影动倒景摇潇湘。星宫之君醉琼浆，羽人稀少不在旁。似闻昨者赤松子，恐是汉代韩张良。昔随刘氏定长安，帷幄未改神惨伤。国家成败吾岂敢，色难腥腐餐风香。周南留滞古所惜，南极老人应寿昌。美人胡为隔秋水，焉得置之贡玉堂。

韩谏议的名字事迹无考。从诗里看，他是楚人，住在岳阳。肃宗平定安史之乱，收复东西京，他大约也是参与机密的一人。后来去官归隐，修道学仙。这首诗是爱惜他，思念他。第一节说思念他是秋日，自己在病中。美人这喻依见《楚辞》，但在这儿是喻体，是韩谏议，意旨是他的才能出众。"鸿飞冥冥，弋人何篡焉！"见扬雄《法言》。这儿一方面描写秋天的实景，一方面是喻依；喻体还是韩谏议，意旨是他已逃出世网。第二节说京师贵官声势煊赫，而韩谏议不在朝。本节差不多全是神仙的比喻，各有来历。"玉京"句一喻依，喻体是集于君侧的朝廷贵官，意旨是他们承君命掌大权。"或骑"二语一套喻依——"烟雾落"就是落在烟雾中，喻体同上句，意旨是他们的骑从仪卫之盛。影是芙蓉旌旗的影。"影动"句一喻依，喻体是声势煊赫，从京师传遍天下；意旨是在潇湘的韩谏议也必闻知这种声势。星宫之君就是玉京群帝，醉琼浆的喻体是宴饮，意旨是征逐酒食。羽人是飞仙，羽人稀少就是稀少的羽人；全句一喻依，喻体是一些远引的臣僚不在这繁华场中，意旨是韩谏议没有分享到这种声势。第三节说韩谏议曾参预定乱收京大计，如今却不问国事，修道学仙。全节是神仙的比喻夹着历史的比喻。昨者是从前的意思。如今的赤松子，昨者"恐是汉代韩张良"。韩张良的跟赤松子的喻体都是韩谏议，前者的意旨是他有谋略，后者的意旨是他修道学仙。别的喻依可以准此类推下去。第四节说他闲居不出很可惜，祝他老寿，希望朝廷再起用他来匡君济世。太史公司马谈因病留滞周南，不得参与汉武帝的封禅大典，引为平生恨事。诗中"周南留滞"是喻依，喻体是韩谏议，意旨是他闲居乡里。南极老人就是寿星，是喻依，喻体同，意旨便是"应寿昌"。以上只阐明大端，细节从略。

诗和文的分别，一部分是在词句篇段的组织上，诗的组织比文的组织要经济些。引用比喻或典故，一个原因便是求得经济的组织。在旧体诗里，有字数声调对偶等制限，有时更不得不铸造一些特别经济的组织来适应。这种特殊的组织在文里往往没有，至少不常见。初学遇到这种地方也感困难，或误解，或竟不懂。这得去看看详细的注释。但读诗多了，常常比较着看，也可明白。这种特殊的组织也常利用比喻或典故组成，那便更复杂些。如刘长卿《送李中丞归汉阳别业》（五律）：

> 流落征南将，曾驱十万师。罢归无旧业，老去恋明时。独立三边静，轻生一剑知。茫茫江汉上，日暮欲何知！

"轻生一剑知"就是一剑知轻生的意思；轻生是说李中丞作征南时不顾性命杀敌人。一剑知就是自己知；剑是杀敌所用，是自己的一部分，部分代全本是修辞格之一。自己知又有两层用意：一是问心无愧，忠可报君，二是只有自己知，别人不知。上下文都可印证。又，"即此羡闲逸，怅然吟式微"（五古，王维，《渭川田家》），式微用《诗经》。《式微》篇道："式微，式微，胡不归！"本诗的《式微》是篇名，指的是这篇诗。吟《式微》,只取"胡不归"那一语，用意是"何不归田呢"。又，"惟将迟暮供多病，未有涓埃答圣朝"（七律，杜甫，《野望》），"恐美人之迟暮"见《楚辞》，迟暮是老大无成的意思。"惟将"句是说自己已老大，不曾有所建树报答圣朝，加上迟暮的年光又都消磨在多病里，虽然"海内风尘"（见本诗第三句），却丝毫的力量也不能尽。"供"是喻依，杜甫自己是喻体，消磨在里面是意匿这三例都是用辞格（也是一种比喻）或典故组成的。又如李颀《送陈章甫》（七古）末尾道，"闻道故林相识多，罢官昨日今如何？"昨日罢官，想到就要别了许多朋友归里，自然不免一番寂寞；但是"闻道故林相识多"今日临行，想到就要会见着那些故林相识的朋友，又觉如何呢？该不会寂寞了吧？昨今对照，用意是安慰。昨日是日前的意思。又刘长卿《寻南溪常道士》：

> 一路经行处，莓苔见屐痕。白云依静渚，芳草闭闲门。过雨看松色，随山到水源。溪花与禅意，相对亦忘言。

去寻常道士，他不在寓处："随山到水源"才寻着。对着南溪边的花和常道士的禅意，却不觉忘言。相对是和"溪花与禅意"相对着。禅意给人妙悟，溪花也给人妙悟——禅家有拈花微笑的故事，那正是妙悟的故事，所以说"与"。妙悟是忘言的。寻着了常道士，却被溪花与禅意吸引住！只顾欣赏那无言之美，不想多交谈，所以说"亦"忘言。又，韦应物《送杨氏女》（五古），是送女儿出嫁杨家，前面道："女子今有行，大江溯轻舟。尔辈苦无恃，抚念益慈柔。幼为长所育，两别泣不休。"篇尾道："归来视幼女，零泪缘缨流。"全诗不曾说杨氏是长女，但读了这几句关系自然明白。

倒装这特殊的组织，诗里也常见。如"竹喧归浣女，莲动下渔舟"（五律，王维，《山居秋暝》）"归浣女""下渔舟"就是浣女归，渔舟下。又，"家书到隔年"（五律，杜牧，《旅宿》）就是家书隔年到。又，"东门酤酒饮我曹"（七古，李颀，《送陈章甫》），"饮我曹"就是我曹饮，从上下文可知。又，"名岂文章著，官应老病休"（五律，杜甫，《旅夜书怀》），就是文章岂著名，老病应休官。又，"幽映每白日"（五律，刘眘虚，《阙题》），就是白日每幽映。又，"徒劳恨费声"（五律，李商隐，《蝉》），就是费声恨徒劳。又，"竹怜新雨后，山爱夕阳时"（五律，钱起，《谷口书斋寄杨补阙》），就是怜新雨后之竹，爱夕阳时之山——怜爱同意。又，"独夜忆秦关，听钟未眠客"（五古，韦应物，《夕次盱眙县》），就是听钟未眠客，独夜忆秦关。这些倒装句里纯然为了适应字数声调对偶等制限的却没有，它们主要的作用还在增强语气。此外如"何因不归去，淮上对秋山？"（五律，韦应物，《淮上喜会梁州故人》）这是诘问自己，"何因"直贯下句，二语合为一句。这也为了经济的缘故。至如"少陵无人谪仙死"（七古，韩愈，《石鼓歌》），"无人"也就是"死"。这是求新，求惊人。又，"百年多是几多时"（七律，元稹，《遣悲怀》之三），是说百年虽多，究竟又有多少时候呢。这也许是当时口语的调子。又如"云中君不见"（五律，马戴，《楚江怀古》），云中君是一个词，这句诗上三字下二字，跟一般五言句上二下三的不同，但似乎只是个无意为之的例外，跟古诗里"出郭门直视"一般。可是如"永夜角声悲自语，中天月色好谁看"（七律，杜甫，《宿府》），"五更鼓角声悲壮，三峡星河影动摇"（七律，杜甫，《阁夜》），都是上五下二，跟一般七言句上四下三或上二下五的不同，又，"近寒食雨草萋萋，著麦苗风柳映堤"（七绝，无名氏，《杂诗》），每句上四字作一二一，而一般作二二或三一。这些却是有意变调求新了。

本书选诗，各方面的题材大致都有，分配又匀称，没有单调或琐屑的弊病。这也是唐代生活小小的一个缩影。可是题材的内容虽反映着时代，题材的项目却多是汉魏六朝诗里所已有。只有音乐图画似乎是新的。赋里有以音乐为题材的，但晋以来就少。唐代音乐图画特别发达，反映到诗里，便增加了题材的项目。这也是时势使然。在各种题材里，"出处"是一重大的项目。从前读书人唯一的出路是出仕，出仕为了行道，自然也为了衣食。出仕以前的隐居，干谒，应试（落第）等，出仕以后的恩遇，迁谪，乃至忧民，忧国，思林栖，思归田等，乃至真个辞官归田，都是常见的诗的题目，本书便可作例。仕君行道是儒家的思想，隐居和归田都是道家的思想。儒道两家的思想合成了从前的读书人现在时势变了，读书人不一定出仕，林栖、归田等思想也绝无仅看。有些人读这些诗，也许会觉得不真切，青年学生读书，往往只凭自己的狭隘的兴趣，更容易有此感。但是会读诗的人，多读诗的人能够设身处地，替古人着想，依然觉得这些诗真切。这是情感的真切，不是知识的真切。这些人不但现在有情感，对于过去也有情感。他们知道唐人的需要，唐人的得失，和现代人不一样，可是在读唐诗的时候，只让那对于过去的情感领着走，这种无私，无我，无关心的同情教他们觉到这些诗的真切。这种无关心的情感需要慢慢调整自己，扩大自己，才能养成。多读史，多读诗，是一条修养的途径。就是那些比较有普遍性的题材如相思，离别，慈幼，慕亲，友爱等也还是需要无关心的情感。这些题材的节目多少也跟着时代改变一些，固执"知识的真切"人读古代的这些诗，有时也不能感到兴趣。

至于咏古之作，如唐玄宗《经鲁祭孔子而叹之》（五律）是古人敬慕古人，纪时之作，如李商隐《韩碑》（七古），是古人论当时事。虽然我们也敬慕孔子，替韩愈抱屈，但知识的看，古人总隔一层。这些题材的普遍性比前一类低减些，不过还在"出处"那项目之上。还有，朝会诗，如岑参，王维《和贾至舍人早朝大明宫之作》（七律）见出一番堂皇富丽的气象，又宫词，往往见出一番怨情，宛转可怜。可是这些题材现代生活里简直没有。最别丑的是边塞和从军之作，唐人很喜欢作这类诗，而悯苦寒讥黩武的居多数，跟现代人冒险尚武的精神恰恰相反。但荒寒的边塞自是一种新境界，从军苦在当时也是一种真情的流露；若能节取，未尝没有是处。要能欣赏这几类诗，那得靠无关心的情感。此外，唐人酬应的诗很多，本书里也可见。有些人觉得作诗该等候感兴，酬应的诗不会真切，但仁兴而作的人向来大概不多；据现在所知，只有孟浩然是如此。作诗都在情感平静了的时候，运思造句都得用到理智；仁兴而作是无所为，酬应而作是有所有，在工力深厚的人其实无多差别。酬应的诗若能恰如分际，也就见得真切。况且这种诗里也不短至青至性之作。总之，读诗得羇去成见和偏见放大眼光，设身处地看去。

明代高棅编选《唐诗品汇》，将唐诗分为四期。后来虽有种种批评，这分期法却渐被一般沿用。初唐是高祖武德元年（公元六一八）至玄宗开元初（公元七一三），约一百年。盛唐是玄宗开元元年至代宗大历初（公元七六六），五十多年。中唐是代宗大历元年至文宗太和九年（公元八三五），七十年。晚唐是文宗开成元年（公元八三六）至昭宗天祐三年（公元九〇六），八十年。初唐诗还是齐梁的影响，题材多半是艳情和风云月露讲究声调和对偶。到了沈佺期、宋之问手里，便成立了律诗的体制。这是唐代诗坛一件大事，影响后世最大。当时有个陈子昂，独主张复古，扩大诗的境界。但他死得早，成就不多，盛唐诗李白努力复古，杜甫努力开新。所谓复古，只是体味汉魏的作风和借用乐府诗的项目，并非模拟词句。所以陈子昂、李白都能独创一家，而李白的成就更大。他的成就主要的在七言乐府；绝句也独步一时。杜甫却各体诗都是创作，全然不落古人窠臼。他以时事入诗，议论入诗，使诗散文化，使诗扩大境界；一方面研究律诗的变化，用来表达各种新题材。他的影响的久远，几乎没有一个诗人比得上。这时期作七古体的最多，为的这一体比较自由，又刚在开始发展。而王维、孟浩然专用五律写山水，也能变古成家。中唐诗韦应物、柳宗元的五古以复古的作风创作，各自成家。古文家韩愈继承杜甫，更使诗向散文化的路上走。宋诗受他的影响极大。他的门下作诗，有词句冷涩的，有题材诡僻的，本书里只选了贾岛一首。另一面有些人描写一般的社会生活；这原是乐府精神，却也是杜甫开的风气。元稹、白居易主张诗该写社会生活而有规讽的作意，才是正宗。但他们的成就却不在此而在情景深切，明白如话。他们不避俗，跟韩愈一派恰相对照，可也出于杜甫。晚唐诗刻画景物，雕琢词句，题材又回到风云月露和艳情上，只加了一些雅事。诗境重趋狭窄，但精致过于前人。这时期的精力集中在近体诗。精致的只是词句，全篇组织往往配合不上。其中李商隐，温庭筠虽咏艳情，却有大处奇处，不局蹐在绮靡的圈子里；而李商隐学杜学韩境界更广阔些。学杜韩而兼受温李熏染的是杜牧，豪放之余，不失深秀。本书选诗七十七家，初唐不到十家，盛中晚三期各二十多家。入选的诗较多的八家。盛唐四家：杜甫的三十六首，王维二十九首，李白二十九首，孟浩然十五首。中唐二家：韦应物十二首，刘长卿十一首。晚唐二家：李商隐二十四首，杜牧十首。

　　李白诗，书中选五古三首，乐府三首，七古四首，乐府五首，五律五首，七律一首，五绝二首，乐府一首，七绝二首，乐府三首。各体都备，七古和乐府共九首，最多；五七绝和乐府共八首，居次。李白，字太白，蜀人，玄宗时作供奉翰林，触犯了杨贵妃，不能得志。他是个放浪不羁的人，便辞了职，游山水，喝酒作诗。他的态度是出世的；作诗全任自然。当时称他为"天上谪仙人"，这说明了他的人和他的诗。他的乐府很多，取材很广，他其实是在抒写自己的生活，只借用乐府的旧题目而已。他的七古和乐府篇幅恢张，气势充沛，增进了七古体的价值。他的绝句也奠定了一种新体制。绝句最需要经济的写出，李白所作，自然含蓄，情韵不尽。书中所收《下江陵》一首，有人推为唐代七绝第一。杜甫诗，计五古五首，七古五首，乐府四首，五七律各十首①，五七绝各一首。只少五言乐府，别体都有。律诗共二十首。最多七古和乐府共九首，居次。杜甫，字子美，河南巩县人。安禄山陷长安，肃宗在灵武即位。他从长安逃到灵武，作了左拾遗的官。后因事被放，辗转流落到成都，依故人严武，做到"检校工部员外郎"。世称杜工部。他在蜀住的很久。他是儒家的信徒，一辈子惦着仕君行道；又身经乱离，亲见民间疾苦。他的诗努力描写当时的情形，发抒自己的感想。唐代用诗取士，诗原是应试的玩意儿；诗又是供给乐工歌伎唱歌来伺候宫廷贵人的玩意儿。李白用来抒写自己的生活，杜甫用来抒写那个大时代；诗的境界扩大了，地位也提高了。而杜甫抓住广大实在的人生，更给诗开辟了新世界。他的诗可以说是写实的，这写实的态度是从乐府来的。他使诗历史化，散文化，正是乐府的影响。七古体到他手里正式成立，律诗到他手里应用自如——他的五律极多，差不多穷尽了这一体的变化。

王维诗，计五古五首，七言乐府三首，五律九首，七律四首，五绝五首，七绝和乐府三首，五律最多。王维，字摩诘，太原人，试进士，第一，官至尚书右丞。世称王右丞。他会草书隶书，会画画。有别墅在辋川，常和裴迪去游览作诗。沈宋的五律还多写艳情，王维改写山水，选词造句都得自出心裁。从前虽也有山水诗，但体制不同，无从因袭。苏轼说他"诗中有画"。他是苦吟的，宋人笔记里说他曾因苦吟走入醋缸里；他的《渭城曲》（乐府），有人也推为唐代七绝压卷之作。他的诗是精致的。孟浩然诗，计五古三首，七古一首，五律九首，五绝二首，也是五律最多。孟浩然，名浩，

①《唐诗三百首》的通行本，所收杜甫七律为十三首，即《咏怀古迹》五首，蘅塘退士只选二首，通行本增补二首。

以字行，襄州襄阳人，隐居鹿门山，四十岁才游京师。张九龄在荆州，召为僚属。他用五律写江湖，却不苦吟，亿兴而作。他专工五言，五言各体都擅长。山水诗不但描写自然，还欣赏自然；王维的描写比孟浩然多些。

韦应物诗，五古七首，五律二首，七律一首，五七绝各一首，五古多。韦应物，京兆长安人，作滁州刺史，改江州，入京作左司郎中，又出作苏州刺史。世称韦左司或韦苏州。他为人少食寡欲，常焚香扫地而坐。诗淡远如其人。五古学古诗，学陶诗，指事述情，明白易见——有理语也有理趣，正是陶渊明所长。这些是淡处。篇幅多短，句子浑含不刻画，是远处。朱子说他的诗篇无一字造作，气象近道。他在苏州所作《郡斋雨中与诸文士燕集》诗开端道："兵卫森画戟，宴寝凝清香；海上风雨至，逍遥池阁凉。"诗话推为一代绝唱，也只是为那肃穆清华的气象。篇中又道，"自惭居处崇，未瞻斯民康"，《寄李儋元锡》（七律）也道，"邑有流亡愧俸钱"，这是忧民；识得为政之体，才能有些忠君爱民之言。刘长卿诗，计五律五首，七律三首，五绝三首五律最多。刘长卿，字文房，河间人，登进士第，官终随州刺使世称刘随州。他也是苦吟的人，律诗组织最为精密整炼，五律更胜，当时推为"五言长城"。上文曾举过两首作例，可见出他的用心处。

李商隐诗，计七古一首，五律五首，七律十首，五绝一首，七绝七首，七律最多，七绝居次。李商隐，字义山，河内人，登进士第。王茂元镇河阳，召他掌书记，并使他作女婿。王茂元是李德裕同党；李德裕和令狐楚是政敌。李商隐和令狐本有交谊，这一来却得罪了他家。后来令狐楚的儿子令狐绹作了宰相，李商隐屡次写信表明心迹，他只是不理。这是李商隐一生的失意事，诗中常常涉及，不过多半隐约其辞。后来柳仲郢镇东蜀，他去作过节度判官。他博学强记，又有隐衷，诗里的典故特别多。他的七律里有好些《无题》诗，一方面象是相思不相见的艳情诗，另一方面又象是比喻，咏叹他和令狐绹的事，寄托那"不遇"的意旨。还有那篇《锦瑟》，虽有题，解者也纷纷不一。那或许是悼亡诗，或许也是比喻。又有些咏史诗，如《隋宫》，或许不只是咏古，还有刺时的意旨。他的诗语既然是一贯的隐约，读起来便只能凭文义、典故和他的事迹作一些可能的概括的解释。他的七绝里也有这种咏史或游仙诗，如《隋宫》《瑶池》等。这些都是奇情壮采之作，一方面七律的组织也有了进步，所以入选的多。他的七绝最著名的是《寄令狐郎中》一首。杜牧诗，五律一首七绝九首，几乎是专选一体。杜牧，字牧之，登进士第。牛僧孺镇扬州，他在节度府掌书记，又作过司勋员外郎。世称杜司勋，又称小杜——杜甫称老杜。他很有政治的眼光，但朝中无人，终于是个失意者。他的七绝感慨深切，情辞新秀。《泊秦淮》一首也曾被推为压卷之作。

　　唐以前的诗，可以说大多数是五古，极少是七古；但那些时候并没有体制的分类。那些时候诗的分类，大概只从内容方面看最显著的一组类别是五言诗和乐府诗。五言诗虽也从乐府转变而出，但从阮籍开始，已经高度的文人化，成为独立的抒情写景的体制。乐府原是民歌，叙述民间故事，描写各社会的生活，有时也说教，东汉以来文人仿作乐府的很多，大都沿用旧题旧调，也是五言的体制。汉末旧调渐亡，文人仿作，便只沿用旧题目；但到后来诗中的话也不尽合于旧题目。这些时候有了七言乐府，不过少极，汉魏六朝间著名的只有曹丕的《燕歌行》，鲍照的《行路难》十八首等。乐府多朴素的铺排，跟五言诗的浑含不露有别。五言诗经过汉魏六朝的演变，作风也分化。阮籍是一期，陶渊明、谢灵运是一期，"宫体"又是一期。阮籍抒情，"志在刺讥而文多隐避"（颜延年、沈约等注《咏怀诗》语），最是浑含不露。陶谢抒情、写景、说理，渐趋详切，题材是田园山水。宫体起于梁简文帝时，以艳情为主，渐讲声调对偶。

　　初唐五古还是宫体会风，陈子昂、张九龄、李白主张复古，虽标榜"建安"（汉献帝年号，建安体的代表是曹植），实是学阮籍。本书张九龄《感遇》二首便是例子。但盛唐五古，张九龄以外，连李白所作（《古风》除外）在内，可以说都是陶谢的流派。中唐韦应物、柳宗元也如此。陶谢的详切本受乐府的影响。乐府的影响到唐代最为显著。杜甫的五古便多从乐府变化。他第一个变了五古的调子，也是创了五古的新调子。新调子的特色是散文化。但本书所选他的五古还不是新调子，读他的长篇才易见出。这种新调子后来渐渐代替了旧调子。本书里似乎只有元结《贼退示官吏》一首是新调子；可是散文化太过，不是成功之作。至于唐人七古，却全然从乐府变出。这又有两派。一派学鲍照，以慷慨为主；一派学晋《白纻（舞名）歌辞》（四首，见《乐府诗集》）等，以绮艳为主。李白便是著名学鲍照的；盛唐人似乎已经多是这一派。七言句长，本不象五言句的易加整炼，散文化更方便些。《行路难》里已有散文句。李白诗里又多些，如，"我欲因之梦吴越"（《梦游天姥吟留别》），又如上文举过的"弃我去者"二语。七古体夹长短句原也是散文化的一个方向。初唐陈子昂《登幽州台歌》全首道："前不见古人，后不见来者。念天地之悠悠，独怆然而涕下。"简直没有七言句，却也可以算入七古里。到了杜甫，更有意的以文为诗，但多七言到底，少用长短句。后来人作七古，多半跟着他走。他不作旧题目的乐府而作了许多叙述时事，描写社会生活的诗。这正是乐府的本来面目。本书据《乐府诗集》采他的《哀江头》《哀王孙》等都放在七言乐府里，便是这个理。从他以后，用乐府旧题作诗的就渐渐地稀少了。另一方面，元稹、白居易创出一种七古新调，全篇都用平仄调协的律句，但押韵随时转换，平仄相间，各句安排也不象七律有一定的规矩。这叫长庆体。长庆是穆宗的年号，也是元白的集名。本书白居易的《长恨歌》《琵琶行》都是的。古体诗的声调本来比较近乎语言之自然，长庆体全用律句，反失自然，只是一种变调。但却便于歌唱。《长恨歌》可以唱，见于记载，可不知道是否全唱。五七古里律句多的本可歌唱，不过似乎只唱四句，跟唱五七绝一样。古体诗虽不象近体诗的整炼，但组织的经济也最著重。这也是它跟散文的一个主要的分别。前举韦应物《送杨氏女》便是一例。又如李白《宣州谢朓楼饯别校书叔云》里道，"蓬莱文章建安骨，中间小谢又清发"，一方面说谢朓（小谢），一方面是比喻。且不说喻旨，只就文义看，"蓬莱"句又有两层比喻，全句的意旨是后汉文章首推建安诗。"中间"句说建安以后"大雅久不作"（见李白《古风》第一首），小谢清发，才重振遗绪"中间""又"三个字包括多少朝代，多少诗家，多少诗，多少议论！组织有时也变换些新方式，但得出于自然。如李白《梦游天姥吟留别》（七古）用梦游和梦醒作纲领，韩愈《八月十五夜赠张功曹》用唱歌跟和歌作纲领，将两篇歌辞穿插在里头。

律诗出于齐梁以来的五言诗和乐府。何逊、阴铿、徐陵、庾信等的五言都已讲究声调和对偶。庾信的《乌夜啼》乐府简直象七律一般；不过到了沈宋才成定体要了。律首声调，前已论及。对偶在中间四句，就是第一组节奏的后两句，第二组节奏的前两句，也是异中有同，同中有异。这样，前四句由散趋整，后四句由整复归于散，增前两组节奏的往复回还的效用。这两组对偶又得自有变化，如一联写景，一联写情，一联写见，一联写闻之类，才不至板滞，才能和上下打成一片。所谓情景或见闻，只是从浅处举例，其实这中间变化很多，很复杂。五律如"地犹鄹氏邑，宅即鲁王宫。叹凤嗟身否，伤麟怨道穷"（唐玄宗，《经鲁祭孔子而叹之》）。四句虽两两平列，可是前一联上句范围大，下句范围小，后一联上句说平时下句说将死，便见流走。又，"为我挥手，如听万壑松。客心洗流水，余响入霜钟"（李白，《听蜀僧浚弹琴》）。前联一弹一听，后联一在弹，一已止，各是一串儿。又，"遥怜小儿女，未解忆长安；香雾云鬟湿，清辉玉臂寒"（杜甫，《月夜》）。"遥怜"直贯四句。小儿女"未解忆长安"固然可怜，"香雾"云云的人（杜甫妻）解得忆长安，也许更可怜些。前联只是一句话，后联平列；两相调剂着。律诗多在四句分段，但也不尽然，从这一首可见。又前面引过的刘长卿《寻南溪常道士》次联"白云依静渚，芳草闭闲门"，似乎平列，用意却侧重寻常道士不遇，侧重在下句。三联，过雨看松色，随山到水源"，上句景物，下句动作，虽然平列而不是一类。再说"过雨"，暗示忽然遇雨，雨住后松色才更苍翠好看；这就兼着叙事，跟单纯写景又不同。

七律如"云边雁断胡天月，陇上羊归塞草烟。回日楼台非甲帐，去时冠剑是丁年"（温庭筠，《苏武庙》）。前联平列，但不是单纯的写景句；这中间引用着《汉书·苏武传》，上句意旨是和汉朝音信断绝（雁足传书事），下句意旨是无归期（匈奴使苏武牧牡羊，说牡羊有乳才许归汉）。后联说去汉时还是冠剑的壮年，回汉时武帝已死"丁年奉使"见李陵《答苏武书》，甲帐是头等帐，是武帝作来敬神的，见《汉武故事》这一联是倒装为的更见出那"不堪回首"的用意。又，"玉玺不缘归日角，锦帆应是到天涯。于今腐草无萤火，终古垂杨有暮鸦"（李商隐，《隋宫》）。日角是额骨隆起如日，是帝王之相，这儿是根据《旧唐书》，用来指太宗。锦帆指隋炀帝的游船，见《开河记》这一联说若不因为太宗得了天下，炀帝还该游得远呢。上句是因，下句是果。放萤火，种垂杨，都是炀帝的事。后联平列，上句说不放萤火，下句说垂杨栖鸦，一有一无，却见出"而今安在"一个用意。又，李商隐《筹笔驿》中二联道，徒令上将挥神笔，终见降王走传车。管乐有才真不忝，关张无命欲何如！"筹笔驿在绵州绵谷县，诸葛武侯曾在那里驻军筹画。上将指武侯，降王者后主；管乐是管仲、乐毅，武侯早年曾自比这二人。前联也是倒装，因为"终见"，才觉"徒令"但因《筹笔想到降王七即景生情虽倒装还是自然。后联也将"有""无"对照，见出本诗末句"恨有余"的用意。七律对偶用到装句，因果句，到晚唐才有。七言句长，整炼较难，整炼而能变化如意更难。唐代律诗刚创始，五言比较容易些，发展得自然快些。作五律的大概多些，好诗也多些，本书五律多，便是这个缘故。律诗也有不对偶或对偶不全的久如李白《夜泊牛渚怀古》（五律）又如崔颢《黄鹤楼》（七律）的次联，这些只算例外。又有不调平仄的，如《黄鹤楼》和王维《终南别业》（五律），也是例外。——也有故意这样作的，后来称为拗体，但究竟是变调。本书不选排律。七言排律本来少，五言的却多，也推杜甫为大家。排律将律诗的节奏重复多次，便觉单调，教人不乐意读下去。但本书不选，怕是为了典故多。晚唐律诗着重一句一联，忽略全篇的组织，因此后人评论律诗，多爱摘句，好象律诗篇幅完整的很少似的。其实不然，这只是偏好罢了。

绝句不是截取律诗的四句而成。绝句的源头在六朝乐府里。六朝五言四句的乐府很多，《子夜歌》最著名。这些大都是艳情之作，诗中用谐声辞格很多。谐声辞格如"蟾子"谐"喜"声，"藁砧"就是"铁"（锄刀）谐"夫"声。本书选了权德舆《玉台体》一首，就是这种诗。也许因为诗体太短，用这种辞格来增加它的内容，这也是多义的一式。但唐代五绝已经不用谐声辞格，因为不大方，范围也窄。唐代五绝有调平仄的，有不调平仄而押仄声韵的；后者声调上也可以说是古体诗，但题材和作风不同。所以容许这种声调不谐的五绝，大约也是因为诗体太短，变化少；多一些自由，可以让作者多一些回旋的地步。但就是这样，作的还是不多。七言四句的诗，唐以前没有，似乎是唐人的创作。这大概是为了当时流行的西域乐调而作；先有调，后有诗。五七绝都能歌唱，七绝歌唱的更多——该是因为声调曼长，好听些。作七绝的比作五绝的多得多，本书选得也多。唐人绝句有两种作风，一是铺排，一是含蓄。前者如柳宗元《江雪》：

千山鸟飞绝，万径人踪灭。孤舟蓑笠翁，独钓寒江雪。

又，韦应物《滁州西涧》：

独怜幽草涧边生，上有黄鹂深树鸣。春潮带雨晚来急，野渡无人舟自横。

柳诗铺排了三个印象，见出"江雪"的幽静，韦诗铺排了四个印象，见出西涧的幽静；但柳诗有"千山""万径""绝""灭"等词，显得那幽静更大些。所谓铺排，是平排（或略参差，如所举例）几个同性质的印象，让它们集合起来，暗示一个境界。这是让印象自己说明，也是经济的组织，但得选择那些精的印象。

后者是说要从浅中见深，小中见大；这两者有时是一回事。含蓄的绝句，似乎是正宗，如杜牧《秋夕》：

> 银烛秋光冷画屏，轻罗小扇扑流萤。天街夜色凉如水，卧看牵牛织女星。

是说人秋夕的幽怨，可作浅中见深的一例，又刘禹锡《乌衣巷》：

> 朱雀桥边野草花，乌衣巷口夕阳斜。旧时王谢堂前燕，飞入寻常百姓家。

乌衣巷是晋代王导、谢安住过的地方，唐代早为民居。诗中只用野花，夕阳，燕子，对照今昔，便见出盛衰不常一番道理。这是小中见大，也是浅中见深。又王之涣《登鹳雀楼》：

> 白日依山尽，黄河入海流。欲穷千里目，更上一层楼。

鹳雀楼在平阳府蒲州城上。白日依山，黄河入海，一层楼的境界已穷，若要看得更远，更清楚，得上高处去。三四句上一层楼，穷千里目，是小中见大；但另一方面，这两句可能是个比喻，喻体是人生，意旨是若求远大得向高处去。这又是浅中见深了。但这一首比较前二首明快些。

论七绝的称含蓄为"风调。"风飘摇而有远情，调悠扬而有远韵，总之是余味深长。这也配合着七绝的曼长的声调而言，五绝字少节促，便无所谓风调。风调也有变化，最显著的是强弱的差别，就是口气否定、肯定的差别。明清两代论诗家推举唐人七绝压卷之作共十一首，见于本书的八首。就是，王维《渭城曲》（乐府），王昌龄《长信怨》或《出塞》（皆乐府），王翰《凉州词》，李白《下江陵》，王之涣《出塞》（乐府，一作《凉州词》），李益《夜上受降城闻笛》，杜牧《泊秦淮》。这中间四首是乐府，乐府的措辞

235

总要比较明快些。其余四首虽非乐府，也是明快一类。只看八首诗的末二语便可知道。现在依次抄出：

> 劝君更尽一杯酒，西出阳关无故人。
> 玉颜不及寒鸦色，犹带昭阳日影来。
> 但使龙城飞将在，不教胡马度阴山。
> 醉卧沙场君莫笑，古来征战几人回？
> 两岸猿声啼不住，轻舟已过万重山。
> 羌笛何须怨杨柳，春风不度玉门关。
> 不知何处吹芦管，一夜征人尽望乡。
> 商女不知亡国恨，隔江犹唱后庭花。

这些都用否定语作骨子，所以都比较明快些。这些诗也有所含蓄，可是强调。七绝原来专为唱歌而作，含蓄中略求明快，听者才容易懂，适应需要，本当如此。弱调的发展该是晚点儿。不见于本书的三首，一首也是强调，二首是弱调。十一首中共有九首强调，可算是大多数。

当时为人传唱的绝句见于本书的，五言有王维的《相思》，七言有他的《渭城曲》，王昌龄的《芙蓉楼送辛渐》和《长信怨》，王之涣的《出塞》。《相思》道：

> 红豆生南国，春来发几枝？愿君多采撷！此物最相思。

《芙蓉楼送辛渐》道：

> 寒雨连江夜入吴，平明送客楚山孤。洛阳亲友如相问，一片冰心在玉壶。

除《长信怨》外，四首都是对称的口气，王之涣"羌笛"句是说"你何须吹羌笛的《折柳词》来怨久别？"那不见于本书的高适的"开箧泪沾臆，见君前日书"一首也是的（这一首本是一首五古的开端四语，歌者截取作为绝句）。歌词用对称的口气，唱时好像在对听者说话，显得亲切。绝句用对称口气的特别多；有时用问句，作用也一般。这些原都是乐府的老调儿，绝句只是推广应用罢了。风调转而为才调，奇情壮采依托在艳情故事上，是李商隐的七绝。这些诗虽增加了些新类型，却非七绝的本色。他又有《夜雨寄北》一绝，

　　　　君问归期未有期，巴山夜雨涨秋池。何当共剪西窗烛，却话巴山夜雨时！

这也是对称的口气。设想月后向那人谈此时此地的情形，见出此时此地思归和想念的心境，回环含蓄，却又亲切明快。这种重复的组织极精练可喜。但绝句以自然为主。象本诗的组织，精练不失自然，是可遇而不可求的。

　　朱宝莹先生有《诗式》（中华版），专释唐人近体诗的作法作意，颇刃实，邵祖平先生有《唐诗通论》（《学衡》十二期）颇详明，都可参看。

　　　　　[原载《精读指导举隅·略读指导举隅》河南教育出版社 1989 年版]

诗型童蒙教育研究

中国古代劝学诗的
核心主题及其文化价值刍议

程　军　徐少华

　　中国历来被公认为"诗歌的王国"，同时在历史上又拥有崇尚教育、倡导民众读书学习的悠久文化传统。当中国古代的文人学士通过诗歌来表达他们倡导读书、劝勉学习的主题时，劝学诗这种独具一格的诗歌形式就应运而生。中国的劝学诗中影响最大、最为大众耳熟能详的作品，恐怕莫过于北宋的真宗皇帝赵恒所写的《劝学诗》："富家不用买良田，书中自有千钟粟。安居不用架高堂，书中自有黄金屋。出门莫恨无人随，书中车马多如簇。娶妻莫恨无良媒，书中自有颜如玉。男儿若遂平生志，五经勤向窗前读。"诗中将古代士子希望通过读书做官，追求荣华富贵的实用主义读书目的概括得入木三分，给人以功利世俗、醉心名利的"禄蠹"式的读书人印象。然而，实际上中国古代劝学诗的内容和主题指向远不限于此，而且很多劝学诗在意界、格调和气骨方面也远非这首《劝学诗》可及。

一、劝学诗的概念与历史

　　关于劝学诗的概念，目前学界还没有统一的界定。依笔者拙见，劝学诗是一种以"劝学"为基本主题或主要内容的诗歌形式，属于读书诗的一种，包含狭义和广义的两种概念。狭义的劝学诗，是指直接以"劝学""勖学"为诗名或在诗名中有"劝""勉""教"等明显劝学意图的读书诗，如赵恒的《劝学诗》、颜真卿的《劝学》、孟郊的《劝学》、张咏的《劝学》、王安石的《劝学文》、陈普的《劝学》、朱熹的《劝学》、赵汝腾的《示林宗辰劝学数语》、王建的《励学》等，都是直接以"劝学""励学"作为诗名；而李群玉的《劝人庐山读书》、石介的《爱日勉诸生》、赵汝谠的《勉绳武王生》、辛弃疾的《闻科诏勉诸子》、坎曼尔的《教学诗》、余良弼的《教子诗》、郑侠的《教子孙读书》等，则是在诗名中有"劝""勉""教"等字眼出现的劝学诗。广义的劝学诗所涉及的内容范围则广得多，一般凡涉及鼓励、劝勉、督促他人立志读书、珍惜时光、勤奋苦读、专心向学等主题的读书诗，都可以归属到劝学诗的行列。本文所论的主要是后者。

中国古代劝学诗的创作历史十分悠久，早在《诗经·国风·卫风》中就有关于劝学的诗句"有匪君子，如切如磋，如琢如磨"，意谓有文采的君子，通过互相切磋学习让学问变得更精湛，通过磨砺锤炼让品德变得更高尚。到了汉代，劝学诗获得了初步发展，著名的汉乐府《长歌行》中的诗句"少壮不努力，老大徒伤悲"奠定了古代劝学诗勉励惜时、勤奋、积极进取的基本主题和格调。魏晋南北朝时期，劝学诗得到了进一步的发展，左思、陶渊明、谢灵运等大诗人都有此类诗歌的创作。及至唐代，劝学诗作为独立诗歌形式的地位初步确立，出现了以"劝学""励学"直接作为诗名的劝学诗（如颜真卿的《劝学》、孟郊的《劝学》、王建的《励学》等诗），创作此类诗歌的诗人数量大增，其内容主题更加丰富，体裁类型也逐渐完备。到了宋代，由于科举制度的兴盛和文化教育事业的发达，加上以皇帝为首的统治阶级创作表率的影响，中国劝学诗的创作达到了高峰，社会各阶层包括皇帝、大臣、文士、民间文人等都纷纷加入了劝学诗的创作队伍。此期不仅劝学诗数量众多，体制、种类齐全，而且出现了不少动辄四五百言以上的长篇劝学诗。同时，从宋代开始，劝学诗的"劝学"主题对时代风气和社会各阶层（尤其是底层民众）的思想观念的影响日益加深。宋代之后，中国的劝学诗创作已形成一个稳定的文学传统，历朝历代都不乏创作者和优秀的诗作，一直延续到现代。

二、中国古代劝学诗的类型

劝学诗的分类标准很多，以下详细探讨。

首先，按照劝学诗的体式长短来划分，可以分为对句、绝句、律诗、古体长诗等。其中短的劝学对句，如"苦读有恒，好学无时"，只有8个字。稍长的劝学绝句，如南宋词人刘过的《游郭希吕石洞二十咏·书院》，只有

20字。较长的劝学古诗如南宋诗人王日翚的《云安监劝学诗》长达400字，北宋理学家陈普的《劝学》长达544字，北宋散文家曾巩的《读书》长达744字。在每一种诗体中，又可以进一步分为四言、五言、七言、杂言等类型，其中以五言、七言数量最多。

其次，按照劝学诗的创作主体来划分，可以大致分为以下几种类型：第一，皇帝创作的劝学诗。如前引宋真宗赵恒的《劝学诗》，明神宗朱翊钧的《劝学诗》："斗大黄金印，天高白玉堂。不因书万卷，那得近君王"等。这类诗通常是以功名利禄和荣华富贵来吸引、劝导天下学子勤读诗书，力求显达。第二，名臣良相创作的劝学诗。如北宋名臣张咏的《劝学》："大化不自言，委之在英才。玄门非有闭，苦学当自开。世上百代名，莫遣寒如灰。晨鸡固自勉，男子胡为哉"；北宋名臣司马光的《新迁书斋颇为清旷偶书呈全董二秀才并示佺良富》："力学致显位，拖玉簪华冠。毋为于博弈，趣取一笑欢。壮年不再来，急景如流丸"；北宋名相王安石的《劝学文》："读书不破费，读书利万倍。窗前读古书，灯下寻书义。贫者因书富，富者因书贵"；明朝名臣杨继盛的《言志诗》："读律看书四十年，乌纱头上有青天。男儿欲画凌烟阁，第一功名不爱钱"等。这类诗往往以夺取功名、建功立业、青史留名来激励、感召、寄望寒门士子苦心向学，勤奋读书。第三，文人学士创作的劝学诗。如唐朝诗人钱起的《送集贤崔八叔承恩括图书》："雨露满儒服，天子知子虚。还劳五经笥，更访百家书。赠别倾文苑，光华比使车。晚云随客散，寒树出关疏。相见应朝夕，归期在玉除"；杜荀鹤的《题弟侄书堂》："窗竹影摇书案上，野泉声入砚池中。少年辛苦终身事，莫向光明惰寸功"等。这类诗常常以成就功业、扬名立身来鼓励朋友、同僚以及后辈子女珍惜时光、勤奋苦读。第四，思想家、哲学家创作的劝学诗。如宋代道学家吕本中的《送晁公庆西归》："少年学问要躬行，世人营营勿与争。闭户忍穷心自乐，箪食瓢饮殊不恶"；南宋理学家朱熹的《读书有感》："半亩方塘一鉴开，天光云影共徘徊。问渠哪得清如许，为有源头活水来"；南宋心学家陆九渊的《读书》："读书切戒在慌忙，涵泳工夫兴味长。未晓不妨权放过，切身须要急思量"；明末清初思想家王夫之的《示侄孙生蕃》："传家一卷书，惟在汝立志。凤飞九千仞，燕雀独相视"；等等。这类诗通常以儒家"立德"、求"道"、成圣成贤的道德理想来鼓励读书人专心向学，修身砥行。第五，无名作者创作的民间劝学诗。如汉乐府民歌《长歌行》中的"少壮不努力，老大徒伤悲"；《增广贤文》中的"一寸光阴一寸金，寸金难买寸光阴"；佚名的《昨日歌》："昨日兮昨日，昨日何其好！昨日过去了，今日徒烦恼。世人但知悔昨日，不觉今日又过了。水去汩汩流，花落日日少。万事立业在今日，莫待明朝悔今朝"；《惜时》："三春花事好，为学须及早。花开有落时，人生容易老"；等等。这类诗常常从时光易逝、人生易老的角度，勉励青年学子珍惜青春宝贵时光，乘时努力，以求学有所成、建立功业。

最后，按照劝学诗劝勉的对象来划分，可以大致分为三类：第一，诗人自勉的劝学诗。如陶渊明的《杂诗》（盛年不再来）、欧阳修的《读书》、曾巩的长诗《读书》、赵翼的《读书苦忘以诗自叹》等，往往是诗人对自己盛年不再、韶华易逝、功业未成的感叹以及老骥伏枥式的自我激励；第二，诗人勉励同辈好友、同门、同僚等的劝学诗。如韩愈的《赠别元十八协律》之一、苏轼的《宋安淳秀才失解西归》和《代书答梁先》、苏辙的《寄题蒲传正学士阁中藏书阁》、黄庭坚的《送李德素归舒城》、曾巩的《和王适寒夜读书》等。这些劝学诗多为酬唱赠答之作，诗名中常常出现"寄""送""赠""和"等字眼；第三，诗人鼓励、教导、训勉后辈子侄等青年、少年学子的劝学诗，数量最为丰富。如杜甫的《又示宗武》、白居易的《闲坐看书贻诸少年》、苏辙的《示诸孙》、曾几的《赠外甥吕祖谦》、陆游的《冬夜读书示子聿》、王夫之的《示侄孙生蕃》、金圣叹的《与儿子雍》等。这些劝学诗中多出现"示""与""赠""贻"等字眼，显示了中国古代文人对后辈子女继承读书传统，诗书传家的殷切期望和谆谆教诲之情。

此外，按照劝学诗的主题内容来划分，劝学诗可以分为劝"立志"（立志于学）、劝"苦读"、劝"惜时"等主题类型。下文将对此问题做详细论述，此处不再赘述。

三、中国古代劝学诗的三个核心主题及其文化价值

作为一种以主题归类的特殊诗歌类型，古代劝学诗的内容和主题范围相对比较集中，然而，在"劝学"这一主题之下至少又涉及三个关键问题：首先，诗人应当用什么样的读书理想和目标来劝导、召唤天下文人学子倾情

投入到长期、艰苦的读书、学习活动中来。其次，诗人应当鼓励读书人采用何种读书态度和学习作风，才能保证他们能够学有所成。最后，诗人应当如何激励读书人在个体的有限生命历程中达到较好的学习效果和目标。这三个问题的解答，就构成了中国古代劝学诗的立志、苦读和惜时三个核心主题。

（一）读书立志

中国古代学者一贯强调读书学习首先要立志，要先确立崇高的读书理想和明确的学习目标，激励、引导读书人沿着正确的方向和道路努力用功，才能学有所得，有所成就。诸葛亮在《诫子书》中告诫其子曰："非学无以广才，非志无以成学。"①明代大儒王阳明也断言"自古及今，有志而无成者则有之，未有无志而能有成者"②，指出立志是学有所成的根本前提，故而他强调"故立志者，为学之心也；为学者，立志之事也"③，将立志看做为学的第一要务。这种"志"——读书目标和理想——既是读书人学习、读书的最终目的，也为他们的刻苦攻读、锲而不舍提供了无穷的动力。反之，"立志未定，如何读书"④？如果读书人的心志未定、目标不明，只知道漫无目的的旁观涉猎，贪多务得，那么书读得再多也是枉然。宋代词人刘过的劝学诗《怀古四首为知己魏卒元长赋兼呈王永叔宗丞戴少望》之三云："男儿无英标，焉用读书博"，就是对这种没有志向和目标的盲目读书方式的批评。

与上述学者一样，劝学诗人也都强调读书立志的重要性，因而他们在诗中为纷纷学子们描画出各种充满吸引力和诱惑力的美好愿景和理想人生，召唤、勉励读书人以实现这些人生目标和理想为鹄的，立下坚定的读书志向，并为实现这些志向而不懈努力。然而，由于他们秉持的读书理念和价值观不同，因而造成古代劝学诗人对于读书的志向和目标的定位也大相径庭，其中大致包括三种不同的读书志向。

第一，"学而优则仕"。

古代读书人通过读书、科考谋取功名，进而步入仕途，一帆风顺者可

---

① 诸葛亮，段熙仲，闻旭初，编校《诸葛亮集》，中华书局1960年版，第28页。

② 王守仁，吴光，钱明，董平，姚延福，编校《王阳明全集》，上海古籍出版社2011年版，第1103页。

③《王阳明全集》，第307页。

④ 姚玉明《读书经》，河南人民出版社，2011年版，第121页。

得荣华富贵，甚至可以官居高位，位极人臣。在封建时代科举制度作为主要人才选拔机制的大背景下，这一条道路对于寒门学子是极具诱惑力的。前面提到的宋真宗赵恒的《劝学诗》就向天下读书人赤裸裸地描绘了读书能够带来的美好前景和得意人生。在以皇帝为首的统治阶级的大力倡导和科举制度的规训之下，读书入仕的观念在科举时代影响极其广泛，甚至超越汉族地域，如唐代回纥诗人坎曼尔的《教学诗》："小子读书不用心，不知书中有黄金。早知书中黄金贵，高照明灯念五更"，就显示了对汉族读书入仕观念的接受和认同。这种读书观念如此深入人心，就连杜甫这样伟大的诗人也未能免俗，从他在《题柏学士茅屋》一诗中所说的"富贵必从勤苦得，男儿须读五车书"，能够明显看出他对读书求富贵之路的认同。而苏辙在《寄题蒲传正学士阁中藏书阁》中所说的"读破文章随意得，学成富贵逼身来"，更是通过把读书得"富贵"的可能性改造为读书得"富贵"的必然性，显示其对读书入仕之途的无比自信。在荣华富贵、立身扬名的诱惑下，许多古代文士对读书获取功名这条荣家显身之路恪守不渝，趋之若鹜，正如许载《及弟后寄宜春亲友》诗云："只把文章谒帝居，便从平地蹑空虚。分明有个上天路，何事儿孙不读书"。这就造成了中国大部分劝学诗的主题都与科考、功名、入仕密切相关，如汪洙《神童诗》："万般皆下品，惟有读书高。""满朝朱紫贵，尽是读书人"；韩淲《送十哥归宣城》："功名有康庄，少壮宜加鞭"，都对读书科考致身通显的康庄大道自信满满、深信不疑。其他如高明《琵琶记》："十年寒窗无人问，一举成名天下知"；汪洙《神童诗》："朝为田舍郎，暮登天子堂"；韩愈《符读书城南》："飞黄腾踏去，不能顾蟾蜍。一为马前卒，鞭背生虫蛆。一为公与相，潭潭府中居。问之何因尔，学与不学欤"等，都是通过将成就功名前后天渊之别的人生境遇进行对比，鼓励学子通过读书应举来谋求功名和人生的成功。另如杜牧《冬至日寄小侄阿宜诗》："朝廷用文治，大开官职场。愿尔出门去，取官如驱羊"；郭祥正《赠南康刘叔和秀才》："锦标夺取献天子，宠禄及亲荣耀多"；佚名："读书便是随身宝，高官卿相在朝廷"；佚名："读书入学莫徘徊，可以升官又发财"等，更是赤裸裸地宣扬读书入仕带来的诸般世俗利益。

对于许多寒门士子来说，读书应举是他们借以脱离自身低贱的阶级出身，实现"鲤鱼跳龙门"式的人生跨越的唯一途径。即使不敢期待未来一定能飞黄腾达，最低限度也希望能谋个衣食饭碗，不至有冻馁之虞，如同欧阳修在其《读书》一诗中所说:"念昔始从师,力学希仕宦。岂敢取声名,惟期脱贫贱。"而一旦得偿所愿,跃升龙门,则身价百倍,声誉鹊起。范仲淹在《醴泉寺读书》一诗中清晰地揭示了这一现象:"长白一寒儒,登庸三纪余。百花春满路,二麦雨随车。鼓吹迎前导,烟霞指旧庐。乡人莫相羡,教子读诗书。"[①]诗句将一位经过苦读中举后荣归故里、衣锦还乡的寒儒所获得的前呼后拥、春风得意的人生荣耀描绘得淋漓尽致。在历史上,类似的劝学诗曾经激励了无数学子皓首穷经,孜孜以求,梦想有朝一日能够实现飞黄腾达的得意人生。这种世俗、功利的读书志向带来了明显的负面影响,"廿之学者,没溺于富贵声利之场,如拘如囚,而莫之省脱"[②]。士子们的读书、学习目标往往为功名利禄所束缚,造成许多士人一心以博取功名为务,对于国计民生、时势世务和个人的修身立德等都漠不关心,读书治学遂成科举之学、利禄之学。可以说,在古代功利主义、实用主义的庸俗读书风气的形成及其流传过程中,劝学诗无疑起到了推波助澜的消极作用。

第二,"读书本意在元元"。

尽管封建时代中国文人的读书学习始终与科举、功名纠结缠绕在一起,但是从儒家的读书本义出发,读书入仕只是中国文人实现自己政治抱负和"立功"理想的一种手段或阶梯,其更高的目的是建立政治功业,治国平天下。孔子曾说:"诵诗三百,授之以政,不达;使于四方,不能专对;虽多,亦奚以为?"[③]明确地表明了读书的目的——学以致用和读书从政。北宋名臣司马光的《与薛子立秀才书》也指出:"士之读书者,岂专为禄利而已哉?求其位而行其道,以利斯民也。"[④]文中清晰地揭示了读书做官和实现政治理想之间的主从先后关系。晚清名臣林则徐《复长子汝舟》也劝诫子弟说:"男儿读书,本为致君泽民……勿贪利禄,勿恋权位。"[⑤]古代文士中志向远大、格局超迈者对这一观点是极为认同的,这也体现在他们的劝学诗创作中。如左思在其《咏史》中自述"弱冠弄柔翰,卓荦观群书。著论准过秦,作赋拟子虚。……铅刀贵一割,梦想骋良图。左眄澄江湘,右盻定羌胡",表达了自己在学有所成之后企盼建功立业,实现其利世济民的雄心壮志和报

---

① 曾祥芹,刘苏义《历代读书诗》,中国文联出版社2001年版,第101页。
②《王阳明全集》,第1424页。
③ 杨伯峻《论语译注》,中华书局1980年版,第141页。
④ 司马光,李之亮笺注《司马温公集编年笺注(4)》,巴蜀书社2009年版,第491页。
⑤ 周惟立《清代四名人家书》,广益书局1936年版,第4—5页。

国理想。杜甫在《奉赠韦左丞丈二十二韵》中也清晰表达了类似的理想，他说自己早年就才华横溢，"甫昔少年日，早充观国宾。读书破万卷，下笔如有神。赋料扬雄敌，诗看子建亲。李邕求识面，王翰愿卜邻"[1]，希望以自己的才华"立登要路津"，获得当权者的赏识，然而，更重要的还是要实现自己"致君尧舜上，再使风俗淳"的崇高政治理想。陆游则在其读书诗中多次表达了自己读书报国，兼济天下的政治抱负，如《久无暇近书卷慨然有作》："少年喜读书，事业期不朽，致君颇自许，书卷常在手"，自述青年时期就立志以建立不朽功业为读书目标；《读书》其二："归老宁无五亩园，读书本意在元元"；《五更读书示子》："万钟一品不足论，时来出手苏元元"，阐明了自己对济世利民的读书志向的终身坚守和传承后代的意愿；《燕堂东偏一室颇深暖尽日率困于吏牍比夜乃得读书其间戏作》："悠然抚书叹，无术济黔黎！"《秋雨叹》："窗间残灯暗欲灭，匣中孤剑铿有声。少年读书忽头白，一字不试空虚名"，则抒发了自己报国无门，壮志难酬的感慨，悲叹其济世利民的读书志向的幻灭。可见，这种读书报国的志向在中国古代已成为许多有志文人的一种共同的心理倾向和人生理想。

当然在封建社会，文人读书入仕和报国济世这两种读书理想并不冲突，入仕往往与报国济世联系在一起。因此在不少劝学诗中，考取功名与建功立业的主题融为一体，成为激励学子刻苦攻读的积极动力，如杨继盛《言志诗》："读律看书四十年，乌纱头上有青天。男儿欲画凌烟阁，第一功名不爱钱。"汪洙《神童诗》："慷慨丈夫志，生当忠孝门；为官须作相，及第必争先。……日月光天德，山河壮帝居；太平无以报，愿上万年书。"姚勉《劝学示子元夫》："事业功名在读书，圣贤妙处着工夫。"陈普《劝学诗》"无尘胸次贮万卷，拔出笔力扛千钧。不用高枕卧丘壑，用之家齐国治天下平"等，都是如此。

第三，"日月两轮天地眼，诗书万卷圣贤心"。

在儒家读书学习思想中，读书明理、读书修身、读书立德是养成君子人格，趋近、达致圣贤的必经途径。早在《礼记·学记》中就有"玉不琢，不成器；人不学，不知道"的教诲。荀子在《劝学》中指出："古之学者为己，今之学者为人。君子之学也，以美其身；小人之学也，以为禽犊。"[2]

---

① 《历代读书诗》，第31页。

② 王先谦《荀子集解》，中华书局1988年版，第13页。

这些都是对儒家的读书修身、读书养德的理想做出的规定。荀子还设定了儒家读书学习的最高目标是成为"圣人":"学恶乎始? 恶乎终? 曰: 其数则始乎诵经,终乎读礼;其义则始乎为士,终乎为圣人。"①《汉书·董仲舒传》记载汉代大儒董仲舒言论云:"君子不学,不成其德",强调了君子的道德修养和能力必须通过后天的读书学习才能获得。明清之际的理学家朱柏庐在《治家格言》中说:"读书志在圣贤,非徒科第。"②明确地把达致圣贤作为读书的最终目的。这种希圣希贤的读书理想在许多古代劝学诗中得到了充分的表现。如杜甫在《又示宗武》中鼓励其子应以孔门圣人为读书楷模:"应须饱经术,已似爱文章。十五男儿志,三千弟子行。曾参与游夏,达者得升堂。"王贞白在《白鹿洞二首》其一中自述其追慕圣人的读书志向:"读书不觉春已深,一寸光阴一寸金。不是道人来引笑,周情孔思正追寻。"陈普在《劝学诗》中鼓励学子应以达致圣贤为读书目标:"不通六籍不是学,未了三才未是人。希圣必须志尧舜,希贤必有为颜曾。"赵汝谠在《勉绳武王生》中也鼓励王生以圣贤为榜样努力读书:"道在虞翻应有述,学高韩愈岂无称。圣贤都属吾儒事,莫堕疏慵忝此生。"朱熹为白鹿洞书院所题的楹联曰:"日月两轮天地眼,诗书万卷圣贤心",更是把圣贤比作昭昭日月,引导读书人在读书学习和修身立德的和圣道路上坚定地走下去。显然,这种崇高的读书志向和追求赋予中国古代文士儒生的读书生活以超越世俗功利的理想性和超越性价值,让读书成了他们追求自我完善、自我实现的一种"志业",同时为他们的刻苦攻读提供了无穷的动力。同时,这些劝学诗中的读书理想志存高远、陈义极高,与那种"学成文武艺,货与帝王家"之类的劝学诗中的读书入仕观在格调和境界上不可同日而语。在世俗的功利主义读书观盛行的封建时代,这些劝学诗及其包含的希圣希贤的读书理想无疑是一股可贵的士林清流,对前者能够起到一定的纠偏补弊的作用。

(二) 勤奋苦读

前文所述的读书理想和目标,无论是通过读书来谋求功名富贵,还是通过读书来实现政治抱负和治国理想,抑或是通过读书来修身立德,都绝非易事,同时也非一日之功,它不仅需要苦读圣贤书的精神,还需要一种持之

---

① 《荀子集解》,第12页。

② 朱柏庐《治家格言》,上海古籍出版社2002年版,第5页。

以恒、锲而不舍的意志。南宋哲学家袁燮在《赠吴氏甥二首》其二中说："圣贤有遗训，好古敏以求。韦编至三绝，发愤穷深幽"，诗中描述了一幅古代士子刻苦攻读圣贤典籍的生动画面。

  中国古代读书人历来就有勤奋苦读的优良传统。出生寒门的古代士子虽然渴望通过读书改变命运，但是相对艰苦的读书条件和环境又限制了他们的读书学习，于是在中国历史上就产生了许多生动感人的排除万难、勤奋苦读的故事和传说，其中脍炙人口的如苏秦的悬梁刺股、匡衡的凿壁偷光、顾欢的燃糠照读、江泌的追月夜读、范仲淹的划粥割齑以及车胤囊萤、孙康映雪、祖莹藏火等。即使是家境优越，衣食无忧的读书人，要想学有所成或金榜题名，同样也需要付出主观的努力，也需要勤奋读书。于是，古代劝学诗就常常以激励读书人为理想而奋斗，为成功而苦读作为主题，督促他们在读书过程中要学习、仿效先贤的勤奋苦读、锲而不舍的精神，防止他们出现懈怠、懒惰和畏难等消极态度。

  首先，许多劝学诗通过辛苦必有回报，苦读必有所得的思想观念来鼓励士子们刻苦攻读。如杜甫《奉赠韦左丞丈二十二韵》："读书破万卷，下笔如有神"；辛弃疾《闻科诏勉诸子》："绝编能自苦，下笔定成章"；佚名："读破文章随意得，深挖学问自然来"；车胤《读书萤》："学问勤中得，萤窗万卷书"；韩愈《符读书城南》"读书勤乃有，不勤腹空虚"；等等，告诉读书人苦读、多读、深读就必能拥有好文采和好学问。在读书获得好学问的基础上，才能进一步追求功名富贵和人生的成功，如杜甫《题柏学士茅屋》："富贵必从勤苦得，男儿须读五车书"；苏辙《寄题蒲传正学士阆中藏书阁》："读破文章随意得，学成富贵逼身来"；张咏《劝学》："玄门非有闭，苦学当自开"；等等。古代劝学诗还常常通过形象的比喻告诫学子们不要害怕苦学无果，天道自会酬勤。如刘过的《书院》："力学如力耕，勤惰尔自知。但使书种多，会有岁捻时"；袁燮的《赠吴氏甥二首》："农夫力耕耘，岁功必倍疏。吾儒用心苦，学业亦有秋"等劝学诗，都阐明了天不负苦心人、一分耕耘一分收获的道理。

  其次，劝学诗人还常以自己的苦读经历为榜样，劝导后辈以自己为榜样刻苦读书。劝学诗的作者多数是学有所成的大臣、官员、文士、学者，也都曾经历过青少年的苦读阶段，因此他们常常乐于现身说法，将自己的读书经验传授给自己的子女、门生等后辈，激励他们勤奋用功。如车胤在《囊萤诗》中说："宵烛出腐草，微质含晶荧。收拾练囊中，资我照遗经。熠耀既不灭，吾咿宁暂停"，为天下学子树立了一个勤奋苦学的形象；孟郊在《苦学吟》中说："夜学晓不休，苦吟神鬼愁，如何不自闲，心与身为仇"，道出了诗人勤学苦吟、孜孜以求之勤；李复的《病目》诗曰："昔年勤细书，广博求多益。谓经手一抄，可胜读数百。矻矻三十年，尝废寝忘食。磨墨见砚穿，败笔如丘积。高编连大轴，不知几万亿"，生动地描写了自己早年抄弓勤读之苦；欧阳修在《读书》一诗中说自己少年时读书非常勤奋，"忘食日已晡，燃薪夜侵旦"，一直到老年也不放松自己："吾生本寒儒，老尚把弓卷。眼力虽已疲，心志殊未倦"。同样，陆游在诗中也多次以苦读的先贤作为终生读书的榜样，如《衰叹》："穷空颜子巷，勤苦董生帷"。他在《寒夜读书》中展示了以苦读为乐的精神："韦编屡绝铁砚穿，口诵手钞那计年"，《冬夜读书》说坚持苦读直到老病将死："病卧极知趋死近，老勤犹欲与书麈"。这些读书先贤的刻苦精神和苦学经历对于青年后学而言，弥足珍贵。

最后，许多劝学诗直接对学子们提出殷切期望，鼓励他们不惧辛劳，以苦为乐，迎难而上。如颜真卿在《劝学诗》中鼓励学子们夙兴夜寐、发奋读书："三更灯火五更鸡，正是男儿读书时"；苏轼在《代书答梁先》中鼓励梁先以先贤为榜样，刻苦学习："愿子笃实慎无浮，发奋忘食乐忘忧"；石子章《竹坞听琴》鼓励学子坚持苦学不辍，终会学有所成："十载寒窗积雪余，读得人间万卷书"。著名的读书诗句"书山有路勤为径，学海无涯苦作舟"和"宝剑锋从磨砺出，梅花香自苦寒来"更是鼓励读书人把勤奋、刻苦作为磨炼和提升自我以成就学业的必经途径。在正面鼓励的同时，不少劝学诗人还从反面告诫学子们不要偷懒、怠惰，浪费大好时光。如赵汝谠在《勉绳武王生》中说："圣贤都属吾儒事，莫堕疏慵忝此生"；曾几在《读书四首》之三称："朝游夕咏一窗书，只要今吾胜昔吾。未识此间真气味，直缘圣处少工夫"；苏辙在《示诸孙》中说："少年真力学，玄月闭书帷。……笑向诸孙说，疏慵非汝师"；熊伯伊在《四季读书歌》说："读书求学不宜懒，天地日月比人忙"等，都是告诫后辈学子以圣贤或大自然为榜样努力读书，不能因放松偷懒而荒废了青春。

古代劝学诗人强调勤奋、刻苦的读书态度和学习作风，是因为他们相信只有这种积极努力、坚持不懈的读书态度，才是学有所成的根本保证，因为每个人的禀赋、资质的好坏是个人无法左右、可遇而不可求的，但后天的努力和刻苦学习却是人人都可以做到的，因此他们坚信，每个人都有可能通过刻苦读书而获得学业的进步和人生的成功。这些观念与儒家教育思想中强调后天的学习和努力，重教化、重人为的"化性起伪"观念和思想是一致的。

（三）惜时努力，乘时用功

勤奋读书者往往会充分利用时间，会惜时如金、分秒必争地读书学习。因此，古代劝学诗在激励学子勤奋苦读的同时，往往也会劝勉他们珍惜时间，尤其是珍惜青春大好时光，努力读书。这一类主题在古代劝学诗中的数量是最多的。

首先，这类主题的劝学诗往往通过感叹时光易逝，鼓励学子们须青春早为。如陶渊明著名的《杂诗十二首》的第一首说："盛年不重来，一日难再晨。及时当勉励，岁月不待人"；孟郊的《劝学》曰："青春须早为，岂能长少年"；王贞白的《白鹿洞二首》其一云："读书不觉春已深，一寸光阴一寸金"；石介的《爱日勉诸生》曰："白日如奔骥，少年不足恃。汲汲身未立，忽焉老将至，子试念及此，则书何暇乎食，夜何暇乎寐"；陆游的《读〈老子〉》说："人生忽如瓦上霜，勿恃强健轻年光"；陈普的《劝学歌》曰："后生可畏如日出，千金之躯岂可轻。寸阴可惜莫虚掷，百年安得长青春"；朱熹的《偶成》曰："少年易老学难成，一寸光阴不可轻，未觉池塘春草梦，阶前梧叶已秋声"。这些劝学诗都是在感叹青春易逝、人生易老的基础上激励青年学子要及时用功、乘时努力，才能不负青春，学有所成。

其次，这类主题的劝学诗还经常告诫青年学子年轻时勿荒废时光，否则就会在年老时追悔莫及。如汉乐府《长歌行》："少壮不努力，老大徒伤悲"；颜真卿《劝学诗》："黑发不知勤学早，白首方悔读书迟"；孙应求《恭和家大人将赴季弟官书示及门之作》："少年不学待何年，长大无成莫怨天"；曾几《示逢子》："可怜亲发镜中白，莫负子衿身上青"；袁燮《赠吴氏甥二首》："勿云年尚幼，岁月如川流。及今不加鞭，壮大徒包羞"；冯梦龙《警世通言·勤奋篇》："少壮不经勤学苦，老来方悔读书迟"；等等，都是对青年士子的谆谆告诫。不少劝学诗还通过将青年与老年的读书状态和效果进行对比，进一步敦促年轻学子要珍惜青春大好时光，努力读书。如欧阳修在《镇阳读书》中细数老年读书时的诸般不便："尘蠹文字细，病眸濮无光。坐久百骸倦，中遭群虑戕。寻前顾后失，得一念十忘"，从而发出无可奈何的感叹："乃知学在少，老大不可强。"赵蕃在《夜坐读书有感示儿侄》说："老矣读书如欠缘，心非敢后足难前"，也同样是感慨老年读书虽壮心未已，但同时又力不从心的困境。陆游在《读书未终卷而睡有感》说："暮年缘一懒，百事俱弃置；今遂懒到书，把卷辄坐睡。其余懒则已，感此独歔欷。念昔少壮时，日夜痛磨砺。誓言死为期，身在敢暴弃？宁知未死前，殆欲负此志"，悲叹自己暮年的读书精神难比少年的无可奈何之情。另外，如明清之际的诗人归庄在《生日自述》中强调青年读书效果远胜老年："学问在早年，光芒如初旭。晚岁则已迟，夜行仅秉烛"；清代诗人赵翼在《读书苦忘以诗自叹》中感叹老年读书的精力不济："昔时能读苦无书，今日有书苦难读"，也都是通过对自己晚境读书之痛、读书之难的描述，鼓励年轻人要青春早为、及时努力。

再次，有些劝学诗直接敦促、鼓励青年学子要乘时努力，把握当下美好时光，为自己的目标而刻苦读书。如杜荀鹤在《题弟侄书堂》中劝诫其侄："少年辛苦终身事，莫向光阴惰寸功"；赵崇洐在《勉子读书》中督促其子："一寸光阴无放过，十年灯火凤修成"；韩淲在《送十哥归宣城》中鼓励友人："功名有康庄，少壮宜加鞭"；李果在《示两儿》其二中勉励其子把握当下、奋发读书："展转力就衰，秉烛思晓起。努力爱景光，汝曹从此始"。它如脍炙人口的《明日歌》："明日复明日，明日何其多。我生待明日，万事成蹉跎"和《今日歌》："今日复今日，今日何其少！今日又不为，此事何时了？人生百年几今日，今日不为真可惜！若言姑待明朝至，明朝又有明朝事。为君聊赋今日诗，努力请从今日始"，更是从正反两个角度劝诫读书人要珍惜现在，把握当下大好时光，不要拖延等待，蹉跎光阴，荒废了读书的青春大好年华。

最后，劝学诗的惜时主题还常常表现在诗人对夜读的倡导和鼓励。古代读书人家境困苦者为多，白天因大多要从事劳动生产而无暇读书，加之白日人事纷扰，读书不便，因此安静、漫长的夜晚往往成为他们抓紧时间刻苦攻读的最佳时间。中国的许多读书典故都发生在夜读时间，如悬梁刺股、凿壁偷光、燃糠照读、车胤囊萤、孙康映雪、祖莹藏火等。古人读书有所谓"三余"之说——冬者，岁之余也；夜者，日之余也；雨者，月之余也。其中作为"日之余"的夜间是常规的、也是最稳定的读书时间。因此，在中国的劝学诗中就出现了许多描绘夜读场景的劝学诗，蕴含了诗人对后辈学子们深夜苦读的赞赏、欣喜之情和对他们深厚殷切的期望，如翁承赞《书斋漫兴》其二："官事归来衣雪里，儿童灯火小茅斋。人家不必论贫富，惟有读书声最佳"；晁冲之《夜行》"孤村到晓犹灯火，知有人家夜读书"；吕本中《夜闻诸生读书因成寄赵十七佺》"且喜诸生会勤苦，夜窗如子读书声"；郑獬《勉学者》"绕座群书如累玉，夜灯忘睡昼忘饥"；王十朋《寄贾一节》："少年勉力亲灯火，要使家声继洛阳"；王迈《叔寿佺》"诗书本是吾家事，灯火须勤汝辈亲。未把金杯为寿祝，且期及第为亲荣"；孙应时《诒侄生日》："圣贤垂日月，豪杰起云风。灯火清秋夜，宜加百倍功"；等等。

四、结　语

劝学诗作为一种特殊的诗歌形式，是中国古代悠久的劝学文化传统的一个重要组成部分，也是儒家教育思想和学习思想的诗化呈现。如果没有诗化的、感性的形式与和谐的、韵律化的语言，儒家的读书和劝学思想对于青少年学子和普通民众而言就只是干巴巴的思想教义和道德训诫，难以发挥思想感化和道德感召的积极作用。文学作品具有对民众劝化、感召的功能，在推广、普及儒家的道德教化中发挥了积极的作用。在中国历史上，劝学诗曾经激励、召唤了历代无数学子义无反顾地投身到读书事业中去，对于儒家读书、学习思想的传播和普及，对于中国社会各阶层的读书、学习风气的形成都起到了积极作用。尽管部分劝学诗鼓吹、宣扬功利化、庸俗的读书思想，对古代的读书风气和社会风气产生了一定的负面影响，但总体而言，古代劝学诗中积极进取、奋发图强、健康向上的主题和基调，仍是值得肯定的。正因为如此，古代劝学诗不仅在中国历史上产生了积极的文化和社会影响，而且对于我们当代人读书、学习的提升，对于我国当前的书香社会、学习型社会的建设，仍然具有积极的现实意义。

[原载《重庆师范大学学报》（社会科学版）2021 年第 5 期]

唐代训蒙诗的特点及对教育的启示

彭广明

　　唐代处于中国封建社会由前期向后期转折的关键时期，其间政治相对稳定，经济繁荣，文化思想十分活跃，传统教育进一步发展和完善。统治者在积极发展官学的同时，对私学的发展也给予极大鼓励，形成了较为完备的学校教育体系。在这种时代背景下，作为基础教育的蒙学得到长足发展，不仅京师州县有官办小学，地方民间也有乡学、村学、乡塾等。在一些偏远地区，还有寺学等特殊形式的蒙学教育机构。同时，还存在许多家学、家馆等，一些士大夫甚至在家中设学亲自教授子孙。专门为蒙童编写的各类蒙学教材应运而生，以类型而论，有综合类、理论道德类、历史知识类、诗歌类、名物常识类、工具书类等。本文限于篇幅，重点研究唐代诗歌类蒙学教材（以下简称训蒙诗）的特点及对今日教育的启示。

　　针对儿童的认知特点，训蒙诗以咏物为主兼及咏史，影响较大的有李峤的《杂咏诗》、胡曾的《咏史诗》、赵嘏的《读史编年诗》等。

　　初唐"文章四友"之一的李峤（645—714），历仕高宗、武后、中宗、睿宗、玄宗五朝，在武后至中宗时曾两度为相，总领修撰了当时最大的类书《三教珠英》。李峤的《杂咏诗》又名《单题诗》，是众多咏物类训蒙诗中的上乘之作。该组诗全是五言律诗，共有120首，从日月风云到飞禽走兽，咏物范围之广，可以说日常所见事物无所不包。

　　日本《佚存丛书》把《杂咏诗》每10首分为一类，分系统、按次序，遍及乾象、坤仪、芳草、嘉树、灵禽、祥兽、居处、服玩、文物、武器、音乐、玉帛十二部类。如乾象类有"日、月、星、风、云、烟、露、雾、雨、雪"，玉帛类有"珠、玉、金、银、钱、锦、罗、绫、素、布"。李峤选咏物写训蒙诗，是因其包含对体物赋形、象征比喻、对偶韵律的较高要求，更主要的是为了便利儿童对意象的认识和积累。意象是人类艺术经验的共同积

255

累，自魏晋以来人们意识到意象在诗歌创作中的重要性，开始进行归纳。类书的大兴体现了人们对诗歌创作、对意象认识的升华。到唐代，意象已积累到一定程度，许多意象不再是随机的，而是形成了较稳定的图式，这是创作必不可少的基础，应当积累传承，而且儿童从意象入手学习较易。

胡曾（839—?）的诗，被编入《全唐诗》，单独列为第六百四十七卷。他的《咏史诗》流传非常广泛，多次被讲史艺人、历史小说作者引用。在元代被定为蒙学教材，起到了普及历史知识、推动传统蒙学教育的作用，深深影响了后人诗风的审美取向，具有承前启后的重要意义。为达到促进儿童学习知识的目的，咏物诗是日常事物无巨细皆尽心描摹，咏史诗则是历史事件无论大小都融会诗中。胡曾的《咏史诗》所述历史事件构成一部"隋前史"，重大事件如长平之战、垓下之围、渑池会、鸿门宴等100多件；历史上的重要人物如贾谊、曹操、项羽、刘邦等120多人，展开一幅丰富的历史画卷。用诗记录历史事件，人物多而不乱，单取一首可诵可吟可长知识，各诗之间又互相关联，可成系列。胡曾咏楚汉之争的诗篇共9首，按时序则为：《阿房宫》《鸿门》《鸿沟》《广武山》《荥阳》《垓下》《乌江》《长安》《沛宫》。《阿房宫》为序幕，《鸿门》《鸿沟》即发展，《广武山》《荥阳》逐渐进入高潮，《垓下》《乌江》是高潮，《长安》《沛宫》属尾声，情节完整，脉络清晰，以诗人歌咏之笔，再现了楚汉之争的全部历史，此组诗以历史事件自成系列。而以历史人物自成系列者也有，如《南阳》《泸水》《赤壁》《五丈原》这4首诗，勾勒了诸葛亮的人物形象。以历史事件成系列，使该事件在读者心中完整、清晰，人物形象跃然纸上，传授儿童历史知识的任务"超额完成"。

唐代是中国古典诗歌最辉煌的时期，诗人的创作技法娴熟，题材多样，风格多变，各种题材、各种风格都有登峰造极之作。训蒙诗是教授儿童知识的作品，诗歌水平不高，放到诗歌史上去评价，会发现其作为诗的欠缺之处。

（一）技法简单，寡情淡意

训蒙诗咏物立意在绘景状物，不在传情达意，如《杂咏诗》：

"倾心比葵藿，朝夕奉光曦。"（《日》）
"会因添雾露，方逐众川归。"（《海》）

"倚天持报国，画地取雄名。"（《剑》）

"短箫何以奏，攀折为思君。"（《柳》）

综观其诗作，事物描摹清晰，其中蕴含的道理皆为众所周知，属于大众审美也可达到的高度，其不带任何个人情绪和个性特点。

《杂咏诗》中光一个"开"字就出现了40多次，这绝不同于王羲之《兰亭序》中"之"字的形态各异，李峤用的"开"字意义没有什么特别之处。

按一般诗歌品评标准，从思想、艺术、情感等方面综合观照，《杂咏诗》在文学史上并不出色，甚至有堆砌典事、卖弄技巧之嫌。但是，作为启蒙教材，它对诗歌的作法，尤其是五律的大力推广与普及，功绩比普通诗要大。对于启蒙教材，其基本要求是：继承传统，总结前代的积累，以达到丰富内容、规范技巧的效果。从这个意义上说，李峤的《杂咏诗》不是诗中的佳品，却是训蒙诗中的上乘之作。

胡曾的《咏史诗》句式简单，词语重复，诗前两句多为陈述句，后两句多为否定句或疑问句。据统计，第三句为否定句有56首，疑问句的有34首，合为90首，占全部150首的60%；第四句为反问句有47首。

"轩辕黄帝今何在？回首巴山芦叶青。"（《洞庭》）

"何事三千珠履客，不能西御武安君？"（《夷陵》）

"何事夫差无远虑，更开罗网放鲸鲵？"（《会稽山》）

"何事山公持玉节，等闲深入醉乡来？"（《高阳池》）

"当时已有吹毛剑，何事无人杀奉春？"（《平城》）

"十年辛苦平天下，何事生擒入帝乡？"（《云梦》）

"山东不是无公子，何事张良独报仇？"（《博浪沙》）

在胡曾诗中经常出现"何在""何事""不知""争得""争知""谁知"等雷同词语，给人以词汇贫乏之感。

（二）有史无诗，缺吟少咏

晚唐诗人赵嘏的组诗《读史编年诗》，敦煌残本存诗36首，28题，即1岁至28岁。1岁写1首或写2首不等，视本岁的名人事迹多少而定。近年来，赵望秦对此组诗作了较为详细的研究，撰文指出此组诗亦为训蒙诗，但为训蒙诗之败笔。笔者认同此组诗为诗之败笔，但不认为是训蒙诗之败笔。赵望秦认为此组诗失败的原因在于人多事杂诗短，语言晦涩，不利少儿阅读；人事多生僻，又未加注，不便理解；缺少诗歌应有的形象性。显然，论者立论的出发点是把该作品当成了咏史类的训蒙诗，从咏史与训蒙的双重标准去评价。如果这样评价，即是有史而无吟咏。

> 皮夏奇童帝王师，齐梁小子皆能诗。何人雅与合素琴，有客本自回文知。不独彦龙称幼异，须怜孝嗣好风姿。武侯有子亦聪慧，丧国亡家安用为。（《八岁二首》之一）

此首诗在八句之内记了七人之事，其它诗作也大致如此。一首诗记述众多事物，百余首诗即是一个详尽的历史资料库，或知名或生僻，记人记事之全之丰富，哪还容得下且吟且咏？

再如胡曾的《咏史诗》：

> 帝王苦竭生灵力，大业沙崩固不难。（《阿房宫》）
> 乌江不是无船渡，耻向东吴再起兵。（《乌江》）
> 凤凰不共鸡争食，莫怪先生懒折腰。（《彭泽》）
> 出师不听忠臣谏，徒耻穷泉见子香。（《吴宫》）

诗中所抒发的都是历史事实之感，既没有与诗人的感情互通有无，也没有望今怀古之情，甚至各诗创作思路也大致相似。

就诗歌创作的艺术技巧而论，胡曾的《咏史诗》没有什么创新，应该说他的诗是通俗浅近。胡曾有意识地用浅显的语言表达自己的见解和对历史兴亡的慨叹，这就为其诗得以广泛流传并被后世定为蒙学教材打下了基础。胡曾的《咏史诗》很多是忠实地再现历史，用白描的方式加以复述。既没有大诗人李白那样具有丰富的想象与神奇瑰丽的浪漫色彩，也没有李商隐咏史诗那样善于推陈出新，达到词微而显、委婉蕴藉的艺术效果。胡曾的《咏史诗》在语言表达上的浅白直观性，使得塾师易于讲解，学童易于理解。其实咏物也好，咏史也罢，训蒙诗只是为儿童提供了写诗的"例题"。以上所述并不是唐代训蒙诗的全部，仅是其中的代表而已。这些作品被后世定为训蒙教材，在我国教育史上流传范围广、流传时间长，有的甚至流传到海外，对异国教育都产生了影响，这不得不让我们思考这种现象之中包含着怎样的教育思想，以用古人教育之经验补当今教育之不足。

从儿童本位出发写训蒙之诗当属唐代的一大进步和突破。训蒙诗的着眼点是儿童的身心发展。蒙学阶段的儿童年龄较小，集中注意的时间较短。训蒙诗充分考虑到了这一特点，大多诗作篇幅短小、句子较短、语言简练。用韵语的形式表达，音韵流畅，铿锵悦耳，适合儿童的心理特点。儿童思维发展的特点是以形象思维为主，不易理解对逻辑思维能力要求较高的知识。训蒙诗无论是咏物之诗还是咏史之作，不是以日常事物（儿童熟知的形象）入诗，就是以历史故事、历史人物引其入胜，这些诗歌非常适合儿童的思维特点。

训蒙诗在儿童教育中承担了双重功能，有助于为蒙童传授基本的文化知识和进行道德养成教育，以及普及文化，提高文化素质。与唐代训蒙诗在传授知识的同时，对于儿童的道德品质、礼仪等都提出了严格的要求，把儒家的"修身、齐家、治国、平天下"的人生信念融合在训蒙诗教学中，体现了唐代蒙学教学思想的人文性特点。当前，科学技术迅猛发展，功利主义盛行，对儿童教育产生了一定的冲击，使得儿童教育带有一定功利性和形式化倾向，教育的人文性功能丧失。具体表现为：无视幼儿身心发展的特点和规律，不顾幼儿的兴趣和需要，举办诸如音乐、英语、书法、绘画、舞蹈等各种特长班，对幼儿进行特长教育和早期定向教学，而对语言、品德、自然等人文性教学内容却没有引起足够的重视。知识学习和智力发展成为教育者追求的主要目的，忽视了儿童的情感、心理健康等需要，尤其是压抑了儿童的天性。与唐代训蒙诗从生活中取材对儿童进行人文教育的做法大相径庭，前者是对正常人性的压抑。

唐代训蒙诗在某种程度上符合了儿童身心发展的规律和特征，除能帮助识字外，还能提高阅读能力，丰富生活经验，启迪思想智慧。历史学家周谷城在《传统蒙学丛书》序中说："有的蒙学书能够长久流行，为社会长期接受，在传授基本知识，进行道德教育，采取易于上口易于记忆的形式等方面，确实有其长处和优势，是不能也不应该一笔抹杀的。仅仅在这一点上，即自有其文化史和教育史上的价值。"由此可见，蒙学教材编写的成功经验，对当今语文教材的编写有重要的启示作用。随着社会的发展，人们更加关注儿童的早期启蒙教育，儿童启蒙读物越来越丰富，既有文字类的，也有图画类的；有拼音文字类的，也有汉英双语类的；有字纸类的，也有音像制品类的。可以说，这些读物对我国当前的儿童教育发挥了一定的作用。但是，也应看到，我国蒙学教材还存在着良莠不齐、鱼目混珠的现象，不少儿童读物的编写没有从促进儿童身心发展的角度出发，一些读物内容脱离儿童的生活实际。这些反映出当代儿童读物编写的盲目性，需要社会各界共同努力加以克服。

[原载《教育评论》2009年第3期]

论胡曾《咏史诗》的蒙学教育价值

徐红漫

　　胡曾，晚唐专职创作咏史组诗的诗人之一，著有《咏史诗》三卷，共
150首。清管世铭在《读雪山房唐诗凡例·七言凡例》中有这样一句慨叹：
"胡曾《咏古》诸篇，轻佻浅鄙……不识何以流传至今？"①他的这一疑问也
是胡曾《咏史诗》留给后世的最大的疑惑：为什么一组文学价值不高的咏史
组诗，能够历经千年，从晚唐一直传播至清代？

　　对于这个问题，如果仅仅凭借"文学性"单一标准来衡量，恐怕很难
找出合理的答案。关于胡曾《咏史诗》的文学水准，明代杨慎在《升庵诗
话》卷一二《刘元济诗》中曰："胡曾之徒，鄙猥俚贱，优人羞道者，乃有
集行世。"②谢榛《四溟诗话》卷一曰："胡曾百篇一律，但抚景感慨而
已。"③入清以后，对其评价更是一路走低。毛先舒《诗辩坻》卷三《杂论》
云："近体咏史，自不能佳，胡曾百首，竟坠尘溷。"④王士禛《带经堂诗
话》卷四《总集门删订类二》曰："七言如孙元晏、胡曾之《咏史》，曹唐之
《游仙》，读之辄作呕哕。"⑤翁方纲《石洲诗话》卷二曰："胡曾《咏史》绝
句，俗下令人不耐读。"⑥就胡曾《咏史诗》浅俗雷同的特点，当代学者莫
砺锋先生也曾从组诗创作的局限性角度做过分析："大规模地写咏史组诗，
虽然在逻辑上并不一定导致艺术水准的低下，但事实上确是相当不利于诗人
在艺术上有所创新。"⑦古今学者对胡曾《咏史诗》的文学价值有着惊人的

---

① 管世铭《读雪山房唐诗·凡例》，江阴阳金武祥刻本，清光绪十二年(1886)。
② 周维德集校《全明诗话》，齐鲁书社2005年版，第1061页。
③ 丁福保辑《历代诗话续编》，中华书局1983年版，第1150页。
④ 郭绍虞《清诗话选编》，上海古籍出版社1983年版，第65页。
⑤ 王士禛著，戴鸿森校点《带经堂诗话》，人民文学出版社1982年版，第111页。
⑥ 赵执信、翁方纲《谈龙录·石洲诗话》，人民文学出版社1981年版，第75页。
⑦ 莫砺锋《论晚唐的咏史组诗》，《社会科学战线》2000年第4期。

共识。

如果我们考查胡曾《咏史诗》流传的范围，会发现其主要是在五代以后的民间及蒙学领域传播。元人辛文房《唐才子传》卷八《胡曾传》篇中写道："作咏史诗，皆题古君臣争战废兴尘迹。……至今庸夫孺子，亦知传诵。"①明代杨慎在《升庵诗话》中提及："慎少侍先师李文正公，公曰：'近日儿童村学教以胡曾《咏史诗》……'"②王夫之《古诗评选》卷四云："胡曾《咏史》一派，堪为塾师放晚学之资。"③

胡曾《咏史诗》流行于世的各类版本，也可佐证其传播的范围主要是蒙学领域。目前能够看到的最早的版本，是晚唐邵阳人陈盖、京兆人米崇吉为之加注作评的《新雕注胡曾咏史诗》。明代另有胡元质注本《新版增广附音释文胡曾诗注》。张政烺先生在《讲史与咏史诗》一文中说："此书盛行于日本，如《经籍访古志》《成箦堂善本书目》、高木文库《古活字板目录》等书目中著录颇伙。有古抄本、古刊本、古活字本等。常与注《千字文》《蒙求》或《蒙求集注》合刻，称为《明本排字增广附音释文三注》。"④明代还出现有多种刻本的《释文三注》⑤如杨士奇《文渊阁书目》卷一一盈字号第六厨书目类著录有《释文三注》两部；晁瑮《晁氏宝文堂书目》卷中类书著录有内府刻本⑥《释文三注》和杭州刻本《释文三注》；周弘祖《古今书刻》上编著录有内府刊本《释文三注》，又有南京国子监刊本《释文三注》和陕西平凉府刊本《释文三注》。清代黄虞稷《千顷堂书目》卷三附小学类著录有元代刻本《释文三注》十卷。清末傅增湘《藏园群书经眼录》卷二小学类著录亦有元刊本《千字文》《蒙求》、胡曾《咏史诗》各一卷。无论官家私家，从地方政府到皇宫内庭多有刻本流传，胡曾《咏史诗》作为蒙学读物的影响力可见一斑。

所以，要厘清胡曾《咏史诗》流行的原因，不妨跳出文学领域，从蒙

---

① 辛文房撰，孙映逵校注《唐才子传校注》，中国社会科学出版社1991年版，第754页。

② 王大厚《升庵诗话新笺证》，中华书局2008年版，第631页。

③ 王夫之《船山全书·古诗评选》，岳麓书社1996年版，第702页。

④ 张政烺《文史论集》，中华书局2012年版，第246页。

⑤ 胡曾《咏史诗》与《千字文》《蒙求》或《蒙求集注》这两类流行的蒙学读物合刊，统称《释文三注》。

⑥ 内府刻本是明代由内宫司礼监宦官主持刻印的书籍。

学教育的角度进行一番考察。下文拟从三个方面分而论之：一、胡曾创作《咏史诗》的目的是否就是要写一部传世的蒙学读物？二、胡曾《咏史诗》为什么会成为蒙学读物？三、胡曾《咏史诗》的蒙学教育价值是什么？

一

为什么胡曾《咏史诗》会在蒙学领域流传？这与作者的创作意图是否有关？

关于胡曾《咏史诗》的创作目的，韩国磐先生在《略谈有关唐诗的几个问题》一文曾经言及："及至晚唐，有人竟专门写咏史诗，如胡曾有咏史诗一百五十首，原分三卷，《全唐诗》合为一卷。……咏史诗的成卷出现，大概是搜索枯肠，写成'行卷'，投送名人，为考中进士做准备。"①张志公先生也曾推论说："至于胡曾当时是否专为蒙童写的，不得而知。他自己的序里也没说。推断起来，可能性是有的，因为：一、《全唐诗》收有胡曾的另外十首诗，虽然也还通俗，但是跟《咏史诗》的格调不尽相同，总不至于通俗到叫历代文人讥为'卑俚'的程度。二、跟胡曾同时的陈盖，曾为《咏史诗》作注，注语也很通俗，有的简直是白话。那么通俗浅易的《咏史诗》，除非用于蒙学，实在没有注释的必要。而且，当时人为当时作品作注，这在唐代是少见的，后来也不多，有之，往往那本书就是为初学而写的。三、唐代诗风特盛，朝廷又以诗赋取士，蒙学教儿童学诗，因而需要比较浅易的作品，这种情形是可以设想的。"②

因为史缺有间，张氏的推断，主要还是表明胡曾《咏史诗》存在成为蒙学读物的可能性。我们不能排除在唐代科举以诗赋取士的机制激励下，确有人选择胡曾《咏史诗》作为专门的蒙学读物施教于蒙学。作为胡曾邵阳同乡的陈盖，就有可能拿这部乡先贤的著作作为蒙学教材使用，故而为之作注。但是即便如此，也只能说明，晚唐蒙学教育领域已经有了独立于经学的文学教育需求，还是不能凭以断定胡曾的创作本意即是成就一部蒙学教材。

① 韩国磐《隋唐五代史论集》，生活·读书·新知三联书店1979年版，第461页。
② 张志公《传统语文教育教材论——暨蒙学书目和书影》，上海教育出版社1992年版，第87—88页。

可能性毕竟不能等同于必然性。

其次，从胡曾生平经历看，胡曾没有从事蒙教活动的经历记载。现有材料有关胡曾生平经历的文献，主要记录的都是他充当幕僚的履历。咸通十二年，剑南西川节度使路岩招胡曾入其幕僚任职，辟掌书记；乾符二年，高骈接任剑南西川节度使，仍辟胡曾入幕府为掌书记；乾符五年，高骈转任荆南节度使兼盐铁转运使，胡曾应高骈之辟，至荆南幕府为佐吏，身份职事不详。《全唐诗》简介胡曾："咸通中举进士，不第，尝为汉南从事。"①"汉南"，就是荆南节度；"从事"，泛指藩镇节帅自辟而又兼带职事官虚衔的府僚。（《唐五代文学编年史·晚唐卷》中还考证，乾符六年前后胡曾为延唐县令。）②据其另外十首诗，虽能看出一些游踪经历，但至多表现出干揖之意，如《自岭下泛鹢到清远峡作》："不为箧中书未献，便来此地结茅庵。"又如《早发潜水驿谒郎中员外》："已是大仙怜后进，不应来向武陵迷。"未见其他经历的记述。即便胡曾充当幕僚之时有可能兼作塾师，或者在其离开高骈幕后有可能以此为生计，但直接以自己的作品作为教授蒙童的读物，似乎也过于托大，与其"不第"的身份不符。因此，在未见明确记载，亦无更多推论证据的情况下，似不宜作此主观断定。

再次，从胡曾《咏史诗》自序看，其美刺意图明显。他在自序中写道：

> 夫诗者，盖美盛德之形容，刺衰政之荒怠，非徒尚绮丽、□瑰奇而已，故言之者无罪，读之者足以自戒。观乎汉□□（魏才）子，晋宋诗人，佳句名篇，虽则妙绝，而发言指要，亦以疎□。齐代既失轨范，梁朝（文）[又]加穿凿，八病兴而六义坏，声律隽□□（而风）雅崩，良不能也。曾不揣庸陋，转采前王得失。古今短□（长），□（咏）成一百五十首，为上中下三卷，便以首？相次，不以年□□（代为）先。虽则讥讽古人，实欲裨补当代，庶几与大雅相近者也。③

可见，他是有感于前代诗文过于追求声律辞藻而忽略了"美盛德""刺衰政"的社会功能，欲通过专门创作咏史诗来扶正纠偏。而诗歌的这种社会

---

① 彭定求《全唐诗》，中州古籍出版社 2008 年版，第 3333 页。
② 吴在庆、傅璇琮《唐五代文学编年史·晚唐卷》，辽海出版社 1998 年版，第 684 页。
③ 赵望秦、潘晓玲《胡曾〈咏史诗〉研究》，中国社会科学出版社 2008 年版，第 161 页。

功能正是《诗经》以来一脉相承的美刺传统。胡曾创作的出发点就是要借对历史的思考表达自己对当下的关注。如果这些思考能"裨补当代",利于晚唐统治者经国治乱,在他看来就起到了与三百篇相近的作用。宋人张唐英《蜀梼杌》和计有功《唐诗纪事》中,都记载过五代前蜀后主王衍夜宴群臣,欢饮无度时,内侍宋光溥吟胡曾《姑苏台》一诗"吴王持霸弃雄才,贪向姑苏醉绿醅。不觉钱塘江上月,二霄西送越兵来",使其警醒罢宴之事。这说明胡曾诗在五代已有一定的知名度,同时也证明其诗具有美刺执政者的功效。这应该是符合作者自身期待与定位的效果。所以《四库全书总目》在著录其《咏史诗》时也明确指出:"惟其追述兴亡,意存劝戒,为大旨不悖三风人耳。"[1]因此,其最初预设的读者群即使不是帝王,也应以同行幕僚或同时代的文人为主。更宽泛一点,至少是以成人阅读为主。

胡曾《咏史诗》并非专为蒙学而作,至于其阴差阳错,最终成为颇具影响力的蒙学读物,在胡曾恐怕应属种瓜得豆、无心插柳之举。

二

正是这无心插柳柳成荫的结果,给我们留下更多的思考空间。唐代,特别是晚唐有大量的咏史诗作,其中不乏文质兼美的优秀诗篇,如杜牧、李商隐、罗隐的作品,广受赞誉。为什么反是文学价值欠缺的胡曾的《咏史诗》得以在蒙学领域流行?胡曾《咏史诗》为什么会成为蒙学读物?

从流传至今仍为后人肯定的一些传统蒙学读物来看,传播久远的蒙学读物往往具备以下特点:第一,教学内容具有综合性,可以同时达成多项教育目标。如《三字经》《弟子规》既是识字读物,又是伦理教育读本、行为规范手册;《百家姓》《千字文》既是识字课本,又是博物知识介绍;《幼学琼林》《增广贤文》既积累说话、作文的语言材料,又学习为人处世的方法、原则。这是传统蒙学教育蕴含的经济高效的教育策略。第二,蒙学读物无论内容还是形式,尤其是语言,要具备较强的可接受性。例如《千家诗》选诗,所咏内容基本上与自然景物相关,尽可能贴近日常生活,以减少蒙童认知上的隔阂;编排也按春夏秋冬的时令顺序,便于与日常生活相联系;诗体

---

① 纪昀、陆锡熊、孙士毅等《钦定四库全书总目》,中华书局1997年版,第2026页。

只选"五七律绝二体"，既便于蒙师在一定时间内讲授，也便于蒙童记诵。《唐诗三百首》选诗更为此放弃了李贺的诗篇。蒙学读物的语言表达要浅白易懂，利于模仿。因为语言的习得是蒙学教育的立足点，蒙童过不了语言关，就无法接受其他有价值的知识和思想。一个典型的例子就是理学大家朱熹亲自编写的诸多蒙学读本，如《小学》《童蒙须知》《论语训蒙口义》等，没有一本在后世能够广泛流行，除了理学思想本身对蒙童而言难以理解接受外，语言形式的艰深也是主要障碍。

胡曾《咏史诗》正好暗合了上述两种蒙学教育的要求。

它完全符合蒙学教育综合性要求。胡曾《咏史诗》的综合性体现在三个方面。首先，它是文学读本，可以作为吟诵唐诗进而体会诗歌表情达意的手法、熟悉七绝格律、模仿格律写作的范本。张志公先生即将其列入传统蒙学"读诗"训练的教材。其次，它是历史读本。每一首诗讲述一个历史故事或历史人物。作为组诗，它还可以述写同一历史时期诸多的历史事件和人物。胡曾《咏史诗》中，吟咏三国魏晋的诗篇共24篇，集中阅读，蒙童就会对这一段历史有一个相对完整的了解，形成一些相对清晰的认识。再者，它还是地理读本。"地理"是个现代概念，古代称作"方舆"。胡曾《咏史诗》150首均以地名为诗题。这些地名中尽管也包含一些神话地名，如"不周山""瑶池"，但绝大多数都实有其地。咏史通常会涉及古迹，教学时蒙师首先要对这些古迹所在方位作具体介绍。而对相关地名、地理位置以及地形特征的了解，是理解所咏历史事件的基础，因此这就同时学习了地理。有趣的是，以地名入诗又是古人写诗常用的方法。钱钟书先生在《谈艺录》八九《诗中用人地名》中说道："吾国古人作诗，早窥厥旨。宋长白《柳亭诗话》卷十三《地理》条云：'金长真曰：诗句连地理者，气象多高壮'，因举庾开府、江令、杜工部、储太祝五言联为例，谓'皆气象万千，意与山川同廓矣。'"[1]总之，蒙童"读史又兼读诗，就更可以对于当时的事实有深刻的印象"[2]，同时还一边学习地理，一边模仿将地理知识运用于诗歌创作。

它也完全符合蒙学教育可接受性要求。历代对胡曾《咏史诗》的批评都集中在"浅俗"二字上。作为诗歌吟咏对象的历史事件和人物，属于题材

---

① 钱钟书《谈艺录》，中华书局1986年版，第292页。

② 方孝岳《中国文学批评·中国散文概论》，生活·读书·新知三联书店2007年版，第36页。

范畴，是无所谓"深浅"或"雅俗"的。古今学者所谓"浅"是指诗歌意境之浅和评史论人观点之浅；"俗"是指遣词造句通俗直白。

孙立先生曾经将咏史诗划分为三类：一是传体咏史诗。它是"以诗体传述历史，对史实史事的采用多为一人一事，除对历史人物作一般吟咏外，没有更多的议论和寄托"。二是论体咏史诗。它对史实史事的采用不限于一人一事，对史实叙述掺入作者强烈的主观判断。三是比体咏史诗。它蕴含寄托，是在论体咏史诗的基础上的新发展。"诗人对史实史料的撷取，不再刻意求其实，也不在意于一般的叙述，也不是借助史料作直露的宣泄，而是对史实取其一点，融入情景的描绘，令人生成篇终接混茫的艺术感受。"[1]胡曾的作品无疑属于第一类，特色鲜明而文学价值有限，但恰恰暗合了童蒙的接受水平和习惯。由于个人才情和学识之限，胡曾咏史主要是对历史事件、人物相关经历的复述，较少运用复杂多变的文学技巧营造鲜活的形象和悠远的意境，缺少令人想象的空间。除了简单的是非褒贬之外，大多数诗中亦无甚兴寄。即使表达观点，也常以议论的方式直陈于末尾两句，且句式雷同单一，少了含蓄和隽永，显得文学味不足。例如他的《赤壁》一诗："烈火西焚魏帝旗，周郎开国虎争时。交兵不假挥长剑，已挫英雄百万师。"平铺直叙了赤壁战争的交战方、战术战况以及结果。就史论史，既无突出的艺术形象，亦乏启发性的观点。但是，战争场面和战争过程清晰可见，没有生涩冷僻的典故，语意通俗易懂，利于蒙童理解赤壁战争的基本情况。而如果学习杜牧《赤壁》一诗："折戟沉沙铁未销，自将磨洗认前朝。东风不与周郎便，铜雀春深锁二乔。"因为不是对赤壁战争的客观再现和正面描写，每一句诗中包含的指代、暗示、典故都需要一一补充解释，有的还须辅以人生经验才能理解。因此，对于尚未入世、没有太多积累和阅历的蒙童而言，这种文学性很强的内容显然是教学中费劲而不可取的。

胡曾未必有意创作一部蒙学读物，但因其《咏史诗》具备了适合于蒙学教育的特点，自然而然成为蒙学读物中的流行文本，这是蒙学教育发展的自然选择。因此历代对其文学性的否定都很难在非文学的蒙学教育领域发挥太大影响，反而因为其在蒙学教育中的影响力，使之在俗文学领域的传播日愈广泛。自宋代起，诸多话本、小说作品对胡曾《咏史诗》频繁称及征引，胡曾《咏史诗》成了"沟通作为雅文学的士大夫之诗与作为俗文学的演义小

① 孙立《论咏史诗的寄托》，《中山大学学报》（社会科学版）1997年第1期。

说之桥梁"①。

三

　　胡曾《咏史诗》合乎蒙学教育的要求，具备了成为蒙学教材的可能性。但它能够在蒙学领域流传久远的根本原因，是因其具备独特的蒙学教育价值。这种顺应社会文化教育发展需求而显示出的不可替代的蒙学教育价值，突出表现为它对蒙学领域诗歌、历史教育的贡献。

　　我国古代蒙学教育中的"诗歌"与"历史"教育，在唐以前隶属于经学教育。《礼记·经解》中记载：

　　　　孔子曰："入其国，其教可知也。其为人也，温柔敦厚，《诗》教也；疏通知远，《书》教也；广博易良，《乐》教也；洁静精微，《易》教也；恭俭庄敬，《礼》教也；属辞比事，《春秋》教也。故《诗》之失，愚；《书》之失，诬；《乐》之失，奢；《易》之失，贼；《礼》之失，烦；《春秋》之失，乱。其为人也，温柔敦厚而不愚，则深于《诗》者也；疏通知远而不诬，则深于《书》者也；广博易良而不奢，则深于《乐》者也；洁静精微而不贼，则深于《易》者也；恭俭庄敬而不烦，则深于《礼》者也；属辞比事而不乱，则深于《春秋》者也。"②

孔子强调六经具有不同教育功能，同时也说出了其中包含着的诗歌与历史教育内容，且二者的地位难分伯仲。诗歌教育依托《诗经》得以完成，但"旨在培养健康的伦理型人才"③，诗歌"不过是达致伦理教育的津梁，培养道德人格的基础"④。历史教育则主要是依赖《尚书》和《春秋》，特别是《春秋》。因为"夫《春秋》，上明三王之道，下辨人事之纪，别嫌疑，明是非，定犹豫，善善恶恶，贤贤贱不肖，存亡国，继绝世，补敝起废，王道之

　　① 莫砺锋《论晚唐的咏史组诗》，《社会科学战线》2000年第4期。
　　② 杨天宇《礼记译注》，上海古籍出版社1997年版，第849—850页。
　　③ 郭英德《中国古代文学与教育关系研究》，北京大学出版社2012年版，第1页。
　　④《中国古代文学与教育关系研究》，第2页。

大者也。"①《春秋》就是一部浓缩的历史，其中的治世之道与亡国教训比比皆是。"故有国者不可以不知《春秋》，前有谗而弗见，后有贼而不知；为人臣者不可以不知《春秋》，守经事而不知其宜，遭变事而不知其权。为人君父而不通于《春秋》之义者，必蒙首恶之名；为人臣子而不通于《春秋》之义者，必陷篡弑之诛，死罪之名。其实皆以为善，为之不知其义，被之空言而不敢辞。"②这也奠定了历史教育最重要的教育目标——借古察今。

　　至于唐代，社会文化教育已经有了长足的发展。特别是诗歌和历史教育更是得到了全社会的关注。蒙学领域也不再满足于经学教育一统天下的局面，需要更为独立、丰富的诗歌、历史教育内容。唐以降，《诗经》作为经学教育之专项内容而不再兼具文学教育的功能。蒙学中的诗歌教育逐步转向以历代文人诗特别是唐诗为主要教育内容。元稹在《白氏长庆集序》中写道："予尝于平水市中，见村校诸童，竞习歌咏，召而问之，皆对曰：'先生教我乐天、微之诗。'固亦不知予之为微之也。"③《旧唐书·杨绾传》载录杨绾奏疏曰："幼能就学，皆诵当代之诗。"④历史教育同样不独依靠《春秋》这样的经典教育，而是更多地出现了一些专门的历史读物，如《三国蒙求》⑤等。

　　这种变化的产生，首先跟唐代统治者对历史的高度重视分不开。唐代统治者特别看重历史对当世的参照作用。为了能更好地"览前王之得失，为在身之龟镜"⑥，唐太宗召集学士、开设史馆、编修史书，有一系列自觉取鉴、自治的行动。这种变化的产生还跟唐代高度繁荣的诗歌创作局面分不开。没有诗歌在唐代的蓬勃发展，没有社会各阶层广泛参与的诗歌创作局面，就不会出现文人对咏史诗体的开拓与发展。咏史是我国诗歌的传统。咏史诗以东汉班固的五言《咏史诗》为诞生标志，以左思的《咏史八首》为定

---

① 司马迁《史记》，中华书局2013年版，第3975页。
② 司马迁《史记》，中华书局2013年版，第3975页。
③ 白居易《白居易集》，中华书局1979年版，第1572页。
④ 刘昫《旧唐书》，中华书局，1975年版，第3430页。
⑤ 徐梓《历史类传统童蒙读物的体裁和特征》，《史学史研究》1997年第1期。
⑥ 王钦若、杨亿等《册府元龟》，中华书局1960年版，第6657页。

型标准①。萧统编《文选》时专门设立了"咏史"这一类别，同时选录诗作二十一首。此后，咏史诗成为我国古代诗歌的一个专门类别。唐代是咏史诗发展的黄金时代。唐代诗人以独特的视角观照历史，以诗意的情怀感悟历史，以洗练的诗歌语言大量创作咏史诗，形成咏史诗创作的高潮与成熟期，取得了多方面的艺术成就。晚唐更是出现了以胡曾为代表的专力创作咏史组诗的诗人。这种变化的产生更与唐代科举制度一系列激励机制分不开。唐代科举一方面畅行诗赋取士，一方面强化历史内容的考查，将史学提高到经学同等的地位，形成"经问圣人旨趣，史问成败得失"②的考试规定。文人、学子普遍重视读史评史，社会渐生论史风尚。

正是在这样一种社会背景下，蒙学教育中产生了咏史诗教学的需要。胡曾《咏史诗》在这个时候的出现，客观上顺应了这种文化教育发展的需要，显出其独有的蒙学教育价值。

它以诗歌的形式向初学者灌输了儒家的道德评判和价值立场。

"鉴世资治"是唐代咏史诗人共同的创作宗旨，无论是杜甫、刘禹锡，还是杜牧、李商隐，概莫能外，胡曾亦是如此。晚唐米崇吉在为胡曾《咏史诗》做评注时说："近代前进士胡公名曾，著咏史律诗一百五十篇，分为三卷。……可为是非罔坠，褒贬合仪，酷究佳篇，实深降叹。"③上文引及《四库全书总目》亦谓胡曾此书"追述兴亡，意存劝戒，为大旨不悖于风人"。这种延续了"知《春秋》然后为君父为臣子"的历史观中，包含着一种个体对于家国天下的使命感与责任感。这是儒家思想教化下传统文人"兼济天下"的人生观的体现。这样的人生追求在胡曾咏史诗中表现为明确的道德判断。如《长城》："祖舜宗尧自太平，秦皇何事苦苍生。不知祸起萧墙内，虚筑防胡万里城。"以舜尧对比始皇，表达对君王不施仁义的否定。《青门》："汉皇提剑灭咸秦，亡国诸侯尽是臣。唯有东陵守高节，青门甘作种瓜人。"

---

① 莫砺锋《论晚唐的咏史组诗》(《社会科学战线》2000年第4期)中写道："左思的贡献在于高度地强化了咏史诗的抒情性质，是客观史实的叙述完全服务于主观情志的抒发，从而使咏史诗成为咏怀诗的一种特殊形式。显然，这是符合古代诗歌的主要功能是抒情的基本性质的。所以左思的成功尝试成为后代诗人所遵循的康庄大道，其贡献被后人评为'创成一体，垂范千秋。'"

② 杜佑《通典》，岳麓书社1995年版，第220页。

③ 赵望秦、潘晓玲《胡曾〈咏史诗〉研究》，中国社会科学出版社2008年版，第140页。

对宁可闲居种瓜，也不愿易主求荣的东陵侯邵平，给予了"守高节"的肯定性评价。《夷门》："六龙冉冉骤朝昏，魏国贤才杳不存。唯有侯嬴在时月，夜来空自照夷门。"表达出对杀身成仁的侠义之士侯嬴的缅怀之意。《褒城》："恃宠娇多得自由，骊山举火戏诸侯。只知一笑倾人国，不觉胡尘满玉楼。"表达出警示女色祸国的明确态度。

先唐咏史诗作品不多，班固之作质木无文，阮籍诸作皆驱遣史事，以为己用，重点在于抒发个人内在难言之情感，疏离于儒教教化之外。同时代，如罗隐《西施》一诗："家国兴亡自有时，吴人何苦怨西施。西施若解倾吴国，越国亡来又是谁。"尽管语意也极为通俗易懂，但立意则一反传统伦理观念中对女性的鄙薄，标新立异。这些都很难成为社会主流文化接受的教育内容。而胡曾《咏史诗》史论观"褒贬合仪"，中规中矩，道德倾向合乎传统伦理，很好地传递了儒家的道德标准和思想观念，为咏史诗确立一种与传统经学教化一致的道德标准。它在蒙学领域的传播又成为对咏史传统伦理道德标准的传递与弘扬。明乎此，胡曾《咏史诗》能够在蒙学领域流传久远，自属题中之义。

胡曾咏史诗格式规范而呆板，于文学上乏善可陈，但对初学者，则是提供了基本的写作样式，富有启发意义。胡曾的咏史方法是将自己的褒贬议论与相关历史事件、历史人物的转述结合起来，形成了一种规范的写作模式。无论是讽刺亡国乱政之君臣，还是歌咏明君贤臣之功绩，抑或是扼腕忠诚侠义、心怀天下的志士仁人，无不是通过叙述这些历史的人事，生发出荒淫无度、残暴不仁失国，亲贤远佞、得贤辅政兴邦之类的治国之理，点明其中蕴含的兴亡因素或变迁规律，以实现其警世、醒世的创作目的。这种写法，于文学角度衡量往往弊端明显：一是在史实的转述中容易流于史料的堆叠或散文化的平铺直叙，缺少艺术想象的空间；二是褒贬议论常给人主观、直白、缺乏诗意之感；三是对于大数量的组诗创作而言，容易造成语言形式上明显的重复与雷同，因而并不能成为文学典范。但是，作为蒙学教育读物，却具有极强的示范性。蒙童对其的模仿与掌握要比那些艺术表现力强、艺术手法千变万化、艺术语言含蓄隽永的诗歌容易得多。

胡曾《咏史诗》在表达对历史的感悟与思考时，常常以直陈议论取代形象化的诗歌表达，导致诗味不足。这也是其被批评的主要原因之一。但是，议论入诗不是胡曾的首创，更非其独创。杜甫就好在诗歌中发议论，故史学批判，一些诗篇就直接将观点放在末尾。如《潼关吏》最后："哀哉桃林战，百万化为鱼。请嘱防关将，慎勿学哥舒。"又如《前出塞》之六尾联："苟能制侵陵，岂在多杀伤。"这些直陈褒贬态度的诗歌因其史学批判的价值备受后人推崇。再如白居易《读汉书》结尾："寄言为国者，不得学天时。寄言为臣者，可以鉴于斯。"更是一种卒章显志式的直白表达。咏史诗本来就是用诗歌的形式发表对历史的看法，因此诗中发表议论、陈述观点本无可厚非。加之，"至唐末七绝，议论讽刺的艺术得到广泛运用并高度成熟，可以说将议论讽刺艺术发展到极致，成为唐末七绝艺术的突出特色"[①]。胡曾自然也难免时代诗风的浸淫。但作为组诗，当这种表达形式大量地、集中地、一次性地呈现在读者面前，并且形成一种语言的套式时，就难免让人产生无趣、乏味的感觉了。

据莫砺锋先生统计，胡曾诗中有四种议论的套式，主要由假设关系和反问句式构成，每种套式各有数量不等的诗篇。不过，这样一些句式亦非胡曾独创。例如杜牧《题乌江亭》："胜败兵家事不期，包羞忍耻是男儿。江东子弟多才俊，卷土重来未可知。"结尾就暗含着"如果……，就会……"的假设关系；皮日休《汴河怀古》之二："尽道隋亡为此河，至今千里赖通波。若无水殿龙舟事，共禹论功不较多。"结尾也含着"如果不……，就不会……"的假设关系，与胡曾式套式一类似。再如王睿《解昭君怨》："莫怨工人丑画身，莫嫌明主遣和亲。当时若不嫁胡虏，只是宫中一舞人。"罗隐的《西施》："家国兴亡自有时，吴人何苦怨西施。西施若解倾吴国，越国亡来又是谁。"虽然立意上有新意，但也都使用了表达假设关系的"如果不是……，就是……"和"如果是……，又是……呢"的句式，都可以看做是胡曾套式一的变式。从思维角度看，这种假设关系的表达，目的是引导读者透过史实表象探究导致史实的原因。例如胡曾《南阳》一诗："世乱英雄百战余，孔明方此乐耕锄。蜀王不自垂三顾，争得先生出旧庐？"作者用"如果没有蜀王三顾茅庐，就不会有诸葛孔明出山效忠"的假设，揭示刘备三顾茅庐的行为与孔明鞠躬尽瘁之间的因果关系，表达对刘备求贤若渴、礼贤下士的赞扬与肯定。

同样，胡曾套式二"为何有如此之事"和套式三"谁知会有如此之事"也都是想通过追问和反问，引发读者做由此及彼的思考，以达到揭示写作主

---

① 李定广《唐末五代乱世文学研究》，中国社会科学出版社2006年版，第162页。

旨的目的。例如胡曾《汉宫》："明妃远嫁泣西风，玉箸双垂出汉宫。何事将军封万户，却令红粉为和戎。"通过追问将军凭什么封侯，表达对明妃的同情和对当政者政治无能的愤懑。《八公山》："苻坚举国出西秦，东晋危如累卵晨。谁料此山诸草木，尽能排难化为人。""谁料"一句，字面上表达出乎意料的战情，实则是对草木皆兵的苻坚的一种嘲讽。套式四"今日唯存景物，故人不复可见"式则是唐诗咏史怀古、慨叹物是人非的常见写法。如刘禹锡《西塞山怀古》的尾联："今逢四海为家日，故垒萧萧芦荻秋。"

写作模式化从文学创作的角度说是一种弊端，但从蒙学教育的角度看则提供了非常规范的咏史诗写作模板，便于模仿学习。同时在这种固定格式的句式中，实际还包含着对蒙童由表及里、由现象到本质的思维训练，而这正是咏史诗创作必须具备的一种思维能力。后世蒙学教育正是出于这种视角，才对胡曾青眼有加，奖誉不已。

胡曾的《咏史诗》从文学性层面说存在诸多不足，但因其符合蒙学教育综合性强、可接受性强的要求，遂得以成为流传久远的蒙学读物。它传承了唐诗咏史的道德标准，为后人提供了可兹模仿的写作样式，颇便于蒙童在诗歌、历史等领域的专门学习，这是它在后世蒙学教育中地位稳固的根本原因所在。胡曾以后历代都有人专门从事蒙学咏史诗创作，如元代翁三山的《史咏》、明代程敏政的《咏史绝句》、清代张应鼎的《鉴纲咏略》，但其影响力均未能超越胡曾《咏史诗》。

[原载《南京师范大学文学院学报》2015 年第 2 期]